U0506530

本书获"广西大学中西部高校提升综合实力计划"经费资助

广西地方古籍整理研究丛书·第二辑

少鹤先生诗钞校注

[清]李宪乔 著

梁扬 赵黎明 梁颖峰 校注

上海古籍出版社

图书在版编目(CIP)数据

少鹤先生诗钞校注／(清)李宪乔著；梁扬，赵黎明，梁颖峰校注.—上海：上海古籍出版社，2017.3
(广西地方古籍整理研究丛书·第二辑)
ISBN 978－7－5325－8295－2

Ⅰ.①少… Ⅱ.①李… ②梁… ③赵… ④梁… Ⅲ.①古典诗歌—注释—中国—清代 Ⅳ.①I222.749

中国版本图书馆 CIP 数据核字(2016)第 272249 号

广西地方古籍整理研究丛书(第二辑)

少鹤先生诗钞校注

[清]李宪乔 著

梁扬 赵黎明 梁颖峰 校注

上海世纪出版股份有限公司
上海古籍出版社 出版
(上海瑞金二路 272 号 邮政编码 200020)
(1)网址：www.guji.com.cn
(2)E－mail：guji1@guji.com.cn
(3)易文网网址：www.ewen.co
上海世纪出版股份有限公司发行中心发行经销
浙江临安曙光印务有限公司印刷
开本 890×1240 1/32 印张 14.375 插页 3 字数 387,000
2017 年 3 月第 1 版 2017 年 3 月第 1 次印刷
ISBN 978－7－5325－8295－2
Ⅰ·3124 定价：58.00 元
如有质量问题，请与承印公司联系

总　序

梁　扬

　　在自治区党委、广西大学党委有关领导的大力支持下,经过广西大学文学院师生的共同努力,《广西地方古籍整理研究丛书》第一辑(10种)已于2011年12月在巴蜀书社出版①,第二辑(10种)亦将在上海古籍出版社付梓②,第三至六辑(46种)已完成初稿,一俟机会成熟,亦当陆续修订面世。另有7种已先期单独出版③。这将是对广西地方古籍文献中作家别集的一次空前规模的整理,也是对广西地域文学与文化的一次比较深入的发掘研究和重要创获。

一

　　我国浩瀚的古籍文献,以历史之悠久、数量之繁多、内容之丰富而著称于世。它维系着源远流长、博大精深的中华文化的根脉,并见证了中华民族绵延数千年,一脉相承奋斗发展的伟大历史。广西作为中华民族大家庭中的重要成员,在长期的发展过程中,也有大量珍贵的古籍文献遗存。

　　广西地方古籍整理研究工作,包括对文献的普查、整理和研究等三个方面。

　　(一)对广西地方古籍文献的普查工作。

　　最早系统载录广西文献者当推清代谢启昆《广西通志·艺文略》。该《志》所录,始自汉成帝时期的陈钦,止于清嘉庆初年,历时近两千年,存广西人士著作240余种。其后蒙启鹏《近代广西经籍志》收录闻见所及的桂人著作,凡谢《志》未收,或虽收而有缺遗者,一并著录;外省人士所写有关广西文献,亦酌予采录。共得450余种。

20世纪30年代,广西统计局对本省地方古籍文献遗存情况进行普查,"举凡广西人或广西人团体之各种撰著、译述、纂辑、笺注,其已成定本者,悉为甄录",共得2548种,辑为《广西省述作目录》一书,并对各时代各类别的述作列表说明:

种数　类别朝代	总类	哲学	宗教	社会科学	语文学	自然科学	应用艺术	艺术	文学	史地	合计
汉	3	1									4
三国	2								1		3
唐									2		2
宋	1	1	2	2					8	19	33
元		1							1	2	4
明	17	15		15		2		3	80	143	275
清	157	62	1	31	14	11	30	13	803	281	1398
民国	180	45	14	135	29	52	31	12	219	106	824
合计	360	125	17	183	43	65	61	28	1114	552	2548

80年代初,广西民族学院(今民族大学)图书馆编《广西历代文人著述目录》,收819家1505种著述,具体情况见下表:

作家作品　朝代	三国	唐	宋	元	明	清	民国	合计
人数	1	2	8	2	70	622	114	819
种数	1	6	9	2	98	1078	311	1505

该馆同时编有《广西历代文人著述馆藏联合目录》,进一步载明各

书在区内主要图书馆的收藏情况，极便读者检阅。

80 年代中期，广西社会科学院文学研究所查阅区内馆藏的 700 余种古籍，从中鉴别出历代广西少数民族文人著作约 60 种，收录少数民族文人作品或关涉少数民族内容的古籍 100 余种，另有作者族属待考的古籍约 30 种。

（二）对广西地方古籍文献的搜集整理。

早在 20 世纪 40 年代，陈柱以数年访求所得编为《粤西丛书》，可惜仅出版《粤西十四家诗钞》、《粤西词四种》和《红豆曲》等三种。其后黄华表辑《广西丛书》，更仅刊行《玉溪存稿》一种，均未竟其功。

新中国成立后，古籍整理研究工作渐受重视。1981 年 9 月，根据陈云同志的意见，中共中央下发《关于整理我国古籍的指示》，明确指出，"整理古籍，把祖国宝贵的文化遗产继承下来，是一项十分重要的、关系到子孙后代的工作"，"整理古籍是一件大事，得搞上百年"，为古籍整理出版工作进一步指明了方向，极大地推动了古籍整理出版工作。广西老一辈著名学者、原自治区政府副主席、自治区政协副主席莫乃群先生曾主持《桂苑书林丛书》、《广西史志资料丛刊》等大型项目，为此，莫老亲临广西民族学院、广西大学，座谈商议广西古籍整理工作，动员中文系教师承担有关项目。在此背景下，广西部分高校相继建立古籍整理研究机构④，并先后参与了莫老主持的广西地方古籍整理工作，"把有关广西的诗、文、史、地、科技、社会、民族、人物的古籍或资料，分别整理，或校点，或校注，或校补，或选注，或辑录"，陆续出版了数十种广西地方古籍。其中包括广西古籍中最具参考价值的清代汪森纂"粤西三载"（《粤西诗载》、《粤西文载》、《粤西丛载》）的校注本，以及《三管诗话校注》、《粤西十四家诗钞校评》、《王鹏运词选注》、《桂海虞衡志校补》等重要古籍。

稍后，广西少数民族古籍整理出版规划领导小组主编《广西少数民族古籍丛书》，已出版的壮族作家别集有清代蒙泉镜《亦嚣轩诗稿》、韦绣孟《茹芝山房吟草》等。曾德珪编《粤西词载》、蒋钦挥主编《全州历史文化丛书》15 种、杨东甫编《八桂千年游：古代广西旅游文学作品荟萃》等也相继面世。由广西桂学研究会潘琦会长主编的《桂学文库》，截至 2015 年 8 月底，已由广西师范大学出版社推出"广西历代文献集成"66 种，另已有扫描文件待出者 128 种。

广西大学文学院一直积极参与广西古籍的整理研究，并把这项工作与研究生培养有机结合起来，其中，汉语言文字学硕士点古籍整理专业 1993—2005 级校注广西古代作家别集 70 种，中国古代文学硕士点元明清文学专业 2005—2006 级校注广西古代作家别集 3 种，计 73 种。除已出版的 17 种外，此次上海古籍出版社即将出版 10 种，尚需修订待机出版的有 46 种。（详见文末附表）

（三）对广西地方古籍文献的研究状况。

黄华表曾就其编辑《广西丛书》所见发表《广西文献概述》一文，对历代广西的文、诗、词、曲各体裁、流派的文献进行概括述要。

2004 年中共中央下达《关于进一步繁荣发展哲学社会科学的意见》之后，有关高校又陆续建立与古籍所相关而又有所分工的研究中心⑤，加强对广西地方古籍文献的研究工作。今据对《中国知网·中国期刊全文数据库》及《中国重要报纸全文数据库》，以及广西各主要高校、科研机构网站的检索调查⑥，获得有关广西地方古籍研究成果的资讯为：专题论文 26 篇⑦，科研项目 13 项⑧，学术专著 15 种⑨。

由于《中国知网》收录的选择性，各高校、科研机构网站又多未能及时更新信息，以及检索者可能的疏漏等原因，上述资讯或未能完全反映实际的研究情况。但从中已可看出，对广西地方古籍的整理与研究，已受到越来越多的单位和学者的重视，开始呈现出一派繁荣景象。

二

广西大学文学院从事广西地方古籍整理的研究者，主要是汉语言文字学、中国古代文学硕士点的导师。大家面对广西古籍这座蕴蓄丰厚却有待开发的南国特色宝藏,这批久经岁月侵蚀而亟须抢救的不可再生资源,以当代学人的责任感、使命感和紧迫感,甘坐冷板凳,满怀热心肠,共同投入广西地方古籍整理研究工作,而且二十余年如一日,专注地尽力做好这项事业。

在确定选题和整理研究中,我们的做法可以概括为"四个并重":

（一）本籍人士与外来人士的著述并重。广西人士生于斯写于斯,如吴廷举、朱依真、苏时学、王维新、蒋励常、黄体正、苏煜坡、李宗瀛、李彬、罗辰等,其著述固然难能可贵;而居外地写他乡的广西人士,如契嵩、蒋冕、戴钦、王贵德、龙启瑞、王拯、赵炳麟、潘乃光、蒋琦龄、况周颐等,因故乡仍给其创作带来重大影响,并在述作中多有反映,故当一并予以重视。被贬谪或宦游来桂的外省人士,如董传策、瞿式耜、赵翼、汪为霖、李宪乔、谢启昆、秦焕、徐樾、甘汝来、郝浴等,不仅传播了中原文化,而且以理论指导和创作实绩促进了广西文学与文化的发展,其著述亦应受同等重视;但那些虽有吟写八桂佳作却从未到过广西的外省人士,如韩愈、杜甫、白居易、张籍、刘长卿、王昌龄、张说、许浑、钱起、张祜等,则不在此列。

（二）大小作家、男女作家并重。此处论作家的大小,一按名声高下,二据作品多寡。声名远播者如"一代高僧"契嵩,"乾隆三大家"之一赵翼,"晚清四大词人"之王鹏运、况周颐,"岭西五大家"吕璜、朱琦、彭昱尧、龙启瑞、王拯等;沉寂无闻者如李宗瀛、王衍梅、崔瑛、钟琳、周必超、李彬、周益等,悉数纳入,穷达不捐。以作品多寡论长短,原本不足为训。只是我们在指导研究生选题时有轻重缓急的考虑,要求先选有诗 500 首或文 10 万字以上的"大"家,后来降为诗 300 首或文 6 万字以上者,最终因资源渐竭才不再作数量上的硬要求。女作家人数本来就不多,名家作品数量则更少,因之如清代闺秀诗,即将35 家诗结为一集加以校注。其余如有父女、夫妻皆能诗文者,亦一并论及。

（三）多种版本与孤本善本并重。在版本的选择上,尽量选取较早的、较为通行又较可靠的本子为工作本,再辅以他本校勘。要求先选有多种版本的著述进行整理校注,也是基于让学生获得较全面扎实的训练并保证校注本学术质量而考虑。但在普查选题时,发现有的著述疑似孤本,且蟫蠹伤残严重,亟待抢救性保护。如王维新《海棠桥词》抄本在广西区内久已绝踪,80年代初邓生才同志于旧书摊购得并捐赠给容县博物馆,2001年研究生赴容拍照时因蟫蠹粘连未能摄全,后来导师亲往并在馆长协助下将缺页补齐,惜蠹洞残字已难以复原。

(四) 作品的校勘注释与作家生平研究并重。校注者对每部书不仅加以新式标点,还对生僻的字词、晦涩的典故予以注释,对所涉人物的生平、地名的变迁也作简略考释。在查找资料时,既广求一般文史论著资料,又特别留意地方史志文献材料;强调以地方志作为整理地方古籍的重要依据,并应着力诠释原著(文)含义,切忌生搬硬套辞书以释义。在生平研究中,要求以大量可信的文献资料为依据,注重于对相关素材的梳理、鉴定,坚持言必有据,不发空论;强调所依据的文献资料务必是第一手"生料",少用第二、三手"熟料",力忌照搬他人重复使用过的"腐料"。在尽可能充分地占有翔实可靠的材料基础上,详考史实,补充史料,阐幽发微,使一些人物本事、行迹及史事本末昭然若揭,以助读者便捷地了解书籍内容,真正起到导引作用,对专业研究者也有启迪意义。

三

著名文化学家罗迈德·威廉姆斯说过:"文化研究最精彩的片段,将不再是回溯古老洞穴的火把,而是照亮未来选择的光柱。"[⑩]结合广西的历史与现状,充分发掘与利用广西固有的文化资源,建设独具风格的文化强省,日益成为广西学界和政界的共识。

越是具有地方性的文化,越富于民族性;越是具有民族性的文化,越富于世界性。因此,近年来,许多省市均致力于地方古籍的整理出版,如广东的《岭南丛书》、湖北的《湖北地方古籍文献丛书》、福建的《福建丛书》、甘肃的《陇右文献丛书》、安徽的《安徽古籍丛书》、山西的《山右丛书初编》、东北数省的《辽海丛书》、广西的《桂学文库》等,对各地文化、经济建设具有多方面的借鉴意义与应用价值。这套《广西地方古籍整理研究丛书》,也当作如是观。

(一)珍稀的文献资料。南京艺术学院音乐学院张翠兰教授指出:"《海棠桥词》是清嘉道年间广西词人王维新的一部稀见词作,集中的《法曲献仙音·洋琴》是目前所见清词中唯一一首专述洋琴(即扬琴)的咏物词。因作者身处边地,词集未刊刻,原作流传不广且抄本稀见,故词作中蕴涵的相关史料在目前所见扬琴研究论著论文中鲜见引用。"[11]再如,赵翼的人口论,始于知广西镇安府时的所见所思,"我行万里半天下,中原尺土尽耕稼";[12]来到"地当中国尽,官改土司流"的镇安,"只拟此中非世界,谁知鸡犬亦相闻",[13]"昔时城外满山皆树,今人烟日多,伐薪已至三十里外"。[14]随着密菁日渐萎缩,虎群不时入城觅食,赵翼曾组织打虎安民,同时开始意识到人口问题的严重性:"遥山最深处,想必无人居。一缕炊烟起,乃亦有室庐。始知生齿繁,到处垦辟劚。虎豹所窟宅,夺之为耕畲。尚有佣丐者,无地可把锄。民生方愈多,地力已无余。不知千岁后,谋生更何如?"[15]此后,随着思考逐步深入,他形成了解决人口问题的基本框架:"太平生齿日蕃昌,不死兵戈死岁荒",[16]通过天灾人祸达到减员;"勾践当年急生聚,令民早嫁早成婚。如今直欲禁婚嫁,始减年年孕育蕃",[17]通过晚婚、晚育控制人口增长;"或仿秦开阡陌例,尽犁坟墓作田畴",[18]推平坟墓以增加耕地;"只应钩盾田犹旷,可惜高空种不成",[19]斗胆提出将皇家园林翻为耕地,并想到了如何向高空发展这个几百年后的热点问题!以往,洪亮吉的《治平篇》被视为我国乃至世界上最早的人口专论,但事实上赵翼的人口论比他早22年,更比英国的马尔萨斯早27年!又如,唐景崧曾亲赴越南联络黑旗军统兵抗法长达六年，而当甲午战争中国战败清廷被迫签订《马关条约》割让台湾之际，又曾率领台湾军民自主抗日。故其《请缨日记》里蕴含中法战争、中越边情、中日战争的丰富史料，"其中得失是非，足以备鉴来兹，有裨时务，而事必征实，尤可为后世史官得所依据焉"。⑳

（二）传统思想精华举要。在北宋禅宗史上，一代高僧契嵩"谋道不谋身，为法不为名"的思想境界，令人肃然起敬。明代戴钦《古风拟李白三十首》诸作，既热情歌颂抵抗外族入侵的正义战争，又痛批明武宗宠信小人、乱政祸国的昏庸无能。清代赵炳麟与康有为、黄遵宪、丘逢甲等共同投身社会变革，并致力"诗界革命"，作品多借咏叹古今，指陈时政得失。潘乃光在汹涌的洋务大潮中，坚持独立思考，提出武器制造"镕金冶铁不自铸，购向外夷年年来"绝非长久之计，要就地取材国产化；"讲求机器固应尔，众志当仿长城坚"，强国的根本不在利器而在于招揽人才凝聚人心。当《马关条约》签订，日军割占台湾之际，他写下《台湾割让，时局可知，谁实为之，愤而成此》等诗篇，怒斥出卖国家利益的当朝权贵，期望能力挽狂澜，救国于水火。蒋琦龄《中兴十二策》则提出"端正本，除粉饰，任贤能，开言路，恤民隐，整吏治，筹军实，诘戎行，慎名器，恤旗仆，挽颓风，崇正学"的政治主张，并留下"气愤如山死不平"的《绝笔》。前贤们的爱国情怀、凛然正气和真知灼见，至今仍闪烁光芒。

（三）艺术创作规律的启示。广西文学是中国文学的重要组成部分，清代广西各民族文学是中华古代多民族文苑中的一簇奇葩，也是汉、壮等多民族融和，南北、东西文化交流的成果和实证。这种融和与交流是双向的、共赢的。例如经济欠发达的少数民族聚居地桂西，自乾隆年间傅堃、商盘、赵翼、汪为霖相继知镇安府，李宪乔、刘大观分任镇安府归顺知州、天保县令，均颇能尊重民族风习，积极推动文化建设，促成当地诗人成批涌现。李宪乔"政暇尝以教州人士。州人粗知韵语，皆宪乔所教也。贡生童毓灵、庠生童葆元皆经其陶育。一时风雅称彬彬焉"㉑。壮族人素以善歌而著称于世，其以汉文写诗亦颇有特色。如童毓灵《独秀峰呈颖叔先生》诗句:"龙攫虎挐纷无数,中间一岊尤岘岘。"用了三个古壮字:"岊",上声下形,即读若当地壮话"巴"音,意指高而尖的石山。"岘",左形右声,即读若当地壮话"松"音,意指(山)高;两字叠用,即很高很高。二句以刚健灵动之笔,极写众山簇拥之下独秀峰的险峻奇丽。诗中偶用古壮字对理解诗作并无大碍,反而使笔下景物别具异域风味,更显奇丽怪伟。这些土著壮人夹用古壮字写汉诗与国内名家唱和,堪称相映成趣,独特绝妙! 其余诗作也大多类似,风格古朴,较少含蓄雅致之作,无论沉郁悲怆还是显豁浅俗,均力求自然畅达,直抒内心情感。由此可见,壮族文人诗并非汉族诗歌的单纯模仿,而是自具品格,保有自身的独特价值,为清代诗坛增添了一道奇丽灵秀的异彩。而赵、汪、李诸大家,入镇安后其诗风诗境和影响力亦有变化。李宪乔旅桂十余年,先后在岑溪、苍梧、桂林、归顺、天保、柳州、柳城、宁明、百色、南宁、崇善等地或任职,或寓居,或行经,"所至以诗教人,开各邑宗风"[22],传播诗法,召集诗社,八桂诗家十数位与之交游,后学师从有名姓可考者更多达数十人。于是高密诗派由山东崛起,以广西为根据地,逐渐辐射到江西、江苏,再传衍各省,形成为全国性的主要诗派之一。尚镕《三家诗话》称:"云松宦游南北数千里之外,所表现固皆不虚,而极险之境地,极怪之人物,皆收入诗料,遂觉少陵、放翁之入蜀,昌黎、东坡之浮海,犹逊其所得所发之奇,可谓极诗中之伟观也。"指出赵翼镇安府诗作在题材、风格上的开拓之功,业已超越杜甫、韩愈、苏轼、陆游诸大家的同类作品。再如,文学的发展与经济状况并不都成正比,经济欠发达地区、少数民族地区在一定条件下也能产生全国性大家。如"岭西五大家"崛起于内地桐城派衰竭之际,是桐城中兴的前奏,以致梅曾亮惊叹:"天下之文章,其萃于岭西乎?"[23]又如王鹏运、况周颐分列"晚清四大词人"之冠冕和殿军;王维新作为清代散曲大家,是张炯《中华文学通史》中论及清散曲仅举的两家之一。

(四)资政参考示例。古代广西各地经济、社会、文化的发展极不平衡,桂北、桂东南、桂东、桂中相对较快,桂西、桂西北、桂西南则长期落后,政治制度的不平衡是其重要原因之一。对桂北等地区,很早就派出流官,治以中原之术;对桂西等地区的许多州县,则至清末仍维持羁縻制、土司制,推行愚民政策。政治上的差异,造成了桂西等地区经济、教育与文化发展的严重滞后。以史为鉴,更见当今中央西部大开发战略的英明及时。应在大力扶持西部经济建设的同时,加大对"老、少、边、山、穷"地区文教事业和社会发展的倾斜力度。又如,从古籍中体现的广西古代教育情况来看,许多官员都重视教育事业,有的带头捐资办学,有的亲自授课。在科举腐败、官学衰落的背景下发展起来的书院,民办、公立并举,有较宽松活跃的学术争鸣氛围和浓厚的学习风气,造就了许多学者名儒。后来随着书院官学化、行政化的逐步加深,其特点和优势也随之消失。这对于当今的教育教学改革,不无借鉴意义。

习近平总书记在党的十八大报告中强调指出:"中华文明绵延数千年,有其独特的价值体系。中华优秀传统文化已经成为中华民族的基因,植根在中国人内心,潜移默化影响着中国人的思想方式和行为方式。今天,我们提倡和弘扬社会主义核心价值观,必须从中汲取丰富营养,否则就不会有生命力和影响力。"当今,随着中国—东盟自由贸易区、北部湾经济区相继成立,广西站在了一个千载难逢的腾飞基点上。我们期盼,通过对广西地方古籍的整理研究工作,能为积极寻找广西文化的根,深入探讨广西崛起内在的文化基因,努力探索文化与经济互动发展的最佳模式,尽到自己的一份责任。

四

我们的古籍整理研究工作,一直得到自治区领导和社会各界的鼎力支持。莫乃群、李纪恒、潘琦、钟家佐、梁超然、沈北海等同志都曾过问并解决有关问题,有的还直接参与研究生培养工作。黄天骥、钟振振、莫砺锋、康保成、陶文鹏、郑杰文等国内名家对我们的工作多有指导。毛水清、丘振声、顾绍柏、韦湘秋等十余位区内专家学者先后参与历届学位论文的评审指导工作。自治区图书馆、桂林图书馆、自治区通志馆、广西大学图书馆,以及国内、区内许多图书馆和有关单位都提供了资料查阅之便。此外,本丛书还吸取了海内外许多专家学者的研究成果,大都注明了出处,而其中有些为学界所熟知的,为节省篇幅不再一一标示。谨此说明,并致以诚挚的谢意!

限于水平,丛书的编纂和各别集的整理、校勘、注释及前言等,错误失当,在所难免,敬请专家、学者和广大读者批评指正。

2015 年 9 月 1 日于广西大学碧云湖畔寓所

① 《广西地方古籍整理研究丛书》第一辑,余瑾主编,梁扬副主编,巴蜀书社 2011 年 12 月第一版。

② 《广西地方古籍整理研究丛书》第二辑,余瑾主编,李寅生、梁扬副主编,上海古籍出版社即出。

③ 详见本文后附《广西大学文学院已整理的广西地方古籍情况简表》。

④ 广西民族学院古籍整理研究所、广西大学古籍整理研究所、广西师范学院古籍整理研究所。

⑤ 广西师范大学八桂文化与文学研究中心、广西大学文学与文化研究中心。

⑥ 检索截止日期: 2015 年 8 月 31 日。此项网上调查工作及文末所附《广西大学文学院已整理的广西地方古籍情况简表》的编制,均由广西大学行健文理学院梁颖峰完成。

⑦ 专题论文 26 篇,即毛水清《桂山漓水写襟抱——谈李商隐在桂林》,《学术论坛》1980 年第 4 期;梁扬《镇安府任上的赵翼》,《广西大学学报》1981 年第 1 期;梁扬《袁枚与广西》,《广西大学学报》1981 年第 2 期;梁扬《赵翼在镇安府》,《学术论坛》1981 年第 4 期;毛水清《瘴雨海棠写归魂——谈宋代词人秦观在广西》,《学术论坛》1982 年第 3 期;丘振声《论临桂诗派》,《学术论坛》1985 年第 7 期;梁超然《唐末五代广西籍诗人考论》,《广西社会科学》1986 年第 3 期;丘振声《浩气长存山水间——瞿式耜、张同敞风雨桂林吟》,《学术论坛》1987 年第 5 期;梁超然《略论〈粤西诗载〉的史学价值与美学价值》,《广西民族

学院学报》1988 年第 4 期;韦湘秋《博学多才的龙启瑞》,《学术论坛》1989 年第 1 期;丘振声《试论壮族诗人韦丰华的诗论》,《广西民族学院学报》1989 年第 3 期;梁超然《晚唐桂林诗人曹唐考略》,《广西师范大学学报》1989 年第 4 期;莫恒全《试论爱国诗人朱琦及其诗》,《学术论坛》1989 年第 2 期;张维《晚清诗人朱琦的诗歌创作》,《中国韵文学刊》2000 年第 2 期;黄海云《赵翼镇安府诗文研究》,《苏州大学学报》2005 年第 7 期;梁扬、戎霞《〈小山泉阁诗存〉版本生成考论》,《广西大学学报》2006 年第 6 期;葛永海《论清代壮族名士郑献甫纪游诗的文化维度》,《广西民族研究》2007 年第 2 期;王德明《论广西文学在晚清的崛起》,《南方文坛》2007 年第 4 期;王德明"杉湖十子研究"系列论文,《广西师范大学学报》等 2007—2008;李惠玲《临桂龙氏父子与晚清词坛》,《广西民族大学学报》2008 年第 2 期;王德明"清代广西文学家族研究"系列论文,《南方文坛》等 2008—2009;梁扬《论王维新对清代散曲题材的新变与开拓》,《广西大学学报》2008 年第 5 期;张维《试论家族文化对清代广西古文创作的影响——以全州谢氏、蒋氏为例》,《广西师范大学学报》2010 年第 3 期;谢仁敏《清代壮族文人的精神特质及其文学选择》,《广西民族研究》2012 年第 2 期;梁颖峰《别开生面的世态民情独家报道——赵翼笔下的清代桂西壮族社会》,《传播与版权》2013 年第 6 期;梁颖峰《桂西壮族地区汉文化传播例谈——从靖西"二童"到德保"三盛"》,《广西大学学报》2014 年第 1 期。

⑧ 科研项目 13 项,即梁扬、陈自力主持广西大学项目《岭西五大家研究》1996—1998;李复波主持全国高校项目《粤西文载整理》1997—1999;梁扬主持广西大学项目《广西地方古籍整理研究丛书》2001—2003;杨东甫主持全国高校项目《古代广西旅游文学作品汇编》2002—2004;梁扬主持广西社科项目《赵翼镇安府诗文考论》2004—2005;梁扬主持国家社科基金项目《清代广西作家群研究》2005—2007;张明非主持国家社科基金项目《广西文学史》2005—2007;沈家庄主持广西师大项目《临桂词派与粤西词人群体研究》2006—2008;陈自力、李寅生主持广西社科项目《广西地方古籍整理研究丛书》2007—2009;阙真主持国家社科基金项目《广西彩调研究》2008—2010;梁扬主持广西社科项目《广西乡邦文学文献研究》2013—2015;梁颖峰主持广西社科项目《桂西壮族地区汉文化传播研究》2013—2015;梁扬主持广西高校项目《广西典籍研究》2014—2016。

⑨ 学术专著 15 种,即梁超然《八桂诗人论及其他》,广西人民出版社 1988 年版;梁庭望等《壮族文学概要》,广西民族出版社 1991 年版;韦湘秋《广西百代诗踪》,广西人民出版社 1995 年版;张利群《词学渊粹——况周颐〈蕙风词话〉研究》,广西师大出版社 1997 年版;韦湘秋《广西历代词评》,广西教育出版社

2001 年版;张维、梁扬《岭西五大家研究》,江苏古籍出版社 2003 年版;梁扬、黄海云《古道壮风——赵翼镇安府诗文考论》,中国社会科学出版社 2005 年版;周作秋、欧阳若修等《壮族文学发展史》,广西人民出版社 2007 年版;张维《清代广西古文研究》,广西师范大学出版社 2008 年版;黄海云《清代广西汉文化传播研究》,民族出版社 2009 年版;王德明《广西古代诗词史》,广西师范大学出版社 2009 年版(获广西第十一次社会科学优秀成果奖一等奖);张明非《广西古代诗文发展史》,广西师范大学出版社 2012 年版;范学亮《古道盘龙——商盘旅桂诗研究》,中央民族大学出版社 2013 年版;钟文典、刘硕良主编《中国地域文化通览·广西卷》,中华书局 2013 年版;梁扬、谢仁敏等《清代广西作家群研究》,中国社会科学出版社 2013 年版(获广西第十三次社会科学优秀成果奖一等奖)。

⑩ 转引自:蒋磊《蓝色大潮——21 世纪上半叶人类文明与海洋发展》,北京:海潮出版社 2013 年版,第 281 页。

⑪ 张翠兰《稀见清词中的洋琴史料》,《江苏教育学院学报》2007 年第 6 期。

⑫⑬⑮⑯⑰⑱⑲ 赵翼《瓯北集》,上海古籍出版社 1997 年版,第 267、269、731、1272、1196、1196、1196 页。

⑭ 赵翼《檐曝杂记·镇安水土》,乾隆五十七年(1792)湛贻堂刊本。

⑳ 唐景崧《请缨日记·跋》,上海古籍书店 1980 年影印版。

㉑ 何福祥纂《归顺直隶州志》,清道光二十八年(1848)抄本,成文出版社 1967 年影印版。

㉒ 广西统计局编《古今旅桂人名鉴》(1934),杭州古籍书店 1987 年影印版。

㉓ 龙启瑞《彭子穆遗稿序》,《经德堂文集》卷四,光绪四年(1878)京师刻本。

附：广西大学文学院已整理的广西地方古籍情况简表

序号	年级	校注本题目	原著者			校注者		备注
			朝代/姓名	籍贯	著者简历	研究生	导师	
1	93级	《粤西词见》校注	清·况周颐	广西临桂	内阁中书、会典馆修纂	赵艳丽	林仲湘 陈自力	
2	96级	《怡志堂诗文集》校注	清·朱琦	广西临桂	翰林院编修、监察御史	张维	梁扬	
3		《龙壁山房诗文集》校注	清·王拯	广西马平	太常寺卿、孝廉书院主讲	李芳	陈自力	
4	97级	《经德堂诗文集》校注	清·龙启瑞	广西临桂	翰林院编修、江西布政使	吕斌	梁扬	岳麓书社,2008
5		《广西清代闺秀诗校注》	清·陆媛媛等			杨永军	梁扬	共收35家诗
6		《月沧诗文集》校注	清·吕璜	广西临桂	浙江庆元、奉化等县知县	胡永翔	陈自力	
7		《致翼堂诗文集》校注	清·彭昱尧	广西平南	广东巡抚黄石琴幕僚	王春林	陈自力	
8	98级	《九芝草堂诗存》校注	清·朱依真	广西临桂	《广西通志》分纂、布衣终生	周永忠	梁扬	巴蜀书社,2011
9		《韦庐诗集》校注	清·李秉礼	江西临川	刑部郎中、未几退居桂林	赵志方	梁扬	
10		《宝墨楼诗册》校注	清·苏时学	广西藤县	候选内阁中书、主讲藤州书院	阳静	陈自力 梁扬	巴蜀书社,2011
11		《芙蓉池馆诗草》校注	清·罗辰	广西临桂	两广总督阮元之幕僚	罗瑛	梁扬 滕福海	上海古籍,即出
12		《带江园诗文集》校注	清·黄体正	广西桂平	广西西隆州学正、桂林司训	刘洋	陈自力 滕福海	

（续表）

序号	年级	校注本题目	朝代·姓名	原籍贯	著者简历	研究生	导师	备注
13		戴钦诗文集校注	明·戴钦	广西马平	刑部郎中	石勇	滕福海	巴蜀书社,2011
14		《青箱集剩》校注	明·王贵德	广西容县	湖广麻阳县令、南明监军金事	江宏	谢明仁	巴蜀书社,2011
15	99级	《王照堂诗钞》校注	清·邓建英	广西苍梧	山西榆社知县、绛州通判	曾赛男	梁扬	
16		《少鹤先生诗钞》校注	清·李芜乔	山东高密	岑溪知县、归顺知州	赵黎明	潘琦 梁扬	上海古籍,即出
17	00级	赵翼镇安府诗文集校注①	清·赵翼	江苏常州	镇安、广州知府,贵西兵备道	黄海云	梁扬	中国社科,2005
18		《空青水碧斋诗集》校注	清·蒋琦龄	广西全州	国史馆总纂、顺天知府	银健	潘琦 梁扬	巴蜀书社,2011
19		《西舍诗钞》校注	清·况澄	广西临桂	户部主事、河南按察使	方芳	梁扬	广西人民,2013
20		王维新韵文集校注	清·王维新	广西容县	武宣县教谕、平乐、泗城府教授	彭君梅	潘琦 梁扬	光明日报,2012
21		《桐阴清话》校注	清·倪鸿	广西临桂	广东昌山、江村等县巡检	王璇	梁扬	
22		《味腴轩诗稿》校注	清·唐祝封	广西容县	陕西神木县知县	苏铁生	梁扬	

（续表）

序号	年级	校注本题目	朝代·姓名	原籍 籍贯	著者 简历	校注者 研究生	校注者 导师	备注
23		《镡津文集》校注	宋·契嵩	广西藤县	一代高僧、封"明教"禅师	邱小毛	林仲湘	巴蜀书社,2011
24		《蒋励常诗文集》校注	清·蒋励常	广西全州	融县教谕、全州清香书院山长	袁志成	滕福海	
25		《韫山诗稿》校注	清·朱凤森	广西临桂	河南襄县、固始知县	韦盛年	滕福海	
26		瞿式耜诗歌校注	清·瞿式耜	江苏常熟	南明吏兵部尚书兼桂林留守	李英	滕福海	
27	01级	《赵柏岩诗集》校注	清·赵炳麟	广西全州	翰林院编修、都察院侍御史	刘深	余瑾	巴蜀书社,2011
28		《赵柏岩文集》校注	清·赵炳麟	广西全州	翰林院编修、都察院侍御史	孙改霞	余瑾	上海古籍,即出
29		《况周颐词集》校注	清·况周颐	广西临桂	内阁中书、会典馆修纂	秦玮鸿	梁扬	上海古籍,2013
30		《退遂斋诗钞》校注	清·倪鸿	广西临桂	广东昌山、江村等县巡检	王先岳	梁扬	上海古籍,即出
31		《悦山堂诗集》校注	清·谢赐履	广西全州	山东巡抚、左都御史	周毅光	谢明仁	
32		《湘皋集》校注	明·蒋冕	广西全州	礼部尚书兼文渊阁大学士	梁颖稚	谢明仁	
33		《东湖集》校注	明·吴廷举	广西梧州	广东右布政使、主讲东湖书院	邹壮云	滕福海	
34		《问梅轩诗草(偶存)》校注	清·蒋启敭	广西临桂	山东、河南河道总督	杨瑞	李寅生	
35		《莘益斋诗集》校注	清·苏煜坡	广西贺县	临桂县教谕、主讲临江书院	周生杰	李寅生	上海古籍,即出

（续表）

序号	年级	校注本题目	朝代/姓名	原籍贯	著者简历	校注者研究生	导师	备注
36	02级	《岭西五家词校注》	清·王拯等			黄红娟	梁扬	巴蜀书社,2011
37		《琼台诗话》校注	明·蒋冕	广西全州	礼部尚书兼文渊阁大学士	李柳宁	梁扬	广西人民,2013
38		《遁园诗集》校注	清·徐樾	广东番禺	广西巡抚张联桂幕僚,成都知府	石天飞	陈自力	巴蜀书社,2011
39		《素轩诗集》校注	清·黎建三	广西平南	甘肃山丹等八县知县	陆毅青	陈自力	
40		《小庐诗存》校注	清·李宗瀛	广西桂林	布衣终生	刘晖	谢明仁	
41		《空青水碧斋文集》校注	清·蒋琦龄	广西桂林	国史馆总纂,顺天府尹	步雪英	谢明仁	
42		《树经堂咏史诗》校注	清·谢启昆	江西南康	广西巡抚,《广西通志》主修	曾志东	滕福海	
43		《易安堂集》校注	清·龙献图	广西临桂	昭州训导,《临桂县志》编纂	李国新	滕福海	
44		《横槎集》校注	清·吴时来	浙江仙居	刑科给事中,谪戍横州	范利亚	滕福海	
45		《寓真轩诗钞》校注	清·蔡希邠	江西新建	龙州同知,广西按察使	武海生	李寅生	
46	03级	《榕阴草堂诗草》校注	清·潘乃光	广西荔浦	湖北布政使王之春幕僚	杨经华	李寅生	巴蜀书社,2011
47		《剑虹居古文集》校注	清·秦焕	江苏山阳	桂林府知府,广西按察使	刘雪平	陈自力	上海古籍,即出
48		《白鹤山房诗抄》校注	清·李璲	广西苍梧	广州知府	黄飞	陈自力	
49		《小山泉阁诗存》校注	清·汪为霖	江苏如皋	刑部郎中,思恩、镇安知府	戎霞	梁扬	

（续表）

序号	年级	校注本题目	朝代姓名	原籍籍贯	著者简历	研究生	导师	备注
50		《红石诗集》校注	清·王衍梅	浙江会稽	武宣知县	农福庞	谢明仁	
51		《唐确慎公集》校注	清·唐鉴	湖南善化	平乐知府	乔丽荔	谢明仁	
52		《豫章集》校注	清·王必达	广西临桂	武昌知府,安徽道按察使	张月兰	滕福海	
53		《树经堂文集》校注	清·谢启昆	江西南康	广西巡抚,《广西通志》主修	夏侯海	滕福海	
54		《甘庄恪公全集》校注	清·甘汝来	江西奉新	广西巡抚	郭春林	李寅生	巴蜀书社,2011
55		《小罗浮草堂集》校注	清·冯敏昌	广西钦州	翰林院编修,户、刑部主事	杨年丰	李寅生	上海古籍,即出
56		《醉白堂诗文集》校注	清·谢良琦	广西全州	江苏宜兴知县,延平府通判	熊柱	梁扬	广西人民,2001
57	04级	《琼笙吟馆诗余》校注	清·崔瑛	广西桂平	布衣终生	兰曼	滕福海	
58		《南涧文集》校注	清·李文藻	山东益都	桂林府同知	王艳玲	陈自力	
59		《菊芳园诗钞》校注	清·何梦瑶	广东南海	义宁、阳朔、岑溪知县	游明	陈自力	
60		《唱道斋诗集》校注	清·钟琳	广西苍梧	直隶行唐,昌平知县	肖菊	谢明仁	
61		《分青山房诗集》校注	清·周必超	广西临桂	甘肃礼县、宁远等县知县	李木会	谢明仁	
62		《中山诗钞》校注	清·郝浴	河北定州	广西巡抚	王玮	李寅生	上海古籍,即出
63	05级	《海叟集》校注	明·袁凯	松江华亭	监察御史	孙晓飞	陈自力	

（续表）

序号	年级	校注本题目	朝代姓名	原籍 籍贯	著者简历	校注者 研究生	导师	备注
64		《奇游漫记》校注	明·董传策	松江华亭	刑部主事、谪戍南宁	杜建芳	陈自力	
65		《穆堂初稿诗集》校注	清·李级	江西临川	内阁学士、广西巡抚	王昭	谢明仁	
66		《海日堂诗集》校注	清·程可则	广东南海	桂林知府	魏捷	谢明仁	
67		《愚石居集》校注	清·李彬	广西贵县	赐内阁中书、辞隐故里	方立顺	滕福海	
68		《北上》《过江集》校注	清·王必达	广西临桂	南昌知府、甘肃按察使	周楠	滕福海	
69		《阮庵笔记五种》校注	清·况周颐	广西临桂	内阁中书、会典馆修纂	张宁	李寅生	上海古籍，即出
70		《树萱草堂集》研究	清·周益	广西临桂	刑部主事、湖北恩施知县	刘青山	李寅生	
71		《王鹏运词集校注》②	清·王鹏运	广西临桂	内阁中书、礼科给事中	宋丽娟	李寅生	
72	06级	《商盘旅桂诗校注》③	清·商盘	浙江绍兴	郁林知州、太平、镇安知府	范学亮	梁扬	中央民大，2013
73		《请缨日记》校注	清·唐景崧	广西灌阳	吏部主事、台湾布政使、巡抚	李光先	李寅生	上海古籍，即出

① 赵翼镇安府诗文考论》附录；② 05级中国古代文学《王鹏运词集研究》附录；③ 06级中国古代文学《商盘旅桂诗研究》附录。

目　录

少鹤诗钞内集

鹤再南飞集

龙　城　集

宾 山 续 集

前　言

　　李宪乔,字义堂,一字子乔,号少鹤,山东高密人。清代乾嘉间重要诗派高密诗派的代表性人物。其仕宦始于广西,十七年间辗转广西各地,最终卒于广西。然而,历来史家大都只论及其诗论诗派,对其人其事则语焉不详,且多有误。如严迪昌《清诗史》:"李宪乔,字子乔,号少鹤,著有《少鹤诗钞》、《鹤再南飞集》等。乾隆四十一年(1776)以召试举人官广西归顺知州。"①刘世南《清诗流派史》:"李宪乔,字子乔,号少鹤,乾隆乙酉选贡高第当除令,年十九。高宗见其年幼,罢归。陈文恭慰之曰:'君名臣子,终当以科第起家。一令不足辱君也。'丙申召试,赐举人,官归顺知州。"②实则召试赐举人四年之后,始出任广西岑溪知县;又过了十年,才官归顺知州。

一、李宪乔生卒年及其旅桂宦历与著作考

(一)李宪乔生卒年考

　　关于李宪乔的生卒年,历来史家大都从略不谈,如钱仲联主编《中国文学家大辞典·清代卷》即云"生卒年不详"。唯袁行云《清人诗集叙录》云:"(宪乔)生年推为乾隆十年,卒年据集中诗当为嘉庆元年。"③然其所叙生卒年均未确。其实可据有关材料推断。先说生年。有两则

---

① 《清诗史》严迪昌撰,浙江古籍出版社 2002 年版。
② 《清诗流派史》刘世南撰,人民文学出版社 2004 年版。
③ 《清人诗集叙录》袁行云编著,文化艺术出版社 1994 年版。

材料,其一,单韶《李少鹤集序》云:"少鹤生有异才,年十九,以选贡第当除令。"其二,《清诗汇》、《清史列传》均记少鹤"乾隆三十年拔贡生"①。由此可推知,其生年当为乾隆十一年(丙寅,1746)。次说卒年。李秉礼《〈韦庐诗外集〉序》云:"子乔丁巳从军西隆,寻返桂林,次永福庵一夕死。"②李秉礼是李宪乔最要好的诗友,宪乔殁后,秉礼以千金归葬,并出资刊刻《少鹤诗抄》,故其言是可信的。综上,可以推断,李宪乔生于乾隆十一年(1746),卒于嘉庆二年(丁巳,1797),享年51岁。

(二)李宪乔旅桂宦历考

一般史家对于李宪乔的宦历,亦仅概言"出为岑溪知县"或"官归顺知州",甚至只泛称"筮仕粤西"。钱仲联主编《中国文学家大辞典·清代卷》稍详:"官广西岑溪知县,归顺知州。卒任上。"但亦未列全,更非卒于该任上。今据李宪乔《少鹤先生诗钞》、《少鹤先生日记》(稿本)、《清史列传》、《岑溪县志》、《苍梧县志》、《归顺直隶州志》、《柳城县志》、《宁明县志》等文献的记载,综合考述其宦历如下:乾隆四十一年(1776)召试赐举人,四十五年(1780)出任岑溪知县,四十七年(1782)曾寓梧州,四十八年(1783)复岑溪任;五十一年(1786)乞养归故乡;五十五年(1790)署归顺州(今靖西县)知州,五十八年(1793)改任柳城知县,至六十年(1795)重任归顺知州;嘉庆元年(1796)初,调任思明府宁明州(今宁明县)知州,十月离任,赴省城桂林;二年(1797)三月,在省奉委赴百色军营,入西隆(今隆林县)从征贵州兴义苗起事,事毕监押案犯入京,中瘴毒卒于永福道中。

李宪乔之父李元直,字象山,官至山左侍御。雍正七年(1729),任四川道监察御史。"八阅月,章数十上,疏劾诸用事大臣如大学士朱轼、

---

① 《清诗汇》徐世昌编,北京出版社1995年版;《清史列传》王钟翰点校,中华书局1987年版。

② 《〈韦庐诗集〉校注》李秉礼撰,赵志方校注,广西大学硕士学位论文2001年。

张廷玉等,时有'憨李'之谓"。其刚直不挠与李慎修齐名,时称"山东二李"①。袁枚《随园诗话》亦载:"雍正间,孙文定公作总宪,李元直作御史,陈法作部郎,三人嶷嶷自立,以古贤相期,京师号曰'三怪'。余出孙公门下,采其略,为作神道碑,后与李公子宪乔交好,为撰墓志。"②因此,当李宪乔拔贡生却被天子以年幼罢归时,时任宰相的临桂人陈宏谋才会以"君名臣子"等语安慰他。李宪乔也确能秉承父志,廉洁勤政,以致"殁而妻子不能归葬,松圃以千金送其丧"③。

(三)李宪乔著作考

李宪乔的诗集《少鹤先生诗钞》十三卷,是在他辞世之后,由李秉礼、刘大观出资,单韶选编,王熙甫校定完成的。初刻于清嘉庆间,与宪噩、宪暠诗集合刻为《李氏三先生诗钞》,光绪十二年(1886)从曾孙李楗重刻之。光绪本蓝色封面题书名为《少鹤文集》,内题则为《少鹤先生诗钞》。该本《内集》十卷,收诗444首,依次为《秋岳集》、《石溪集》、《未详当属何集》、《焦尾集》、《萧寺集》、《过江集》、《过岭集》、《县居集》、《澄江返棹集》、《凝寒阁续吟》;《外集》三卷,计237首,分别为《鹤再南飞集》、《龙城集》、《宾山续集》。内外集诗凡681首。袁行云《诗人诗集叙录》在叙及李宪乔光绪版诗集时,千字文内有多处差错。现对诸光绪本予以纠正:《重订中晚唐诗主客图》误为"重订《中晚唐主客图》";《内集》三原为《未详当属何集》,误为"《焦尾》";《澄江返棹集》硬拆为"《澄江》、《返棹》"二集,以凑够十卷之数④。袁氏《叙录》中这段文字还有可议之处,此不一一指出。

李宪乔还撰有《拗法谱》一卷,附《通转韵考》一卷,有光绪间刊。《高密李氏评选孟诗》一卷,有同治间刊。评选陶渊明、韦应物、王维、孟浩然、储光羲、柳宗元诗为《六家诗选》,孙殿起《贩书偶记·续编》著录

① 《清史稿》赵尔巽等撰,中华书局1976年版。
② 《随园诗话》袁枚撰,顾学颉点校,人民文学出版社1982年版。
③ 《李少鹤集序》单韶撰。
④ 《清人诗集叙录》袁行云编著,文化艺术出版社1994年版。

其原稿本。《二客咏》二卷,有乾隆间刊。选订李秉礼《韦庐诗内集》四卷,中有点评,后有跋语,有乾隆辛亥版、嘉庆戊午版、嘉庆戊辰版、嘉庆已卯版①。另有《少鹤先生日记》稿本,内为《崇桂纪程》、《龙柳纪程》、《北旋纪程》、《百色军营》,今藏山东青岛市博物馆。

此外,单鉊序所云"赋颂杂文若干卷,《龙川杂纪》一卷,《昙呵集》一卷,缮写成帙。又著《诗经直说》,未就"等著,众史家均未叙及,似已绝迹。

二、李宪乔诗论及广西高密诗派的形成与流播

(一) 李宪乔的诗论和诗坛活动

李宪乔的诗学思想集中体现在其为李秉礼《韦庐诗内集》所撰的评跋中②。他强调"诗言志"乃是诗人"安身立命处",正如杜李韩苏之许身救民、傲睨权贵、逆鳞谏君、万死不悔:"古所谓诗言志者,非仅铸为伟词,扬诩盛气已也。必将有生平心力之所注,至真至确不肯以庸靡自待者,宣写流露于吟咏之间,乃所谓志也。许身稷契救天下之饥溺,虽不能至,志则有然,此少陵安身立命处;倾抑而密疏奸邪如杨李之辈,睨视嬖幸如贵妃力士之类,以流离佯狂傲然而不悔,风云屠钓大人棁杋,此太白之安身立命处;甫为近侍即激切谏争,患难死生不为移变,皇皇无君之凿枘不入,此昌黎之安身立命处;至大至刚之气不以少屈,嬉笑怒骂之态不以少敛,万死投荒甘之若诒,此东坡之安身立命处。"他还进一步指出,诗人由于所处时代与社会环境的不同,其安身立命处或有别,但就根本而言仍应不渝其志:"人之所处有不同,其安身立命处亦不同。若元道州之志在存恤,耻于躁进;韦苏州之志在恬淡,不为物牵;姚武功之轻心尘爵,为文致功;司空表圣之亮执高节,深究诗味;林和靖之追琢小诗,傲睨葛谢;陈后山之矢音酸苦,鄙夷权贵,是皆不渝其志者,余可

---

① 《〈韦庐诗集〉校注》李秉礼撰,赵志方校注,广西大学硕士学位论文 2001 年。
② 《〈韦庐诗集〉校注》李秉礼撰,赵志方校注,广西大学硕士学位论文 2001 年。

以此推之。"他坚决反对当时盛行的脱离现实、婉弱空洞、饾饤肤廓、风格颓靡的习气："诗自朱王狎盟以来，吮毫之子争以雕缋为工，旖旎相尚，风格寝以颓靡。较之云间、历下、竟陵、公安，余习又不知齐楚孰得失也。"

为了纠正诗坛积弊，李宪乔与其兄宪噩（又名怀民，号石桐）、宪暠（字叔白，号莲塘）在山东高密发起宣扬中晚唐诗歌的运动。他们模仿唐张为《诗人主客图》而作《重订中晚唐诗主客图》，取唐元和以后诸家五律，辨其体格，奉张籍、贾岛为主，朱庆余、李洞以下为客。他们所倚重的是张籍、贾岛的"寒瘦清真"，目的是力救时俗"藻缋甜熟"之气。李怀民这样解释重订《主客图》的动机："张籍天然明丽，不事雕镂而气味近道，学之可以除躁妄、去矫饰；贾岛力求险奥，不吝心思而气骨凌霄，学之可以屏浮靡、却熟俗。……中晚唐人得盛唐之精髓，无宋人之流弊，尝举梅宛陵'发难显之情于目前，留不尽之意于言外'二语，以为道尽古今诗法。"①汪辟疆《论高密诗派》一文指出："先是，清初诗学，以虞山渔洋为主盟，天下承风，百年未替。然末流之弊，宗虞山者，则入于饾饤肤廓，宗渔洋者，则流于婉弱空洞。李怀民生于国势隆盛之时，亲见举世阿谀取容，庸音日广，慨然有忧。乃与少鹤精研中晚唐人格律，而救以寒瘦清真，一洗百年以来藻缋甜熟之习……高密三李之起，奖掖提携则同里单书田、单青俟、单绍伯开其先；诗派成立，则石桐、少鹤扶其奥；羽翼倡，则以王氏五子为专功；绍述光大，以后四灵为独至。刘松岚则有流布宣扬之勋，孙顾崖则有识曲听真之赏。"②文中提到的山东高密诗派的主要成员，"三李"指李宪乔及其长兄李宪噩（诸生，有《石桐诗抄》等）、二兄李宪暠（诸生，有《定性斋集》等）；"三单"指高密前辈诗人单书田（楷）、单烺（青俟）、单绍伯；"王氏五子"指王克绍（新亭）、王夏（蜀子）、王万里（希江）、王克纯（颖叔）、王子和（宁焯）；"后四灵"指李五星（治经）、王熙甫（宁焯）、王丹柱（宁埏）、单肃（子固）。

---

① 《论高密诗派》汪辟疆撰，载《汪辟疆文集》上海古籍出版社 1988 年版。
② 《论高密诗派》汪辟疆撰，载《汪辟疆文集》上海古籍出版社 1988 年版。

此外还有刘松岚、孙顾崖两人，系李宪乔宦游广西时的亲密诗友。

（二）广西高密派的形成与传衍

汪文并叙及高密诗派在广西流播的情况："自少鹤筮仕粤西，其交游则有临川李松圃秉礼、桂林朱小岑、长洲孙顾崖、赵松川延鼎、刘正孚、江西胡茂甫森诸人。其弟子则有归顺童毓灵九皋、童葆元汝光兄弟，唐梦得昌龄、袁子实思名、马平叶亮工时晰。又有黄鹤立、曾传敬、农大年昌丰诸人，皆从少鹤问诗法。其造诣亦高，于是广西有高密之派。临川李松圃以业蹉籍桂林，因得与少鹤相习，既馆少鹤于其家，死后又为之归丧刻书。春湖先生宗瀚，守其家法，并及高密二李绪论。"①今参考汪文提供的线索，并结合地方史志文献资料作必要的补充、阐释，按李宪乔宦游广西的踪迹，将广西高密诗派的活动情况与传衍轨迹梳理如下：

1. 两任岑溪知县及寓居梧州时期。李宪乔知岑溪后，李怀民、李宪暠亦南游岑、梧，"三李"以诗文唱酬开一地文风。当地诗友有高豫（字建中，秀才）、徐奇士（孝廉）、欧阳介石（名镐）、谢素猷（名坡）、王推烈、余亮、李诒璋（李宪乔之子），以及岑溪黎叟、梧州温先生（时任梧州府提点刑狱公事）等。常于岑溪清风亭、易使桥，梧州三界庙、西江船上雅集唱和。李宪暠病逝于岑溪时，诸门生为诗哀悼之。

2. 两任归顺州知州时期。师从其门下的州城人有：童毓灵（字九皋，贡生，有《岳庐集》《秋思集》《宾山集》等）、童葆元（字汝光，附生，有《皆玉集》）、袁思名（字子实，又字监川，庠生，有《岛鹤集》）、唐昌龄（岁贡，历任广西灌阳、雒容县训导）、李祖能（字恢先，贡生）、彭绍英（字澍汉，号百川，贡生，选授思恩县训导，兼署河池州学正）、曾传敬等。常偕游州城东北的宾山、龙潭河、孤山太极洞等。在镇安府及府治天保县交游的有：府县同僚亲密诗友刘大观（字正孚，号松岚，直隶邱县人，时任天保知县，有《玉磬山房诗文集》）、汪为霖（字傅三，号春田，江苏如皋

① 《论高密诗派》汪辟疆撰，载《汪辟疆文集》上海古籍出版社1988年版。

人,时任镇安知府,有《小山泉阁诗存》),天保县城门生黄鹤立、农日丰(字大年),上甲村二黄生等。常到镇安府署周边的云山、独秀峰、响水瀑布、鉴隘塘等地游赏唱和。

3. 转岗柳城知县时期。有昔日诗友朱心池(柳江书院山长)、纪曾藻(直隶文安人,时任贵县知县,有《小痴遗稿》)、孙顾崖(江苏长洲人)、王若农(浙江嘉兴人)等,柳州门生龙振河(字雷塘,拔贡生,曾任恭城教谕,有《雷塘诗草》)、叶时晰(字亮工,号鹤巢,有《越雪集》)、李寅斋、欧阳镐、欧阳桂、黄章、罗希贤、王愚山、王克纯、黄淦、傅邦卫、姜元照及宪乔之子李诒璋等人。曾吟游柳城县名胜乌鸾山,又到马平(柳州)建"仙弈诗社",与众诗友、门生游仙弈山西麓,观赏宋代丞相王安中《新殿记》摩崖并分韵赋诗。为叶时晰点评诗作并为其集题名为《越雪集》。李怀民在高密去世时,梧、柳二郡诸生也各为诗相吊。

4. 调任宁明州知州时期。有王辛甫(龙州知州)、乔宁甫(曾任天河、灵川县令)、张予定(字汝安,号云樵,山东平原人,曾到桂林为县令)、梁昆华(宁明州署的越南语译者)以及族侄李约言、李纶等。并曾召请诸生宴游唱和,作《燕宁明州诸生》诗,称"矫矫诸文彦,实维在野英。……中有千古谊,此会良非轻"。

5. 在省城桂林及赴百色军营时期。有亲密诗友李秉礼(字敬之,一字松圃,号韦庐,又号七松老人,江西临川人,曾任刑部江苏司郎中,有《韦庐诗集》)、朱依真(号小岑,临桂人,袁枚称之为"粤西诗人之冠",有《九芝草堂诗存》)、李宗瀚(字公博,号春湖,又号北溟,秉礼之子,乾隆五十八年进士,官至工部左侍郎)、刘大观、杨石墟(李秉礼家师)、李桐冈、许密斋(兴安县令)、王若农、浦柳愚(桂林书院山长)、朱心池(柳江书院山长),以及晚年来重游桂林的袁枚等。李宪乔与诸诗家遍游独秀峰、七星岩、杉湖、隐山六洞、普陀山寺等名胜地,又在李秉礼私家环碧园、西湖庄中,与众诗友唱酬无虚日。

(三)广西高密派活动大事记

1. 李宪乔与袁枚、李秉礼等的交往。乾隆四十九年(1784)秋,来游桂林的性灵派领袖袁枚与寓桂的高密派宗主李宪乔晤会，并介绍宪乔与由江西临川定居桂林的李秉礼订交，携众多诗友遍游吟赏桂林风景绝佳之处。宪乔又引其兄怀民与秉礼相识。此后，秉礼与宪乔以风节相砥砺，并从之学诗。宪乔为秉礼一一点定诗作，编为《韦庐诗内集》，并详加评跋。两人不时举办的诗社集会亦为桂林艺坛盛举。《雪桥诗话》记其中一事云："少鹤尝于普陀山寺招同松圃、石墟、密斋、柳愚、若农及朱小岑同游，用范石湖'七人姓字在栖霞'句分韵赋诗。山水友朋之乐，亦足记也。"①宪乔卒于官，秉礼经纪其丧事，并出资编印其诗文集。

李宪乔在桂林与袁枚的交往，也透露了高密派同性灵派的分歧与对抗。《清诗汇》载："少鹤诗名在群从中最高，袁简斋游粤西，见少鹤诗文，目为'今之东坡'。诗出入唐宋诸大家，而能空所依傍，盖有真意以运之也。"②袁枚亦自言："余在粤，自东而西，常告人曰：'吾此行，得山西一人，山东一人。'山西者，普宁令折君遇兰；山东者岑溪令李君宪乔，字义堂。二人诗有风格，学有根柢，皆风尘中之麟凤也。"③他在离桂后致李宪乔函中有"高密高风，光远有耀"之语。李宪乔在回信中认为沈德潜论诗，"以'温柔敦厚'四字训人"，"遂致流为卑靡庸琐"，希望与袁"起而挽之"④。实际上，"卑靡庸琐"正是性灵派给高密派的总体印象，只不过宪乔作为晚辈，不便直说，只好托之于沈德潜而已。其兄李怀民对袁枚其人其诗的反感则直接得多。他在《北归日记》中说："诸人仰袁简老，如太山北斗。予每览其诗文，颇芜杂率易，不足惊喜。吾子乔亦未免以其誉己而许之。松圃为刻石，简老游栖霞洞诗也，张诸壁间。呜呼！士负虚名，倾动小儒。阮翁而后，又有袁子才。子才赠少鹤诗，少鹤删改几半，尚未免馀憾。其栖霞洞诗，视少鹤作，何啻梧竹之与榛栗？而松圃为子才刻石，不知供奉少鹤诗。天下事，往往如此恨恨！子才历游天下名山大川,到处以才名打取賝仪,穷无极欲,非真诗人本色也。子才所到处,大吏小官,争以诗投,而子才因以攫利,壮夫不为也。"①山东高密派成员多为安贫乐道的苦吟诗人。如单书田贫困至食尽门前树叶,犹吟哦不辍;李五星苦寒坚卧,其友王熙甫为制羊裘方能强起游眺;李宪暠屡试不第,遂随其弟宪乔到岑溪佐其治,越岁遭疾竟卒于官;李怀民亦久困场屋,乃愤而尽弃举制之文而专一于诗。这些以"志""气"相标榜激励,忍饥傲寒而不失"真诗人本色"的齐鲁"壮夫",如何看得惯鼓吹"性""情"至上,"到处以才名打取賝仪"的这位江南老才子!何家琪指出:"昔随园氏才恢张,坐令诗教流俳倡。当时崛起高密李,兄弟力以清真瘦削之笔回澜狂。"②高密诗派兴起的原因之一,正是为了矫正袁枚性灵派"芜杂率易"、"卑靡庸琐"的流弊。

2. 李宪乔在桂西壮族地区的文化传播活动。李宪乔两度莅任知州的归顺州,属桂西镇安府(府治天保,即今德保县),历来为壮族聚居地。地处边陲,西邻滇黔,南与越南交界,地理位置十分重要。历代中央政权对这一地区执行羁縻政策,是广西境内开发最晚、经济最落后的地区之一。直到清雍正间改土归流,随着外省籍官员及流寓文人的陆续来到,先进的中原汉文化才在这里逐渐传播开来。李宪乔即是其中一位从事汉文化传播的杰出活动家。

民国版《靖西县志》记载:"(李宪乔)敏明刚断,礼士爱民。尤工于诗。政暇尝以教州人士。州人粗知韵语,皆宪乔所教也。贡生童毓灵、庠生童葆元皆经其陶育。一时风雅称彬彬焉。"③据乾隆三十一年(1766)出为镇安知府的赵翼记载:"广东言语虽不可了了,但音异耳。至粤西边地,与安南相接之镇安、太平等府,如'吃饭'曰'紧考'、'吃酒'曰'紧老'、'吃茶'曰'紧伽',不特音异,其言语本异也。然自粤西

---

① 《高密三李诗话底稿·北归日记摘录》山东文献集成(第47册),山东大学出版社2006年版。

② 《天根诗钞》卷一《重遇潍县刘子秀孝廉汝宁,获读其诗集。夫诗虽小道,亦有守先待后之责焉。追述师友,感赋长歌》。

③ 《归顺直隶州志》何福祥纂,清道光二十八年(1848)抄本,成文出版社1967年影印版。

至滇之西南徼外,大略相通。余在滇南各土司地,令随行之镇安人以乡语与僰人问答,相通者竟十之六、七。"①从赵翼所举的语例看当为壮语,与壮语相通的"僰人"当为西南少数民族中的与壮同属汉藏语系壮侗语族的傣族。李宪乔要教"言语侏离","不特音异,其言语本异也"的土著壮族"诸生"或"州人士"学会"辨音法"并"粗知韵语",写出"风雅彬彬"的汉文诗来,其教学的难度与敬业精神可想而知。从李宪乔诗题看,他"政暇教州人士"可谓随时随地、倾尽心血:或在州署与众弟子讲学,或同游名胜实地启发创作,或在同品书画时切磋唱和。他赋赠诸生的诗作不少,诸如《与诸生》《示州父老子弟》《招诸文士》《游滨山寺》《归顺书感》《携黄生鹤立登西城带山,亭子坐竟日,鹤立有诗,予和之》《与鹤立步访上甲村二黄生》《下雷土州舍与门人童正一同宿》《和正一早行》《汪太守以陈洪绶画〈韩文公访卢仝〉卷见赠赋谢并示归顺诸生》《赠黄生》《喜雨和门人童正一》《赠袁生子实(思明)》《月下送子实》《九日游太极洞读楚辞,因同其体作歌,命门弟子和之》《九月十七夜与童正一登怀远楼》《将去镇安前一夕留赠黄生鹤立》《叙吟示正一》《镇安寓舍赠农生大年,并示童正一,即以留别》《镇安与童正一别后却寄》《镇安离席听童、曾二生歌诗,音韵凄切,因复留赠(童名毓灵,曾名传敬)》,等等。

　　李宪乔《改建怀远楼记》称:"此州士子好学者多来问业,常数十辈。惟是培植深厚,尚需将来,应运而起,当不乏人。"②仅在李宪乔诗题中提及名姓者,即有归顺州城人7名、镇安府治天保县人4名,而以"二童"兄弟和袁思明、黄鹤立、农大年、曾传敬等最优秀。"童毓灵,字九皋,贡生;童葆元,字汝光,附生。皆州城人,明敏好学,尤工于诗,一时有'二童'之目,为州官李宪乔所激赏。执赘李门下,凡有盛会雅集,更迭唱和,两生靡不与焉"③。李宪乔《将去归顺和乐天杭州二诗》亦载:

---

① 《檐曝杂记·西南土音相通》见赵翼《瓯北全集》,湛贻堂光绪三年(1877)刊本。
② 《归顺直隶州志》何福祥纂,清道光二十八年(1848)抄本,成文出版社1967年影印版。
③ 《桂西壮族地区汉文化传播例谈——从靖西"二童"到德保"三盛"》梁颖峰著,《广西大学学报》2014年第1期。

"独有童氏子,经通行且修。能来同我居,对床置衾裯。夜半读楚骚,灯阁风飕飕。因与论古今,掩卷涕泗流。共言无倦听,晨坐尽更筹。"童毓灵有《岳庐集》《秋思集》《宾山集》,童葆元有《皆玉集》。张鹏展《峤西诗钞》收有童毓灵诗30余首,童葆元诗数首。

　　童毓灵的诗中,五律占多数,风格以学习中、晚唐五律诗为主;其余为古体诗,四、五、七言纷然杂陈,灵活多变,不拘一格。如《独秀峰呈颖叔先生》:"百粤无地无山峰,千幻万化形难穷。奇到桂林奇不去,杜老此语未足凭。吾郡去桂三千里,岂亦有烦神鬼工? 龙攫虎挐纷无数,中间一嵒尤峣崼。掉头山外不回顾,势欲独专南服雄。众峰那无崛强者,只若壁观莫敢攻。一时俯首尽培塿,倚天放出万丈松。我自弱岁即壮之,思排阊阖吟高空。谢朓有句未足携,安得剑笔齐崆峒! 坐恐此奇竟泯灭,先生一笑来海东。"诗中所写"独秀峰"在镇安府治天保县城北面,山崖峭壁镌"云山"二字,笔势遒劲。峰半慈云洞内有乾隆初修建的观音阁,峰腰有钟灵阁、毓秀岩、流云洞。洞中豁然,别具天地,多有历代名人题辞刻石。与桂林独秀峰的清秀独标不同,诗人笔下描塑的这座独秀峰像昂首天外、峥嵘挺拔、坐镇群山的巨灵。诗中"龙攫虎挐纷无数,中间一嵒尤峣崼"二句,以刚健灵动之笔,极写众山簇拥之下独秀峰的险峻奇丽。其中用了三个古壮字:"嵒",上声下形,即读若当地壮话"巴"音,意指高而尖的石山。"崼",左形右声,即读若当地壮话"松"音,意指(山)高;两字叠用,即很高很高。壮族人写汉文诗偶尔夹用古壮字,对理解诗作并无大碍,反而使笔下景物别具异域风味,更显奇丽怪伟。这些土著壮人夹用古壮字写汉诗与国内名家唱和,堪称相映成趣、独特绝妙①!

　　(四)高密派以广西为根据地向全国辐射传衍

　　汪文还记载:"胡森亦以江西人与少鹤往来,自是诗人多有传其《中

---

　　①　《桂西壮族地区汉文化传播例谈——从靖西"二童"到德保"三盛"》梁颖峰著,《广西大学学报》2014年第1期。

晚唐主客图》者,于是江西有高密之派。孙顾崖以吴人官粤西,而最服
膺少鹤、石桐诗说,以为今日诗道之存,实赖二李。则孙顾崖固能为二
李之诗者,于是东吴有高密之派。逮于清季,临川李梅庵瑞清侨居金
陵,尝称其家学,曾举其家藏钞本《中晚唐诗主客图》,授和州胡俊。而
胡氏《自怡斋诗》亦远宗张、贾,近法石桐,并以身丁世变,枨触万端,辞
旨诡谲而不失于正。至其'穿天心出地肺'之语,见之者罔不惊走却步,
目之为怪,惟陈伯严、王冬饮知之,盖胡氏正从高密出也,然则高密二李
之诗派垂二百年犹未绝也。"①于是,高密诗派由山东崛起,以广西为发
展根据地,逐渐辐射到江西、江苏、安徽等地,再向各省流播,在全国范
围内形成声势不小的诗歌流派,其影响至清末"垂二百年犹未绝"。

三、李宪乔诗歌的思想内容

《少鹤先生诗钞》中的思想内容十分丰富,就其主要可分为四个方面。

(一)关心民瘼,对封建官吏虐民实质有清醒认识和深刻揭露

李宪乔之父贵为御史,以刚正清廉、狠劲弊政而有"憨李"之谓,其
两兄和朋友圈又多为安贫乐道以"志""气"相尚、"盛世"中愤世嫉俗的
苦吟诗人,这对他方正"狷介"品格的形成均深具影响。登上仕途后,
他以亲民自快,"以民为重。民之所好,好之;民之所恶,恶之"。"与民
相约,惟日存实心,说实话,行实事"(《改建怀远楼记》)。"修其教不易
其俗,齐其政不易其宜⋯⋯惟以达志通欲为尚,而无取矫戾更张"(《花
王庙碑记》)。他不仅秉"三实"("存实心、说实话、行实事"),认真为民
办事,尊重边疆少数民族风习,而且非常关心民瘼。《修墩谣》写官府为
修建烽墩,勒令各村"一丁出百砖,十户供万瓦",待到农民"典尽儿女
衣,稍具砖瓦资",却还"更驱自转运",导致错过农时,造成绝收人祸:
"田秧虽得插,废弃如枯荠。秧枯即绝食,饿死行可必。"在《猛虎行》、

《续猛虎行》《后猛虎行》三首乐府旧题诗中，他借用典故传说表达了对猛于虎的酷吏的极度愤恨、嘲弄。《猛虎行》中，他质问食人的老虎："虎虎尔何不往噬，贪婪丧良之酷吏。纵噬千百不汝罪，底何残此蚩蚩氓？"希望老虎吃尽另一种"食人猛虎"即贪官酷吏，吃得再多也不怪罪，这种忧愤是何等深广！《续猛虎行》则嘲笑那些贪酷之吏"不酷安得威，不贪安得货"，字里行间充满了蔑视厌恶之感。在《后猛虎行》中，他更指出酷吏为害之烈远甚于食人之鳄、食人之虎，"静思鳄之害，不过食民鹿与猪；何况公然入城市，血人于牙如虎乎？结引贪酷官吏与为朋，此乃于不贪之境肆无忌"。贪官酷吏结为朋党，虎狼成群，鱼肉百姓。他最后愤怒地质问："用狼牧羊已可忿，姿虎屠民宁更忍？"已经把矛头指向了最高统治者。

　　正因为贪官酷吏当道，民不堪命，他才呼唤清廉之吏，以救民于水火，挽颓溃世风，但在这个已经腐朽的社会里，廉吏不仅难得，而且难处。《廉吏咏客燕中作》就表现了清官廉吏的尴尬处境。"贪官童仆喜，廉吏亲宾怨"，可见贪吏之存在有着深厚的社会土壤。但诗人不以"贞女无艳饰，廉吏无珍服"为耻，即使简陋出行也心底坦然，"出行策疲马，不羡骅骝速"。他相信百姓心里有秆秤，"民愚有心肠，民贱有口目"。在举世浑浊的环境里，作为一个封建时代的下层官吏，能如此洁身自爱，实属难能可贵。《民顽一首呈镇安李太守》写得更为感人："'民顽不知恩'，不仁哉此语！为恩知有几？为害已莫数。此州属极边，夷民纷杂处。旧以犷悍闻，未往神无沮。试为布心腹，告其兄与父：'因利固有待，先除昔所蠧。庶各安尔业，讼狱莫予苦。'此来未云久，民已三泣予。某实心愧之，而证前闻误。勤勤贤太守，怨吏不怨民。某既证所信，还举以相闻。"《雪桥诗话》评此诗"语语真朴，于陶、韦非貌似者也"[①]。实际上，李宪乔对人民的认识和感情，已远超出陶渊明、韦应物之上。试读宪乔《将去归顺，和乐天杭州二诗》："三年为刺史，问我何施为。催科不敢拙，那得抚字慈。弭盗苦无事，遑问道拾遗。惟民不我

<hr />

　　① 《雪桥诗话》杨钟羲著，人民文学出版社 2011 年版。

恶,我不民鄙夷。以此两相得,未免情依依。愧无西湖水,为汝溉田陂。恩德竟何有,吾犹自知之。"正因为对自己治下的民众爱得深沉,所以才会如此一心地为民兴利除弊,而且总是由衷自责未能尽职。《将至会城覆讯解因感叹作诗》也说:"尔罪我敢逭,不教谁咎哉。讯罢仰天叹,莫喻愧且哀。"他到省城桂林去复审"犯人"时,想到地方官"不教"失职却无人查咎,讯罢仰天长叹,深感惭愧和悲哀。他不仅痛斥那些不责己贪反怨"民顽"的官吏为"不仁",而且清醒地认识到:"为恩知有几?为害已莫数。"诚如他致秦小岘诗序中所言:"以国家设民牧,将以养民,而顾残酷之,是非以养民,适以残贼民!"都是对封建官吏役民虐民的实质所作的深刻揭露和批判。

(二)酬唱赠答,交友收徒传艺明志

李宪乔在高密家乡时,即与"三单"、"王氏五子"、"后四灵"密切交往,多有酬赠之作。对师从他学习张籍、贾岛诗的王熙甫、李五星、王丹柱、单子固等"后四灵",更是悉心指教,赞许他们"格律皆有家法",为四人诗合集题名《后四灵集》,并题诗:"永世不师古,圣言非所闻。文章虽小技,师古者得存。世代有递嬗,只如一脉分。假若生并世,相应籧与埙。堪笑浮薄子,师心不师人。万言甫吐口,已作粪土尘。粤宋得四灵,结发避膻荤。律格用唐法,发显不二门。至今览所遗,字字冰霜真。吾党诸学子,力古一何勤。引为四灵后,鼓之气弥振。若遇浮薄者,塞耳绝其言。少锐老则不,此言悦书绅。"鼓励他们"师古"、"师人"、"师心"并重。

到广西后,十七年间遍游多地,或任职,或寓居,或行经,"所至以诗教人,开各邑宗风"[1],八桂诗家多与交游,后学则踊跃师从之。如《归顺陈刺史章爱予甚笃,以白石留别,因酬数语》:"世人结交以黄金,陈子结交以白石。以金易石石不易,金能使人贪,石能使人廉;金易熔,石不变。既不变,更相结,大胜屡盟屡歃血。"用陆绩任郁林太守清正廉洁,

---

① 《古今旅桂人名鉴》广西统计局编,杭州古籍书店 1987 年影印版。

离任时行装太少用巨石压舱的"廉石"典故,写出双方君子之交的深情厚谊。《译者梁昆华献孔雀一双,却之示以诗》:"翠角金翘相映新,端知性不耐清贫。请君笼向都城去,别赠豪家与贵人。"也是借拒收礼品表达廉洁自律的情怀。再如《孙罗城见过,读予门下诸生诗句,大惊,为赋长歌。诸生既各酬之,予亦有作》称"伯阳相马天下无,顾崖相士今亦孤。有目岂与常人殊,龙水净洗能辨珠";同时作《调童九皋》:"顾崖自负今莘老,突见子诗惊立倒。子方从我于蓬蒿,举世已知童九皋。"将好友孙顾崖誉为伯乐,门生童毓灵比作千里马。又如《招诸文士》:"举举二三子,殷然时造请。每惭旧学荒,且复撄簿领。幸值罢州事,衣带勿烦整。远水迢郭白,秋山临边静。倘能从我游,鄙辞当为骋。"从中可见他对当地少数民族求学者的深厚感情和悉心栽培。其他如《桂林留别敬之》、《普陀山寺亭会者七人,因取范石湖〈壶天观铭〉跋语"七人姓字在栖霞"分韵,得"七"字》、《清风亭别筵会者二十六人,共赋葛仙瀑。高生尚宪诗云"曾听双琴奏,今随孤鹤来",读之怆恍怅触,盖不复能终曲也。明日补作一章》、《王龙州奉使册立安南国王,自关外寄书与阮刺史,言少鹤亸作闲人定多著述,颇用妒之。戏呈百二十字》、《汪使君于云山之南结庐,曰此亦"元峿"。前有蕉栏、鹤柴,西置草亭,正对独秀峰,秋色绝佳。时值夜半月出,共话亭中,真不谓人世也》、《携龙、叶、欧阳三生游驾鹤山戏作歌》之类,数量不少。

(三)恋乡思亲,抒发落拓孤独情怀

　　李宪乔的乡愁诗写得非常出色。从齐鲁到八桂,乡关万里,云水渺茫,思乡之情无法割舍,因此乡愁诗写得情真意切,艺术成就也极高。这些诗首先表现了对故土家园亲人的思念。如《宿金生寺》:"远旅无同伴,荒祠对岭开。乍看新月出,疑自故乡来。吹火照深草,移床避湿苔。虽言少毒物,未免费愁猜。"《题苍梧馆示二三朋僚》:"炎地无节候,雨余风暂凉。就明安竹几,避湿置绳床。暗蝠惊荒墅,孤萤入废房。同来人语少,应只是思乡。"孤身远游荒湿炎方,无论是抬头乍见边月初升,还是耳闻目睹暗蝠孤萤入房,都会油然想起心爱的故乡。《雨后龙山道中》："屡露衣珠禾陇间，穿塍破畎放潺潺。入波天似镜中镜，过雨云疑山后山。带湿秋阳犹作暑，倦游行客只如闲。此时老母楼头望，拟遣樵青饷野还。"虽是雨后，秋老虎依然暑毒煞人，倦行游子又仿佛看见"此时老母楼头望"，魂牵梦萦，情何以堪！《新到配军经小道青州人，儿辈皆为作诗，因书所感》："童稚欣相报，乡音入耳初。宁知伤远遣，却似得家书。"听到乡音像得到家书似的感到亲切。

与此相应，许多诗作也表现了自己久处他乡的孤独感。《秋暮旅怀》："僻门惟落叶，篱棘到湖干。孤客坐未暝，乱鸦惊渐寒。久闲怅童仆，无信寄长安。正拟乡园梦，砧声起夜阑。"《京口寄丹阳王少府》："孤帆逗扬子，新月别瓜州。此地易成感，逢人合善愁。望来灯火岸，醉过笛声楼。知有难忘处，因风问海鸥。"乱鸦惊飞，孤帆远影，天气渐寒，砧声夜阑，处处易生感，时时觉孤单，这是他内心的写真。《镇安离席听童曾二生歌诗，音韵凄切，因复留赠》："山雨冥蒙滞去程，尊前兀自不胜情。歌当好处君须住，休到阳关第四声。"表面说唱到佳处打住就好，千万不要再往下唱到"阳关第四声"，免得勾起我的孤独漂泊之感，而实际上早已在深深地自伤孤独了。其他如《与伟度别后逢上元宿草桥驿》："红灯多在楼，孤迹长似倦。"写熙熙攘攘中的孤独。《雨中同周少府吕秀才登元容州经略台》："孤怀谁解惜，且尽数君杯。"写不被人理解时的孤独。《冬夜赠姚将军》："学调琴柱月初上，为看阵图灯暂明……无端醉后悲歌起，犹是山南射虎行。"借写他人而实喻自己的孤琴难鸣。等等，都很感人。

（四）流连山水，借形胜之迹发人生感慨

与李宪乔学韩愈的奇崛诗风相适应，不少诗作描写山水奇景异物，礼赞大自然的鬼斧神工。为了极奇尽怪，此类作品的篇幅往往较长，且喜用冷僻艰奥怪字。如《雪中登五莲山绝顶示颖叔》："三日住山不见山，中情有似饥待铺。冻霖作雪意已餍，乱山蹙踏琼瑶铺。依北一峰可见海，峰顶披冒时有无。毅然欲往不可挽，掉头岂顾山僧呼。千岫万寻那能数，但觉淫汗沾裳褕。是时藓干石齿瘦，砅崖漩滑如脂肤。性命造

次怕蹉跌，能变壮士成孱夫。不惜作气鼓俦侣，天生吾辈浮云殊。短长成败合有定，不死应有神明扶。床第岂必尽鲐耇，枉自浪掷千庸愚。天风峻绝谁敢庐，攫裂已有残浮图。飖来意气不知崄，平地仰眙始骇吁。"冻霖、乱山、千岫、石齿、砅崖、天风，大自然充满了神奇，置身其中，诗人感到了造化的伟岸与自己的渺小。又如《大桂山》："山行遭淫雨，殷雷压山碎。谁谓石瀑响，更出雷之外。碉木拔千寻，郁若不可耐。直从大幽底，到天势未艾。湿菌太古积，横楂半空碍。杰松不受云，自结成瑷璭。幽篁如幽人，回斜皆有态。折枝坠远墟，丛篧赴激濑……"诗中铺写了山雨之淫，殷雷之巨，碉木之高，竹林之幽，苔藓之古，蛮花之鲜，虫蛇之险，等等，诗人神魂倾倒于造物主的奇妙。同类还有《冰井》、《桂泷》、《大雨雹行》诸篇。

借山水形胜，探古人踪迹，寄托人生慨叹的篇章也不少。如《过永州吊柳子厚》其一："报国肝激烈，结交血淋漓。不幸误所倾，倾向叔文伾。十人誓同死，不顾生退之。假将此肝血，略为一转移。前日阳亢宗，合传非公谁。退之笃朋旧，岂以芥膈脾。其如撰实录，毛发不得私。公生有愚溪，公死有罗池。不敢妄谀公，知公不可欺。"诗评柳宗元参加永贞革新活动史事，追怀其狷介品格，歌颂其报国肝胆，痛惜其壮志未酬。又如《寻范石湖所题空明洞壶天观》："山川至楚越，融结无余势。……岂特为龙蛇，四壁浩然气。蛮邦莫知惜，半被藓土灭。何以招公魂，共向壶天醉。"据《桂海虞衡志·壶天观铭并序》："凡穴洞皆幽暗逼仄，秉烛而游。唯屏风岩高广壁立，如康庄大厦，延纳晖景，内外昭彻。石湖居士命之曰'空明之洞'。"①诗人借咏凸显了空明洞壶天观之景，通篇都是叙述议论，"何以招公魂，共向壶天醉"，怀古思想。又《楚中咏古迹五首》分别写汨罗江、衡山、洞庭、永州、浯溪五处名胜，怀悼屈原、韩愈、岳飞、柳宗元、元结五位历史人物，以抒发深沉的感慨。《湘江夜起值月上》则凭吊湘君、湘夫人。也有借山水形胜寻仙入禅之作，如《冬夜兰公见过寺居》、《兴胜寺即事》、《醉吟赠云岩上人》、《东碉琴兴

---

① 《桂海虞衡志》范成大撰，广西人民出版社1986年版。

示张生》、《栖霞寺待月赠同游》等。

四、李宪乔诗歌的艺术特色

李宪乔是高密诗派的核心人物,在宗师的选择上,单鋗序中说他"规模较阔,出入唐宋诸大家,能运以己意,虽巉削不伤真气。他文亦简劲有法度。"所谓"唐宋诸大家"指唐代韩愈、张籍、贾岛和宋代的苏轼、黄庭坚等。汪辟疆说:"少鹤五言,近贾为多……惟五七言古体,则尝出入韩苏,气体较大,……要皆不失为高密派重镇也。"①指出了少鹤宗师所自和学诗辨体的特点。李宪乔在学习这些诗歌传统时,不仅分体,且有所侧重,与此相适应,他的诗歌在整体风格一致的前提下,大致分为两种成色:宗韩一路和宗贾一路。他曾夫子自道:"僻吟偏近岛,上国喜逢韩。"(《留上窦东皋宗丞》)此外,还有少数学张籍的乐府古体诗。也曾自道:"我诗槎桠多苦语。"(《寄酬简斋先生》)范文澜论宋诗时有"硬派"、"软派"之分,今姑沿其理路,将李宪乔诗分为"硬派诗"和"冷派诗"两系,外加"乐府"诗,依次加以论述。

(一) 韩杜诗影响下的"硬派诗"风格

袁枚曾指出李宪乔诗"酷摹韩杜"②。李宪乔这类"硬派诗"具有以下特点:

1. 多用五七古体、杂体,鸿篇巨制挥洒才气学识。在《志感陈情上提刑杜使君七十韵》这篇长制中,作者描写蛮荒,陈述民情,叙述典故,介绍风俗,表达感激。洋洋洒洒尽得风流,显示了驾驭宏大结构的高超能力。这种做法取乎杜韩。杜甫擅长篇叙事,《述怀》、《北征》诸篇即是。韩愈传杜衣钵,《此日足可惜一首赠张籍》等篇即模杜之作。此诗意境纡折,悲喜起落,时断时续,散而不乱,表现了韩愈操纵局面的笔

① 《论高密诗派》汪辟疆撰,载《汪辟疆文集》上海古籍出版社 1988 年版。
② 《随园诗话》袁枚撰,顾学颉点校,人民文学出版社 1982 年版。

力。纵向比较一下,看得出李宪乔有意识地学杜仿韩的艺术尝试。他如《湘水遥》、《已过洞庭寄兄二十四韵》、《秋水篇》等,也是穷极笔力,抒发倾吐,淋漓尽致。

2. 以议论、才学为诗,显现较浓重的宋型诗味。从议论性长诗《再赠青俟太守》中,可以看出他对"辞强意崛"诗艺形式的自觉追求。类似的例子还有《上桂林陈相公二十四韵》等。苏轼是李宪乔倚重的诗人,苏诗特点之一即为说理。严羽从兴趣论出发,批评宋诗"近代诸公……以文字为诗,以才学为诗,以议论为诗"①。李宪乔熟谙苏轼、黄庭坚的这些特点,有意识地进行着尝试:"古人书多偏,而有刚正志;后人书多正,而有妖邪意。偏者固为病,美不以为累。"(《跋东坡山谷书示阳扶》)"偏"对艺术来说不是"病"、"累",关键要看内心有没有刚正之志,"偏"的艺术形式也照样能表达"刚正"的内容。

3. 用奇喻造险境,追求感觉的怪异和艺术效果的陌生化。在追求奇险的艺术效果方面,李宪乔有自己独特的追求:选择一种奇险的境界,调动各种感官,运用怪异的比喻,营造非凡的氛围,以达到陌生化的艺术效果。《桂泷》诗把人带到了一个危险之境——危崖激流之边,再从各方面给人以强刺激。这股激流就像一头桀骜不驯的怪兽,置身其侧,有一种莫测的危险。仄身在昏暗的崖壁之下,宛若触在性情乖张的老虎面颊上,随时都可能触虎之怒,随时都有生命之虞。远处,激流就像奔突的巨龙,冲撞着两岸,进撞着石礁,仿佛要与石岸石礁决一生死;电掣雷鸣,冰雹飞散……写声音之巨大、强烈,竟衬以"众山不敢应",这种氛围也太骇人听闻了。他就是靠这种种手段给人以全新的刺激,陌生的效果也就随之而出了。他的感觉有时也非常灵敏、新奇。"试着一雨片,寂然虚室中。何须入鼻后,始觉此心空"(《分香赠约言》)。鼻嗅雨水,感觉心空,嗅觉感觉界限被打破,这里运用的联觉之法,也是常人没有的。"晴枝霜气满,湿地晓阳轻"(《冬日晓兴寄东溪》)。一个"轻"字,把阳光也写出了质感,把境界盘活了;"古帘黯黯宫漏永,客帐无人

---

① 《沧浪诗话》严羽撰,人民文学出版社1961年版。

灯乱影"(《都门寄家兄用东坡寄子由韵》)。"灯乱影"三字,借灯影之乱,写人心之乱,或互相扰乱,写寂寞之境思路别致。总之,李宪乔为避免诗歌的平熟圆滑而作出的努力,使他的诗整体上获得了一种不同凡响的新奇效果。

（二）郊岛影响下的"冷派诗"风格

李宪乔的大部分五言古诗都有偏暗、偏冷、偏湿、偏孤静的特点。

1.偏暗。这是就视觉感受而言。贾岛诗的色调即偏暗,如"独行潭底影,数息树边身"(《送无可上人》),白昼里他选择光线较弱的潭边、树荫下;"地寒春雪盛,山浅夕风轻"(《别徐明府》),虽然是夕照,但已近昏黑;"流星透疏木,走月递行云"(《宿山寺》),在朦胧的月光之下;"怪禽啼旷野,落日恐行人"(《暮过山村》),在日暮时分,色彩昏暗。李宪乔选择的典型时刻也是或在黄昏,或在月夜,或在阴天,或在暗室,艳阳高照时也在浓荫下,像一只怕光的蝙蝠。"暝舫不能寐,兀立吊江东"(《夜半舟中望燕子矶作寄子才》),这是在暗室;"孤馆当昏坐,荒钟隔雨闻"(《和石桐闻钟寄子迄》),"残雪暮归寺,夕阳深闭门"(《兴胜寺》),这是在昏馆、暮寺;"游子半夜棹,严城千里冰"(《月夜次长江》之二),这是在夜半;"州城接孤岭,昏雪没巉屼"(《有感祝舍人大雪宿蔚州北山作》),"荒江迥望绝沿洄,雾督氛昏到晚开"(《泊龙头矶闻鹧鸪》),这是在黄昏、入晚;"鸡鸣江水白,江月堕混茫"(《鸡鸣》)这是在黎明月下……。不知是二人性情偏嗜相似,还是后彦模仿前贤,艺术面貌竟如此相似。

2.偏冷。偏冷与偏暗是联为一体,互为作用的,二者在心理上都给人造成阴郁的感觉,故色彩学上把昏暗的色彩划为冷色调。李宪乔选择意象时,着意择取雨水、冽泉、雪霰、冷雾等冰质物体,为诗境笼上冷的氛围。如写冷江、寒雾的诗句:"暗露缀虚网,晴虫上湿柯"(《寄曲江翁》);"松高云始驻,涧僻水偏寒"(《书情寄兰公敬之廉夫》);"寺前西涧水,数里见寒澄"(《题延庆寺》);"石泉寒更澈,霜柳雨中疏"(《怀林云表》);"泉声出荒草,霜气涌孤祠"(《游长白山澧泉谒范文正公祠》）……从常理上讲，太阳、烟、灯给人的感觉是温暖的，但诗人也要为它蒙上冷色："冻烟开碉曙，高雪入楼晴"（《登九仙山西观楼见远道人题壁》）；"带湿秋阳犹作暑，倦游行客只如闲"（《雨后龙山道中》）；"溪近夜风激，店荒灯焰寒"（《旅夜检校亡友单子迄集书卷尾》）。烟至于"冻"，秋阳至于"湿"，灯焰至于"寒"，都是作者心理上的极端反应。由于偏冷，选择意象时不离江湖雨雪雾泉，因而诗境又显得湿，冷湿便成为李宪乔"冷派诗"风格的感性形式。

3. 静寂。李宪乔学过韦应物、王维一派。王维晚年信佛，又诗画兼擅，其诗设色多用冷色。李宪乔流连寺刹、与僧友论道之作也不少，如《冬夜与远师同宿》、《赠法逸人》、《石溪西亭赠翼上人》、《游龙洞圣寿禅院》、《寻东碉僧》等。他笔下的静物、寂境也写得很有特色，有些佳句幽境直追王维。他有时使用以声衬静法，如"孤馆当昏坐，荒钟隔雨疏"（《和石桐闻钟寄子迄》）；"乌栖方辨树，犬吠始时村"（《雪后宿山家》）；"钟声离浦口，雨气隐淮关"（《淮阴晚泊》）；"宁知一叶寒江泊，独听篷窗溅雪声"（《别后寄都尉王象州》）等等。这些都是以不成比例的两物对比，反衬出寂静的成功例子。有时又以动衬静，如"僧共无灯夜，禽惊落雪枝"（《寄祝厚臣舍人》），以落雪、禽动衬静；"罳空和冻蚁，枝动恋巢禽"（《寺居雪夜寄萧检讨》），以枝摇、禽动衬静。

（三）学张籍的乐府古体的特色

1. 多用乐府歌行旧题，思想内容以讽谕为主。如《猛虎行》、《续猛虎行》、《修堠谣》、《莱阳乞儿妇》等。数韵、数十韵不等，立意都在"救济人病，禅补时阕"。语言接近民间口语，朴素自然，如"天子仁圣化被九有，敢恃遄荒逞此凶丑。我虽邻州之下吏，为民复仇亦其事"（《续猛虎行》），语言已如百姓日常说话。又如"我行时借问，夫言妇已叹，烽堠设何由，使我连村困。前夜吏到舍，叱喝府帖下。一丁出百砺，十户出万瓦"（《修堠谣》），用平常的叙述语言描写与农夫的对话，不加修饰，不求新奇，与前述苦吟之诗泾渭分明。

2. 善用典型场面与细节刻画来表现主题。如《莱阳乞儿妇》：

"……里中数少年,愿通殷勤具盘餐。妇若不闻嗫不言,更倩邻姥相劝谕,饿者如麻儿何苦,妇若不食不为语。风凄日惨野茫茫,居人尽归乌鸢狂,妇死尸留依夫傍。"写丈夫饿毙,妻子在旁守候至死的惨状。诗人选取逃荒"饿者如麻"时有暴尸路旁的典型场面,突出妇人的言行举止细节,对好心人的劝告"不闻嗫不言",对送上的食物"不食不为语",终于死依夫侧,表现了妇人的执着坚贞。整个叙述纯用白描,犹如线条分明的木刻。

综上所述,李宪乔学诗出入于唐宋诸大家,重点借鉴清苦的贾岛和雅正的张籍,"汇冶诸家,独师怀抱,才雄而气峭"①,遂得盛唐之精髓而无宋人之流弊,形成了自己的鲜明特色。那些抒怀言志之作,风格寒瘦清真、气骨凌霄;反映现实之作,则天然明丽、不事雕镂;而乐府古体诸篇,更绝似张王乐府的嗣响。当然也应看到,李宪乔过于强调刻苦独造,在一定程度上妨碍了诗歌内容的表达,其诗从整体上看,题材不是很宽广。翁方纲批评说:"此作《主客图》者,正坐一窄字!"②"寒瘦"诗风自然不够宏肆开阔,难免窘穷之讥。其次,学韩杜而求之过甚,也是一弊。如《上桂林陈相公二十四韵》、《志感陈情上提刑杜使君七十韵》,逞才使气中透发出一股酸腐气,而对上官的过分吹捧更显得未能免俗。但总体而言,李宪乔的诗论、创作及其流派,以自己的独到之处和艺术魅力,在清代诗坛上占有重要的一席之地。

---

① 《雪桥诗话》杨钟羲著,人民文学出版社 2011 年版。
② 《近人有仿张为〈主客图〉取张司业、贾长江以下五律成集者,赋此正之》,载《复初斋集》翁方纲撰,上海古籍出版社 1995 年版。

校注凡例

一、本书以《少鹤先生诗钞》光绪十二年（1886）重刻本为底本，以《少鹤先生诗钞》嘉庆残本为参校本（二本均藏桂林图书馆历史文献室），并辅以《清诗汇》、《清诗纪事》、《归顺直隶州志》、《广西地方通志》等文献资料，力求减少差错。

二、采用分篇校注方式，将校注文字置于各篇之后。

三、校注时，先校后注。在【校注】之下，分别以①、②、③……顺序排列。

四、本书校勘，遇校本文字有异须改时，均出校记说明。

五、本书注释，重点注解人名、地名、典故及典章制度。一般采取简注，但对于涉及广西地方较有文献资料价值者，则适当详注。遇有无以稽考者，一般用"不详"标明。

六、为免读者翻检之劳，对前已出现过的词条，不采取"详前注"的做法，仍再出注，但注文从简；重出次数多者则不再注。

七、原文中的夹注，一般移录于【校注】之下，并加说明。文字不多，随文更便于读者阅读的夹注，则保留不动，加括号、字小一号以示区别。

八、原文底本中脱文之处，均据对校本补充，或以缺字符号□标明。

九、原文中的异体字，一般直接改正，不予出注；通假字则不作改动。

【少鹤诗钞内集】

《少鹤诗钞内集》卷一（秋岳初集）

上桂林陈相公二十四韵①

昭代崇正学②，大儒在高位。赫赫无近功，渊渊抱深器③。鸾凤从焦明④，所引唯其类。顿令邱樊下⑤，欣然见显遂。忆昔雍正初，我公振飞辔。陈（法）谢（济世）并屹起⑥，先子实同列⑦（叶）。相期在前哲，无求悦当世。心非张禹谀⑧，气折田蚡贵⑨。应诏乃上疏，危言动鸾跸⑩。皇天鉴精诚，宠命临海裔⑪。众口方谣诼，一麾竟沦踬。今上初践祚⑫，求贤访佚弃。公荐首先臣，起为苍生计。不辞累牍上，朝野识公义。君子谁党同，所重非交契。日月悬中天，枉正矢不蔽。谅知贤者怀，不以存殁异。窃顾得一言，庶足照幽志。贱子田间来，天柱森云际。皇恐久未请，公闻乃欷歔。圣泉（陈法公字）今已亡，此事吾何诿。不工世俗文，平生有真意。斯言足千载，感极遂流涕。浩浩江汉流，大道无沦替。

【校注】

① 陈相公：当指陈宏谋。单鋆《李少鹤集序》载："少鹤生有异才，年十九，以选贡高第当除令。天子见其幼，罢之。将归桂林，陈相国慰曰：'君名臣子，终当以科第起家。一令不足辱君也。'"陈宏谋（1696—1771），字汝咨。临桂（今广西桂林）人。雍正进士，历官布政使、巡抚、总督，至东阁大学士兼工部尚书。在外任三十余年，任经十二行省，官历二十一职，所至颇有政绩，得乾隆帝信任。革新云南铜政，兴少数民族地区教育；经理天津、河南、江西、南河等处水利，疏

河筑堤，修圩建闸。先后两次请禁洞庭湖滨私筑堤垸，与水争地。治学以薛瑄、高攀龙为宗，为政计远大。卒谥文恭。著有《培远堂偶存稿》十卷、《文集》十卷等。

② 昭代：清明的时代，多用以称颂本朝。 正学：指儒学。汉武帝时排斥百家，独尊儒术，以儒家学说为正学。宋吕祖谦有《正学篇》，明方孝孺书室名为"正学"，均取此意。

③ 渊渊：水深貌。语出《庄子·天道》："广广乎其无不容也，渊渊乎其不可测也。"《礼·中庸》："渊渊其渊，浩浩其天。"

④ 焦明：鸟名。《史记·司马相如传·上林赋》："捷鸳鶵，掩焦明。"《集解》："焦明似凤。"《正义》："案：长喙，疏翼，员尾，非幽闲不集，非珍物不食。"当指鸾凤一类的鸟。

⑤ 邱樊：即丘樊，山林之意。多指隐居的地方。如《南史·隐逸传·论》："夫独往之人，皆禀偏介之性，……若使夫遇见信之主，逢时来之运，岂其放情江海，取逸丘樊，不得然而故也。"

⑥ 陈法：字世垂，又字圣泉，号定斋，贵州安平（今平坝）人。康熙五十二年（1713）进士，改庶吉士，授检讨。历任刑部郎中、直隶大名道。在京时，与同年进士孙嘉淦、李元直号"三怪"。陈宏谋甚推重之，曾两次荐举，辞不就，主贵山书院十八年而卒。平生祈向朱熹，潜心理学。著有《内心斋诗稿》、《易笺》八卷、《河干问答》一卷。 谢济世（1689—1756）：广西全州人。字石霖，号梅庄。康熙五十一年（1712）进士，授检讨。雍正四年（1726）官浙江道御史，以劾河南巡抚田文镜，遣戍阿尔泰。十三年召还。乾隆元年（1736）复官，复进呈所撰《大学注》、《中庸疏》，谓当遵古本，不遵程、朱，得旨严饬。乾隆三年，授湖南粮储道，八年，调驿盐道。未几还，家居十二年卒，年六十八。著有《以学居业集》、《史评》、《纂言内外篇》等书。乾隆修《四库全书》，其著作在禁毁之列。

⑦ 先子：指李宪乔之父李元直，字象山，山东高密人。康熙五十二年（1713）进士，改庶吉士，授编修。雍正七年（1729）任四川道监察御史。疏劾诸用事大臣如大学士朱轼、张廷玉等，时有"憨李"之称。其刚直不挠与李慎修齐名，时称"山东二李"。寻被贬，家居二十余年，卒。另据袁枚《随园诗话》卷六载："雍正间，孙文定公作总宪，李元直作御史，陈法作部郎，三人嶷嶷自立，以古贤相期，京师号为'三怪'。"

⑧ 张禹（前？—前5）：汉河内轵人，字子文。从施雠受《易》，从王阳庸生受《论语》，明习经学，应试为博士。元帝时授太子《论语》，迁光禄大夫。成帝时为相，封安昌侯。禹性奢侈，广置产业，买田多置四百顷。时外戚王氏专权，禹以帝师之尊，唯诺逢迎，但求保有富贵。

⑨ 田蚡(前？—前131)：汉长陵人。景帝王皇后同母弟。武帝时以贵戚封武安侯。建元六年(前135)为丞相，权移主上，因私怨杀前相窦婴、婴客灌夫。元光四年(前131)病死。《史记·魏其武安侯列传》、《汉书·田蚡传》载其事。

⑩ 跸(bì)：古代帝王出行时，禁止行人以清道。据《周礼·天官·阍人》："大祭祀、丧纪之事，设门燎，跸宫门庙门。"《注》："跸，止行者。"后因以指帝王的车驾或行幸之处。

⑪ 海裔：因李宪乔为山东高密人，山东临海，故自称。此数句所言之事当指《少鹤诗钞内集》单绍《序》中所言"少鹤生有异才，年十九以选贡高第当除令。天子见其幼，罢之"。

⑫ 践祚(zuò)：指皇帝登位。祚，皇位。《史记·秦楚之际月·表》："平定海内，卒践帝祚，成于汉家。"

雨后对月有怀石门精舍①

苦爱澄秋月，初晴望浩然。乱云归大壑，凉露湿空天。山静无留影，潭虚得静缘。因思道门友，永夜独安禅②。

【校注】

① 石门精舍：指石门寺。在山东曲阜市东北。精舍，道士、僧人修炼居住之所。

② 安禅：佛教语。指安静地打坐，犹言入定。

摇　摇

摇摇复磔磔①，鸦乱惊相失。海风吹雨昏，飒沓夜来急。居人常宴眠，客梦多惊惕。耿耿天欲明，残灯堕虚壁。

【校注】

① 摇摇：动荡貌。语出《大戴礼·武王践阼》："若风将至，必先摇摇。"磔磔(zhé)：象声词，常指鸟叫声。苏轼《往富阳新城李节推先行三日留风水洞见待》："春山磔磔鸣春禽，此间不可无我吟。"

园亭燕集

川原风露交，暇日聊延瞩。日夕悦芳静，时就东园宿。新月无远辉，蔼蔼历庭曲。修梧生夜凉，烟景亦清淑①。高谈转幽旷，野意绝羁束。谁能逐时好，穷年悲刺促②。

【校注】

① 清淑：清丽美好。淑，清澈。
② 刺促：当为"刺促"。也作"促刺"。指忙迫，劳碌不休。语出《世说新语·政事》"山公以器重朝望"注引王隐《晋书》："和峤刺促不得休。"又见《晋书·潘岳传》。

同王蜀子听山泉①

寻声不觉暝，已历几岩端。星下坐来久，松梢听处寒。壑风入夜寂，石气逼衣单。一径苍苔滑，朝来有鹤看。

【校注】

① 王蜀子：据汪辟疆《论高密诗派》一文所载，王蜀子名子夏，山东高密人。为高密诗派之"羽翼"的"王氏五子"之一。

海　上　答　客

碧宇沉沉晓气微,片帆轻共海鸥飞。掉头东去君休问,不遇成连誓不归①。

【校注】

① 成连:春秋时著名琴师。传说伯牙曾从成连学琴,三年不能精通。成连因与伯牙同往东海中蓬莱山,使闻海水激荡、林鸟悲鸣的声音,伯牙情致专一,得到启发,终成天下妙手。典出《文选·嵇康〈琴赋〉》注引汉蔡邕《琴操》及唐·吴兢《乐府古题要解》下《水仙操》。

朝　阳　寺

不识朝阳寺,牵萝度石门。海云青矗矗,山气郁魂魄。半壁灵楸大①,悬岩古佛尊。更寻南涧水,危坐听潺湲。

【校注】

① 楸(qiū):木名。木材可造船、制棋盘等器物,种子可入药。

题先少司马公《东冈集》后①

早志澄清许范滂②,云中遗业恨茫茫③。时逢板荡纡筹策④,老去勋名属战场。边士争夸小太尉,威声已摄右贤王⑤。孤臣涕泣轮台诏⑥,肯把开边劝武皇⑦。

【校注】

① 先少司马公：不详，待考。

② 范滂(137—169)：字孟博，东汉汝南征羌人。举孝廉，时冀州饥荒，民所至起义，滂为清诏使，有意澄清吏治。每至州境，贪污之守令皆闻风离去。以得罪宦官，系东门北寺狱，事释得归。灵帝建宁二年(169)大杀党人，诏下急捕滂等，自诣狱，滂母与决，曰："汝今得与李(膺)杜(密)齐名，死亦何恨！"死时年三十三。《后汉书·党锢传》有载。

③ 云中遗业：指英雄未竟之功业。语出王维《老将行》："莫嫌旧日云中守，犹堪一战立功勋。"

④ 板荡：《诗经·大雅》有《板荡》二篇，讥刺周厉王无道，败坏国家。后因以板荡指政局变乱或社会动荡不安。 纡：犹言深藏。 筹策：计谋。

⑤ 右贤王：汉时匈奴对贵族的封号。有左、右贤王。

⑥ 轮台：地名。土名玉古尔，后作布古尔。汉武帝时曾遣戍屯田于此。唐贞观中置县，治所在今新疆米泉市。岑参《白雪歌送武判官归京》："轮台东门送君去，去时雪满天山路。"

⑦ 开边：扩充疆土。杜甫《兵车行》："边亭流血成海水，武皇开边意未已。" 武皇：指汉武帝(前156—前87)刘彻，汉景帝子。承文景之业，对内实行政治经济改革，对外用兵，开拓疆土。尊儒术，倡仁义，而罢黜百家，建太学，置五经博士。在位五十四年，为西汉一代军事政治经济文化的极盛时期。但迷信神仙，大兴土木，急征敛，重刑诛，连年用兵，使海内虚耗，人口减半。《汉书》有纪。

贫　士　咏

　　秋草难为青，贫士难为形。泪落不入土，化为寒井冰。寒冰塞天地，破屋风骚骚。一夕不饿死，气与衡华高①。

【校注】

① 衡华：指五岳之衡山、华山。

雪行赠郝谦①

　　壬辰岁之冬②,建子月下弦③。李生当北行,匹马柴车单。今年雪最盛,在昔未曾看。三辰并时曜④,江海垂天翻。闪尸见鲛蜃⑤,鱥鱥排鳌鼋⑥。衡恒岱嵩华⑦,平地起且千。嵧绝少緪径⑧,有径天可攀。虎豹失威力,猬缩穷崖间。滇沔逾万里⑨,大漠连居延⑩。慷慨思卫霍⑪,勒勋燕然山⑫。步步踏镜明,毫发绝鄂垠⑬。秣马及未晡⑭,冰风结辔鞯。口不辨醇醨⑮,鼻不闻芗膻⑯。嗟哉此严苦,主人方好贤。

【校注】

①　郝谦:李郝谦,不详,待考。

②　壬辰:即乾隆三十七年(1772)。

③　建子:十一月的代称。我国古代以十二斗建称十二个月。周代以子月(农历十一月)为岁首,称建子。宋·张虑《月令解》:"仲冬者斗建子之辰也。"　下弦:指农历每月二十三日前后。

④　三辰:指日、月、星。语出《左传·桓公二年》:"三辰旗旗,昭其明也。"《国语·鲁》上:"帝喾能序三辰以固民。"　曜:照耀。

⑤　闪尸:暂现貌。晋木玄虚(华)《海赋》:"天吴乍现而髣髯,蝄像暂晓而闪尸。"　鲛蜃:鲛,海鲨。蜃,大蛤蜊。

⑥　鱥鱥:奋力貌。　鳌鼋:鳌,传说海中大龟。鼋,大鳖。背青黄色,头有疙瘩,俗称癞头鼋。

⑦　"衡恒"句:指五岳。南岳衡山,北岳恒山,东岳泰山,中岳嵩山,西岳华山。

⑧　嵧(qiú)绝:高峻险绝。　緪(gēng)径:连接通贯的小路。

⑨　滇沔(miǎn):水辽阔貌。左思《吴都赋》:"溃渱泮汗,滇沔渺漫。"

⑩　居延:古边塞名。汉初,居延为匈奴南下凉州的要道。太初三年(前

102),使路博德于此筑塞,以防匈奴入侵,故又名遮卤(虏)障。遗址在今甘肃,南起合黎山麓,北抵居延故城。故城在今甘肃额济纳旗西北。

⑪ 卫霍:指汉朝名将卫青、霍去病。《后汉书·冯绲传》:"卫、霍北征,功列金石。"

⑫ "勒勋"句:指刻《燕然山铭》事。《后汉书·窦融传》附《窦宪传》载:东汉窦宪破匈奴,登燕然山,刻石勒功,命班固作《燕然山铭》。杜甫《奉酬薛十二丈判官见赠》:"欲学鸱夷子,待勒燕山铭。"

⑬ 鄂垠(è yín):边际。

⑭ 秣马:喂饱马匹。 晡(bū):泛指晚间。

⑮ 醇醨:醇,浓酒。醨,淡酒。

⑯ 芗膻(shān):即膻芗。指祭祀烧牛羊脂的气味。语出《礼记·祭义》:"建设朝事,燔燎膻芗。"

雪后宿山家

一径沿溪口,漫漫天向昏。乌栖方辨树,犬吠始时村。积楚带茅屋,寒烟压竹门。山翁常不出,垆火尚余温。

雪后早行

夜与夜风息,晨与晨风发。束装鸡未鸣,空庭尚残月。棱棱出深径,草冻马蹄折。四山清且寒,朝日照积雪。冻云压白屋,寒光带篱落。晨炊户未启,澹烟上林薄。不念征者苦,焉知居人乐。郁郁竟何为,岁暮寄寥廓。

题兴福寺

滨州城南古时寺①，荒径无人独自来。日上断螭秋草合②，风飘野鹊殿门开。已空色相谁能识③，未息津梁剧可哀④。上马踉跄更远去，榜人挝急报帆回⑤。

【校注】

① 滨州：州名。春秋战国齐地。汉千乘郡地，五代后周显德三年（956）置滨州，宋因之，金属益都路，元属济南路，明初州治移徙渤海县，清属山东武定府。故治在今山东滨州市。　滨州古兴福寺未见记载，待考。

② 螭：传说中无角的龙，古代常雕刻其形作器物的装饰。

③ 色相：佛教主万物皆空，以无相为归。人或物一时呈现于外的形式，称为色相。

④ 津梁：桥梁，此指屋梁。

⑤ 榜（bàng）人：船工。　挝（zhuā）：敲击。

无棣道中二首①

一

天寒桑叶枯，日暮远停輈②。荒村物阒寥，草草夜中食。明发涉燕乡，兹夕尚齐域。短榻已无寐，邻鸡号更迫。征人度野桥，遗灯照虚驿。

二

晓月如故人，千里长相送。北风振枯碛③，料峭破寒梦。渐与亲爱远，已觉情怀重。星河城上高，凫雁天边动。欲就驿亭饮，一杯谁能共。

【校注】

① 无棣：县名，属山东省。战国齐邑。隋开皇六年(586)割阳信饶安置，因南临无棣沟，故名。故城在今县东。宋迁至今址。明避成祖朱棣讳，改称庆云。1914 年复名无棣。

② 軶(è)：车上部件，軶首系在车辕前脚横木，軶脚架于马头。俗作轭。此指马车。停軶即停车的意思。

③ 碛(qì)：不生草木的沙石地。

柳 泉 雪

暝色动高馆，天寒摧敝裘。雪来燕地早，云乱海乡愁。飒沓鸣枯叶，凌兢战晓驱①。行过陆绩宅②，回望思悠悠。

【校注】

① 凌兢：寒冷的地方。

② 陆绩宅：遗迹在浙江省嘉兴海盐乍浦西大街怀桔里，当地称怀桔庵，亦称陆绩庙。陆绩(187—219)，字公纪，三国吴吴县(今苏州)人，博学多识，星历算数无不赅览。孙权辟为奏曹掾，官至郁林太守。辞官还乡后迁居乍浦，借龙湫山夜观天象，著《浑天图》。《三国志·吴书》有传。

残　　雪

可惜惠连赋①，无言到雪残。高松停不堕，斜日敛犹寒。稍掩冻塍草②，遥明涸水滩。居人那识此，只是逼吟鞍。

【校注】

① 惠连赋：指惠连《雪赋》。谢惠连（397—433），南朝宋阳夏人。十岁能属文，书画并妙，族兄谢灵运特赏之，云："每有篇章对，惠连则得佳语。"元嘉中，惠连为司徒彭城王义康法曹行参军，为《雪赋》，以高丽见奇，文章并传于世。时人将他与其族兄谢灵运并称为"大小谢"。《宋书》《南史》皆有传。

② 塍（chéng）：田埂，小堤。

都门寄家兄用东坡《寄子由》韵①

古帘黯黯宫漏永②，客帐无人灯乱影。去秋去矣今复来，转眼流光只俄顷。篆刻已嗟文字陋③，长缨羞逐儿童请。不傍朱门藉余热，空隔白云缺晨省。嗟我无用如大瓠④，入世不宜似苦茗。故山无恙黄鹤飞，去作臞仙遡坡颍⑤。

【校注】

① 都门：指京城。　家兄：指李宪乔的两位兄长李怀民、李宪暠，与宪乔合称为高密诗派领袖"三李先生"。　东坡：即苏轼（1036—1101），字子瞻，宋眉州眉山人。嘉祐二年（1057）进士。贬黄州时，筑室于东坡，自号东坡居士。孝宗隆兴六年（1163）予谥号文忠。其文章纵横奔放，诗飘逸不群，词开豪放一派，书画亦有名。后人辑其所作诗文奏牍等为《东坡七集》一百十卷。　子由：即苏辙（1039—1112），字子由。宋眉州眉山人。嘉祐二年与兄轼同举进士。文章与轼齐名。

② 宫漏：古代宫中计时器。用漏壶原理，故称漏。唐李商隐《龙池》："夜半宴归宫漏永，薛王沉醉寿王醒。"

③ 篆刻：比喻书写和精心为文。

④ 大瓠（hù）：同"匏"（páo），皆指葫芦。《论语·阳货》载，佛肸据中牟以叛乱，召孔子，孔子欲往。子路曰："昔者闻诸夫子曰：'亲于其身为不善者，君子不入也。'佛肸以中牟畔，子之往也，如之何？"子曰："然，有是言也。不曰坚乎，磨而不磷；不曰白乎，涅而不缁。吾岂匏瓜也哉？焉能系而不食？"后常用"吾岂

匏瓜"之典形容求官不得或不被重用。

⑤ 臞仙：指骨姿清瘦的仙人。臞，同"癯"，清瘦。 遡：同"溯"。

吊没蕃胡司马赠公子璞①

金沙达蝶连南溟②，瘴云毒雨交沸腾。炎荒万里行人绝，鵌鼵讵足勤天兵③。一夜风吹章台月④，诏书五道飞幽漠。桓桓仗钺明将军⑤，年少登坛气咆勃⑥。誓将一剑扫朱垠，免胄直入虎狼穴。身经蜀相不到处⑦，渡泸南下更复绝⑧。桂阳司马将门子⑨，提戈待罪前营里。临风上马何洒然，请缨破贼今老矣⑩。宛顶杀气压尘堁，死所未得今其可。班超不图生入关⑪，马援已无尸可裹⑫。盛朝信不乏人杰，军威暂却非归惰。我知公子豪且贤，赠君唯有独漉篇⑬。国仇不塞冤未报，会须一击鹏抟天⑭。

【校注】

① 原注：司马，名邦祜，昌邑人。 胡司马：即胡邦祜。据杨钟义《雪桥诗话三集》："昌邑胡邦祜以荫官盛京工部主事。乾隆八年（1743），裁盛京各部汉缺，补刑曹。历官宁波、贵阳知府。以事落职，授永北同知。三十二年（1767），征缅之役，忠烈公明瑞檄办粮饷，贼扰木邦，随参赞鲁讷拒守，城陷死之。"公子璞：未详，待考。 昌邑：县名。秦置，汉初属梁国，先后为汉山阳国昌邑国山阳郡及兖州治所。晋为高平国，南朝宋省入金乡。隋初复治，寻废。故城在今山东金乡县西北。

② 达蝶：在今云南西盟佤族自治县，有达蝶村。

③ 钱仲联《清诗纪事》卷十所引此诗"鼵"作"鼱"字。较之二字之意，"鼵"字为佳。 鵌(tú)鼵(tū)：鵌，鸟名。鼵，鼠名。《尔雅·释鸟》："鸟鼠同穴，其鸟为鵌，其鼠为鼵。"《注》："鼵，如人家鼠而短尾；鵌似鵽而小，黄黑色。入地三四尺，鼠在内，鸟在外。今在陇西首阳县鸟鼠同穴山中。"

④ 章台：宫名。战国时建，以宫内有章台而名。在陕西长安县故城西南隅。《史记·蔺相如传》记，秦王坐章台见相汝，相汝奉璧奏秦王，即此台。

⑤ 桓桓：威武貌。语出《尚书·牧誓》："勖哉夫子！尚桓桓。"

⑥ 登坛：升登坛场。古时帝王即位、祭祀、会盟、拜将，多设坛场，举行隆重仪式。此指拜将。 咆勃：发怒貌。晋潘岳《西征赋》："出申威于河外，何猛气之咆勃。"

⑦ 蜀相：指诸葛亮(181—234)，字孔明，三国蜀相，阳都人。早年隐居隆中，自比管仲、乐毅，人称"卧龙"。助刘备取荆州，定益州，与魏、吴成三足鼎立之势。备死，辅后主刘禅，整官制，修法度，志复中原。屡次北伐，与魏相攻战。章武十二年(234)卒于五丈原军中，年五十四，谥为忠武侯。在后世民间小说、戏曲中通常是通晓阴阳、料事如神的形象。诸葛亮曾南征到云南等南部边地，此句意为，诗中人南征到比诸葛亮南征还远的地方。

⑧ 敻(xiòng)绝：寥远。

⑨ 桂阳：地名，属今湖南境。但考胡邦祜生平，并未在湖南为官。倒是曾为贵阳知府，故疑此处"桂阳"当为"贵阳"之误。

⑩ 请缨：《汉书·终军传》："南越王与汉和亲，乃遣(终)军使南越，说其王，欲令入朝，比内诸侯。军自请：'愿受长缨，必羁南越王而致之阙下。'军遂往说越王，越王听许，请举国内属。天子大说。"后以"终军请缨"之典表示立志报国，请命出征或出使。

⑪ 班超(公元33—103)：字仲升，汉扶风安陵人。班彪少子，班固之弟。父卒，家贫，为官府钞书以养母。曾投笔叹曰："大丈夫无它志略，当效傅介子张骞立功异域以取封侯，安能久事笔砚间乎！"明帝永平十六年(73)，率三十六人出使西域，使西域五十余城国获得安宁。超在西域三十一年。官至西域都护，封定远侯。其妹班昭以其年老，为之上书乞归。至洛阳，拜射声校尉。同年病卒。《后汉书》有传。

⑫ 马援(公元前14—49)：字文渊，东汉扶风茂陵人。建武十一年(35)任陇西太守，建武十七年任伏波将军，南征，平定南方，立有大功。据《后汉书·马援列传》"峤南悉平"下李贤注引《广州记》曰："援到交趾，立铜柱，为汉之极界也。"归来后朋友都祝贺他，他说："方今匈奴、乌桓尚扰北边，欲自请击之。男儿要当死于边野，以马革裹尸还葬耳。"后以"马革裹尸"之典，形容决心为国战死疆场。

⑬ 独漉篇：晋拂舞歌辞。《南齐书·乐志》作《独禄》。唐李白有《独漉篇》，王建有《独漉歌》。

⑭ "会须"句：《庄子·逍遥游》中，"鹏之徙于南冥也，水击三千里，抟扶摇而上者九万里，去以六月息者也。"后以"鲲鹏万里"称颂胸怀大志，奋发有

为,前程远大的人,或形容宏伟的气象。

冀旭画宿雁①

宿雁从何见,图成怪逼真。展时雪气味,空处夜精神。冻苇风吹折,枯崖水蚀皴。惺惺如有语,凄绝楚江滨。

【校注】

① 冀旭:清代著名画家,工画雁。所画百雁图,飞潜走伏,形态逼真,笔墨畦径,远在边寿民之上。

雨夜宿亡友宅

百岁谁所命,幻化须臾间。斯理良已喻,突至怵心颜。亭北有枯竹,枯尽余霜根。凉飚侵榻来,飒飒吹烛昏。半夜雨转剧,徒御呼不闻。严城急更漏,号啸相与旋。忽如在远道,阔落悲乡园。过此更相忆,茫茫安可论。

赠单丈书田(楷)①

迹近不相识,深惭等世人。能除众有句,独得古无贫。釜煮后凋叶②,门堆绝客尘。还嗤玉川子③,乞米仗僧邻。

【校注】

　　① 汪辟疆《论高密诗派》中所引此诗之诗题"赠"作"投"字。　单丈书田（楷）：据汪辟疆《论高密诗派》一文，"今按高密诗派，其在齐鲁之间者：老辈则有高密单书田楷、单青俟烺、单绍伯三先生。……书田尤固穷力学，贫困至食木叶，吟哦不辍。……二李诗派之兴，而此三单先生者，实有奖掖倡导之功焉。"另据《晚晴簃诗汇》所收李怀民诗中有一首《子乔自县中来言单书田先生贫至食木叶邀叔白各赋一首为赠》："食尽门前树，先生空忍饥。只应到死日，始是不贫时。古性原无怨，高情独有诗。即今三日雪，坚卧又谁知。"

　　②"釜煮"句：言单书田煮叶而食之事。

　　③ 玉川子：即卢仝。号玉川子，唐范阳人。家贫好读书，初隐少室山，不求仕进。曾为《月蚀》诗，讥讽当时宦官。韩愈称其工。亦作《月蚀诗效玉川子作》。唐文宗大和九年（835），甘露之变，为宦官所杀。有《玉川子集》。《新唐书·韩愈传》附《卢仝传》。

再赠书田翁

　　贾孟骨已霜①，冷迳无人造。岂谓千载下，复得见孤峭。呐呐书田翁，坚僻遂成操。澄泉涸亦洁，劲木折不挠。秋蝉露在腹，忍饥只自噪。猛士深入敌，战死不受犒。高言吐向众，率谓狂且耄。我闻径相访，候门不敢敲。自袖新成诗，片羽投壶峤②。垣迳半倾夷，竹木尚幽窅。檐际未消雪，下覆无烟灶。短发披破褐，瞳子澄不眊③。浮面光可掬，对我生照曜。伛偻降相引④，唇舌屡为掉。九河泻迤延，鲸鹏斗险奥。大雅久衰歇，顽艳日袭盗⑤。独握怀中冰，有得非世要。我聆始惊叹，但觉气浩浩。见许坐蓬荜，荣我等朝庙。况复致拳拳，瓜李费琼报⑥。夫子嗜昌歜⑦，今吻得古好。周鼎杂康瓠，宝弃须细较⑧。新得足自雄，前功吁可悼。倘使行走随,执鞭甘所效⑨。

【校注】

① 贾孟:指贾岛、孟郊。　贾岛(779—843),字阆仙,一作浪仙,唐范阳人。初为僧,名无本。曾于京师骑驴吟诗,得"鸟宿池边树,僧敲月下门"之句,初欲作"推"字未决,冲京兆尹韩愈道,愈因教其为文。因返俗,举进士,久不第。文宗时坐诽谤谪长江主簿,有《长江集》。《新唐书》附《韩愈传》。后世诗人对其顶礼膜拜者甚多,据统计,《全唐诗》中晚唐诗人所作怀念前辈诗人及追和其诗的篇什,贾岛高居首位。李怀民、李宪乔在其《中晚唐诗主客图》中,尊贾岛为"清奇僻苦主",将姚合、李洞、喻凫、马戴、张乔、郑谷等二十余人列其门下。孟郊(751—814),字东野,唐湖州武康人。少时隐居嵩山,与韩愈结为至交。贞元十二年(796),举进士,任溧阳尉,常因吟诗荒废公务。卒后,其友张籍私谥为贞曜先生,韩愈为作《贞曜先生墓志》。郊诗现存四百余首,以乐府古诗为多,多倾诉穷愁孤苦,感情深挚动人。但以过于求险奇,不免晦涩。有《孟东野集》十卷。新旧《唐书》皆有传。贾岛、孟郊二人诗风皆清峭瘦硬,好作苦语,苏轼评论他们是"郊寒岛瘦"。

② 壶峤:指蓬莱仙岛。《列子·汤问》、《史记·封禅书》皆有记。晋·王嘉《拾遗记》卷一载:"三壶,则海中三山也。一曰方壶,则方丈也;二曰蓬壶,则蓬莱也;三曰瀛壶,则瀛洲也。形如壶器。"后常以"海上三山"、"蓬莱"、"蓬瀛"、"方壶"、"壶峤"等指海中仙境或人间胜境。如清·黄景仁《尧母庙》:"都山望尧山,离立若壶峤。"此句把单书田的居所比作人间胜境。

③ 眊(mào):目不明。语出《孟子·离娄》上:"胸中正,则眸子瞭焉;胸中不正,则眸子眊焉。"

④ 汪辟疆《论高密诗派》中所引此诗"引"作"迎"字。

⑤ 顽艳:指"哀感顽艳"。语出三国魏繁休伯《与魏文帝笺》:"咏北狄之遐征,奏胡马之长思,凄入肝脾,哀感顽艳。"本指辞旨凄恻,使顽钝和美好的人同样受感动。后多用以评论艳情作品,与原意不再一致。这里用"顽艳"指代浮靡空洞的时代诗歌风气。

⑥ "瓜李"句:《诗经·卫风·木瓜》:"投我以木瓜,报之以琼琚。匪报也,永以为好也。投我以木桃,报之以琼瑶。匪报也,永以为好也。投我以木李,报之以琼玖。匪报也,永以为好也。"另《诗经·大雅·抑》亦有句:"投我以桃,报之以李。"后以"琼琚报桃李"之典表现相互赠答或用以敬称人之馈赠。

⑦ 昌歜(chù):用蒲根切制成的盐菜。韩愈《送无本师归范阳》:"家住幽

都远,未识气先感。来寻吾何能,无殊嗜昌歜。"

⑧ "周鼎"二句:化用贾谊《吊屈原赋》中句:"于嗟嘿嘿兮,生之无故,弃周鼎兮宝康瓠。"周鼎,喻宝贵的事物;康瓠,空壶,破瓦器。

⑨ 执鞭:持鞭驾车。语出《论语·述而》:"子曰:'富而可求也,虽执鞭之士,吾亦为之。'"后以执鞭表示对某人敬仰之意。

赠王丈太初(立性)①

早岁宰江县,归来仍一经。袍当寒日破,瞳似古僧青。客散邻中路,林明雪后星。时闻有高唱,能使酒人醒。

【校注】

① 王太初:名立性,字太初。雍正十三年(1735)乡试中举,乾隆二年(1737)进士,授娄县(今属上海市松江区)知县,"旋告归授徒"。

独　　宿

寂久更无物,翛然遂此心①。被寒春尚浅,林静夜应深。独宿澹成趣,经时闲易吟。无人同此意,窗外月沉沉。

【校注】

① 翛(xiāo)然:自然超脱貌。语出《庄子·大宗师》:"翛然而往,翛然而来,而已矣。"

雨夜怀张阳扶①

天地非不宽,羁鸿独无依。渺渺江海阔,嗟此为生微。丈夫抱古训,壮当为世资。累累寄他县,盛时遭流离②。有母长颗颔③,俯仰惭庶黎。此恨古来有,善保洁白姿。岂无希世方,可以饱汝饥。戚戚妇孺怨,拳拳友朋期。梦寐有感触,千里犹共帷。荒斋殢春雨④,夜久转凄迷。童子亦就卧,讵知心所悲。

【校注】

① 张阳扶:山东高密人,"三李"诗友,布衣,曾为河南巡抚庄存与幕客。李怀民亦有《张阳扶自济南过宿别》《送张阳扶佐庄使君幕校士河南》诗。

② "累累"二句:指张阳扶接连不断流寓济南诸县。李怀民《和子乔〈赠劳山僧〉有序》序云:"子乔北行次沧州,有少年僧,察其音,似故人张阳扶,叩之,果阳扶甥也。先是阳扶流寓济南诸邑,皆携姊甥往,后远游,姊老,不能从阳扶去。久之,甥遂为劳山僧,将入都受戒。子乔遇之,感而赋诗云。"

③ 颗(kǎn)颔:因饥饿而面色枯槁貌。《楚辞·离骚》:"苟余情其信姱以练要兮,长颗颔亦何伤。"

④ 殢(tì):滞留。

赋 得 柳 色①

千村万村静,二月三月伤。晕黄蒸雨气,湛碧破溪光。直送远情尽,能教春昼长。所嗟白傅死②,终古此茫茫。

【校注】

① 赋得:在指定、限定题目上加"赋得"二字,这种作法起源于"应制诗",

后来广泛用于科举"试帖诗"。南朝梁元帝即已有《赋得兰泽多芳草》一诗。应制或试帖诗,因诗题多取成句,故题前均冠以"赋得"二字。同样也应用于诗人集会分题。后遂将"赋得"实用为一种诗体,即景赋诗者亦往往以"赋得"为题。

② 白傅:即白居易(772—846),字乐天。唐太原人,贞元十六年(800)进士,元和初翰林学士,迁左拾遗。后贬江州司马、杭苏二州刺史等职。开成初,授同州刺史,不拜,为太子少傅。后来诗文中常省称为白傅。晚年居洛阳香山,号香山居士。主张"文章合为时而著,歌诗合为事而作"。其诗浅显平易,传称老妪都解,流布甚广。早期所赋讽喻诗,尤为世重。与元稹并称元白,又与刘禹锡合称刘白。有《白氏长庆集》。新、旧《唐书》皆有传。其《赋得古原草送别》为咏物名篇。

早 夏 斋 居

雨余生夕凉,月出似秋霁。孤飔起长薄,众飒散空际。地迥神自惺,迹孤兴转至。怅焉触古怀,耿耿不得寐。

大 雨 雹 行①

草堂睡起日卓午②,殷雷重压南山椒。穿阶斗蚁出纵横,盘空大鸟愁漂摇。日月汩没云四塞③,但觉气势雄江涛。天东伐鼓天西应,神龙一瞥千周遭。雨师挟雨未即下,倚空作势狞且骄。须臾骤至不及瞬,直倾天汉供一泡。歘惊飒飒战毛发④,飞雹错出如梅桃。涤荡乾坤碎百怪,窜走山鼠啼山魈⑤。组练长驱刀锋接,惨澹杀气无从逃。千戟并出广武野⑥,万弩齐射钱塘潮⑦。狂猋拔屋逞余怒,儵忽送雷归沉寥⑧。老农揸

杖为我说，二麦冉冉临东皋⑨。去年流亡渐归复，赋税
粗足宽征徭。今春雨旸颇及时，有蝗幸不伤我苗。愿
牧风雹更不用，麦熟一救饥肠烧。

【校注】

① 大雨雹：大降冰雹。雨，落下。《诗经·邶风·北风》："雨雪其霏。"

② 卓午：正午。唐孟棨《本事诗·高逸》李白《戏杜》："饭颗山头逢杜甫，头戴笠子日卓午。"

③ 汩没：埋没。

④ 欻（xū）：亦作"歘"，忽然。

⑤ 山魈（xiāo）：山中动物名。形似猴，体长三尺余，身被黑褐色长毛，头长大，尾极短，眼黑而深陷，鼻部深红，两颊蓝紫有皱纹。以其状貌丑恶，旧时称之为山怪。

⑥ 广武：地名。在今河南荥阳市东北，有东西广武城。秦末楚汉两军隔广武而阵，故东广武称楚王城，西广武称汉王城。晋阮籍曾登广武，观楚汉交战处，叹曰："时无英雄，使竖子成名！"

⑦ "万弩"句：用钱武肃王射潮典故。《宋史·河渠志》："梁开平中，钱武肃王始筑捍海塘，在候潮门外，水昼夜冲激，版筑不就，因命强弩数百以射潮头，又致祷胥山祠。"《北梦琐言》中也有"吴越钱尚父俾张弓弩，候潮至，逆而射之，由是潮退"等说法。钱塘潮：浙水流至旧钱塘县境称钱塘潮，极为壮观，但对农业生产破坏亦大。以三国吴郡曹华核于此筑塘以御海潮而名。

⑧ 沇（xuè）寥：空旷貌。语出宋玉《九辩》："沇寥兮天高而气清。"《文选》之《九辩》注："沇寥，旷荡而虚静也，或曰沇寥犹萧条无云貌。"

⑨ 二麦：指大麦、小麦。

夏 夜 吟

柴门月色净且新，送客归卧仰承尘。怅然不寐思远人，浩歌出口愁复吞。才疏志大安足陈，天汉空阔无纵鳞。丈夫有恨岂贱贫，娇女病作寒蛰呻。幼子暴泻

数及旬,半夜惊号撼四邻。心知亢土蒸作氛,自春徂夏
灾将频。家人不识谓鬼神,吹灯照壁踏破裈。自笑未
免禽犊仁①,一夜不省输田伦。

【校注】

① 禽犊仁:指自己为养家而求仕禄。禽犊,古代用作馈赠的礼品,因以喻
干禄进身之物。《荀子·劝学》:"君子之学也,以美其身;小人之学也,以为禽
犊。"杨倞注:"禽犊,馈献之物也。"

纪　梦

身随南羽破高空,下视五峰堆祝融①。只有青天
来背上,更无云梦滞胸中②。敢言正直神明感,会使精
灵草木通。问我此游何所遇,禹王碑畔拜韩公③。

【校注】

① 祝融:指祝融峰,南岳衡山的最高峰,在湖南衡山县西北。

② 云梦:泽名。《尚书·禹贡》:"云土梦作乂"。《周礼·夏官·职方》:
"正南面曰荆州,……其泽薮曰云瞢。"《尔雅·释地》作"云梦"。云梦历说不
一,综而述之,先秦两汉所称云梦泽大致包括湖南益阳、湘阴县以北,湖北江陵、
安陆县以南,武汉市以西。

③ 禹王碑:即岣嵝碑。岣嵝,为衡山七十二峰之主峰,故衡山又名岣嵝山。
古代神话传说,禹曾在此得金简玉书。岣嵝碑,后人附会为夏禹治水时所刻。
实出后人伪造。宋嘉定中何致曾到碑所,手摸碑文刊之。凡七十七字,似缪篆,
又似符箓。碑原在湖南衡山县云密峰,早佚。　韩公:指韩愈(768—824),字
退之,唐邓州南阳人。早孤,从兄嫂抚养。贞元八年(792)进士及第,十九年
(803)任监察御史。后曾贬为阳山令,升刑部侍郎,又贬潮州刺史。穆宗时,诏
为国子监祭酒,转兵部、吏部侍郎。韩愈之学通贯六经百家,反对六朝以来的文
风,提倡散体,文笔雄健,气势磅礴,为后世古文家所宗,称韩文。长庆四年

（824）卒，谥文。愈郡望昌黎，故世称韩昌黎。门人李汉编其撰作为《昌黎先生集》，新、旧《唐书》皆有传。

书 王 令 诗 后①

　　有宋诸子皆学韩②，谁其首者梅都官③。都官腕有退之鬼④，虽无其貌神则完。左苏右石列鼎足⑤，大抵籍岛争酸寒⑥。坡公天授得其气⑦，骑龙披发相拍肩。西江得味坐苦涩⑧，口焦舌敝愁肺肝。对此令人意不快，遗法崚嶒留后山⑨。就中王令年最少，天教冰雪生其颜。学韩得骨不用肉，皮毛剥尽犹镵镌。直气入地不沦灭，力能起诛久死奸。冻鲛僵立骋余劲，雷烧树劈峰搀天。向时欲读气先结，有如石壁无隙钻。尔来稍近意颇嗜，中有至味非辛酸。乃知古心出江海，与世阻绝如羌蛮。意气不下王介甫⑩，平生独有满子权⑪。地上吮墨者谁子，儿女嗫呫吁可怜。

【校注】

　　① 袁行云《清人诗集叙录》载此诗题目"诗"字作"传"字。　王令（1032—1059），字逢原，广陵（今江苏省扬州市）人。以教授生徒为业。有远大抱负，对现实不满。王安石对他很是推重。其所作诗深受韩愈、卢仝、李贺的影响，具浪漫色彩，想象奇特，气魄雄伟。有《广陵先生文集》。

　　② 韩：指韩愈。

　　③ 梅都官：即梅尧臣（1002—1060），字圣俞。宋宣城人，官至都官员外郎，故称。又，宣城古名宛陵，世称宛陵先生。工诗，与欧阳修为诗友。著有《宛陵集》四十卷、《唐载记》、《毛诗小传》等。《宋史》有传。

　　④ 退之：韩愈，字退之。

　　⑤ 左苏右石：指苏舜钦、石延年。苏舜钦（1008—1048），字子美，宋梓州铜

山人。景祐元年(1034)进士。工于散文,诗歌奔放豪健,风格清新,与梅尧臣齐名。亦善草书。为权势忌恨而被贬逐。后退居苏州,营作沧浪亭,自号沧浪翁。有《苏学士文集》。《宋史》有传。　石延年(994—1041),字曼卿,宋宋城人。读书通大略,为文劲健,工诗善书,少以意气自豪,喜剧饮。官至太子中允。与欧阳修为至交。身后,好事者传为芙蓉城主。苏轼《芙蓉城》诗:"芙蓉城中花冥冥,谁其主者石(延年)与丁(度)。"

⑥ 籍岛:指张籍、贾岛。张籍(765—约830),字文昌,唐吴郡人,寓居和州乌江。张籍是韩门大弟子。贞元十四年(798),张籍经孟郊认识韩愈。次年韩为汴州进士考官,荐张使之及第。长庆元年(821),受韩愈荐为国子博士,累迁水部员外郎、主客郎中、国子司业。张籍工诗,尤长乐府,与王建并称张王乐府。元和中张籍、白居易、孟郊所作歌词,为时人推重,称元和体。有《张司业集》,《旧唐书》有传,《新唐书》附《韩愈传》。李怀民重订《中晚唐诗主客图》尊张籍为"清真雅正主"。　贾岛,参前《再赠书田翁》注①。

⑦ 坡公:指苏轼。

⑧ 西江:指江西诗派。宋诗流派之一。北宋末,吕本中作《江西诗社宗派图》,推黄庭坚为宗派之祖,次为陈师道等二十五人。此派反对西昆体的华靡诗风,师法杜甫、韩愈、孟郊、张籍,尚工力,重琢磨,自成一家,但要求诗文字字有出处,又追求奇崛,往往失于晦涩。

⑨ 峻嶒:高峻重叠貌。　后山:即陈师道(1053—1101),字履常,一字无已,自号后山居士。宋彭城人。为人安贫不苟取,以诗著称当时。有《后山集》、《后山诗话》等,《宋史》入《文苑传》。

⑩ 王介甫:王安石(1021—1086),字介甫,号半山。宋抚州临川人,庆历二年(1042)进士。一生力主变法。晚年退居江宁,闭门不言政,以元丰中封荆国公,世称荆公。安石博学,于经史皆有著作。文章诗词皆主张"务为有补于世"。所作险峭奇拔,政论尤简洁有力,为"唐宋八大家"之一。卒谥文。著有《周官新义》、《唐百家诗选》、《临川集》等。《宋史》有传。

⑪ 满子权:江苏广陵(今扬州)人。王令少年时的挚友。王令有《秋日寄满子权》、《再寄满子权二首》诗。

哭 刘 震 甫①

贫儒绝后死,朋旧独伤情。穷巷记来处,入门无哭

声。野烟合树暝，秋藓上窗生。自昔耽著述，今知几
卷成。

【校注】

　　① 刘震甫：未详，待考。

和石桐《闻钟》寄子迄①

　　闻愁方浩浩，凉意转纷纷。孤馆当昏坐，荒钟隔雨
闻。暗虫知夜久，疏簟近秋分。谁识此时意，相思独
有君。

【校注】

　　① 石桐：即李怀民（1738—1793），一名宪暅，以字行，号石桐，又号十桐、敬
仲，山东高密人。乾隆诸生，早孤，与弟宪暠、宪乔相师，俱以诗名，有"三李"之
目。尝与宪乔重订《中晚唐诗主客图》二卷，谓中晚唐诗人得唐诗精髓，无宋诗
流弊。奉张籍、贾岛为主，朱庆余、李洞以下为客。所立高密诗派，沿至晚清，尤
为人道。　　子迄：据汪辟疆《论高密诗派》一文载，子迄名单襄荣，为石桐、少鹤
唱和之友，山东高密人。

赠 法 逸 人 ①

　　求君今十载，空望海边山。岂谓孤鹤影，相逢歧路
间。世传多已妄，我对不胜闲。更约开蓬径，他时许
往还。

【校注】

　　① 法逸人：即舒洪亮，号法逸人。江苏润州（今镇江市润州区）人。作者友人。

将至固县驿①

　　征客如野禽，向晚归飞骤。断烟沙步村，落日远山堠②。忽忽故园思，夹道秋禾茂。

【校注】

　　① 固县：河南省古县名。旧址在今河南桐柏县固县镇。
　　② 堠（hòu）：记里程的土堆。

宿马寨村赠徐丈①

　　野田月暗行径微，溪风飒飒林雨飞。怅然欲去迷所往，但闻四野虫鸣悲。一木横水漂复没，欲渡不渡怀忧疑。隐隐烟断树连处，似有竹屋藏疏篱。夜色森沉静鸡犬，有客何来惊叩扉。老人卧病不出户，情亲貌重言语迟。便为铺席具羹饭，釜中煮枣盘钉梨。我行已久去亲远，灯烛照颜如夜归。纸窗细雨转萧瑟，十年存没相歔欷。不辞痛饮为君醉，酣然一卧连晨曦。

【校注】

　　① 马寨村：河南桐柏县村名。　　徐丈：未详，待考。

湖 上 送 别

雨自鹊山来①,苍然漫城阙。稍繁树烟重,渐远波禽灭。值此平生欢,自然清兴发。斯须复开霁,澄波动渺阔。登高闻暮吹,回舟见新月。清秋易有怀,况是远离别。

【校注】

① 鹊山:在山东历城区北约二十里有鹊山湖,北岸有鹊山。李白有《陪从祖济南太守游鹊山湖》诗。

对雨有怀家兄石桐

郁郁竟连月,无言上石桥。楼台波上静,睥睨雨中遥①。雾散山初暝,凉生酒易消。却思独卧榻,永夜听潇潇。

【校注】

① 睥(pì)睨(nì):也作"俾倪"、"辟倪"、"埤堄"。指城上短墙。

济 上 田 家①

日入烟气合,农务向昏毕。肃肃豆叶声,秋野旷无物。场净露欲下,儿喧月初出。野风吹虚宇,灯火夜纺织。悄然忽有怀,十月未归客。

【校注】

　　① 济：指济水。发源于河南省济源市王屋山,流经山东定陶,与北济会合形成巨野泽。

晓　　行

　　遍野露华白冷,凌风豆叶黄愁。正是乡思寥落,谁家晓日楼头。

高岑画烟江小景①

　　漠漠复离离,江天过雨时。滩遥春水长,烟重去帆迟。高树欲来鹤,阴崖何代祠。沙闲偶语者,应与白鸥期②。

【校注】

　　① 高岑：字岘亭,河南商丘人。为吏部尚书宋荦外孙。康雍间人。官江西丰城知县。能诗,有《眺秋楼诗》八卷。诗法亦本于荦。宋荦论诗尊杜甫,认为韩愈、苏轼、黄庭坚、陆游、元好问都以学杜成家。

　　② “沙闲”二句：北齐刘昼《刘子·黄帝》：“海上之人有好沤(通鸥)鸟者,每旦之海上,从沤鸟游。沤鸟之至者,百住而不止。其父曰:‘吾闻沤鸟皆从汝游,汝取来,吾玩之。’明日之海上,沤鸟舞而不下也。”后遂以“鸥盟”、“狎鸥”等指隐居自乐,不以世事为怀。

寄　周　松　干①

　　尘飞不上天,汉流不到地。每于丛众中,独觉斯人异。短剑蒯缑绝②，龟手布衫敝③。拄腹包皇坟④，饥来不充胃。吐语尽巉崄，听者掩耳避。乃结为文辞，秋河豁崩溃⑤。貂裘闾里豪，千金蒯一致。白眼据胡床⑥，调弄若童稚。呼庐从博徒⑦，颠倒卧荒寺。我亦倜傥人，偃蹇苦无似⑧。求友得吾子，相持喜不寐。秋棹必共拨，夜桥相枕醉。别来更几时，星日屡迁次。端忧时多暇，辄书用相遗。

【校注】

① 周松干："三李"的诗友。除李宪乔此首外，其兄李怀民亦有《寄周松干》、《送周松干游辽东》。

② 蒯(kuǎi)缑(gōu)：以草绳缠绕剑把。《史记·孟尝君传》："冯先生甚贫，犹有一把剑，又蒯缑。"《索隐》："蒯，草名，……缑谓把剑之物，言其剑无物可装，但以蒯绳缠之，故云蒯缑也。"

③ 龟(jūn)手：龟，同"皲"。指手上的皮肤因寒冷而坼裂。

④ 皇坟：即三皇之三坟书。三坟，传说中我国最古的书籍。伪孔安国《尚书序》："伏羲、神农、黄帝之书，谓之三坟。"如韩愈《醉赠张秘书》诗："险语破鬼胆，高词媲皇坟。"

⑤ 秋河：天河。

⑥ 胡床：一种可以折叠的轻便坐具。也叫交椅、交床。由胡地传入，故名。

⑦ 博徒：赌徒。

⑧ 偃蹇：困顿。

齐 女 怨

朝上望齐门，暮上望齐门。齐城不可见①，扰扰皆吴云。吴云生不已，我哭谁复闻。生服礼义俗，死惭父母恩。安得诉上天，誓使沧海翻②。海翻亦何惜，中有精卫魂③。

【校注】

① 齐城：齐国之城。齐国，战国时为七雄之一，故址在今山东北部。

② 沧海：沧海横流的省称。比喻时世动乱。语出《晋书·王尼传》："尼早丧妇，只有一子，无居宅唯畜露车……常叹曰：'沧海横流，处处不安也。'"

③ 精卫：传说中炎帝之少女，名女娃，游于东海而溺死，化为精卫鸟，常衔西山之木石，以填于东海。见《山海经·北山经》。

学韩《秋怀诗》九首①

一

日短野禾尽，檐际风索索。渐看枝上叶，并为林下择②。时令有代嬗③，人生异悲乐。苒苒需来今，怅望送去昨。坐知了无益，独用自嗟愕。

二

沙埛漫逶逶④，灌柳已疏疏。漠漠将落日，磊磊见远墟。登高欲自放，风来吹我裾。遥怨若迟客，孤伤非载涂。西山有逸士，白云埋幽居。聊欲遗尺素，怀抱今何如。

三

独呻日向夕，悠悠薄夜半。众响撼庭宇，暂息如惫倦。我生已渺微，我志殊澔汗。偃偃既不能，逐逐诚非愿⑤。苟得已为耻，屡蹶能勿叹。荒鸡时妄鸣，脢脯不及旦⑥。岂有郁在臆，聊欲自舒散。问之不能答，还卧隐空案。

四

浩波暮渺渺，泛此枯木槎⑦。其下多落叶，其上多
蒹葭⑧。秋菊岂不芳，开晚无妍华。屈子徒哀郢⑨，贾
谊去长沙⑩。所抱既不显，空为后世嗟。

五

晨寒结昼阴，急雨转凄飒。荒林漏晚日，暝气森已
合。趋隅败叶厚，渍水陈荄杂⑪。中有伏吟士，千吟无
一答。岂不感萧条，且喜去纷沓。终当如长檠，穷年照
孤榻。

六

昔士俗所惮，今士长畏人。畏人非避雠，病此卑贱
身。显达信有属，是非岂所专。胡为屡自视，低颜气不
伸。逐彼一日营，堕此千载文。我欲乘高邱，呼使靡者
振。匪手胡以揽，匪志胡以感。时无膺密徒⑫，此言谁
当颔。

七

参旗转遥夜，剡剡始见狼⑬。势孤安足怙，潜滋成
角芒。身愿化为弧，矢揽青天长。一发雪天耻，堕折非
所伤。

八

秋悲散高空，有声非草木。寂历走昏墟，飘萧杂野
哭。骇浪大舸摧，哀马连军覆。耆然欲崩堕⑭，扴尔更

撼触^⑮。嚣嚣来如奔,悄悄逝如伏。此气不归天,并入屈宋腹^⑯。时一仰吐之,帝为久惝慌。何当迥白日,照此穷幽谷。

九

鳞者当在水,羽者当在山。心期随所托,万物皆已然。尔何独自苦,佶屈争古先。手无尺寸刃,强欲斲周圆。力薄不自耻,无用为人捐。安知果有成,聊以徇所偏。书此诧朋侣,且用纪岁年。

【校注】

① 秋怀诗:韩愈有组诗《秋怀诗十一首》。

② 萚(tuò):落地叶。语出《诗经·豳风·七月》:"十月陨萚。"

③ 嬗(shàn):更替、传递。

④ 壖(ruán):空地、余地。

⑤ 逐逐:急欲得之貌。语出《周易·颐》:"虎视眈眈,其欲逐逐。"

⑥ 腷(bì)膊:象声词,此指鸡声。

⑦ 木槎(chá):木筏。

⑧ 蒹葭:蒹,荻;葭,芦苇。为常见的水草。喻微贱。

⑨ 屈子:指屈原(前约340—前278),名平,字原;又名正则,字灵均。战国楚人。楚怀王时任左徒、三闾大夫,主张联齐抗秦。后遭靳尚等人诬陷,被放逐,作《离骚》。顷襄王时,再遭谗毁,谪于江南。见楚国政治腐败,无力挽回,遂于五月五日投汨罗江而死。《史记》有传。 哀郢:《楚辞·九章》篇名。郢,楚国国都,在今湖北江陵西北。屈原被放逐后,写此篇以寄托其怀念故国的感情。

⑩ 贾谊(前201—前169),汉洛阳人。以年少能通诸家书,文帝召为博士,迁太中大夫。谊改正朔,易服色,制法度,兴礼乐。又数上书陈政事,言时弊,为大臣所忌,出为长沙王太傅,迁梁怀王太傅而卒,年三十三,世称贾太傅,又称贾生。《史记》、《汉书》皆有传。

⑪ 荄(gāi):草根。《尔雅·释草》:"荄,根。"《疏》:"凡草根一名荄。"

⑫ 膺密徒:指李膺、杜密。李膺(110—169),字符礼,汉颍川襄城人。初举孝廉,桓帝时累官至司隶校尉。与太学生首领郭泰等相结交,反对宦官专权。太

学生称之为"天下楷模李元礼",以得其接见者为"登龙门"。后被宦官诬以结党诽谤朝廷,逮捕入狱,灵帝时起用为长乐少府,又与陈蕃窦武谋诛宦官,失败被杀。　杜密(公元? —169),字周甫,东汉颍川阳城人。任泰山太守、北海相时,捕治为恶宦官子弟。桓帝时,累官太仆,因党锢之祸免官。太学生称之为"天下良辅杜周甫"。与李膺齐名,时称李杜。李膺等百余人诛宦官事败被杀后,杜密自杀。

⑬ 剡剡(yǎn):光闪烁貌。语出《楚辞·离骚》:"皇剡剡其扬灵兮,告余以吉故。"　狼:星名。《史记·天官书》:"其东有大星曰狼。"

⑭ 砉(huā)然:象声词。这里形容破裂声。《庄子·养生主》:"砉然响然,奏刀騞然。"

⑮ 㧐(sǒng):挺立,挺起。杜甫《画鹰》:"㧐身思狡兔,侧目似愁胡。"

⑯ 屈宋:指屈原、宋玉。　宋玉,战国楚鄢人。曾为楚顷襄王大夫。作品有《九辩》、《招魂》和选入《文选》的《高唐赋》、《神女赋》、《风赋》、《登徒子好色赋》六篇。

与远道人相遇庐山①

由来洁僻性,都与人事乖。有似龟与蝉,托业非庶侪。在昔庐博士②,结庐此山隈。向逐斯高徒,亦已填秦灰。月出授经洞,草生饮酒台。若士岂真有,心自绝九垓③。高风信所仰,道侣况相偕。此地一携手,白云安可猜。

【校注】

① 原注:"道人姓张,名远晖,字遂初,苏州人。"　远道人:指张远晖,苏州人。与李宪乔兄弟多有唱和。李怀民有《送远道人归九仙山》、《题远道人〈省故乡〉诗后》、《和新亭、蜀子〈访远道人,时游九仙山未归〉之作,并寄远道人》、《子乔招游石溪,与诸生会诗,听远道人弹琴,即事遣闷,示子乔》等。　庐山:在江西九江市南,北靠长江,东南傍鄱阳湖。古称南障山。相传秦末有庐俗七兄弟居于此山,因而得名。一说以庐江得名。其山九十余峰,蜿蜒连接,以大汉阳峰最高,其他如五老峰、含鄱口、仙人洞、三叠泉等皆为胜迹。

②庐博士：即庐俗，原称匡俗。秦末人，姓庐名俗，字君孝。本姓匡，为百越之君。东晋释慧远撰《庐山记》，附会其为殷周间人。"有匡裕(？)先生者，出自殷周之际，……受道于仙人，共游此山，遂托室崖岫，即岩成馆，故时人谓其所止为神仙之庐，因以名山焉。"

③九垓：同"九畡"。犹言"九州岛"。

冬夜与远师同宿①

深灯照古颜，相对也应难。来处雪云阔，语余星宿寒。细闻龟息静②，温借鹤衣宽③。明日携琴去，西松岭上弹。

【校注】

①远师：即远道人张远晖。

②龟息：道家语。谓呼吸调息如龟，不饮不食而能长生。一说睡时气从耳出为龟息，为贵者之相。

③鹤衣：白衣。鹤，喻白色。

野　兴

送客南渡口，野风吹薄醉。众山澄暮晖，一鹭泛遥霁。偶从渔父语，暂逐田夫憩。略无相识人，长歌自摇曳。

冬暮村居杂咏，同石桐作五首①

一

有道嗟身弃，无成感岁迁。槎依断冰渡，鸦叫欲风天。冻酒难为醉，昏窗易得眠。向来诸兴减，不废是诗篇。

二

独出无伴侣，野吟行过桥。夕阳寒饮犊，残雪暮归樵。岭树看时灭，汀烟去处遥。苍茫却迥首，冷月破微霄。

三

荒寒一亩舍，端坐尽檐暄。镜雾朝偏暗，炉灰午不温。败篱饥犬伏，邻圃野禽喧。寂寞谁相叩，林间薜荔门。

四

性僻耽严苦，谁能避世憎。旧衾嘘气湿，新壁冻痕凝。雪际深栖鸟，钟余不语僧。有怀应似我，终夜抱凌凌②。

五

敛迹谢时好，委怀观众书③。高星林木静，孤烛夜堂虚。旷阔临荒墅，萧条逼岁除。吾曹直郊贺④，此外复谁如。

【校注】

①李宪乔之兄李怀民(石桐)《冬暮村居杂咏(七首)》原文为："一、寂寞应甘分，清泠味若何？四时欲行尽，一岁又闲过。夜雪晓方觉，朔风晴更多。寻常闭门坐，抱膝自吟哦。 二、翳翳荒烟合，村家近晚餐。犬偎日阳短，鸟啄木声

乾。暗牖寂已暝，茅檐低正寒。闲愁方岁晏，触次亦无端。　三、暄时此亦静，寒月更须闲。野客雪中去，村僮城里还。新书借未读，旧句定犹删。聊复倚藤杖，门前看暮山。　四、贫后依荒坞，忧来行近园。雀争墙外树，牛入路旁村。日落昼风止，烟寒冬岭昏。樵人归又晚，深巷叩柴门。　五、盥漱临堂户，清霜日气澄。鑪灰留夜火，砚水结晨冰。事少常如客，情多始羡僧。疏慵生自惯，何处著人称？　六、茅堂耽夜坐，布被恋朝眠。诗句还随历，身名不称年。森沈残腊日，错莫早阴天。只对陶公集，闲哦饮酒篇。　七、孤吟知兴远，闲坐亦深更。僮睡呼不醒，镫昏挑暂明。夜寒如有悟，钟尽即无声。晓寄城中客，还能识此情。”　同，和。

② 凌凌：寒冷貌。

③ 委怀：寄托心情。晋陶渊明《始作镇军参军经曲阿作》：“弱龄寄事外，委怀在琴书。”

④ 郊贺：指孟郊、周贺。孟郊，参前《再赠书田翁》注①。　周贺：字南卿，唐东洛（今河南洛阳市）人。曾隐嵩阳少室山，后居庐岳为僧，法号清塞。大和末，姚合任杭州刺史，爱其诗，命还初服。晚年曾出仕。工诗，与贾岛、无可齐名。张为的《诗人主客图》将其与无可同列于“清奇雅正主”之“入室”下。《全唐诗》卷五〇三录其诗一卷。

和叔白褒月贬雪诗①

雪月质俱素，俱出天所为。不知苦吟士，何用褒贬辞。灵蠢未足校，高下理亦宜。请执春秋法②，嘉予讨伐之。月或寒或燠③，四时罔不历。尔何乐冬杀，负性只惨刻④。月以阴相阳，与日相代行。尔若当白日，消沮失尔形。月之烛万物，曾不匿恶善。尔独善蒙欺，污浊尽包掩。月以让为德，高不隐列星。尔势方炽扬，万辰丧其明。月之丽于天，孤立莫与伍。尔乃呼风云，翕翕煽党与。日月天两目，惟下土是临。安用六出花⑤，百计献巧淫。东溟与西溟，日月之所出。尔从何方生，欻⑥来不可测。日月守恒度,所历固无害。尔去遗冰雹,伏阴害尤大。我欲奏阊阖⑦,侍侧用乌蟾⑧。然后劾雪罪,举族可尽歼。帝阍不我纳⑨,瑟缩畏其谗。归来和此诗,永为后来监。

【校注】

① 叔白:即李宪暠(1739—1782),字叔白,号莲塘,山东高密人。诸生。早孤,与兄怀民、弟宪乔相互切磋,同以诗鸣,时有"三李"之目。乾隆四十五年(1780),宪乔以例授广西岑溪知县,宪暠佐其治,越岁遘疾,卒于官。有《定性斋集》一卷,《莲塘遗集》一卷。

② 春秋法:指春秋笔法,多寓褒贬之意。

③ 燠(yù):热、暖。

④ 惨刻:苛刻残忍。

⑤ 六出花:雪花的结晶成六角形,称为六出。后作为雪的代称。《太平御览》引《韩诗外传》:"凡草木花多五出,雪花独六出。"

⑥ 欻(xū):忽然。

⑦ 阊阖:天门。《楚辞·离骚》:"吾令帝阍开关兮,倚阊阖而望予。"《注》:"阊阖,天门也。"

⑧ 乌蟾:指日月。梅尧臣《和新晴》诗:"谁咏陈根有微绿,乌蟾易失似跳丸。"

⑨ 帝阍:天帝的守门人。

冬日闲游赠王东溪(令闻)①

冬野爱晴景,小游携短筇②。暖依下陇草,声在远原松。樵径不闻语,午烟初过钟。相看麋鹿迹,合得日迎逢。

【校注】

① 王令闻:据汪辟疆《论高密诗派》,可知王令闻亦山东高密人,为石桐、少

鹤唱和之友。

　　② 筇(qióng)：竹名，可做手杖。戴凯之《竹谱》："竹之堪杖，莫尚于筇。"

《侯门岂无酒肉》一首赠单青俀(烺)①

　　侯门岂无酒肉，王门岂无丝竹②。但集狎客尘③，不见高士躅。夫子岂其俦，好古日不足。身为二千石④，书积三万轴。近益力为诗，动使能者伏。君不见西明寺后穷瞎张太祝⑤，白日避人如鸱鵩⑥。当时不遇韩退之⑦，此纵饥死谁得知。

【校注】

　　① 单青俀(1708—1776)：名烺，字曜灵，号青俀，别号大昆仑山人，山东高密人。是奖掖提携倡导高密诗派的长辈"三单先生"之一。乾隆元年(1736)会试中式，丧母奔于云南父署，逾二年归。四年，赐同进士出身。历官龙门县，累官至铜仁府，政声流闻，好学工诗。著有《大昆仑山人集》。

　　② 丝竹：弦乐器和竹管乐器。也泛指音乐。

　　③ 狎客：指关系亲昵接近，常共嬉游宴饮之人。

　　④ 二千石(dàn)：代称郡守官。《汉书·百官公卿表》颜师古注云："二千石者，(月各)百二十斛。"汉郡守俸禄为二千石，即月俸百二十斛。石，重量单位，百二十斤为一石。

　　⑤ 张太祝：指张籍。张曾长期担任九品小官太常寺太祝，掌出纳神主及跪读祝文之类事务，职位既低，俸钱也少。白居易曾有诗曰："独有咏诗张太祝，十年不改旧官衔。"(《张十八》)又言："如何欲五十，官小身贱贫！"(《读张籍古乐府》)其任太祝时，年已四十一岁。拜识韩愈，为此前事。贞元十四年(798)，韩愈为府试考官，送其入京应进士试，第二年及第。其后二人成至交。

　　⑥ 鸱(chī)鵩(fú)：鸱，鸱鹰一类的猛禽。或指鸱鸺，即猫头鹰的一种。或为《山海经》中所记的传说中之怪鸟。鵩，又名山鸮。因夜鸣声恶，古以为不祥之鸟。旧题汉·刘歆《西京杂记》载："长沙俗以鵩鸟至人家，主人死。"贾谊贬长沙时，作《鵩鸟赋》，有齐生死，等荣辱之意。

⑦ 韩退之：即韩愈。

再赠青俟太守①

昔我尝赠青俟诗，勉以韩愈下张籍。辞强意崛世所憎，持以投人恐遭叱。旁人劝我稍宽假，我如不闻执益力。有肠只可着冰雪，攻玉岂可用瓦砾。上书宰相非有求，胡久不报虚我臆。昨者有客来自君，已屏骑从向蓬荜。诗人冻卧百回死（谓书田翁②），趋走扶将强以粒。酸吟苦句喻者少，独喜咀嚼甘此蜜。不辞髯鬙垂白发③，为作书童负书笈。又有自君所来者，为言君座有盲客（谓王和修先生）④。形如病鹤臞而修，貌似怪石枯不泽。斯人穷废无长物，剩有千卷堆胸膈。自嗟老死当散弃，君为藏收作卷帙。寒夜久侍童仆骂，霜晨早出妻奴惑。君言此中有至乐，差胜朝婴夕于侧。如是我闻叹不已⑤，却笑平原羞无忌⑥。哈尔焉能客毛薛⑦，堂中有客空珠履⑧。

【校注】

① 青俟太守：单烺官至贵州铜仁府知府。太守，原指汉代郡守，后为知府的雅称。

② 书田翁：即单楷。

③ 髯鬙(sēng)：发乱貌。如宋·曾巩《看花》诗："但知抖薮红尘去，莫问髯鬙白发催。"

④ 王和修：未详，待考。

⑤ 如是我闻：佛经的开卷语。传说释迦牟尼死后，弟子们汇集他的言论，因阿难常在释迦牟尼身边，听到的最多，就推他宣唱佛说，以"如是我闻"为开场，意为我听到释迦牟尼如此说。

⑥ 平原：指平原君（前？—前251），原名赵胜。战国赵武灵王子，惠文王弟，封于东武城，号平原君。三任赵相。相传有食客三千人，与齐孟尝君（田文）、魏信陵君（魏无忌）、楚春申君（黄歇）称为四公子。惠文王九年（前290），秦围赵都邯郸，平原君用毛遂计与楚订立盟约，求救于魏，破秦存赵。见《史记》本传。　无忌：信陵君之名。战国魏安厘王异母弟。有食客三千。魏安厘王二十年（前257），秦围赵，魏使晋鄙领兵救赵，鄙怕秦兵势强，按兵不动。信陵君使如姬从宫中窃得调兵的虎符，杀鄙，夺兵权，救赵胜秦。后为上将军，率五国兵，大破秦军。因功高名盛为魏王所忌，遂称病不朝，病酒卒。《史记》有《魏公子传》。

⑦ 咍（hāi）：嗤笑。　毛薛：战国时赵处士毛公与薛公的合称。毛公藏于博徒，薛公藏于卖浆家。魏公子信陵君客赵，闻二人名，折节往从之游。后秦兵攻魏，信陵君不归，二人力劝其归救魏国，终于大破秦军。事详《史记·魏公子传》。后亦泛指有才能而受到器重的布衣之士。

⑧ 珠履：缀珠的鞋。《史记·春申君传》："春申君客三千余人，其上客皆蹑珠履以见赵使，赵使大惭。"

《少鹤诗钞内集》卷二(石溪集)

正 月 二 日

睡起纸窗明,阶廊独绕行。雀晴有闲意,鸡午入春声。瓦雪消将尽,园荄踏渐平。晚来饶喜悦,新卷校初成。

对 雨 言 怀

昼曀方偃偃①,既雨景转澄。空堂了无物,倚户神惺惺②。寒条虽未花,生意苞洁馨。短篱当缺处,始见西园青。一二荷锸者,箬笠历远塍。端居念时序,悠悠忽复更。人生底自苦,忧患况相仍。看书费心目,玩物劳精形。何如此静坐,高几傥可凭③。

【校注】

① 曀(yì):天色阴沉而多风。语出《诗经·邶风·终风》:"终风且曀。"
② 惺惺:清醒、机灵。
③ 傥(tǎng):或许。

烧香寄遂师二首

一

竟日烧香坐,为能生远思。试添才少许,将尽又多

时。午寂下帘早,宵清隐几宜。永怀山观里①,曾与道
人期。

<h2 style="text-align:center">二</h2>

相对处先静,不闻时亦佳。沉吟丝堕地,端坐日移
阶。无取狻鸭灿,所期松桂偕。韩郎与荀令②,世好异
吾侪③。

【校注】

① 观(guàn):道教的庙宇,道观(后起的意义。)

② 韩郎:指韩愈。 荀令:指荀勖。任昉《王文宪集序》注引《晋中兴书》
曰:"荀勖,字公曾,从中书监为尚书令。人贺之,乃发恚云:'夺我凤凰池,卿诸
人何贺我耶?'"《晋书·荀勖传》亦载此事。后遂成"荀令凤池"之典。或说荀
令指汉代的荀彧。彧在汉曾守尚书令,故称荀令,又称荀令君。相传他的衣带
有香气,所到之地,香气经日不散,人称为令香君。后多用"荀令香"指宰相大臣
的风度神采。

③ 侪(chái):辈。

<h1 style="text-align:center">夕游石溪示诸生①</h1>

径去无定适,野性本疏散。爱兹水石清,聊可事濯
浣②。芊绵荫尚薄③,历落意俱远。泠泠暗泉细,辉辉
春月满。翛然二三子④,行吟共舒缓。此意未可忘,竹
门夜深欬。

【校注】

① 石溪:李宪乔家乡高密的一条溪流。今山东高密市有石溪镇。

② 濯浣:洗涤,祛除。

③ 芊绵：草木茂密繁盛。

④ 翛（xiāo）然：无拘无束，自在超脱的样子。《庄子·大宗师》："翛然而往，翛然而来而已矣。"成玄英《疏》："翛然，无系貌也。"

家石桐、叔白携远道人来游石溪，
石桐有诗见示，即事为答①

偶与人事远，旷然若有余。谅知非道力，亦以随所徂。闲闲日照原，蔼蔼春生间。药侣南山来，清貌如棕桐。二鹤亦爱止，门生牵短车。俯听碧流水，仰瞻群木疏。此外足心累，暂息成良图。兴酣方洒然，晚渡风吹裾。为问斜川游②，视此知何如。

【校注】

① 石桐：即李怀民（1738—1793），一名宪噩，以字行，号石桐，又号十桐、敬仲，山东高密人。与弟宪暠、宪乔相师，俱以诗名，有"三李"之目。尝与宪乔重订《中晚唐诗主客图》。　叔白：即李宪暠（1739—1782），字叔白，号莲塘，李宪乔之二兄。　远道人：姓张，名远晖，字遂初，苏州人。

② 斜川游：指陶渊明《游斜川》诗中所记事。

石溪燕集听远师琴

沉沉若将住，黯黯若将去。寥寥失近新，茫茫触远故。黝黝路不分，叶坠秋空云。洋洋忽疏豁，春流赴大壑。道人白玉冠，膝琴石上弹。群贤时列坐，共此风泠然。

石溪西亭赠翼上人

水齿石崚嶒,跳珠迸散冰。亭当松顶月,坐有白头僧。叩齿临空静,听钟向晓澄。须防言语落,下界仰高层。

和王荆公《昼寝》①

百年萧散迹,强半此中居。淡意云能学,迟情日不如。画收四壁静,琴在七弦虚②。自觉清凉甚,非关潦倒余。

【校注】

　① 王荆公:即王安石。其《昼寝》诗为:"井迳从芜漫,青藜亦倦扶。百年唯有且,万事总无如。弃置蕉中鹿,驱除屋上乌。独眠窗日午,往往梦华胥。"

　② 七弦虚:意指无弦琴。《宋书·陶潜传》载:"潜不解音声,而畜素琴一张,无弦,每有酒适,辄抚弄以寄其意。"陶渊明释之为:"但识琴中趣,何劳弦上声。"后以此典形容人意趣高雅,怀抱不俗,自得其乐。

小　村

幕幕塍下径,荒荒原上村。溪声隔林远,野色带墟昏。缘牖见萤入,经篱无犬喧。已知生计薄,且复恋田园。

晚 过 田 家

村边小麦熟,儿女亦欢颜。草露昏归急,场风夜语闲。一灯隔林出,数柳傍溪弯。独有故园思,顿来兹夕闲。

与诸生寻北村兰若①

丛祠北原上,有径去微微。落日鸟相唤,闭门僧未归。潭边松树怪,崖处石桥飞。久此无言坐,端知已息机②。

【校注】

① 兰若(rě):指寺院。梵语"阿兰若"省称,意为寂静、无苦恼烦乱之处。杜甫《大觉高僧兰若》诗:"巫山不见庐山远,松林兰若秋风晚。"

② 息机:摆脱世务,停止活动。韦应物《秋夕西斋与僧神静游》诗:"息机非傲世,于时乏嘉闻。"

北林僧舍咏蝉①

生事知关吟,声声清入心。欲停疏露滴,方急暮烟深。无食亦长在②,有营谁肯寻。惟应与道侣,终日守祇林。

【校注】

① 蝉:《荀子·大略》:"饮而不食者蝉也。"蝉在传统文化中有"居高饮清"

之美名,相传蝉只饮树上露水。如《金石索》即以居高饮清来解释古代铜器上为什么多雕镂蝉形纹饰。这大概也正是诗人以"蝉"自喻的文化心理原因。汪辟疆即认为此诗是诗人借题以论诗。

② 汪辟疆《论高密诗派》一文引诗中"长"作"常"字。此句中言蝉无食而长在,正应《荀子·大略》中所言。

蝉

应是不能休,非惟无所求。吟长欲竟日,思冷直先秋。过雨山村路,将昏水驿楼。年年为客听,知白几人头。

乞 巧 诗①

天孙嫁牵牛②,此语古有然。既为情恋嫪③,遂以罪谪迁。二星长阔绝,汉东偏西偏。秋至许暂住,乌鹊为之先。世言织女慧,主果蔽丝绵④。自谋虽已拙,有巧赐人闲。所以万儿女,酒脯相竞欢。各称女神圣,有应如卜钱。吾友亦好事,邀我临前川。此时夜初霁,凉月斜娟娟。虽无酒与脯,荈鼎荐清泉⑤。既酹请为乞,称臣续宗元。我欲乞得福,须能业一专。我欲乞得贵,须能效一官。欲乞得年龄,有德方可延。欲乞得子息,寡欲乃可繁。一一皆天定,不异衡有权。幸得未为福,况以私相干。无已则文字,庶假冥冥传。奈此性益僻,古丑非近妍。求拙恐不足,巧狯固久捐。臣实无所乞,辱谢虚此筵。夜深女其逝,长河落曙天。

【校注】

① 乞巧：传说农历七月七日夜天上牛郎织女相会，妇女于当晚穿针，称为乞巧。南朝梁宗懔《荆楚岁时记》："七夕妇女结彩缕，穿七孔针，或以金银鍮石为针，陈瓜果于庭中以乞巧。有喜子网于瓜上，则以为得。"

② 天孙：指织女。星名。在银河西，与河东牵牛星相对。《诗经·小雅·大东》："跂彼织女，终日七襄。"始谓为神女，至班固《西都赋》："临乎昆明之池，左牵牛而右织女。"以牵牛织女并称。至《文选·洛神赋》注引曹植《九咏注》："牵牛为夫，织女为妇，牵牛织女之星各处一旁，七月七日乃得一会。"始明言牵牛织女为夫妇，以后逐渐形成牛郎织女七夕相会的民间故事。　牵牛：星名，即河鼓。《诗经·小雅·大东》："睆彼牵牛，不以服箱。"曹植《洛神赋》："叹匏瓜之无匹兮，咏牵牛之独处。"

③ 恋嫪(lào)：依恋爱念。

④ 果蓏(luǒ)：瓜类等蔓生植物的果实。语出《易·说卦》："艮为山，……为果蓏。"《汉书·食货志》上："瓜瓠果蓏。"《注》："应劭曰：'木实曰果，草实曰蓏。'张晏曰：'有核曰果，无核曰蓏。'臣瓒曰：'案，木上曰果，地上曰蓏也。'"

⑤ 荈(chuǎn)鼎：指茶鼎。荈，晚采的茶。

送　流　人

不惜泪纷纷，一樽持劝君。再逢归梦得，数语此生分。野泊经蛮市，荒程指峤云。年年有回雁，踪迹幸相闻。

拟孟东野诗或和或反共十二首①

和《灞上轻薄行》②

长安无停轮，况值日清晨。结束类相似，调达相炫新③。炫新宁有极，兴心各为式。抛锦广场儿，卖珠贵

主宅。不知王者都,需此竟何益。但见扬马鞭,一日千
回旋。

和《游子吟》④

家食父母尤,旅食父母愁。小年不努力,及壮方百
忧。安得长闾里,咳唾取封侯⑤。

和《征妇怨》二首⑥
其　一

秋夕怜故帏,秋晨怜故衣。同感昔所念,独感今告
谁。自从道边别,日白头上发。直待白尽时,知郎归
不归。

其　二

无梦心长悲,有梦心转疑。梦断枕上泪,泪连梦中
唬。星月系天上,有目皆可望。渔阳不在天,欲去无因
缘。嗟尔星月辉,不如爝火微。照别不照归,底用皎
皎为。

反《古结爱》⑦

三尺素丝带,结多寸寸绝。不知两人意,何用相怜
切。隩聚知天寒,野析知天热。但愿相见时,长似久离
别。渡水莫渡浔,结爱莫结深。此言不寥阔,君看日
与月。

和《去妇》⑧

纵如白玉坚,有时有暖寒(日本东集真岛有冷暖玉)⑨。

况君与妾意,那得无悲欢。欢悲转相结,不忿成决绝。
来日日暖车,去日雨没辙。分明同此路,无奈阴晴别。
天公若相惜,还我来时日。

反《夜忱》⑩

狂狷行又尽,周圆世长多。邹鲁两荒冢,谁汝相诛
诃。水无清浊流,木无曲直柯。决事禁明白,相积成嫭
婴⑪。人心吁可惧,遑惜文字讹。硁硁抱古瑟⑫,裨补
知几何。一朝反正直,独废非蹉跎。

和《君子勿郁郁》⑬

君子勿郁郁,郁郁瘁尔神。岂唯瘁尔神,且恐坏尔
真。南山有高松,北山有直竹。高直化曲低,牛羊亦得
触。所守苟不亏,世言安足论。既死圣仲尼⑭,未死圣
臧孙⑮。况彼烛上蛾,旋旋欲灯灭。恶明非恶灯,共闇
心方帖。淫女憾贞媛,恶蔓憎芳草。若使两相宜,定知
非贞好。今情古所戒,古情今所怪。众谤非尔忧,不谤
乃可羞。

和《夷门雪》⑯

大梁千里一夜雪⑰,逆旅老客吟不绝。峭骨巑岏
似枯竹,当户着风冻皆折。谁为叫起信陵君⑱,纵令僵
死犹可热。

反《病客吟》⑲

丈夫岂无泪,不为畏死堕。平生有期负,恨未得死

所。死为病之归,病较死已微。暂苦未能忍,所托谅可
知。嗟如首邱狐[20],病辄思故都。为客生亦多,在家死
岂殊。哑哑非儿女,何劳相呕响。妻子与童仆,相视越
几黍。人病病身心,我病病古今。疗身须心药,疗今须
古针。此针倘可试,膏肓患良已。夫子昧吾言,不呻且
欢喜。

和《吊国殇》[21]

汉王爱军士,万里轮刍粮[22]。刍粮既已充,乃趣葬
敌场。敌云压我壁,突兀峥天狼[23]。攻谋莫攻形,攻形
惧有藏。倚势莫倚力,倚力少所防。苟昧九地训[24],猥
云如驱羊。将军被恩重,亦宜先自量。不量足杀人,杀
多有天殃。

反《懊恼》[25]

跃马思入海,操舟欲登山。何异孟夫子[26],苦吟思
得官。献芹固已痴[27],况此苦且酸。曝背固已妄[28],况
此凄且寒。天子卧九重[29],出入鸣和鸾[30]。安用嗷杀
者[31],惊破虞夏弦。非言岁冻饥,即嗟民寡鳏。吹入天
子耳,天颜惨不惧。大臣拟置法,终恃天恩宽。屏作溧
阳尉[32],疏放莫汝闲。汝犹不自足,退多懊恼言。当路
不尔容,抱山宁得全。

【校注】
　①拟:指拟诗,即以前代诗人的诗歌体式或某诗为范本有意拟制诗歌。为
一种独特的诗歌创作方法,同时也是一种间接的诗评方式。　孟东野:即孟
郊。本组诗即以孟郊的十二首诗作为范本,或取其意相和发挥,或借其义故唱

反调,表达自己的独特见解。

②孟郊《杂曲歌辞·灞上轻薄行》原诗为:"长安无缓步,况值天景暮。相逢灞浐间,亲戚不相顾。自叹方拙身,忽随轻薄伦。常恐失所避,化为车辙尘。此中生白发,疾走亦未歇。"　灞上:在陕西蓝田县西,又名白鹿原。灞水行经原上。

③调达:和谐通畅。

④孟郊《游子吟》原诗为:"慈母手中线,游子身上衣。临行密密缝,意恐迟迟归。谁言寸草心,报得三春晖。"

⑤咳唾:喻谈吐、议论。语出《庄子·渔父》:"孔子曰:'曩者先生有绪言而去,丘不肖,未知所谓,窃待于下风,幸闻咳唾之音,以卒相丘也。'"

⑥孟郊《征妇怨》二首原诗为:"良人昨日去,明月又不圆。别时各有泪,零落青楼前。君泪濡罗巾,妾泪满路尘。罗巾长在手,今得随妾身。路尘如得风,得上君车轮。""渔阳千里道,近如中门限。中门逾有时,渔阳长在眼。生在绿罗下,不识渔阳道。良人自戍来,夜夜梦中到。"

⑦孟郊《古结爱》原诗为:"心心复心心,结爱务在深。一度欲离别,千回结衣襟。结妾独守志,结君早归意。始知结衣裳,不如结心肠。坐结行亦结,结尽百年月。"

⑧孟郊《去妇》原诗为:"君心匣中镜,一破不复全。妾心藕中丝,虽断犹牵连。安知御轮士,今日翻回辕。一女事一夫,安可再移天。君听去鹤言,哀哀七丝弦。"

⑨日本东集真岛、冷暖玉:苏鹗《杜阳杂编》载:"日本国王子来朝……出楸玉局、冷暖玉棋子。云:'本国之东三万里,有集真岛。岛上有凝霞台,台上有手谈池,池中生玉棋子。不由制度,自然黑白分焉。冬温夏凉,故谓之冷暖玉。'"

⑩孟郊《夜忧》原诗为:"岂独科斗死,所嗟文字捐。蒿蔓转骄弄,菱荇减婵娟。未遂摆鳞志,空思吹浪旋。何当再霖雨,洗濯生华鲜。"

⑪婩(ān)嬶(ē):依违随人,没有主见。

⑫硁硁(kēng):固执。语出《论语·子路》:"言必信,行必果。硁硁然,小人哉。"

⑬孟郊《君子勿郁郁(士有谤毁者作诗以赠之)》原诗为:"君子勿郁郁,听我青蝇歌。人间少平地,森耸山岳多。折轴不在道,覆舟不在河。须知一尺水,日夜增高波。叔孙毁仲尼,臧仓掩孟轲。兰艾不同香,自然难为和。良玉烧不热,直竹文不颇。自古皆如此,其如道在何。日往复不见,秋堂暮仍学。玄发不知白,晓入寒铜觉。为林未离树,有玉犹在璞。谁把碧梧枝,刻作云门乐。"

⑭ 圣仲尼：即孔子(前551—前479)，名丘，字仲尼。春秋鲁国陬邑(今山东曲阜)人。儒家学派创始人，其学说以"仁"为核心，"礼"为手段，后经系统化，成为长期以来我国封建社会的统治思想。生平详见《史记·孔子世家》。

⑮ 圣臧孙：即臧孙子。春秋时期宋国贤臣。臧孙，复姓。

⑯ 孟郊《夷门雪赠主人》原诗为："夷门贫士空吟雪，夷门豪士皆饮酒。酒声欢闲入雪销，雪声激切悲枯朽。悲欢不同归去来，万里春风动江柳。" 夷门：在河南开封城内。原为山名，战国魏大梁旧有夷门，因山为名。《史记·魏公子传·赞》："吾过大梁之墟，求问其所谓夷门。夷门者，城之东门也。"

⑰ 大梁：地名。战国魏都。秦灭魏，置三川郡。今河南开封。

⑱ 信陵君：名无忌。战国魏安厘王异母弟。有食客三千。魏安厘王二十年(前257)，秦围赵，魏使晋鄙领兵救赵，鄙怕秦兵势强，按兵不动。信陵君使如姬从宫中窃得调兵的虎符，杀鄙，夺兵权，救赵胜秦。后为上将军，率五国兵，大破秦军。因功高名盛为魏王所忌，遂称病不朝，病酒卒。《史记》有《魏公子传》。

⑲ 孟郊《病客吟》原诗为："主人夜呻吟，皆入妻子心。客子昼呻吟，徒为虫鸟音。妻子手中病，愁思不复深。僮仆手中病，忧危独难任。丈夫久漂泊，神气自然沉。况于滞疾中，何人免嘘忿。大海亦有涯，高山亦有岑。沉忧独无极，尘泪互盈襟。"

⑳ 首邱狐：传说狐狸将死，头必朝向出生的山丘。《礼记·檀弓》上："礼，不忘其本。古之人有言曰：狐死正丘首，仁也。"《疏》："丘是狐窟穴根本之处，虽狼狈而死，意犹向此丘。"因称不忘故土或死后归葬故乡为首丘。

㉑ 孟郊《吊国殇》原诗为："徒言人最灵，白骨乱纵横。如何当春死，不及群草生。尧舜宰乾坤，器农不器兵。秦汉盗山岳，铸杀不铸耕。天地莫生金，生金人竞争。" 国殇：为国牺牲的人。《楚辞·九歌》有《国殇》篇。

㉒ 刍粮：指粮草。刍，喂牲口的草。

㉓ 天狼：星名，在东井南。《楚辞·九歌·东君》："青云衣兮白霓裳，举长矢兮射天狼。"《注》："天狼，星名，以喻贪残。"

㉔ 九地：用兵之九种地势。《孙子·九地》："用兵之法，……诸侯自战其地，为散地；入人之地而不深者，为轻地；我得则利，彼得亦利者，为争地；我可以往，彼可以来者，为交地；诸侯之地三属，先至而得天下之众者，为衢地；入人之地深，背城邑多者，为重地；行山林险阻沮泽，凡难行之道者，为圯地；所由入者隘，所从归者迂，彼寡可以击吾之众者，为围地；疾战则存，不疾战则亡者，为死地。"

㉕ 孟郊《懊恼》原诗为："恶诗皆得官，好诗空抱山。抱山冷殃殃，终日悲颜颜。好诗更相嫉，剑戟生牙关。前贤死已久，犹在咀嚼间。以我残杪身，清峭养

高闲。求闲未得闲,众诮瞋麒麒。"

㉖ 孟夫子:指孟郊。

㉗ 献芹:《列子·杨朱》:"昔人有美戎菽、甘枲茎、芹萍子者,对乡豪称之。乡豪取而尝之,蛰于口,惨于腹,众哂而怨之,其人大惭。"后上书建议自谦言不足取,或以物赠人,谦言礼品微薄,称献芹或芹献。

㉘ 曝背:以背向日取暖。相传宋国有农夫,自曝于日,谓其妻曰:"负日之暄,人莫知者,以献吾君,将有重赏。"见《列子·杨朱》。后以"曝献"作为贡献意见或赠物表示物微而意诚的谦词。

㉙ 九重:指禁宫,极言其深远。宋玉《楚辞·九辩》:"岂不郁陶而思君兮,君之门以九重。"《注》:"君门深邃,不可至也。"

㉚ 和鸾:车铃。语出《诗经·小雅·蓼萧》:"和鸾雝雝,万福攸同。"《注》:"在轼曰和,在镳曰鸾。"

㉛ 噍(jiāo)杀(shài):声音急促。语出《礼记·乐记》:"是故志微、噍杀之音作,而民思忧。"《史记·乐书》作"焦衰"。《正义》:"其乐音焦戚、杀急,不舒缓也。"

㉜ 溧阳尉:孟郊于贞元十二年(796)举进士,任溧阳尉。常因吟诗而荒废公务。故李宪乔言其闲散疏放,犹不自足。溧阳:县名,属江苏省。秦置,因在溧水之阳,故名。

寄 山 中 僧

自识鹤阿师,斋身无点缁。每同松下语,不省世闲时。辨认香来处,斟量钟尽时。非缘会得时,冲抱讵能知。

匡丽正眺珠楼①

匡生故是任侠流,意气海上横双矛。醉眼下瞰众鬼囚,唾之不屑矧肯俦。读书万卷嫌未优,更欲自作翻

孔周②。麇儒叱墨如驱牛,天马突奔无络头。四十不
遇辞燕幽,却买酒船日拍浮。酒徒日逐夜不休,教成赵
女弹箜篌③。人生行乐实良筹,一咲脱与千金裘④。顾
语地上苦隘湫⑤,梯空蹑虚结朱楼。书来乞诗速置邮,
欲传盛事继梅欧⑥。相地命名叙颇周,我夜梦之晓不
留。妄言强语心所羞,他日更须从子游。秋空无云开
倦眸,珠罗玉侍蛾眉修。华烛照壁风飔飔,一饮百觚尚
苦求。尔时酣甚气益遒,然后下笔驱蛟虬。山灵竭蹶
供索搜,此当不朽烦藏收。世言颠苢应不谬⑦。

【校注】

① 匡丽正:未详,待考。

② 孔周:指孔子和周公旦。 周公旦,名姬旦,周文王子,辅助武王灭纣,
见周王朝,封于鲁。武王死,成王年幼,周公摄政。后东征、平武庚、管、蔡之乱。
相传周代的礼乐制度都是周公制定。见《史记·鲁周公世家》。

③ 箜篌:乐器名。相传出于西域,似瑟而小,七弦,用拨弹之,如琵琶。

④ 咲:同"笑"。

⑤ 隘湫(jiǎo):即湫隘。低下狭小。语出《左传·昭公三年》:"景公欲更
晏子之宅,曰:'子之宅近市,湫隘嚣尘,不可以居,请更诸爽垲者。"《注》:"湫,
下;隘,小。"

⑥ 梅欧:指梅尧臣、欧阳修。梅尧臣(1002—1060),字圣俞。宋宣城人,宣
城古名宛陵,故世称宛陵先生。仁宗时赐进士出身,官至尚书都官员外郎。工
诗,与欧阳修为诗友。著有《宛陵集》四十卷、《唐载记》、《毛诗小传》等。《宋
史》有传。 欧阳修(1007—1072),字永叔,自号醉翁、六一居士。宋庐陵吉水
人。举天圣八年(1030)进士甲科,官至枢密副使、参知政事。因议新法,与王安
石不合,致仕,退居颍川,卒谥文忠。一生博览群书,以文章著名。反对宋初西
昆派的浮艳文风,主张文学须切合实用。有《欧阳文忠集》一百五十三卷,附录
五卷。《宋史》有传。

⑦ 颠苢,指宋代书画家米苢,米苢有"颠苢"之称。

冬日晓兴寄东溪①

拥被不成起,荒园饥雀声。晴枝霜气满,湿地晓阳轻。久绝客来访,但悬琴共清。应知闲坐处,独有忆君情。

【校注】

① 东溪:即王令闻。山东高密人,为李少鹤兄弟唱和之友。

忆旧游寄颖叔蜀子(二首)①

一

莘确山径僻,阒寥僧舍偏。连峰阴转盛,当户夜苍然。殿迥疑无烛,松枯久绝烟。几人寒更语,曾共石床眠。

二

疾行知向晚,驱马度危梁。海寺沉云黑,山城落日黄。闻歌渔船下,沽酒驿楼傍。忆昔谁同此,有怀应未忘。

【校注】

① 颖叔:即王克纯。据汪辟疆《论高密诗派》一文,可知王克纯乃山东胶州人。与王克绍、王子夏、王万里、王宁合称"王氏五子",为高密诗派之羽翼。蜀子:即王子夏,字蜀子。

品　鹤①

生族已无比,乐中应是琴。即教就平立,总有欲高心。久傍浮冰沼②,迟归带雪林③。分明似相识,感激试长吟。

【校注】

① 鹤,在中国传统文化中具有深远美好的文化内涵。《诗经·小雅·鹤鸣》:"鹤鸣于九皋,声闻于野。"《周易·中孚》:"鹤鸣在阴,其子和之;我有好爵,吾与尔靡之。"后人截取其义,称修身洁行而有时誉的人为鹤鸣之士。在传说当中,仙人多骑鹤;或得道后化为鹤,故鹤又有"仙鹤"之名。鹤又被视为长寿之鸟,有"鹤发童颜"之语。李宪乔号少鹤,每亦以鹤自喻。其挚友李秉礼在《韦庐诗集》中以鹤喻宪乔之诗颇多。如他的《题子乔与鹤诗图》:"吾宗具仙骨,爱鹤鹤相亲。近水情俱缓,临空气益振。月中同皎洁,人外着精神。此意谁当识,翛然自写真。"

② 浮冰沼:注①中所引"鹤鸣于九皋"之"九皋",意为深远的水泽淤地。此"浮冰沼"形态与之暗合,但其意着重于强调生存环境的更为寒苦。

③ 带雪林:暗合佛家语"鹤林"。佛于娑罗双树间入灭时,树一时开花,林色变白,如鹤之群栖。

谢友人寄琴弦①

晶晶数条丝②,中有万古声。皎皎百里心,中有万古情。古情非近尚③,古声非近听④。君子为其难,日饮沆瀣清⑤。

【校注】

① 汪辟疆《论高密诗派》一文认为此诗是"亦借琴弦托意论诗者"。

② 汪辟疆《论高密诗派》录此诗"晶晶"二字作"晶晶"。　晶晶(xiǎo)：明洁貌。陶渊明《辛丑岁七月赴假还江陵夜行途中诗》："昭昭天宇阔,晶晶川上平。"

③ 汪辟疆《论高密诗派》录此诗"近"作"今"字。

④ 汪辟疆《论高密诗派》录此诗"近"作"今"字。

⑤ 沆瀣：夜间的水汽,露水。语出屈原《楚辞·远游》："飡六气而饮沆瀣兮,漱正阳而含朝霞。"《注》引陵阳子："冬饮沆瀣者,北方夜半气也。"《史记·司马相如传》录《上林赋》："澎濞沆瀣,穹隆云挠。"《汉书》、《文选》皆作"沆溉"。一说,沆溉,本训水流声。现代汉语中有成语"沆瀣一气",其中的"沆瀣"指唐时的崔沆、崔瀣,比喻气味相投的人联结在一起,现常表示臭味相投的人勾结在一起,含贬义。与"沆瀣"本意无关。

《少鹤诗钞内集》卷三

北 游 道 中

频嘶知马烦,疾日下寒原。水寺和烟远,山城带雪昏。路荒田有辙,禽尽野无喧。去去谁堪奇,羁愁岁暮繁。

冬 行 书 驿 壁

寒促腊将半,担囊更别亲。朔风当去马,远雪带行人。野市归常早,山程问不真。自惭书几上,犹作泣岐身①。

【校注】

①《晚晴簃诗汇》录此诗此句中"岐"作"歧"字。案古籍中此二字常通用。 泣岐:见岐途而泣。《淮南子·说林》:"杨子见逵路而哭之,为其可以南可以北。"《太平御览》引《淮南子》作"岐路"。如阮籍《咏怀诗》之二十:"杨朱泣岐路,墨子悲染丝。"

赠新安令族兄思永(绪曾)①

县衙朝色静,知道县家贫。雪后山僧谒,午来阶鸽驯。露航挑菜女,冰港伐芦人。疏拙吾家旧,闲闲亦及春。

【校注】

① 新安：县名，属河南省。项羽坑秦卒二十余万人于新安城南，即此地。汉置县，北魏天平初，置新安郡。隋初郡废，大业初复为新安县。

廉吏咏客燕中作_(二首)

一

贪官童仆喜，廉吏亲宾怨。怨则从汝怨，莫使吾民困。在家朝苦饥，出仕夕余饭。肯将冠带躯①，猥欲事稗贩②。不见陆先生，至今曰清献③。

二

贞女无艳饰，廉吏无珍服。忍以身上华，削彼身边肉。出行策疲马，不羡骅骝速④。民愚有心肠，民贱有口目。不见桐城方⑤，曾为大燕督⑥。

【校注】

① 冠带：借指士族、官吏。《文选》张衡《西京赋》："冠带交错。"《注》："冠带，犹缙绅，谓吏人也。"

② 稗贩：买贱卖贵以取利。

③ 陆先生：指陆稼书(1630—1692)，名陇其，浙江平湖人。康熙间进士出身，为人耿直而恬淡。曾任嘉定、灵寿两县知县，清廉有惠政。卒后次年，康熙帝仍嗟叹久之曰："本朝如这样人，不可多得了。"其贞廉忠鲠，没后犹受知君上若此。谥清献。

④ 骅骝：赤色骏马，亦名枣骝。

⑤ 桐城方：指方观承(1696—1768)，字宜田，号问亭，安徽桐城人。年少时，祖、父俱戍黑龙江，往来随侍，备极流离之苦。在此期间，他厉志气，勤学问，遍知天下利病、人情风俗。年三十六，以经济、文学之才，为平郡王彭福所用，渐为朝廷重臣。乾隆七年(1742)授直隶清河道，官至直隶总督，太子太保。督直

隶二十年,皆掌治水,前后奏上治河方略数十疏,延赵一清、戴震辑《直隶河渠书》一百三十余卷。谥恪敏。著有《述本堂诗》、《宜田汇稿》、《问亭集》等。

　⑥ 大燕督:方观承所任直隶总督可雅称为大燕督。燕为河北省的别称,周时为北燕旧地,故名。直隶即相当于河北省。

送何天锡下第归观①

才标岂后人②,十载滞燕尘。举目无知己,还家有老亲。郊扉愁到日,霜野苦吟身。已分长孤僻,重来未有因。

【校注】

　① 何天锡:未详,待考。
　② 才标:才,指才能或资质;标,指风度、格调。

题　僧　院

无愁亦寡欢,清对一灯残。千百佛传语,二三更后看。当禅杉雪落,早汲井星寒①。不是空山里,求如此恐难。

【校注】

　① 井星:星宿名,有主星八颗,属双子座。古代天文学家八黄道(太阳和月亮所经天区)的恒星分成二十八个星座,称为二十八宿,四方各有七宿。南方七宿为:井、鬼、柳、星、张、翼、轸。

题傅叟林居

住处隔人烟,林端三四椽。远钟僧定后,寒日鸟巢边。带雪收枫叶,敲冰汲石泉。已知尘虑少,不复计流年。

夜　琴

历落水石际,月高星宿寒。孤琴横此夜,积雪满前滩。鹤外应无听,松余似不弹。自然遗众界,闭目片时看。

蟠龙洞道者

不识年多少,侍童低白眉。精神潭怪觉,踪迹岳僧知。只在生云处,难逢出洞时。近山人向说,曾有古仙祠。

冬夜东亭

寂历残冬月,孤亭夜色凝。巢留无叶树,步过有霜冰。坏彴犹依草①,遥寺合宿僧。频来此不厌,此外即无能。

【校注】

① 彴[zhuó]：独木桥。

送张阳扶赴庄侍郎河南幕①

抗策指伊洛②，别离无惨颜。饥寒知有分，河岳自相关。朝使迎看雪，邻僧送出山。将何报知己，了了寸心间。

【校注】

① 张阳扶：山东高密人，"三李"诗友，布衣，曾为河南巡抚庄存与幕客。庄侍郎：即庄存与，浙江武进人。曾巡抚河南，官至侍郎，故称。以博学廉鲠知名。清陈康祺《郎潜纪闻》载：庄侍郎典浙江试，巡抚馈以金不受，遗以二品冠，受之。及途，从者以告曰："冠顶真珊瑚也，直千金。"公怒曰："何不蚤白。"驰使千余里返之。为讲官日，上御文华殿，同官者将俟上起，讲仪毕矣。公忽奏讲章有舛误，臣意不谓尔也。奉书进讲，琅琅尽其旨，同官大惊，上为少留颔之。

② 抗策：扬鞭驱马。曹植《洛神赋》："揽騑辔以抗策，怅盘桓而不能去。"储光羲《终南幽居》诗："抗策还南山，水木自相亲。" 伊洛：伊水和洛水。《国语·周》上："昔伊洛竭而夏亡。"《注》："伊出熊耳，洛出冢岭。"两水汇流，多连称。

赠单子迄(襄枀)①

孤兴转幽寄，傝然一轴诗。得天闲尽与，到老病相随。独宿月照榻，冻吟霜满髭。不曾喧处见，那得世人知。

【校注】

　　① 单襄棨：名襄棨，字子迄。为李宪乔唱和之友，山东高密人。

送王德麟入蜀觐省^①

　　神女峰边路^②，君应历几层。书回离楚驿，船附过江僧。看碣故宫草，听猿何寺灯。欲知宁觐远^③，水味近嘉陵^④。

【校注】

　　① 王德麟：未详，待考。　觐（jìn）省：指省亲。觐，会见。李白有《送王孝廉觐省》诗。

　　② 神女峰：指巫山。在四川巫山县东，即巫峡，巴山山脉特起处。有十二峰，峰下有神女庙。

　　③ 宁觐：犹言宁亲，即省亲意。

　　④ 嘉陵：指嘉陵江，古称西汉水。《水经注·漾水》："汉水又南入嘉陵道而为嘉陵水。"江名由此而来。源出陕西凤县嘉陵谷，至四川重庆入长江。为四川省大江之一。

春夜东亭燕集分韵得佳字^①

　　迢递东亭夜，复兹晴月佳。苦吟春不入，冷味雪相谐。静语出林木，冻痕侵水崖。独来看已绝，况与数君偕。

【校注】

　　① 分韵：旧时作诗方式之一。指作诗时先规定若干字为韵，各人分拈韵字，依韵作诗。亦称"赋韵"。起初诗人联句时多用之，后来并不限于联句。白

居易《花楼望雪命宴赋诗》:"素壁联题分韵句,红炉巡饮暖寒杯。"

任二十六寄赠所藏米帖及其先寒香老人自制笔①

刻画几朝残,一枝霜竹翰。脱鳞龙可识,不刃剑能寒。定出高僧拓,曾参敢谏冠②。并非时世用,此后得应难。

【校注】

①　任二十六:未详,待考。　米贴:指米芾之帖。米芾(1051—1107),宋太原人,后徙居襄阳。字符章,号鹿门居士,又称海岳外史、襄阳漫士。累官礼部员外郎,知淮阳军,世亦称米南宫。性好洁,世号水淫;行多违世异俗,人称"米颠"。书法得王献之笔意,超妙入神。与苏轼、黄庭坚、蔡襄并称四大家。山水远宗王洽,近师董源,别出新意,自成一派。《宋史·文苑》有传。

②　曾参(前505—前435):名参,字子舆,春秋鲁国南武城(今山东省嘉祥县)人。十六岁拜孔子为师,勤奋好学,颇得孔子真传。一生积极实践和推行以孝恕忠信为核心的儒家主张,传播儒家思想。曾子的修齐治平的政治观,内省、慎独的修养观,以孝为本的孝道观影响了中国两千多年。编《论语》、著《大学》、写《孝经》,著《曾子十篇》,后世尊奉为"宗圣",是配享孔庙的四配之一,受儒教祭祀。

别故园后寄兄

独旅无欢绪,春寒倍寂然。易销行后日,难霁客中天。草漫入陂径,沙封着冻船。不知谁促迫,故国别年年。

邹平晓行①

初晴风飐沙②，前路去还赊。晓日渡头骑，荒城雪后鸦。漫游多失计，寒梦未离家。自古惜春别，春春不见花。

【校注】

① 邹平：县名，属山东省。汉置梁邹、邹平二县，属济南郡。晋永嘉之乱，县废。隋开皇十八年(598)改平原县为邹平县，复汉旧名，历代因之。明清皆属济南府。

② 飐(zhǎn)：风吹物使动。

湖上感怀

春阴与暮寒，并到客愁间。郁郁水边阁，依依城上山。长空来雁少，尽日一舟闲。为问旧时侣，几人今鬓斑。

题郭少府历下厅①

虽在郡城里，轩车似不通。马餐侵早雪，吏扫过阶风。月出连山上，春归梦越中。闲身消俸薄，自觉与僧同。

【校注】

① 郭少府：未详，待考。 少府：县尉的别称。县令称明府，县尉职务低

于县令,故称少府。　　历下:古城名。春秋战国齐邑,因城在历山下,而得名。秦灭魏,兵驻历下,即此。汉置历城县。故址在今山东历城区西。

与故人张朴话旧

溪扉烟色寒,相访此林间。野鸟入春噪,空庭当昼闲。酒因贫后减,发自壮年斑。独有机中妇,时同看远山。

泺上访赵玉文同宿①

闲宵此寄宿,清苦话兼吟。古屋连霜气,寒潭尽日心。竹敲孤立石,钟隔数重岑。知是无人到,苔扉雨迹侵。

【校注】

①泺(luò)上:在今山东济南市西南。因泺水而名。春秋鲁桓公十八年(前694),公会齐侯于泺,即此。　赵玉文:作者友人,高密诗派成员。作者之兄李怀民(石桐)亦有《送赵玉文东归》、《酬赵玉文秋试济南,阻雨长山客舍,书亡弟叔白题壁句见寄》、《得赵玉文书,即寄玉文》等诗。

游城西漪园赠郭少府

画阁倚晴春,门前屐齿新。近山犹有雪,深竹似无人。野色宜孤鹤,泉声到四邻。怜君能共赏,竟日得清神。

游龙洞圣寿禅院①

　　寺置在何代,苔碑不可揩。直峰沉昼日,厚雪在阴崖。地尽得泉脉②,境空生夜怀。却迴钟动处,应及晚僧斋。

【校注】

　　① 龙洞:在山东省济南近郊东南的龙洞山上。相传,唐尧时,有孽龙于此兴风作浪,造成水患,大禹治水,前来捉拿,孽龙钻山逃遁,至今留下深洞。故此山又称禹登山。山势奇绝,北有龙洞峪,东为凤凰台,南立白云峰。　寿圣禅院:龙洞峪腹地危峰壁立,其内魏晋以来建有佛教名刹,宋英宗治平四年(1076),赐名"寿圣院"。

　　② 泉脉:地层中伏流的泉水。以类似人体的脉络,故称泉脉。

龙　　洞

　　洞中何所有,万古泥盘盘。造次鬼神出,惨澹雷雨寒。人间日正中,洞中夜已残。不知几万劫①,始得穷磨钻。入如赴谷蛇,既出蛇蜕然。自伤学道浅,怔悸久不安②。永当谢尘堁③,一来共龙蟠④。

【校注】

　　① 万劫:即万世。佛家认为世界一成一毁为一劫。

　　② 怔悸:因心悸而发愣。

　　③ 尘堁(kè):尘埃。亦以喻人间。清梅曾亮《欧氏又一村读书图记》:"而苏文忠直禁内,读书夜分,老兵皆倦卧,彼其视金马玉堂之中,波涛尘堁之内,皆学舍也。"

　　④ 龙蟠:谓龙盘曲而伏,一般喻指豪杰之士隐伏待时。这里则指与尘世相

对的仙境。

宿佛峪般若寺兴公院①

危构因岩势,半天松栎阴。龙归春涧响,僧掩夜堂深。石壁湿侵像②,龛灯寒照禽。皎然无梦到,钟磬在西林。

【校注】

① 佛峪:位于山东济南龙洞山东南侧,四面环山,重峦叠嶂,林木葱郁,古寺深藏,环境清幽深秀。　般若寺:位于东佛峪内。《济南山水古迹纪略》载:"东佛峪,在龙洞东五里许,山内有般若寺,岩石丛叠,如夏屋,佛寺居其下,云生殿内,泉出厨间,终古风雨不侵,尤为绝胜,寺系隋开皇间所建,云树环抱,苍翠凌空,山半诸泉,垂作瀑布,自春徂秋,游人络绎不绝。一名佛峪。"

② "石壁"句:今般若寺遗址崖壁间尚有造像数层,20余尊,大者高1米,小者高40厘米,另有历代题记近30处。其中雕刻于隋开皇七年(587)的五尊佛像及造像记完好无损,且颜料色泽依然艳丽如新,是济南地区保存最完好的隋代佛造像,有极高的价值。石壁上还有唐开成二年(837)的《大唐金刚之会碑·石弥勒像赞并序》碑,记载了齐州历城县信众创立金刚经会的旧事。佛峪摩崖造像有"小敦煌"之称。

再题般若寺赠兴公

寺处背苍翠,岩枝缀佛前。寻常生雨气,一半缺星天。下瞰直无物,夜声多是泉。不辞通晓坐,石上对师禅。

寻 东 磵 僧①

初披入山径,数滴石淙翻。及到孤禅处,千寻瀑布根。昼清鹤过影,寺近井通源。只对莓苔地,经年无屐痕。

【校注】

① 东磵:济南龙洞山东侧的水沟。磵,同"涧"。

赠 义 融 上 人①

旧住云中寺,何年去石桥。曙吟残月在,寒定夜香销。在世足游历,一心长寂寥。手中柳栗杖,拄出雁门遥②。

【校注】

① 义融上人:未详,待考。上人,佛教称具备德智善行的人,后来作为对僧人的敬称。

② 雁门:郡名,战国赵地,秦置郡。今山西北部皆其地。或指雁门关。在山西代县西北有雁门山,东西山岩峭拔,中有路,盘旋崎岖,绝顶置关,谓之雁门关。自古为戍守重地,与宁武、偏头为山西三关,所谓外三关。

早春都门客舍①

细霰不成雪,虚廊吟绕频。旅寒生静昼,乡思入闲春。瓦雀惊枯竹,炉烟郁湿薪。宁知九门外②,杂沓泞车轮。

【校注】

① 都门：指京城。

② 九门：泛指皇宫。王维《同崔员外秋宵寓直》诗："九门寒漏彻,万井曙钟多。"

戏 咏 冰 床①

漫作济川具,聊同张水嬉。纵凭捷似翼,争奈滑如脂。夏后何曾识,余皇竟莫施②。云谷平地卧,镜有画痕遗。以小量难受,因轻势易移。白鸥江海意,闲对转迟迟。

【校注】

① 冰床：冰上滑行的工具,俗称冰排子。明·刘侗于奕正《帝京景物略·水关》："冬水坚冻,一人挽木小兜,驱如衢,曰冰床。"

② 余皇：船名。亦作艅艎。《左传·昭公十七年》："楚师继之,大败吴师,获其乘舟余皇。"

送单青侅太守赴铜仁①

挂席使君行②,天南几月程。别当燕雪霁,吟过楚江清。蛮竹连山长,花苗系鼓迎。应知却回日,多记异番名。

【校注】

① 单青侅：即单烺,字曜灵,山东高密人。乾隆四年(1739)赐同进士出身。历署龙门、抚宁县知县,以荐耀宛平知县、顺天府西路同知。又授广平(治所今

河北永年县东南)、铜仁(治所今贵州铜仁)知府。勘决田地,清理积讼,苗民悦服。后迁护理贵州粮驿道。以病告归。有《大昆仑山人集》。

② 挂席:扬帆行舟。谢灵运《游赤石进帆海》诗:"扬帆采石华,挂席拾海月。"

赠海淀正觉寺端林上人①

　　春殿初停讲,筐箱折赐袍。西峰禅夜接,北斗梵天高②。到此欲无语,知师不省劳。犹嫌苦吟者,结习事风骚③。

【校注】

① 海淀:位于北京城区西北部。元代初年,海淀镇附近是一片浅湖水淀,故称"海店",即今日的海淀。颐和园、圆明园、香山、景泰陵等著名景点均位于北京市海淀区。　正觉寺:清帝御园圆明园内附属的一座佛寺,俗称喇嘛庙。于乾隆三十八年(1773)建成,由正觉寺山门、天王殿、三圣殿、文殊亭、最上楼、配殿等主要建筑组成。山门外檐刻有"正觉寺"三字,为乾隆御书。

② 梵天:佛经有梵众天,为梵民所居;梵辅天,为梵佐所居;大梵天,为梵王所居。统称梵天。

③ 风骚:泛指诗文。如清赵翼《论诗》绝句:"江山代有才人出,各领风骚数百年。"

题 延 庆 寺①

　　寺前西涧水,数里见寒澄。高树无多荫,空堂有定僧。藓生前代石,龛闭午时灯。若道浮生累②,来栖岂不能。

【校注】

①　延庆寺：位于北京海淀区，建于清乾隆年间，现仅存山门，佛殿庙宇，禅舍旁屋，早已面目全非。属海淀区文物保护单位。

②　浮生：指人生。老庄以人生在世，虚浮无定，故称。《庄子·刻意》："其生若浮，其死若休。"

赠渠县李给谏（漱芳）①

史中郑侠传②，再世是先生。胆大轻时忌，身存托圣明。学人求疏稿，远使问乡名。朝列尽如此，西戎不战平③。

【校注】

①　渠县：县名，属四川省。汉宕渠县地，属巴郡。南朝梁置渠州。明改为县。　李漱芳：四川渠县人，在都察院任给事中。据《少鹤先生诗钞》单韶序："（少鹤）出都门，独善李公漱芳，李公为御史，敢言事。"　给谏："给事中"的别称。官名。秦汉为列侯、将军、谒者等的加官。晋以后为正官。隋于开皇六年（586），于吏部置给事官。唐属门下省。元以后废门下省，而有给事中。明给事中分吏、户、礼、兵、刑、工六科，掌侍从规谏，稽查六部之弊误。清代隶属都察院，与御史同为谏官，故又称给谏。

②　郑侠：指郑吉（公元？—49），汉会稽人，卒伍从军为郎，数至西域。宣帝时，任侍郎，屯田渠犁。破车师，降日逐，累官卫司马。为西域都护，治乌垒城，都护之置自吉始。封安远侯。汉朝号令行于西域，始于张骞，至吉而通行于全境。《汉书》有传。

③　西戎：古时我国西北部少数民族总称西戎。《诗经·小雅·出车》："赫赫南仲，薄伐西戎。"

都　门　答　客

不是不相惜，其如非故心。出门即岐路①，何处着

孤吟。城色郁将暝,旅天寒易阴。旧山早晚去,春草未
应深。

【校注】

①《晚晴簃诗汇》录此诗"岐"作"歧"字。

留上窦东皋宗丞十八韵①

　　长孺卧闺合②,退之羞佩冠③。由来抱孤性,只合
作闲官。直去方乘马,朝回独绕栏。图书勤点勘,衣带
任疏宽。赋岂长杨讽④,歌疑废瑟叹。自怜遭主圣,非
不惜才难。铸鼎象魑魅⑤,淬锋诛猾奸。一朝归近秘,
四海阻听观。贱子本疏阔,有怀兴懦顽。僻吟偏近
岛⑥,上国喜逢韩⑦。慕道时通谒,信心非妄干。许论
当世务,未以众人看。读史轻张孔⑧,拟骚悲椒兰⑨。
匡床容并坐,旧卷每同摊。频辱称名姓,无成铩羽翰。
心期卒夙业,分合出长安。敢效群趋异,转伤孤立寒。
感深属千载,无取涕汍澜⑩。

【校注】

　　① 窦东皋:即窦光鼐(1720—1795),字符调,号东皋,世称东皋先生,山东
诸城人。乾隆七年(1742)进士,改庶吉士,授编修。历官内阁学士、宗人府府
丞、上书房总师傅、左都御史等。性情伉直,遇事敢言,立朝五十年,尤以文学受
知高宗。幼负绝人之资,家贫,贷书于人,览即成诵。年十二,作《琅邪台赋》,人
大称赏之。及长,淹贯群籍,而不屑沾沾于章句训诂。其经术文章,自成一家
言,负天下重名。著有《省吾斋集》、《东皋诗集》等。生平见《清史稿》、《清史列
传》及秦瀛作《都察院左都御史窦公光鼐墓志铭》。　宗丞:窦光鼐曾任宗人府
府丞,职掌校理汉文册籍。

② 长孺：即汲黯（前？—前112），字长孺，汉濮阳人。武帝时为东海郡太守，后召为九卿，敢于面折廷诤。武帝外虽敬重，内颇不悦。后出为淮阳太守，七年而卒。《史记》《汉书》皆有传。　闺合：指内室。《史记·汲黯传》："黯多病，卧闺合内不出。"

③ 退之：即韩愈。

④ 长杨：指扬雄所作《长杨赋》。扬雄（前53—公元18），字子云，西汉蜀郡成都人。少好学，长于辞赋，多仿司马相如。成帝时以大司马王音荐，献《甘泉》、《河东》、《羽猎》、《长扬》四赋，拜为郎。

⑤ 铸鼎：相传夏禹收九州岛之金铸成九鼎。《左传·宣公三年》："昔夏之方有德也，远方图物，贡金九牧，铸鼎象物，百物而为之备，使民知神奸。"　魑（chī）魅：传说中称山神、鬼怪。即螭魅。《左传·文公十八年》："投诸四裔，以御魑魅。"《注》："魑魅，山林异气所生，为人害者。"

⑥ 岛：指贾岛。参前《再赠书田翁》注①。

⑦ 韩：指韩愈。此二句汪辟疆认为："虽为颂窦之辞，然少鹤诗不以贾自囿，即可于二语觇之。"

⑧ 张孔：指张侯论。《论语》流传至汉，有《鲁论语》、《齐论语》、《古文论语》三种，各有师传。成帝时，安昌侯张禹本受《鲁论》，兼讲齐说，定为一本，称张侯论。

⑨ 椒（shā）兰：椒，指恶草。《楚辞·离骚》："椒专佞以慢慆兮，椒又欲充夫佩帏。"兰，指香草。《楚辞·离骚》："扈江离与辟芷兮，纫秋兰以为佩。"

⑩ 汍（huán）澜：流泪的样子。

宿　山　店

客行占晚霞，投宿欲昏鸦。何处野泉落，入门山月斜。荒寒堕灯烬，寂历绕蓬麻。默默竟栖息，烟中三两家。

雨后龙山道中①

屡露衣珠禾陇间，穿塍破畎放潺潺②。入波天似

镜中镜,过雨云疑山后山。带湿秋阳犹作暑,倦游行客
只如闲。此时老母楼头望,拟遣樵青饷野还③。

【校注】
　　① 龙山:位于山东省济南近郊东南的龙洞山,亦省称龙山。
　　② 畎:垄沟,水沟。
　　③ 樵青:唐张志和,自亲亡,不复仕,自号烟波钓徒。有高名,唐肃宗赐以
奴婢各一,志和配为夫妇,号渔童、樵青。后来诗文中常以樵青为女婢的通名。

龙山驿逢赵玉文

　　颣頜时相值,非唯感别深。已知殊世味,空负在山
心。驿路荒多草,平生苦为吟。临分无数语,又见日
西沉。

秋日闲居即事

　　端居足暇日,石径有苍苔。野客求书去,家童买药
回。早鸿先社至,荒菊过时开。不诵安仁赋①,应嗟鬓
发摧。

【校注】
　　① 安仁:西晋文学家潘岳,字安仁。巩县(今河南巩义)人。安仁赋:指潘
岳《秋兴赋》。赋之序有言曰:"晋十年有四,余春秋三十有二,始见二毛。"
《注》:"杜预曰:二毛,头白有二色也。"故此诗下句有"嗟鬓发"之叹。

哭　子　迄①

所得非天惜,暂留胡不宜。世缘犹有子,死日始无诗。净石常凭处,空斋共宿时。箧中秋卷重②,装出更投谁。

【校注】

① 子迄:即单襄棨。

② 秋卷:唐代举子落第后寄居京师过夏课读,其间所作诗文称为秋卷。

游 西 石 题 壁①

旷原陡起势孤尊,知是云亭几叶孙②。莫可上边飞作观,四无倚处矗为门。云山约负皆虚日,今古情同有此樽。无那故人归厚土,茫茫何地与招魂。(时有子迄之丧)

【校注】

① 西石:在山东泰安市泰山间,至今有西石庙。

② 云亭:云云、亭亭二山的合称。相传神农尧舜等封泰山,禅于云云山;黄帝封泰山,禅于亭亭山。见《史记·封禅书》。此句意为“西石”不知是泰山的多少代孙。

思游黔中故人①

与君分别时,京寺叶初飞。去去无书返,年年有雁归。水当龙里恶②，人过夜郎稀③。何处更漂泛，无从寄远衣。

【校注】

① 游黔中故人：应指单烺。单时任贵州铜仁府（治所今贵州铜仁）知府。见作者《送单青佽太守赴铜仁》诗。

② 龙里：县名。在今贵州黔南布依族苗族自治州北部。元置龙里州，改为平伐等处长官司。明置龙里卫，升为军民指挥司。清康熙十一年（1672）改为县。属贵州贵阳府。

③ 夜郎：古地名。晋代郡址约在云贵两省境内的北盘江上游地区。唐代郡境约当今贵州桐梓及正安西部地区。唐代夜郎县一为武德四年（621）置，在今贵州石阡县西南，贞观元年（627）废；一为贞观五年置，在今湖南新晃侗族自治县境。五代时废。北宋大观二年（1108）复置，宣和二年（1120）又废。

雪中登五莲山绝顶示颖叔①

三日住山不见山，中情有似饥待餔。冻霖作雪意已餍，乱山蹙踏琼瑶铺。依北一峰可见海，峰顶披冒时有无。毅然欲往不可挽，掉头岂顾山僧呼。千由万寻那能数，但觉浞汗沾裘褥。是时藓干石齿瘦，砅崖漩滑如脂肤。性命造次怕蹉跌，能变壮士成孱夫。不惜作气鼓俦侣，天生吾辈浮云殊②。短长成败合有定，不死应有神明扶。床笫岂必尽鲐耇③，枉自浪掷千庸愚。天风峻绝谁敢庐，攫裂已有残浮图④。繇来意气不知崄，平地仰盻始骇吁⑤。

【校注】

① 五莲山：位于山东省日照市五莲县，有龙潭大峡谷和护国万寿光明寺。

为著名风景区,潍水的发源地。　颖叔:即王克纯。

②《晚晴簃诗汇》录此诗此句"吾"作"我"字。

③ 床第(zǐ):床席。语出《周礼·天官·玉府》:"掌王之燕衣服、衽席、床第凡亵器。" 鲐(tái)耇(gǒu):指老人。《尔雅·释诂》:"鲐背、耇老,寿也。"

④ 浮图:指塔。《魏书·释老志》:"凡宫塔制度,犹依天竺旧状而重构之,从一级至三五七九,世人相承谓之浮图,或云佛图。"

⑤ 仰眙:仰看。眙,直视,瞪眼看。

赠五莲山德一上人(并序)

乔善菜子,僧了彻,字洞然。后师与订交于上谷兰若①,约归共隐。今寂去十余腊②矣。

深貌语情迟,安心岂有师。近山多未到,远域却能知。经阁闻钟后,斋灯照雨时。洞然同苦行,感话几年期。

【校注】

① 上谷:郡名,战国燕地。秦汉至晋皆置上谷郡。以郡在谷之头而名。秦郡地广,包括今河北中部、西北及西部。自汉至晋,郡治在沮阳,今河北怀来县东南。隋大业初改易州为上谷郡,郡治在易县。唐初改为易州,天宝元年(742)又复为上谷郡。

② 腊:古代阴历十二月的一种祭祀,后将十二月称为腊月。此处腊字借指一年。

宿光明寺阁雪后月出,
与焗上人寻杨西台弹琴处①

卧语山龛夕,山人旧所登。起看咳巢月,寻共石棚僧。寒樾历难测②,高泉落几层。今知竟何处,愁抱七弦冰。

【校注】

　　① 光明寺:位于山东省日照市五莲山风景区,依山而建,曲径通幽;奇峰异石众星捧月地环立在寺之周围,梵宇山光交相辉映,置身其中,顿生超尘之感。光明寺始建于唐代,名云堂寺;中兴于明,敕建"护国万寿光明寺"。　烱上人:未详,待考。　杨西台:明代"三杨"之一的杨士奇有"西杨"之称,或指其人。

　　② 樾:树荫或道旁林荫地。

石　阁　僧

　　壁与天分界,阁僧孤掩关。香生有雪处,迹绝数峰间。偃偃石同定,棱棱心所攀。转惭无住者,虚负独能闲。

醉吟赠云岩上人

　　九仙山顶逢三九①,四极茫茫入眼澄②。不是老僧教却住,此身已作雪崚嶒③。

【校注】

　　① 九仙山:为山东省日照市五莲县五莲山名胜区的一部分,与五莲山隔壑相峙,素以"奇如黄山,秀如泰山,险如华山"而著称。苏轼曾说"九仙今已压京东"。　三九:冬至后第三个九(即第十九天至第二十七天)称三九天,是一年中最冷的时候。

　　② 四极:指东南西北四方。

　　③ 崚嶒:山高大突出的样子。

登九仙山西观楼见远道人题壁①

石扇响空碧,肃然山观清。冻烟开碙曙,高雪入楼晴。早信孤云近,应无白发生。迟回独不去,壁上故人名。

【校注】

① 远道人:姓张,名远晖,字遂初,苏州人。

和石桐《对雪寄王生子和》十韵①

遽扶千岳起,直括万方来②。稍定时飘送,因狂更折回。中偏孤受敌,人寂众衔枚③。日曜怜非薄,风痕见侧摧。静莹不可唾,寒整漫疑裁。堕突惊栖箔,融轻误着杯。就平方跛踤④,经闇绝嫌猜。劲草时孤出,丛篁得厚培。仄缘墙畔显,圆到井边开。琢句追前赏,非君得语哉。

【校注】

① 石桐:即李怀民。一名宪暠,以字行,号石桐,又号十桐。与弟宪暠、宪乔相师,俱以诗名,有"三李"之目。其《对雪寄王生子和》原诗为:"寂寞遂终夕,晶莹忽通曙。垂幰若遗情,开轩始惊晤。骚屑方委栋,氤氲正飘树。被物乍同收,因形乃分赋。积重或偏敧,乘弱亦轻附。烛幽时浚达,弥缺必丰注。野人悄将归,栖鸟寒犹露。晓色已侵昼,澄辉更延暮。憬幽知悦性,念群转荣虑。欲出访郊扉,扁舟尚迷渡。"　王生子和:即王子和,名宁暗,字子和。山东高密人,与胶州王克绍、王克纯,高密王子夏、王万里同为"王氏五子",是高密诗派之"羽翼"。

② 万方：犹言四方。语出《尚书·汤诰》："嗟尔万方有众，明听予一人诰。"

③ 衔枚：枚之状如箸，横衔口中，以禁喧嚣。古军旅、田役及丧礼执绋时皆用之。《周礼·夏官·大司马》："群司马振铎，车徒皆作，遂鼓行，徒衔枚而进。"《注》："枚如箸，衔之，有繉结项中。军法止语，为相疑惑也。"

④ 踧(chù)踖(jí)：局促不安貌。《后汉书·东平宪王苍传》："每会见，踧踖无所措置。"《注》："踧踖，谦让貌也。"

与任子升同宿①

苦吟惟僻涩，自看亦须疑。却怪能探处，翻如乍得时。共眠灯烬落，一夜雪风吹。门外即山岳，茫茫安可追。

【校注】

① 任子升：据汪辟疆《论高密诗派》一文，可知其亦是山东高密人，与其兄任大文同为石桐少鹤唱和之友。其余待考。

丁泠操(有序)①

予有侄孙名澄慧而殇，其弟治哭之恸。予及兄叔白各为辞②，以写其哀。而请远道人被之弦③，命曰丁泠操。

丁泠丁泠丁泠，殡殡(寒貌见孟郊诗注)凝凝④。晨凄夜惊，与君兮弟兄，相依兮影形，歘语默兮幽明。丁泠丁泠丁泠，晨凄夜惊，独留兮影形，嗒忽灭兮精灵，畴知予心之汲汲兮⑤。方追攀而恐弗胜，噫嘻吁嗟哉。悲人生，感浮萍。凡今之人兮，莫如兮弟兄。丁丁泠泠，殑殑凝凝，遥遥冥冥。

【校注】

① 操：琴曲名。如《猗兰操》、《龟山操》之类。《后汉书·曹褒传》"歌诗曲操"注引刘向《别录》："君子因雅琴之适，故从容以致思焉。其道闭塞悲愁而作者名其曲曰操，言遇灾害不失其操也。"

② 叔白：即李宪曧(1739—1782)，字叔白，号莲塘，李宪乔之二兄。

③ 远道人：姓张，名远晖，字遂初，苏州人。

④ 殑殑(qíng)：病困欲死的样子。

⑤ 畴：谁。《列子·天瑞》："运转亡已，天地密移，畴觉之哉？"

《少鹤诗钞内集》卷四（焦尾集）

西行道中读潘岳《秋兴赋》感怀①

美恶无定境，得失无常筹。泛泛百年中，要使此心休。潘生何为者，其言哀以忧。不知谁迫胁，更谁相怨尤。中郎太尉掾，华省峻且修②。朝夕所与处，蝉冕纨绮俦③。此皆君所易，谓当我志不。沃壤畔东皋，禾稼满前畴。薄醉采芳菊，濯足清涧流④。此皆君所难，我得固已优。优者不知惜，难者未忘求。平生志疏阔，千期无一酬。问我今齿发，长君岁再周。栖栖尚何适，恐反为君羞。怀抱岂相喻，因感还成讴⑤。

【校注】

① 潘岳(247—300)：字安仁，晋荥阳中牟人。任河阳令，在县中种满桃李，一时传为美谈。累官至给事黄门侍郎，人称潘黄门。工诗赋，辞藻艳丽，长于哀诔之体。岳与石崇等谄事贾谧，居谧门二十四友之首。及赵王伦专政，中书令孙秀诬以谋反，族诛。明人辑有《潘黄门集》。《晋书》有传。

② "中郎"二句：化用西晋潘岳《秋兴赋并序》中语。华省，指职务亲贵的官署。《秋兴赋》："宵耿介而不寐兮，独展转于华省。"其序中谓："时以太尉掾兼虎贲中郎将，寓直于散骑之省。"散骑常侍，侍从皇帝左右，平尚书奏事，为亲贵之官。

③ 蝉冕：犹蝉冠。引申指侍从贵近之官。　纨绮：指少年。

④ "沃壤"四句似写陶渊明诗中境。

⑤ 原注："此岁丙申，黄都宪为山东学政，以橄趣先生出应召试。是途中所作也。"　丙申：乾隆四十一年(1776)。　黄都宪：未详，待考。　学政：清代提督学政的简称，也称督学使者、学政使，俗称大宗师、学台。人选由翰林官及进士出身的部院官中选派，三年一任，掌管各省学校生员考课升降之事。

上都宪云门黄使君①

志士酬知不酬惠,知及穷僻古所难。贱子生长在里闾,学术荒陋无交欢。独将苦句蹑郊贺②,无异虫吟秋草闲。前年献赋走燕赵,妄希盛世收愚屡。果然濩落不入格③,唯叼名姓标天翰。西风落叶掩萧索,京华旅食多辛酸。宰相非不辱称许④,自知非分难相干。怅然归去事耕凿,慈亲菽水能我安⑤。忽闻天上降奎宿⑥,余辉曾不遗邱樊。自忖初无半刺谒,胡为提挈来云端。焦芽吹嘘策疲马,顿令意气生儒冠。丈夫显晦那可必,激昂片语轻琅玕⑦。衔恩重义不言报,报以心志如松坚。

【校注】

① 都宪:明清两代都察院、都御史的别称。 云门:高耸的大门,多比喻富贵之家。 黄使君:未详,待考。使君,对州郡长官的尊称。

② 郊贺:指孟郊、周贺。

③ 濩落:空廓,廓落无用。引申为零落、无聊失意。如韦应物《郡斋赠王卿》诗:"濩落人皆笑,幽独岁逾赊。"

④ 宰相:指陈宏谋(1696—1771),字汝咨。临桂(今广西桂林)人。雍正进士历官布政使、巡抚、总督,至东阁大学士兼工部尚书。在外任三十余年,任经十二行省,官历二十一职,所至颇有政绩,得乾隆帝信任。革新云南铜政,兴少数民族地区教育;经理天津、河南、江西、南河等处水利,疏河筑堤,修圩建闸。先后两次请禁洞庭湖滨私筑堤垸,与水争地。治学以薛瑄、高攀龙为宗,为政计远大。卒谥文恭。有《培远堂偶存稿》十卷、《文集》十卷等。 此句所言事见《少鹤先生诗钞·单韶序》:"少鹤生有异才,年十九,以选贡高第当除令。天子见其幼,罢之。将归桂林,陈相国(宏谋)慰曰:'君名臣子,终当以科第起家。一令不足辱君也。'"

⑤ 菽(shū)水:豆和水,指粗茶淡饭,形容生活清苦。《礼记·檀弓》下:

"子路曰:'伤哉! 贫也! 生无以为养,死无以为礼也。'孔子曰:'啜菽饮水,尽其欢,斯之谓孝。'"后常用以称晚辈对长辈的供养。

⑥ 奎宿:星名。二十八宿之一,白虎七宿的首宿,有星十六颗。以形似胯而得名。《初学记·孝经·援神契》:"奎主文章。……宋均注曰:奎星屈曲相钩,似文字之画。"故后来言文章、文运者,多用"奎"字。

⑦ 琅玕:指美石。

赠董翁曲江

学舍如舟草满池,几经沦谪怨归迟。烟霞深闭蛾眉老①,只似宫人入道时。

【校注】

① 蛾眉:蚕蛾的触须,弯曲而细长,如人的眉毛,故喻女子长而美的眉毛。此借指美女。

和方叔驹比部《焦山访杲上人不遇》①

独有硁硁抱②,登临益不穷。数帆寒日远,一雁暮江空。杳杳出林磬,寥寥倚槛风。谁言此时意,不与老僧同。

【校注】

① 方叔驹:高密人,曾任刑部司官,官至观察。曾以江南松太道率二守出勘海寇情形。以疾还乡。　比部:明、清以比部为刑部司官的通称。　焦山:山名,在江苏镇江市东北,屹立江中,与金山对峙,并称金焦,向为江防要塞。古名樵山,相传汉末处士焦先隐此,因名焦山。

② 硁硁(kēng kēng):浅陋而又固执的样子。坚持自己看法的谦词。

望　岱①

岱宗夫何如②,直与天相引。嘘为天下霖,吸觉东海尽。境异杂人鬼,体大包灵蠢。四岳且臣伏,其余固泯泯③。

【校注】

① 岱:指泰山,以其为五岳之长,故称。

② "岱宗"句:用杜甫《望岳》"岱宗夫如何,齐鲁青未了"成句。

③ 泯泯:消失、灭绝。言其他山皆不值一提。

赠斗母宫小尼师①

垂发未教剃,待年无法名②。偶来傍师立,犹为见人惊。展叶心情懒,添香指爪轻。却回西殿角,依约梵余声。

【校注】

① 斗母宫:泰山斗母宫,古名"龙泉观"。临溪而建,景色幽美。宫中供奉斗母元君,简称斗母,也叫斗姥,是道教崇拜的女神。道教说他是北斗众星的母亲,原为龙汉年间周御王妃子,名紫光夫人。因春游花园有感悟,生下九个儿子。在道教中,斗母崇拜十分普遍,许多道教宫观都建有"斗母殿"、"斗母阁"、"斗母宫",专门供奉斗母。

② 法名:佛教徒受戒时由本师授予的名号,又称法名,戒名。

宿后石屋有怀家石桐、叔白①

孤禅藏岳根,酌水溯天源。坏塔荒连石,群峰险到

门。松阴长似腊,殿古易成昏。迢递北岩月,何人共
此樽。

【校注】

　① 石桐:即李宪乔之长兄李怀民,号石桐。　叔白:即李宪乔之二兄李
宪暠。

同方叔驹访张云夫不遇,遂游罗氏园

　　碧草际阶匀,清泉见底新。为寻苦吟客,来看野园
春。杨柳垂到地,芭蕉长似人。淹留遂至晚,钟鼓出
重闉①。

【校注】

　① 重闉(yīn):多重弯曲的护城门的小城墙。闉,屈曲。

与张汝安同宿①

　　不惜手中麈②,拂余身上衣。偶来对床宿,已似故
山归。灯烬月初入,钟余语渐稀。石门期共隐③,肯使
素心违④。

【校注】

　① 张汝安:名予定,字汝安,一号云樵,山东平原人。乾隆乙酉(三十年,
1765)登拔萃科,辛卯(三十六年,1771)举乡试第一。曾南下桂林为县令,与时
任岑溪令的李子乔为文章道义之交。
　② 麈(zhǔ):麈尾的简称。古以驼鹿尾为拂尘,因称拂尘为麈尾,或省称

塵。如欧阳修《和圣俞聚蚊》诗:"抱琴不暇抚,挥塵无由停。"

　　③　石门:指石门寺。在山东曲阜市东北。

　　④　素心:指本心、素愿。

怀林云表(庭鹤)①

　　故人穷竟老,短发不胜梳。病后几年别,寄来何处书。石泉寒更澈,霜柳雨中疏。莫遣篇章减,吟怀岂异初。

【校注】

　　①　林云表:名庭鹤,字云表。作者诗友。

寄祝厚臣舍人(坤)①

　　积久不相见,惟应忆别时。闲吟寄人少,僻县得书迟。僧共无灯夜,禽惊落雪枝。玉堂清直客②,此意可能知。

【校注】

　　①　祝厚臣:未详,待考。　舍人:宋元以来俗称贵显子弟为舍人,犹言"公子"。

　　②　玉堂:泛称富贵之宅。

东碉琴兴示张生(清棹)

　　碉水涓涓磴石平,相看不语素琴清。只愁弹到忘情处,不辨琴声与水声。

与故人季涵论书①

季生贸然来,袖出手中字。盘辟竞点画,邀我相指
似。我书本无法,敢为对以意。观书如相人,神骨当有
异。肤立岂能久,中干固难恃。颜柳苏黄徒②,天与君
子气。刻镂相耸削,跌宕转严毅。正如冠剑臣,谈笑皆
国计。粪土弃么璩,空洞见胸次。有时就欹偃,白眼青
天醉。却视黄泥人,颠倒灵娲戏③。以此常自足,穷老
无悲喟。有志我未能,敬为吾友遗。双钩与悬腕④,暇
日请从事。

【校注】

① 季涵:未详,待考。

② 颜柳苏黄:指颜真卿、柳公权、苏轼、黄庭坚。颜真卿、柳公权是唐代的
大书法家。真卿善正、草书,笔力沉着雄浑,为世所宝,称颜体。柳公权擅长楷
书,结构劲媚,法度谨严。世称"颜筋柳骨"。如陆游《唐希雅雪鹊》:"我评此画
如奇书,颜筋柳骨追欧虞。" 苏轼、黄庭坚是北宋四大书法家苏黄米(芾)蔡
(襄)之前二家。

③ "却视"二句:以传说中女娲抟土造人之事为喻。

④ 双钩:摹写的一种方法。用线条钩出所摹的字笔画的四周,构成空心笔
画的字体。宋姜夔《续书谱·临》:"双钩之法,须得墨晕不出字外,或郭填其
内,或朱其背后,正得肥瘦之本体。"悬腕:谓写字时手腕悬空。

潍上赋得待船逢雨时①

片阴连夕辉,寒雨转霏微。直岸一舟去,满林黄叶
非。前濑鹭犹在②,下沙人渐稀。谁知独延伫③,湿尽

故园衣。

【校注】

　　① 潍上：即潍州境。潍州因潍水而名。潍水，又名潍河，源出今山东五莲县西南的箕屋山，东北流过诸城，又北流汇汶水，过昌邑入海。

　　② 濑：湍急之水。

　　③ 延伫：久立等待。《楚辞·离骚》："时暧暧其将罢兮，结幽兰而延伫。"

前　　路

　　前路谁相待，枫林叶又黄。惊鸿过远水，野马立闲冈。乡语别无棣①，沙程连范阳②。不知何事业，来往亦皇皇。

【校注】

　　① 无棣：县名，属山东省。战国齐邑。隋开皇六年（586）割阳信饶安置，因南临无棣沟，故名。故城在今县东。宋迁至今址。

　　② 范阳：古县名，因在范水之北而得名。汉兴，置范阳县，属涿郡。故城在今河北定兴县南。

忆与明府兄思永舟行夜过安州①

　　深夜泊何处，荒烟四野蛩②。低低入船月，远远隔城钟。此际语复默，相依寒更憁。今来如可识，已是昔年踪。

【校注】

　　① 明府：唐以后，人多称县令为明府。　思永：名李绪曾。余未详。　安

州：地名,汉涿郡高阳县地。元置安州,明清均属直隶保定府。1913 年改为安
新县,属河北省。

② 蛩(qióng)：蟋蟀。

早　发

苍苍断复连,暝铎与荒烟。缺月淡将没,短檐深正
眠。身怜在家服,路入早冬天。即事茫茫路,晓钟残
梦边。

晓　行

参井渐西没①,东方已半明。驿灯孤客去,村色乱
鸡鸣。旷野风吹晓,严霜日出晴。从游骑竹岁,即是此
时情。

【校注】

① 参井：指二十八宿中的参宿和井宿。参宿,西方白虎七宿的末一宿;井
宿,南方七宿的第一宿。

晚渡易水寄湖州于明府①

林暮鸟投急,津人争渡喧。漫流宕沙阔,雨气助船
昏。落落抱羁恨,滔滔留壮魂。故人昔共棹,曾此夜
深论。

【校注】

① 易水：水名。《战国策·燕》："燕南有呼沱易水。"其水有三，皆发源河北易县。起自定兴西南入拒马河，为中易，今大部已干涸。在定兴西沙河流入合于中易者为北易，即今之易水。经徐水县名瀑河者为南易。　湖州：府名。三国吴宝鼎元年（266）分丹阳设吴兴郡，治乌程。隋仁寿二年（602）改置湖州。后废。唐天宝元年（742）复置，宋沿置。元改湖州路，明初改湖州府。

途中逢紫函上人①

　　秣马天向晚，望乡愁不胜。碛风上谷驿②，山语大劳僧③。乌啄倾盂饭，虫缘汲水绳。故人嵩少住④，几岁别南能⑤。

【校注】

① 原注："为张阳扶外甥。"　李怀民《和子乔〈赠劳山僧〉有序》序云："子乔北行次沧州，有少年僧，察其音，似故人张阳扶，叩之，果阳扶甥也。先是阳扶流寓济南诸邑，皆携姊甥往，后远游，姊老，不能从阳扶去。久之，甥遂为劳山僧，将入都受戒。"

② 上谷：郡名，战国燕地，秦郡包括今河北大部。自汉至晋，郡治在沮阳（今河北怀来县东南）。隋大业初改易州为上谷郡，郡治在易县。

③ 大劳：指劳山。在山东即墨市东南海滨。有大劳山，小劳山。二山相连，上有清风岭、碧落岩诸名胜。一作牢山，又作崂山。

④ 嵩：指中岳嵩山。

⑤ 南能：指慧能南宗。佛教禅宗自五祖弘忍以后，分为南北二宗：南宗为六祖慧能所立，其后又分为沩仰、临济、曹洞、云门、法眼等五家。北宗为神秀所立。二人为唐代禅宗的两大禅师。慧能接受弘忍的衣钵，传教于岭南，故称南能。弘忍死后，武则天征神秀入京，传教于北方，故称北秀。

废　宅

先朝贵家宅,积雪暮钟前。坏扇无扃处,高牌记赐年。土山多委地,园木尚参天。有客西廊住,夜灯寒悄然。

和曹松《贻世》①

滚滚竞趋赴,往来如不胜。伥为生作役,只觉老无凭。可使日长昼,宁容水有冰。僻吟与高卧②,自是不相应。

【校注】

① 曹松(830—903):字梦征,舒州(今安徽潜山)人。晚唐诗人。早年曾避乱栖居洪都西山,后依建州刺史李频。李死后流落江湖,无所遇合。光化四年(901)中进士,年已70余。因同榜中王希羽、刘象、柯崇、郑希颜等皆年逾古稀,故时称"五老榜"。特授校书郎(秘书省正字),不久谢世。曹诗风格似贾岛,工于铸字炼句,而思想更为深刻。有《曹梦征诗集》三卷。《全唐诗》录140首。其《贻世》诗原文为:"富者非义取,朴风争肯还。红尘不待晓,白首有谁闲。浅度四溟水,平看诸国山。只消年作劫,俱到总无间。"

② 高卧:高枕而卧,谓安闲无事。《晋书·陶潜传》:"尝言夏月虚闲,高卧北窗之下。"《世说新语·排调》:"谢公(安)在东山,朝命屡降而不动。……(高灵)戏曰:'卿屡违朝旨,高卧东山,诸人每相与言,安石不肯出,将如苍生何。'"

太　史①

太史传货殖②,刻骨痛言利。宁知宦学忧,此犹存

信义。不信贾不售，不义生不厚。义信存此中，天乎得
无穷。

【校注】

① 太史：此指太史公司马迁。太史，官名。三代为史官及历官之长。秦称
太史令，汉属太常，掌天文历法。古代史官与历官不分，故司马迁以掌天官之太
史，而负修史之任。魏晋时，修史撰文归著作郎，太史专掌天文历法。

② 货殖：指司马迁《史记·货殖列传》。

黄金效元遗山①

黄金价日增，白璧不计缗②。入市征贱货，士子贱
无伦。众里常累累③，尘中走踆踆④。低颜里巷儿，屈
首舆台身⑤。酬酢已颜汗⑥，况伺喜与嗔。试听吾语
子，所守或非纯。子有不朽我，彼皆眼前纷。吹拂犹未
及，已化糠核尘。盍及未散气，自求所由震。众视或悠
悠，有负独嶙嶙。元亮在生时⑦，岂异浔阳民⑧。

【校注】

① 元遗山：即元好问（1190—1257），字裕之，自号遗山山人。金朝太原秀
容（今山西忻州市忻府区）人。兴定五年（1221）进士，官至尚书省左司员外郎。
金亡，不仕。有《遗山集》四十卷。又采录金代诗人作品，编有《中州集》。《金
史》有传。

② 缗（mín）：成串的钱。

③ 累累：疲惫貌。《礼记·玉藻》："丧容累累。"

④ 踆踆（qūn）：跳跃貌。张衡《西京赋》："怪兽陆梁，大雀踆踆。"

⑤ 舆台：指地位低微的人。古代分人为十等，舆为第六等，台为第十等。
如杜甫《后出塞·五》诗："越罗与楚练，照耀舆台躯。"

⑥ 酬酢（zuò）：主宾相互敬酒。主敬宾曰献，宾还敬曰酢，主复答敬曰酬。

《淮南子·主术》:"觞酢俎豆,酬酢之礼,所以效善也。"也用为朋友交往应酬。

⑦ 元亮:即陶渊明(352 或 365—427),字元亮,又名潜,私谥"靖节",世称靖节先生。浔阳柴桑人。东晋末至南朝宋初期伟大的诗人、辞赋家。曾任江州祭酒、建威参军、镇军参军、彭泽县令等职,最末一次出仕为彭泽县令。因不能"为五斗米折腰",弃官归隐,以诗酒自娱。征著作郎,不就。世称靖节先生。其诗描写山川田园之秀美,自然朴素;而嫉世激昂之情亦时有之。有《陶渊明集》。《晋书》、《宋书》皆有传。

⑧ 浔阳:陶渊明为浔阳人。即今江西九江县地。

跋东坡山谷书示阳扶①

　　古人书多偏,而有刚正志。后人书多正,而有妖邪意。偏者固为病,美不以病累。正者求自全,苟以媚于世。若教人学偏,如立使跛废。不如屏笔研,退而养其气。天地海岳胸,请图所由致。

【校注】

① 东坡:即苏轼。　山谷:即黄庭坚(1045—1105),字鲁直,号山谷道人,晚号涪翁,洪州分宁(今江西修水县)人。治平四年(1067)进士,历任太和县知县、国子监教授、起居舍人,官至秘书丞,提点明道官,兼国史编修官。宋崇宁二年(1103),以幸灾谤国之罪除名羁管宜州(广西宜山县)客死在贬所,终年六十岁。生前与苏轼齐名,世称"苏黄"。著有《山谷词》。

古结欢曲三首

一

　　谁将冰雪骨,琢作双佩环。低徊置襟袖,欲解两无端。

二

菡萏初出水①,摇摇复离离。但爱容华好,薏心争得知②。

三

试妾与君琴,合弦弹渌水③。一弦不和处,从头更弹起。

【校注】

① 菡(hàn)萏(dàn):荷花的别称。语出《诗·陈风·泽陂》:"彼泽之陂,有蒲菡萏。"

② 薏心:指莲实的心。《尔雅·释草》:"荷,芙蕖,……的中(心)薏。"《疏》引三国吴·陆机《诗·疏》:"的中有青为薏,味甚苦。"

③ 渌水:古曲名。《文选》汉马季长(融)《长笛赋》:"上拟法于《韶箾》、《南钥》,中取度于《白雪》、《渌水》,下采制于《延露》、《巴人》。"

吊 王 丈 太 初

命与行俱拙,何人免叹歔。布袍随老尽,板榻是生余。野客供朝奠,门生收旧书。堂中有遗像,黑发罢官初。

哀郭虞受先生(廷翕)

寻常衰悴境,容易到诗人。未识长关思,相悲不必亲。书因多病散,家自在官贫。他日劳山下①,愁过竹屋春。

【校注】

　① 劳山：在山东即墨市东南海滨。有大劳山，小劳山。二山相连，上有清风岭、碧落岩诸名胜。一作牢山，又作崂山。

秋 山 孤 二 章①

一

　秋山孤兮无云，廉吏而可为兮子负薪。我有孤侄兮病依他人，逝将视汝兮其生其存。吁嗟苍天兮，此为清白吏子孙。

二

　秋泽涸兮无水，廉吏而可为兮子冻馁。我有侄兮病不得返里，逝将视汝兮其生其死。吁嗟苍天兮，此为清白吏孙子。

【校注】

　① 原注："将省犹子珫疾北行道中作。" 犹子：《礼记·檀弓》上："丧服，兄弟之子，犹子也，盖引而进之也。"后来因称兄弟之子（侄子）为犹子。 珫：未详，待考。

郎 官 驿 雨①

　秋云无意绪，散漫成疏雨。始觉经陂塘，遽已冒平楚②。飒沓林叶飞，寥落馆人语。前期杳难定，忧来如乱缕。

【校注】

①郎官驿：未详,待考。

②平楚：登高远望,见树梢齐平,故称平楚。楚,指丛木。如南齐·谢玄晖(朓)《郡内登望》:"寒城一以眺,平楚正苍然。"李商隐《访隐》:"月从平楚转,泉自上方来。"

闻　角①

草枯雕迥月空明,只见荒沙不见城。一片玉门关外思②,无端来傍枕函生③。

【校注】

①角：古乐器名。出于西北地区游牧民族。多用作军号。

②玉门关：古关名。在今甘肃敦煌市西北,阳关在其东南,古为通西域要道。出玉门关者为北道,出阳关者为南道。后汉班超在西域三十一年求归上疏称:"臣不敢望到酒泉郡,但愿生入玉门关。"唐王之涣《凉州词》诗:"羌笛何须怨杨柳,春风不度玉门关。"

③枕函：中间可以藏物的枕头。司空图《杨柳枝·寿杯词》之六:"偶然楼上卷珠帘,往往长条拂枕函。"

赠肥乡令张八吉甫(维祺)①

佛言菩萨千岁内,未说世闲无益语。可怜日撞孔门钟,嚼蜡空谈不可数。吾友张子方少年,每见辄能令我叹。得第养亲愿已遂,违心徇俗死不安。知君矢志有如此,语出肺肝非舌齿。此地相逢真偶然,未枉咀嚼膏继晷②。临别乞得一言送,我心未保安足供。请书前语待将来,不唯讽君兼自讽。

【校注】

　　① 肥乡：县名，属河北省。汉广平国列人县地，三国魏黄初三年(222)分置肥乡县。东魏天平初，并肥乡入临漳县，隋复置。元属广平路，明清皆属广平府。　张维祺：未详，待考。

　　② 继晷(guǐ)：夜以继日。晷，日影。韩愈《进学解》："焚膏油以继晷，恒兀兀以穷年。"

漫　　吟

　　众尘中一尘，自笑解酸呻。感作预时老，梦同过去真。疚怀常畏夜，伤往始怜春。咄咄知何济，诗成不示人。

书 海 神 庙 壁①

　　东行到此尽②，回览旷悠悠。平地无不没，怒潮应始休。惊蓬荒庙在，落日岛夷愁。惨淡长空暮，唯闻叫海鸥。

【校注】

　　① 海神庙：位于山东省东北部莱州市，有《海神庙碑》，清道光二十四年(1844)莱州人翟云升〔道光二年(1822)进士〕所书。

　　② "东行"句：指莱州扼居胶东半岛要冲，西临渤海莱州湾的地理位置。

海上访法迂叟评事（坤宏）

先生临海居，八十意翛如。半路中逢鹤，单身外即书。应门童亦拙，绕屋树还疏。潮落暂须住，前滩同钓鱼。

经 子 迆 故 居①

旧历遽成幻，独来悲满膺。闲庭应有雪，邻寺亦无僧。几共秋空行，将眠夜雨灯。此时吟复话，知许古人能。

【校注】
① 子迆：即单襄棨。

赠王龙翰山人（建）①

古屋似幽岑，高怀对远林。香同暝坐久，雪为苦吟深。对客餐朝药，教儿放夕琴。唯应无事者，时许一相寻。

【校注】
① 王龙翰：名建，字龙翰。隐士高人，作者诗友。

子和寄沉水香①

　　坚栗有如此,知君情分深。能令众中迹,长作暂时心。小室昼还闭,虚窗冷不禁。肯来相共否,危坐日沉沉。

【校注】

　　① 子和:即王子和,名宁暗,字子和。山东高密人,与胶州王克绍、王克纯,高密王子夏、王万里同为"王氏五子",是高密诗派之"羽翼"。　沉水香:是一种香木,木材与树脂可供细工用材及熏香料。其黑色芳香,脂膏凝结为块,入水能沉,故名沉香。其不沉不浮与水平或则,名栈香。据范成大《桂海虞衡志·志香》:"沉水香,上品出海南黎峒,……中州人士,但用广州上占城、真腊等香,近年又贵丁流眉来者。余试之,乃不及海南中下品。"

寒夜焚香寄远道人

　　虚堂耿不眠,对影相肃穆。炉中有残火,自起烧黄熟。淡泊若无味,平中宜久服。昔年学道侣,语我在空谷。今来如寓公,孤羁久不复。静中一适意,未暇分魏蜀。此时月照池,四野霜杀木。独有阶下鹤,长共惺惺宿①。

【校注】

　　① 惺惺宿:道家一种养生方法,夜来即使不困,到了时间,也最好躺在床上。

重宿石溪馆

前溪月又落,孤馆对高林。夜觉薄醺尽,晓连寒食阴。浩怀方偃蹇,陈迹漫侵寻。唯有双雏鹤,还应识旧吟。

寄宋声闻(时为曲阜学博)①

忆昔受书初,先生置怀抱。为诂鲁论字②,入耳辄能了。渐次历弱壮,涉猎百家浩。无赖骋才辩,劣致时倾倒。却寻旧章句,步步入幽窅。正坐遗山言③,百读百不晓。开卷恍可凭,到身反滋扰。譬如临海岸,指画蓬莱岛④。千闻虽确凿,终输一见好。迩来讲学人,未食皆已饱。顶礼文宣王⑤,衣钵长乐老⑥。以此号理宗,至死不敢绍。更多所疑义,曾参未究讨⑦。思一亲问之,我生嗟不早。吾子来鲁国,将为多士表。馨香感梦寐,岂唯事除扫。有得幸见贻,楷桧不为宝。

【校注】

① 宋声闻:未详,待考。　曲阜:县名,属山东省。周武王封弟周公旦于曲阜,为鲁国都。以城中有阜,委曲长七八里,故名。故城在今山东曲阜市西北。　学博:唐制,府郡置经学博士各一人,职掌以五经教授学生。后来也泛称教官为学博。

② 鲁论:汉时《论语》有《鲁论》、《齐论》、《古论》三种。《鲁论》二十篇,鲁人所传。西汉末,张禹本受《鲁论》,兼讲齐说,善者从之,时人谓之《张侯论》,流传至今,即今本《论语》。

③ 遗山:即元好问。

④ 蓬莱岛：山名,古代方士传说为仙人所居。《山海经·海内北经》："蓬莱山在海中。"《史记·封禅书》："自威、宣、燕昭使人入海求蓬莱、方丈、瀛洲。此三神山者,其传在勃海中。"

⑤ 文宣王：自汉以来,历代王朝尊崇孔子,皆有封号。唐开元二十七年(739)追谥为文宣王。宋元又在"文宣王"上家谥"玄圣","大圣"及"大成至圣"等字样;明嘉靖九年(1530)改称至圣先师孔子,去王号;清因之。

⑥ 长乐老：指冯道(882—954),景城人,字可道。一生仕唐晋汉周四朝,相六帝,因自称长乐老。后唐长兴三年(932),以诸经舛缪,道倡议校定《九经》,并组织刻印,开官府大规模刻书之端。

⑦ 曾参(前505—前435)：字子舆,春秋鲁南武城人。孔子弟子。尊称曾子。其事迹散见《论语》各篇及《史记·仲尼弟子列传》。《汉书·艺文志》有《曾子》十八篇,已佚。现有《曾子》四卷,为清阮元据《大戴礼》辑本而定。

与鹤诗十首(抄五)

余客潍上郭翁家①,有鹤朝夕相从,闲发为诗,亦无伦次。

一

端重与清虚,寻常自觉殊。唳霜何太激②,耸夜不胜孤。潭底窥深影,堂中卷旧图。前身能记否,切莫避林逋③。

二

自惜毛质净,摘梳侵晓寒。不辞临水久,只觉近人难。苦啅莓苔僻④,喜吟庭榭宽。故应能见许,尽日凭危栏。

三

举俗重标格⑤,幽人知性情⑥。秋横无际碧,泉觑

到根清。寂历长先觉,安闲似不行。汀鸥与沙鹭,相对
意俱倾。

四

似欲窥幽榻,闲行入竹廊。端居不语处,清影到书
旁。久竚移来晷,相深未尽香。何时携汝去,一叶付
潇湘⑦。

十

（携鹤游玉清宫）

帝子入仙处（宫旧为元公主唐括夫人学道处）,云中秋殿
高。石坛幡拂顶,寒洞水浮毛。天外笙箫异,人闲日月
劳。早知千载上,刻绘到吾曹。（七真观前有古碑刻一道人一
鹤,恍然可识。）

【校注】

① 潍上:即潍水,又名潍河。

② 唳:鹤鸣。

③ 林逋(967—1028):字君复。宋钱塘人。隐居西湖孤山,二十年不入城
市。人称孤山处士。工行书,喜为诗。不娶,种梅养鹤以自娱,因有"梅妻鹤子"
之称。卒谥和靖先生。

④ 啅(zhào):鸟鸣。杜甫《枯棕》:"啾啾黄雀啅,侧见寒蓬走。"

⑤ 标格:风范、风度。《抱朴子·重言》:"吾特收远名于万代,求知己于将
来,岂能竞见知于今日,标格于一时乎?"言作一时的风范。

⑥ 性情:人的禀赋和气质。语出《周易·干》:"利贞者,性情也。"《庄子·
缮性》:"然后民始惑乱,无以反其性情而复其初。"

⑦ 潇湘:湘江之别称。古称湘水,潇有形容水深而清的意思。郦道元《水
经注·湘水》中有"神游洞庭之渊,出入潇湘之浦。潇湘者,水清深也"。

《少鹤诗钞内集》卷五(萧寺集)

和昆嵛山丹阳马真人《归山操》①

日有为兮何所为,日有知兮何所知。本不为兮何所知,尚不知兮何所为。秋风振兮百草靡,孤寥寥兮谁与归。纷贪夺兮忘旅羁,视不欲兮忍更随。平生志兮多苦违,君不去兮谁尔縻。秦皇汉武兮皆卑卑②,信与悔兮无是非。真欲归兮无不归,空山空兮云霞霏。洞天洞兮日月晖,水与流兮鹤与飞。我今誓志了不疑,石为心兮松为脾。乐天游兮谢勃溪③,坎离龙虎吾弗知④。

附:《归山操》原词⑤

能无为兮无不为,能无知兮无不知。知此道兮谁不为,为此道兮谁复知。风萧萧兮木叶飞,声嗷嗷兮雁南归。嗟人世兮日月摧,老欲死兮犹贪痴。嗟人世兮魂欲飞,伤人世兮心欲摧。难可了兮人闲非,指青山兮早当归。青山夜兮明月飞,青山晓兮明月归。饥餐霞兮渴饮溪⑥,与世隔兮人不知。无乎知兮无乎为,此心灭兮那复知。天庭忽有霜华飞,登三宫兮游紫微。⑦

【校注】

① 昆嵛山:在山东烟台市牟平区东南,又名大昆嵛、姑余山。周围八十余

里,巍然耸峙,卓然出世,素以山水风光、道教文化名闻遐迩。　丹阳马真人:即真人马丹阳(1123—1183),金道士。初名从义,字宣甫。宋陕西扶风人,迁居山东登州宁海县(今山东烟台市牟平区)。金贞元年间(1153—1156)登进士第,遇重阳子王嘉授以道术,改名钰,字宫宝,号丹阳子。后在莱阳游仙宫羽化。道教全真道北七真之一,全真道遇仙派的创立者。元世祖至元六年(1269)赠封为"丹阳抱一无为真人",世称丹阳真人。著有《洞玄金玉集》十卷,辑所作诗歌千余首,全面地反映了他脱尘离俗、色空俱忘、清静无为、修炼性命的主张。另有《神光璨》等。

②秦皇汉武:指秦始皇、汉武帝。

③勃溪:争斗。语出《庄子·外物》:"室无空虚,则妇姑勃溪。"《释文》:"勃,争也。溪,空也。司马(彪)云:勃溪,反戾也。无虚空以容其私,则反戾共斗争也。"

④坎离龙虎:道家语,谓水火。宋·朱熹《考异》:"坎离、水火、龙虎、铅汞之属,只是互换其名,其实只是精气二者而已。精,水也,坎也,龙也,汞也;气,火也,离也,虎也,铅也。"

⑤原注:"弟子邱处机书元驸马都尉唐括夫人刻石玉清宫。"　邱处机(1148—1227):字通密,号长春子,元登州栖霞人。道教全真派的开创人。于元太祖十四年(1219)奉诏从莱州(今山东掖县)出发,经阴山、雪山到达邪米思干朝见成吉思汗。被封为国师,号长春真人,总领道教。事迹《元史·释老传》有载。

⑥餐霞:指服食日霞,道家修炼之术。《汉书·司马相如传·大人赋》:"呼吸沆瀣兮餐朝霞。"注引应劭:"朝霞者,日始欲出赤黄气也。"

⑦三宫:三个星座。《楚辞》屈原《远游》"后文昌使掌行兮"汉·王逸注:"天有三宫,谓紫宫、太微、文昌也。"　紫微:星座名,三垣之一。我国古代天文学家将天体的恒星分为三垣、二十八宿及其他星座。三垣即太微垣、紫微垣、天市垣。

诮　鹤

　　大钧育万族①,实必符厥名。汝鹤何为者,鸟中独峥嵘②。古来比君子,此论吾不凭。鸡有司晨劳,鹊有构室能。百鸟皆养羞③,鹰祭享其成。持用荐鼎实,大庖亦以盈。汝长竟安在,耻与若为朋。汝能不饮啄,即宜谢寰瀛。胡于茫茫内,未免求鱼腥。更复多检择,摆掉若不胜。自惜违泥淖,毛羽霜冰清。霜冰价几何,况乃非霜冰。悦耳有百舌,睍睆和流莺④。底用多震骇⑤,惨为破竹声。既不任驱使,复不中和平。鹤乃无用物,乘轩谁汝令⑥。

【校注】

① 大均:指天、大自然。均,古代作陶器用的转轮。自然界形成万物好像均能造各种陶器,故称大均。

② 峥峥:喻超越寻常。

③ 养羞:贮存食物。《礼记·月令》仲秋之月:"盲风至,鸿雁来,玄鸟归,群鸟养羞。"《注》:"羞,谓所食也……不尽食也。"

④ 睍(xiàn)睆(huǎn):美好貌。语出《诗经·邶风·凯风》:"睍睆黄鸟,载好其音。"

⑤ 震骇(hài):骇,"骇"的古字。《墨子·号令》:"欢嚣骇众,其罪杀。"《庄子·外物》:"圣人之所以骇天下,神人未尝过而问焉。"底用:何用。

⑥ 乘轩:乘大夫的车子,后泛指官员。《左传·闵公二年》:"卫懿公好鹤,鹤有乘轩者。"

寺居雪夜寄萧检讨①

城头更鼓绝,独坐夜森森。敛阁烛焰短,法堂僧卧深②。罿空和冻蚁③,枝动恋巢禽。为问沟西客,还应共此心。

【校注】

① 萧检讨:未详,待考。检讨,宋有史馆检讨。明时始属翰林院,位次于编修,与修撰、编修同谓之史官。

② 法堂:演说佛法的大堂。

③ 罂(yīng)：小口大腹的盛酒器。

寺 居 对 雨

　　春阴漠漠覆城偏,日向僧窗隐几眠。零落雨如侵晓梦,轮囷云似早冬天①。谁教起舞在中夜②,已悔读书过十年。仰愧盛时无可劾,有羹遗母即归田③。

【校注】

　　① 轮囷(qūn)：屈曲貌。

　　②"谁教"句：用"闻鸡起舞"典。《晋书·祖逖传》："(祖逖)与司空刘琨俱为四州主簿,情好绸缪,共被同寝。中夜闻荒鸡鸣,蹴琨觉曰:'此非恶声也。'因起舞。"后以此典形容人怀有壮志,思图奋发。

　　③ 归田：旧时称辞官还乡为归田。《汉书·食货志》："民年二十受田,六十归田。"汉张衡有《归田赋》

书石守道诗后①

　　河朔气贞刚②,江左语清绮③。由来限天堑,南北风如此。忽忽千载间,幻化何穷已。高岸为深谷,北入慕南士④。冶冶弄芳泽,举举饰裙屐。有声必连琐,有情皆旖旎。不知谁作俑⑤,恐被陈良耻⑥。我读徂徕诗⑦,中夜为之起。公言信不错,鲁国一男子⑧。

【校注】

　　① 石守道：即石介(1005—1045),字守道,宋兖州奉符人。天圣八年(1030)进士。官国子监直讲。著文指摘时政,无所忌讳。庆历中擢太子中允。

常以师道自居,学者称徂徕先生,有《石徂徕集》二卷。《宋史》有传。

② 河朔:黄河以北地区。此泛指北方。

③ 江左:长江下游以东地区,即今江苏省一带。古人叙地理以东为左,以西为右,故江东称江左,江西称江右。

④ 北人:应为"北人",当系刻写之误。

⑤ 作俑:原指制造殉葬的偶像。《孟子·梁惠王》上:"仲尼曰:'始作俑者,其无后乎?'"后谓创始为作俑,用于贬义。

⑥ 陈良:战国时楚人。悦周公仲尼之道,北学于中国,从学者有陈相陈辛之徒。陈相既遇许行,乃尽弃其所学从为神农之学。见《孟子·滕文公》上。

⑦ 徂徕诗:指石介的《徂徕集》。共二十卷。因其初居徂徕山下,人称徂徕先生。《宋史·艺文志》作《石介集》,清·张伯行选其文为二卷,题《石徂徕集》,刊入《正谊堂丛书》。

⑧ 鲁国一男子:《后汉书·杨震传》附杨彪:"(孔融曰:)孔融鲁国男子,明日便当拂衣而去,不复朝矣!"以此表示决绝之意。

义 兴 女 子①

生计在柔翰,无心学扫眉。夜闲仇字细,春倦缴书迟。母病思乡味,童欣得女师。小门深着掩,谁见独愁时。

【校注】

① 原注:"在京都为国史馆抄书训童蒙养其老母。" 义兴:郡、县名。宋时为避太宗赵匡义讳,改为宜兴县。今属江苏省。 国史馆:纂修国史的官署。清时翰林院内有国史馆,设总纂、提调、纂修等官。

悟圣寺寓居夜起言怀

碧刹琉璃境①,琴院莓苔香。是时夜方晴,春月写

冷光。圆昊蔼虚澄,珠斗亦微茫②。惺怱共草木,露气
生衣裳。有动此俱寂,始觉神洋洋。静念古贤达,空山
视岩廊。底用苦分别,偪仄纡中肠③。感此增内愧,申
晓不能忘④。

【校注】

① 刹:梵语。原义土或田,转为佛寺。

② 珠斗:指北斗星。

③ 偪(bī)仄:迫近,密集貌。杜甫有《偪仄行》:“偪仄何偪仄,我居巷南子
巷北。”

④ 申晓:尤申旦,意为通宵达旦。

赠方叔驹比部①

寂寞街西客,经年常晏如②。诗多贫日语,壁少贵
人书。灯下妇丸药,雨中童买蔬。朝来有朝请,还去直
承庐③。

【校注】

① 方叔驹:高密人,曾任刑部司官(比部),官至观察,以疾还乡。

② 晏如:安然。《汉书·诸侯王表》:“高后女主摄位,而海内晏如。”

③ 承庐:承明庐的省称。汉代承明殿旁,侍臣值宿所居的房屋为庐,后因
以入承明庐为入朝或在朝为官的典故。

高车三过赠李文轩员外①

此生不得身作谏诤官,披肝沥血吾君前。但愿一

识欧与韩②,使我心气高巑岏③。吁嗟李夫子,敢犯天
下难。极口上论列切切,欲捄时所患④。同列皆侧目,
圣心如天独矜全⑤。前年曾一望颜色,怀之不忘今拳
拳。童仆忽报谏议至,马鸣萧寺风飒然。入座侃侃留
数语,质悫有若钉陷坚⑥。昔者昌谷小儿宛陵叟⑦,能
以辞句倾高轩。自顾太孱陋,何以致此成三焉。依荣
附势心所耻,此日重拜无怍颜⑧。荒寒矮屋仅数尺,顿
觉照耀身腾骞。平生读书期致用,惧堕先志随庸顽。
近为老母求五斗⑨,心非所好聊勉旃⑩。幸不以书生狂
愚见摈弃,引之缥徽乞一言⑪。即使至竟于时无所效,
亦当从公安心学道峨嵋巅⑫。

【校注】

① 原注:"前为给事。"　李文轩:即李漱芳,四川渠县人,曾在都察院任给
事中。　给事:"给事中"的简称。隋于开皇六年(586),于吏部置给事官。唐属
门下省。元以后废门下省,而有给事中。明给事中分吏、户、礼、兵、刑、工六科,掌
侍从规谏,稽查六部之弊误。清代隶属都察院,与御史同为谏官,故又称给谏。

② 欧与韩:指欧阳修、韩愈。

③ 巑(cuán)岏(wán):峻峭的山峰。《楚辞》汉·刘向《九叹·忧苦》:
"登巑岏以长乞兮,望南郢而窥之。"

④ 捄:同"救"。

⑤ 矜全:爱惜而保全之。

⑥ 悫(què):朴实、谨慎。语出《荀子·非十二子》:"其容悫。"《注》:"谨
敬也。"

⑦ 昌谷:指李贺(790—816),字长吉。唐河南昌谷人。以父名晋肃,避讳
不举进士。曾官协律郎。少能文,为韩愈黄甫湜所重。其诗想象丰富,炼词琢
句,险峭幽诡,有时过于矜奇,流于晦涩。相传李贺将死时,有绯衣人来招,曰:
"帝成白玉楼,立召君为记。"　宛陵:指梅尧臣(1002—1060),字圣俞。宋宣
城人,宣城古名宛陵,故世称宛陵先生。

⑧ 怍(zuò):惭愧。

⑨ 五斗：陶渊明归隐之典。南朝梁·萧统《陶渊明传》："岁终，会郡遣督邮至。县吏请曰：'应束带见之。'渊明叹曰：'我岂能为五斗米折腰向乡里小儿！'即日解绶去职。"《晋书》《南史》《宋书》的《隐逸传》俱载。

⑩ 旃（zhān）：助词。相当于"之"或"之焉"。

⑪ 缰徽：木工画直线所用的工具。犹言绳墨。

⑫ 峨嵋：四川峨眉市西南山名，为道教圣地。

麟 阁 纪 事①

麟阁校理日，诏下捃隐遗。其有干讳者，奏入销毁之。大吏务抉剔，执事严毛疵。明季遘板荡②，其言少葳蕤③。初闻顾叶禁，次以杨左随。楼山与嘉鱼，从此不复窥。昨又进数种，中多弹奏词。徐（必达）萧（近高）及侯（震旸）宋（一韩），力发群玱私④。或言潘相横，矿税贼群黎。或言李凤等，东厂煽虐威⑤。或论相沈藉，客魏交挟持⑥。其气皆崒兀，其语皆不移。旧史或未收，一炬更无疑。黄门进戊夜⑦，慨然帝曰咨。若皆骨鲠臣，苦口救时危。嗟自神宗来⑧，朝事日已非。匡扶谅不能，号泣相从追。尔时少留意，何至遂凌夷⑨。殷鉴不在远，正好为良规。且即语有犯，亦已在当时。彼各为其主，宁能知后来。其令罢勿毁，简录存有司⑩。圣度覆载广，圣哲日月辉。岂唯感幽潜，万世明堂基⑪。

【校注】

① 麟阁：指秘书省。秘书省是掌图籍的官署。明清不设此官，图籍皆藏内府。内府即皇室的仓库。

② 板荡：政局变乱或社会动荡不安。《诗经·大雅》有《板》《荡》二篇，讥刺周厉王无道，败坏国家。

③ 葳蕤：鲜丽貌。

④ 群珰：指宦官。《后汉书·朱穆传》上疏："案汉故事，中常侍参选士人，建武以后，乃悉用宦者，自延平以来，浸益贵盛，假貂珰之饰，处伯之任，天朝政事，一更其手，权倾海内，宠贵无极。"《注》："珰以金为之，当冠前，附以金蝉也。"后代遂以珰作为宦者的代称。

⑤ 东厂：明代官署名。永乐十八年（1420），成祖设东厂于京师东安门北，缉访谋逆、妖言、大奸恶事，采用突兀手段，监视官员，镇压人民。后成化十三年（1477）又立西厂，权在东厂之上。后西厂废，仅存东厂。

⑥ 客魏：似指作魏忠贤的门客。

⑦ 黄门：宦官之称，东汉给事内廷的黄门令、中黄门诸官，皆以宦官充任。此处指魏忠贤流。

⑧ 神宗：明神宗朱翊钧（1563—1620），年号万历。十岁即位，张居正为首辅，曾进行政治改革，推行一条鞭法。但自亲政后，深居宫中，荒淫享乐，聚敛财货，大肆营造，政治日益腐败。自万历二十四年（1596）起，以征商、开矿为名，派遣矿监、税使，四出抢劫勒索。朝内大臣，结党纷争，又以东北兵事，借口军需，横征暴敛，遍及全国。终于导致明王朝的覆灭。

⑨ 凌夷：由盛到衰。一作"陵夷"。《史记·高祖功臣侯者年表序》："始未尝不欲固其根本，而枝叶稍陵夷衰微也。"

⑩ 有司：官吏。古代设官分职，事各有专司，故称有司。

⑪ 明堂：古代帝王宣明政教的地方。凡朝会、祭祀、庆赏、选士、养老、教学等大典，均在此举行。其后宫室渐备，另在近郊东南建明堂，以存古制。关于古代明堂之说，历代礼家聚讼纷纭，难有定论。

雨夜听陈郎遥集弹别鹤

幽室无朗辉，愁人无畅辞。此别当奈何，且复相依依。昔未闻此曲，已识此情悲。霎霎暮雨收，腷腷檐羽栖①。客从何处来，当轩试鸣徽②。轻行既明姬③，长弦复委蛇④。沉吟杂梦寐，无憀更迟疑。阔阔若死生，恍恍如路岐。十年学道心，物理谓可齐。兹夕重兹感，为君转无涯。

【校注】

① 腷膊(bì)：象声词。禽鸟鼓翼声。

② 徽：原指系弦的绳。后称七弦琴琴面十三个指示音节的标志为徽。

③ 明嫿：娴静美好。嵇康《琴赋》："轻行浮弹，明嫿瞭慧。"

④ 委(wēi)蛇：绵延曲折貌。《楚辞·离骚》："驾八龙之婉婉兮，载云旗之委蛇。"

寄曲江翁①

池上几年住，故山闲薜萝。全家数鹤在，生计苦吟多。暗露缀虚网，晴虫上湿柯。昔居崇义里，藤杖记频过。

【校注】

① 原注："时主保定莲池书院。" 曲江翁：名董曲江，清直隶省保定府莲池书院山长。 保定：府、县名。清保定府领州二，县十四，属直隶省。府治在今河北保定市。县旧治亦在今河北保定市内。 莲池书院：保定莲池书院创办于清朝雍正年间。雍正十一年(1733)上谕各省建立省级官办书院，时任直隶总督的李卫创办"直隶书院"，因建在莲池的"南园"，故又名"莲池书院"。直隶为畿辅"首善"之区，莲池书院系直隶最高学府，因此，清廷对其"恩隆优渥"，仅乾隆就曾三次"幸临"书院，并赋诗嘉勉。

送徐建侯还济南①

李子住京华，识交常苦烦。静数同怀者，不过四三人。所事窦与李②，庶几大夫贤。文字孩童旧，方君及徐君③。叔驹拜小秋④，九载未一迁。建侯卓荦姿，众许当早骞。辛苦致一第，此道转迍邅⑤。青苔积雨榻，白板秋风门⑥。琐尾携妻子⑦，迢递阻乡园。谁谓当此地，独免日踆踆⑧。厚禄故相识，强半绝往还。淹留竟何成，苒苒悲长年。时寻寥落人，黾勉求古欢。同闶晓僧窗，翻翻晚叶栏。东野有苦句⑨，元亮唯拙言⑩。淡泊中至味，非君谅谁喧。行当舍我去，策指青齐烟。青齐无眷属，唯有旧里邻。当年置井灶，试问今安存。子美累家室⑪，张籍忧饥寒⑫。古人有遗恨，吾辈宁免叹。峥嵘岳云高，郁律秦松蟠⑬。岂唯意气壮，庶使怀抱宽。偃蹇骥绁足⑭，会合剑腾津。访道不遐遗，合得觊吾昆。吾昆有旷怀，古谊相讨论。更有数从游，激昂志亦坚。一一君当识，落落谁能驯。雨棹拨潋滟，霁山开嶙峋。咄哉行勿休，万化皆随缘⑮。

【校注】

① 徐建侯：未详，待考。

② 窦与李：指窦光鼎、李漱芳。

③ 方君：指方叔驹。　徐君：指徐建侯。

④ 小秋：唐人喜用其他名称标榜官名，称刑部尚书为大秋，刑部郎为小秋。《周礼》刑部属秋官。

⑤ 迍（zhūn）邅（zhān）：难行貌。或指处境困难。

⑥ 白板：指门。如白居易《渭村退居寄礼部崔侍郎翰林钱舍人诗一百韵》："昼扉启白板，夜碓捣黄粱。"

⑦ 琐尾：《诗经·邶风·旄丘》："琐兮尾兮，流离之子。"《传》："琐尾，少好之貌。流离，鸟也。少好长丑，始而愉乐，终以微弱。"后喻处境由顺利转为艰难。

⑧ 踆踆（qūn）：跳跃貌。

⑨ 东野：即孟郊。

⑩ 元亮：即陶渊明。

⑪ 子美：即杜甫。

⑫ 张籍（约766—约830）：字文昌，和州乌江（今安徽和县乌江镇）人。世称"张水部"、"张司业"。其乐府诗与王建齐名，并称"张王乐府"。

⑬ 郁律：高貌。南朝梁何逊《七召》："百丈杳冥以飞跨，九层郁律以阶梯。"

⑭ 绁(xiè)：拴，缚。《楚辞·离骚》："朝吾将济于白水兮，登阆风而绁马。"

⑮ 化缘：佛教语，诸佛、菩萨教化众生，因缘而来人世，缘尽而去，称为化缘。此指听任自然、天命。

送蒋侍郎还姑熟①

朝冠映雪明，中外有清声。圣主教归里，门生送出城。烟桥多种柳，泽国少逢晴。水石最深处，还应独绕行。

【校注】

① 蒋侍郎：即蒋元益。字希元，一字汉卿，号时庵，江苏长洲（今苏州）人。乾隆二年（1737）十二月由内阁中书入直，复中乙丑（十年，1745）进士，官至兵部侍郎，有《清雅堂诗馀》、《志雅斋诗钞》等。　姑熟：通常写作"姑苏"，苏州的别称。我国历史文化名城之一，是吴文化的发祥地。

不　朽

古人志不朽，到今朽者半。其朽宁须问，少小尚奇伟。盛壮转庸漫。未夕求安寝，才晓思美膳。不知竟百年，役此得毋倦。喧喧车马会，沸沸丝竹燕。相看如

聚沙，转眼已风散。问我何挟持，中夜常感叹。早达输
邓禹①，固穷愧原宪②。不朽藉文字，所托良有限。若
更逐靡靡，已矣何足算。

【校注】

① 邓禹(2—58)：字仲华，东汉新野人。幼游学长安，与刘秀(光武)亲善。
秀起兵至河北，禹杖策往见，佐秀运筹帷幄。秀称帝，拜为大司徒，封酇侯，食邑
万户。国内既定，论功禹居第一，封为高密侯。卒谥元侯。明帝永平三年(60)
于南宫云台绘二十八将像，以禹为首。《后汉书》有传。

② 原宪：字子思，又叫原思，春秋鲁人，一说宋人。孔子弟子。传说蓬户褐
衣蔬食，不减其乐。事迹见《庄子·让王》、《史记·仲尼弟子列传》、汉刘向《新
序·节士》。后来诗文多用"原宪安贫"形容人操守清高、安贫乐道，或用以指
寒士生涯。杜甫《寄李十二白二十韵》："处士祢衡俊，诸生原宪贫。"

杂诗二首为李文轩礼部作

一

齐车毂宽畅，燕车毂短窄。地出齐燕交，广轮就狭
辙。偏压类舌拵①，重陷若齿塞。　□□当孔衢②，皇
皇在中泽。仆夫费号呼，疲马困棰策③。前程安可期，
数里辄穷日。却视彼小驷，翱翔方自得。康庄无弗达，
未晡已秣食。李子喟然叹，闭门计先失。汝轮自难合，
彼辙岂任责。

二

敝冠故衣服，童仆交为愧。出逢贵姻戚，不语意相
类。美冠华衣服，童仆姻戚喜。出逢故师友，自愧翻无

地。二愧各莫解,权其重者避。外愧只为人,内愧乃自
为。自私人之情,吾岂异于是。

【校注】

① 舌挢(jiǎo):舌头翘起。形容惊讶或害怕的样子。《史记·扁鹊传》:
"中庶子闻扁鹊言,目眩然而不瞚,舌挢然而不下。"

② 孔衢:四通八达的大道。

③ 棰(chuí):马鞭。

送刘公子(澴)通判抚州①

河北两观察②,天下兰与刘。屹立作龙门③,约束
黄浊流(兰公第锡、刘公峩也、窦宗丞语予如是)④。维刘尤强
项⑤,毅然不转头。大臣夙心重,圣主叹绸缪⑥。渠真
山东人,诸臣孰其俦。知人乃为哲,舜难帝则优。宁当
四目下,肯自甘工哓。如结十数公,期民可纾忧。小生
忝共国,未获相从游。公子渥洼姿⑦,翩翩来相求。性
情爱我拙,非时就我谋。行且别我去,半刺临江州⑧。
勉矣名父子,前途慎徽猷⑨。郑重赠此诗,明珠非
暗投⑩。

【校注】

① 刘澴:未详,待考。　通判:官名,宋时鉴于五代藩镇权力过大,用文臣
知州,并置州府通判,与知府、知州共理政事。明设于府,分掌粮运、督捕、水利
等事务。权力较宋为小。清于府设,称通判,州称州判。皆为辅佐之官。　抚
州:三国吴临川郡地,隋开皇初置抚州,元改路,明改府,清因之。旧治在今江
西抚州市。

② 观察:清代道员的俗称。指省以下、府以上一级的官员。

③ 龙门：喻德高望重的人。《后汉书·李膺传》："膺独持风裁，以声名自高，士有被容接者，名为登龙门。"典源为"跃龙门"。《艺文类聚》辛氏《三秦记》："河津一名龙门，大鱼积龙门数千不得上，上者为龙，不上者(鱼)，故云曝鳃龙门。"

④ 兰公第锡：即兰第锡(1736—1797)，字庞章，山西吉州人。乾隆十五年(1750)举人，授凤台教谕。擢顺天大兴知县，升补永定河北岸同知，再迁永定河道，署河东河道总督。五十二年(1787)，实授总督兼兵部侍郎，调江南河道总督。嘉庆元年(1796)，因丰北汛河水泛滥，自请治罪，嘉庆帝命竣工后再检核功过。因合垄稳固，获赐黄鞓荷包，但因不能事先预防停甄叙。二年十二月，卒于任上。 刘公：即刘峩也，与李宪乔、袁枚均有来往。 窦宗丞：即窦光鼐，字符调，号东皋，山东诸城人。官至左都御史等。曾任宗人府府丞，职掌校理汉文册籍，故称窦宗丞。

⑤ 强项：性格刚强而不肯低首下人。

⑥ 绸缪：指深奥。《庄子·则阳》："圣人达绸缪，周尽一体矣。"《释文》："绸缪犹缠绵也，又深奥也。"

⑦ 渥(wò)洼(wà)：指骏马。《史记·乐书》："又尝得神马渥洼水中，复次以为太一之歌。"如杜甫《送李校书二十六韵》："渥洼骐骥儿，尤异是龙脊。"

⑧ 江州：州、路名。西晋元康元年(291)分荆、扬二州地，因江水之名而置江州。治所初在豫章，后移浔阳。宋以后皆以浔阳为江州。历代为兵家必争之地。

⑨ 徽猷：高明的谋略。语出《诗经·小雅·角弓》："君子有徽猷，小人与属。"

⑩ 明珠暗投：指人怀才不遇，忠贤受谤，或指好人误投不贤之主。典见《文选》邹阳《狱中上书自明》："臣闻明月之珠，夜光之璧，以暗投人于道，众莫不按剑相眄者，何则？ 无因而至前也。"《史记·邹阳列传》、《汉书·邹阳传》亦载。

送周林汲编修典试黔中①

　　山入黔中青，泉落黔中鸣。吾闻诸东野②，日夜怀胜形。儒臣被简命，旧梦皆今经③。昏宿极井鬼④，雾飘辞襄荆。野兰或遍山，峒苗时到城。君至掇其秀，负淳兼抱馨。会使天南风，变作齐鲁声。齐鲁不产金，由来固所轻。

【校注】

① 周林汲：即周永年（1730—1791），字书昌，自号林汲山人。原是浙江余姚人，后系山东历城（今济南）籍。乾隆三十六年（1771）进士，被征修《四库全书》。改翰林院庶吉士、散馆授编修等，曾充贵州乡试副考官。少即好学。建茅屋于林汲泉侧，笃志学问。博洽贯通，为当时学者所推许。在四库馆时，发现宋、元已佚之书，大量保存于《永乐大典》中，于是抉摘编摩，得十余家前人所未见书并抄录之。与李文藻同纂《历城县志》。　编修：官名。宋代有史馆编修，明代属翰林院，职位次于修撰，于修撰、检讨同谓之史官，掌修国史。清承此制。典试：主持科举考试之事。

② 简：古无纸，书于竹简木札上，称为简。此指经书。

③ 东野：即孟郊。

④ 井鬼：二十八宿中的南方七宿之首二星。

韩君鹤(有序)

潍县韩（梦周）公复先生官楚中以直罢归①，行李妻子及所畜雏鹤共一鹿车而已。或为予传其事而此鹤予旧尝见之，故为作诗亦不必寄韩。

长物岂能绝，君归有鹤雏②。食曾分禄俸，车半着妻奴。苦别水乡远，似怜霜性孤。翻思向前见，已觉与常殊。

【校注】

① 潍县：今山东省潍坊市。自古为东莱首邑，北海名城。乾隆年间曾有"南苏州，北潍县"的说法。　韩梦周（1729—1798）：字公复，号理堂，山东潍县人。乾隆二十二年（1757）进士，官安徽来安知县，于当地农桑、水利、颇多筹划，民得以利。因事罢归，讲学程符山二十七年。为学笃守程朱，为文宗法方苞。亦能诗。有《理堂文集》十卷、《外集》一卷、《诗集》四卷等。

② 长物：剩余之物，语出《世说新语·德行》"丈人不悉恭，恭作人无长物"。此指娱乐之物。

济 上 寓 居①

凉风昨夜至,杨叶满湖漘②。送尽后来客,犹为独住人。归期书在夏,远梦雨连晨。上国高车友③,谁知最苦辛。

【校注】

① 济上:济水原上。济水古与江、淮、河并称四渎。济水原出于河南济源市王屋山,其故道本过黄河而南,东流至山东,与黄河并行入海,后下游为黄河所夺,惟河北发源处尚存。济上即在河北境内。

② 漘(chún):水边。语出《诗经·王风·葛藟》:"绵绵葛藟,在河之漘。"

③ 高车:车盖高,可立乘之车。

未谷以山谷诗孙印赠黄仲则①

涪翁于为诗②,抵死不肯熟。正似饭箃筜③,千亩挂肠竹。书又出险怪,竹石相戛触。相其落笔时,雷电侍肃穆。平生心所折,梦则投地伏。何人称诗孙,知是无已属。保家更得主,蟋蟀讵堪数。峥嵘六百年,寥落一片玉。持赠者谁子,鲁国桂生馥④。

【校注】

① 未谷:名桂馥(1736—1805),字冬卉,号未谷,山东曲阜人。乾隆五十四年(1789)中举,明年成进士。选云南永平知县。幼承家学,又先后交翁方纲、周永年,得相与切靡经术。为学尚实,尤邃于许慎《说文》。著《晚学集》八卷,其论经史诸作,皆有阐明。诗其余事,有《未谷诗集》四卷,马履泰序称:"类皆骨干坚凝,风格遒上,在同时流辈中,正复未遑多让。"亦擅曲。 黄仲则:即黄景

仁(1749—1783),字汉镛,一字仲则,自号鹿菲子,江苏武进人。乾隆时诸生,少有狂名,与同里洪亮吉齐名,称洪黄。一生贫而多病,又屡试而不得一第,寄食四方,卒于解州。年才三十五岁。工诗,出入北宋诸家,豪宕感慨。与杨伦、孙星衍、杨芳灿、吕星垣等均为诗友。一生所为诗可传者凡二千首。著有《悔存诗钞》八卷,《两当轩诗钞》十四卷、《悔存词钞》二卷、《两当轩集》二十卷等。

②涪翁:即黄庭坚。

③篔(yún)筜(dāng):竹名。皮薄,节长而竿高。汉·杨孚《异物志》:"篔筜生水边,长数丈,围一尺五六寸,一节相去六七尺,或相去一丈。庐陵界有之。"

④桂生馥:即桂未谷。

为桂未谷作二古印诗

好韩诗癖孰似我①,独不喜观石鼓文②。剿残袭缺半疑信,何劳辞费徒纷纷。或言在唐之中叶,尾大不掉骄诸藩③。公以此诗风宪庙,亦愿愤起如周宣④。划琳碌辟既作颂⑤,垂戒莫恤诛磔残。然后兴学备法物⑥,昔玩无震今当悛。公意在德不在鼓,不然细琐何相关。桂君诧我乃二印,一子鱼一颜平原。子鱼字多苦漶灭⑦,颜仅两字真卿真⑧。当时偶用识名姓,千年宝璐同夸珍。岂非直道本三代,士气虽靡人心存。荐之太学供砥砺⑨,从兹士气当丕振。古印之歌止于此,君视此意何如韩。雕虫篆刻少未学⑩,不敢妄语防嗤嗔。

【校注】

①韩:指韩愈。

②石鼓文:唐初在天兴三畤原出土的十块鼓形石,上刻籀文四言诗,每块十首为一组。发现时文字已残缺不全,其内容及刻石时代众说纷纭。如唐张怀瑾等谓是周宣王大狩时作。近人考证定为秦刻,叙述当时贵族田猎游乐生活。

③尾大不掉:尾大至转动不灵,不能指挥控制。春秋时,楚灭蔡,楚灵王想

封公子弃疾为蔡公,问于申无宇,无宇答道:"末大必折,尾大不掉,君所知也。"见《左传·昭公十一年》。

④ 周宣:指周宣王(前?—前782),历王子,名静。历王死,周、召共立之,用仲山甫、尹吉甫、方叔、召虎等,北伐玁狁、南征荆蛮、淮夷、徐戎。旧史称为中兴。

⑤ 磢(shuǎng):以瓦石磨刷以去污垢。

⑥ 法物:帝王仪仗队所用的器物。

⑦ 子鱼:春秋卫大夫史鳅字。史以正直敢谏著名。相传死前谏卫灵公退弥子瑕,用蘧伯玉。见《论语·卫灵公》、《韩诗外传》卷七、《左传·襄公二十九年》、《左传·宣公十五年》。或为东汉华歆,其字亦子鱼。

⑧ 颜平原:指颜真卿(709—785),唐临沂人,字清臣。开元进士,累官至监察御史,以忤杨国忠出为平原太守,料安禄山必反,预为之备。后为刑部尚书,封鲁郡公,世称颜鲁公。是唐代著名书法家,善正、草书,笔力沉着雄浑,为世所宝,称颜体。

⑨ 太学:古学校名,即国学。明以后,不设太学,只有国子监,在监读书的称太学生。

⑩ 雕虫篆刻:从前学童学书法时习秦书八体,虫书、刻符为其中两体,纤巧难工。后以此指作辞赋之雕章琢句。汉·扬雄《法言·吾子》:"或问:'吾子少而好赋?'曰:'然,童子雕虫篆刻。'俄而曰:'壮夫不为也。'"亦喻小技、末道。此诗中乃用其原意。

湖上逢张尚徽(为友人傅伟度同学)

昔游飘若尘,寥落独来身。久立待船处,相逢无故人。山色隔城远,荻声过雨频。因君传数语,不觉渐相亲。

与徐子别后却寄

醉语杂别语,未醒君已行。万愁生薄暮,独坐到深更。秋树疑风雨,昏灯半明灭。茫茫复耿耿,一月对床情。

东归道中咏田家屋上壶

想见宛依依,田家烟火微。野翁塍畔去,远客雨中归。场响初登菽,砧寒感授衣①。不知倦游子,底用故乡违。

【校注】

　①授衣:农历九月古称授衣月。《诗经·豳风·七月》:"七月流火,九月授衣。"

莲池书院访曲江翁①

愁次寻幽侣,叠山连碧池。每从乌正处,坐到鹤眠时。思旧几回赋,悼亡新有诗。情深转无语,灯下鬓丝丝。

【校注】

　①莲池书院:即保定莲池书院。创办于清朝雍正年间。雍正十一年(1733)上谕各省建立省级官办书院,时任直隶总督的李卫创办"直隶书院",因建在莲池的"南园",故又名"莲池书院"。　曲江翁:名董曲江,清直隶省保定府莲池书院山长。

上 谷 客 舍①

浊酒驿亭夜,愁来只独挥。为儒成底事,经岁在家

稀。极北沙无际,先冬雪已飞。卧闻风更大,应拥到
明扉。

【校注】

　　① 上谷:郡名,战国燕地。秦汉至晋皆置上谷郡。以郡在谷之头而名。自
汉至晋,郡治在沮阳,今河北怀来县东南。隋大业初改易州为上谷郡,郡治在易
县。唐初改为易州,天宝元年(742)又复为上谷郡。

有　感①

　　食客三千散尽时,生存华屋不胜悲②。争知蹈海
鲁连子③,也为平原买绣丝④。

【校注】

　　① 原注:"哀单方伯也。"　单方伯:指单烺,字曜灵,号青俵。是奖掖提携
倡导高密诗派的长辈"三单先生"之一。故尊称为"单方伯"。
　　② 华屋:即华屋山丘。壮丽的房屋化为土丘。喻衰亡迅速。化用曹植诗
"生在华屋处,零落归山丘"(《箜篌引》)句意。
　　③ 鲁连子:战国齐人。亦名鲁仲连。高蹈不仕,喜为人排忧解难。游于
赵,秦围赵急,魏使新垣衍请帝秦,仲连力言不可,会信陵君率魏兵至,秦军却
走,后燕将据聊城,齐攻之岁余不能下,仲连遗书燕将,聊城乃下。传为"一箭下
聊城"之典。齐王欲爵之,仲连逃隐海上。事迹见《战国策·赵》三、《史记》
本传。
　　④ 平原:即平原君(前?—前251),原名赵胜。战国赵武灵王子,惠文王
弟,封于东武城,号平原君。三任赵相。相传有食客三千人,与齐孟尝君(田
文)、魏信陵君(魏无忌)、楚春申君(黄歇)称为四公子。惠文王九年(前290),
秦围赵都邯郸,平原君用毛遂计与楚订立盟约,求救于魏,破秦存赵。见《史记》
本传。　买绣丝:李贺《浩歌》诗:"不须浪饮丁都护,世上英雄本无主。买丝绣
作平原君,有酒唯浇赵州土。"

送张明府归江南

辞家少年日，双鬓已星星。旧橐载无物，荒村归授经。齐关连树暗，吴岫隔江青。况负思子痛，近乡知泪零。

与伟度别后逢上元宿草桥驿

微茫草桥驿，古道绕沙州。素月始披水，红灯多在楼。孤迹长似倦，薄醉不胜愁。君到时应看，数行昏壁留。

有感祝舍人大雪宿蔚州北山作①

州城接狐岭，昏雪没巑岏②。何处投人可，前宵梦毋寒。边声彻晓动，徂路过山难。一卷吟兼泣，把来谁肯看。

【校注】

①　祝舍人：未详，待考。　蔚(yù)州：春秋时代国。战国属赵，置代郡。秦汉相承。北周置蔚州。明置蔚州卫，清为蔚州，属宣化府。1913年改县，属河北省。

②　巑(cuán)岏(wán)：峻峭的山峰。

叔驹邀游白云观登邱长春琴台①

刑官会鞫死罪囚②，三日彻夜不得休。晓出不归
竟相投，言寻仙观同邀游。此观结构祖传邱，旁列六真
像相俦③。萧然人外云与浮，正殿卓荦堆蛟蚪。道藏
万笈在北楼，雷电缠壁拖奎娄④。喻者苦少言者稠，岂
无三五黄冠俦⑤。纷然来集自远州，知渠道力绌或优。
但能耸肩闭双眸，观西有台邱所留，琴声不返凤啾啾。
我方从俗学抹勾⑥，径欲尽忘新无由⑦。

【校注】

① 叔驹：姓方名叔驹。余未详。　白云观：道教著名寺观之一。在北
京市西便门外。唐为天长观，开元二十七年（739）建。金泰和三年（1203）
改名太极宫。元太祖成吉思汗以全真长春真人丘处机主掌全国道教事，扩
建更名长春宫。丘处机死即葬此。明洪武二十七年（1394）更名白云观。
今观为乾隆二十一年（1756）重修。　邱长春：即邱处机（1148—1227），字
通密，号长春子，元登州栖霞人。道教全真派的开创人。于元太祖十四年
（1219）奉诏从莱州出发，经阴山、雪山到达邪米思干朝见成吉思汗。被封
为国师，号长春真人，总领道教。

② 鞫（jū）：审讯、查问。《史记·张汤传》："讯鞫论报。"记录犯人罪状之
文书也称鞫。

③ 六真：未详，待考。

④ 奎娄：二十八宿中属西方七宿的首二星星名。道藏：道教经卷。

⑤ 黄冠：道士之冠。后为道士的别称。

⑥ 抹勾：奏弦乐的指法。此指弹琴。

⑦ 无由：无因，无所因依。《楚辞·远游》："质菲薄而无因兮，焉纪乘而
上浮。"

送苏州通判单长吴(时以漕运至都)①

春飌指燕树②,凉月入淮流。经岁只如雁,一家全在舟。厨人吹叶火,稚子趁江鸥。若是乘槎者,还从问女牛③。

【校注】

① 单长吴:未详,待考。　漕运:水道运输。《史记·平准书》:"漕转山东粟,以给中都官。"唐宋以来,指东南各地水运粮食往京师或指定的公仓。漕运皆有专官督责。

② 飌(fān):同"帆"。船帆,亦借指帆船。

③ 女牛:指织女、牵牛星。

有　感　二　首①

一

东山应是悔归迟,华屋山邱自古悲。无那羊昙悲不得②,西州门外立多时。

二

圣代持衡本重文③,当年儒雅似平津。后堂不与笙歌会,除却彭宣更几人④。

【校注】

① 原注:"哀金坛公也。"

② 羊昙:晋泰山人。谢安之甥,多材艺,为安所爱重。安死,昙辍乐整年,行路不经安所居西州路。一日,醉中过州门,从者告知,昙悲吟曹植诗:"生存华

屋处,零落归山丘。"恸哭而去。见《晋书·谢安传》。后以"羊昙悲感"、"恸哭西州门"、"华屋泪"、"山丘泪"等,感伤亲故亡去,追怀长辈之情。

③ 持衡:拿秤秤物,引申为评量人才。

④ 原注:"彭谓东皋先生,东皋亦金坛门生。"　彭宣:张禹弟子。此处用的是"张禹后堂"之典。据《汉书·张禹传》:"(张)禹成就弟子尤著者,淮阳彭宣至大司空,沛郡戴崇至少府九卿。宣为人恭俭有法度,而崇恺弟多智,二人异行。禹心亲爱戴,敬宣而疏之。崇每候禹,常责师宜置酒设乐与弟子相娱。禹将崇入后堂饮食,妇女相对,优人管弦铿锵极乐,昏夜乃罢。而宣之来也,禹见之于便坐,讲论经义,日晏赐食,不过一肉,卮酒相对。宣未尝得至后堂。及两人皆闻之,各自得也。"　东皋先生:即窦光鼎,字符调,号东皋,山东诸城人。历官内阁学士、宗人府府丞、上书房总师傅、左都御史等。性情伉直,遇事敢言,立朝五十年,尤以文学受知高宗。著有《省吾斋集》、《东皋诗集》等。

萤　火

自惜不容昧,飞飞岂易飚。偶从深草里,来集御沟旁。笑比经星小,苦含秋气凉。宵深犹未已,耿耿为谁光。

送赵志南罢举归觐甘州①

上国几年住,边城寒叶飞。高堂双鬓改,下第一身归。瀚海莽无路②,雪山空落晖。郊扉依旧掩,书信得应稀。

【校注】

① 赵志南:未详,待考。　甘州:地名。汉张掖郡地,北魏始置甘州,以州东有甘峻山而名。元置甘州路总管府,明置陕西行都指挥使司于此。清改为甘

州府,属甘肃省,治张掖县。1913 年裁府留县,今为张掖市。

②瀚海:指沙漠。

送乔宁甫之任灵川①

蛮州空见说,君去问灵川。是树皆疑桂,无峰不到天。市通交趾语②,湘尽渡头船。若过郁林郡③,还应忆昔贤④。

【校注】

①乔宁甫:高密诗派成员,与李宪乔、刘大观时有唱和。时由广西天河县令改任灵川县令。　灵川:县名,属广西。唐置,故城在今县东南。宋徙今置。明清均属桂林府。

②交趾:古地名。本指五岭以南一带的地方。汉置交趾郡,古代相传其地人卧时头向外,足在内而相交,故称交趾。

③郁林郡:秦桂林郡,汉武帝更置郁林郡。唐至明皆为郁林州。清为直隶州。后改为玉林县,今为玉林市,属广西。

④"还应"句:似指汉末陆绩为郁林太守事。其罢归无装,舟轻不可越海,取石为重压仓。人以廉称其贤。

冬夜赠姚将军①

罢镇还居倚禁城②,何家风味似书生。学调琴柱月初上,为看阵图灯暂明。林外数星寒辨色,窗前落叶暗闻声。无端醉后悲歌起,犹是山南射虎行③。

【校注】

①姚将军:未详,待考。

② 禁城：指宫城。

③ "犹是"句：化用陆游诗《三月十七日夜醉中作》"去年射虎南山秋，夜归急雪满貂裘"句意。

夜读杨忠愍公《劾逆珰疏》戏题卷末①

侍童眠熟鸟深栖，星气霜辉肃夜溪。贪与大洪论旧恨，木公已过草堂西②。（时岁星在五车口夜过半矣）

【校注】

① 杨忠愍公：即杨继盛（1516—1555），字仲芳，号椒山，明河北容城（今属保定市）人。嘉靖二十六年（1547）进士。官兵部员外郎时，上疏论开马市"十不可，五谬"，得罪咸宁侯，下锦衣狱，后迁官至兵部武选元外郎，又上书劾权相严嵩"十大罪，五奸"，下狱，备受酷刑，在狱三年，送刑部论死。嵩败，赐太常少卿，谥忠愍。有《杨忠愍集》。《明史》有传。

② 木公：即木星。古称岁星。绕日公转周期约十二年。

就姚将军宿

寄宿始寒夜，将军有旧庐。阶前小山叠，林际大星疏。时就欲残烛，共看难认书。闲心知已惯，不复羡樵渔。

汲　黯①

始愿不及此，临岐转茫茫。使君自多恨，非是薄淮阳②。

【校注】

① 汲黯(前?—前112)：字长孺，汉濮阳人。武帝时为东海郡太守，后召为九卿，敢于面折廷诤。武帝外虽敬重，内颇不悦。《史记》、《汉书》皆有传。

② 淮阳：汲黯曾出为淮阳太守，任上七年而卒。淮阳，在今河南郑州市。

留别李礼部(二首)①

一

上都冠盖盛②，静睇方了了。一二独大星，牢落压苍晓③。我幸生识之，至死不悔懊。况辱致勤勤，心许非貌好。

二

重华丽中天④，烛物不隐草。皋夔会序登⑤，微官敢轻小。行当犯炎瘴，嵌岖涉岭表⑥。民生类蛇虫，土风杂猺獠⑦。所愧养未纯，怀之莫有道。永服平生言，不拭光皎皎。

【校注】

① 李礼部：即李文轩。

② 冠盖：指官吏。

③ 牢落：稀疏。

④ 重华：岁星之称。《史记·天官书》："岁星一曰摄提，曰重华，曰应星，曰纪星。"

⑤ 皋夔：皋陶和夔的并称。传说皋陶是虞舜时刑官，夔是虞舜时乐官。后常借指贤臣。

⑥ 嵌(qīn)岖：险峻貌。《子华子·执中》："心胸之两间，其容几何？然则历陆嵌岖，太行雁门横塞之。"

⑦ 猺獠：泛指南方各少数民族。猺，旧时对瑶族的侮辱性称谓，今作"瑶"。獠(liáo)，本义为面貌凶恶和夜间打猎，出自于《说文》"獠，猎也"。也指中国的一个古民族——僚族，分布在今广东、广西、湖南、四川、云南、贵州等地区；亦泛指南方各少数民族。

水 车 行

　　林际宛转鸣哑哑,南来无处无水车。车如卷舌轮
螣蛇①,蚿足翻空虿尾加②。激水上流迸蛭虾③,百日
不雨秧敷波,天公当奈水车何。水乡信美非吾家,安得
致此胶水涯。引水周舍插秋菏,闲以其余溉黍禾。匠
人识废语徒夸,限田迂远如官蟆。赖兹小试亦足嘉,行
听吾农歌污邪④。一笑求田志匪佗⑤,谋近舍远何
陋耶。

【校注】
　　① 螣(té)蛇:传说中一种兴云驾雾而飞的蛇,又名"飞蛇"。《荀子·劝
学》:"螣蛇无足而飞,梧鼠五技而穷。"
　　② 蚿(xián):虫名,即马蚿,一名马陆,百足。《庄子·秋水》:"夔怜蚿,蚿
怜蛇。" 虿(chài)尾:虿,蝎子一类毒虫。虿的尾部,末端有毒钩。常用以喻
害人的毒物。
　　③ 蛭虾:蛭,水蛭,蚂蟥。虾,虾蟆。《文选》贾谊《吊屈原文》:"偭蟂獭以
隐处兮,夫岂从虾与蛭蟆。"注引韦昭:"虾,虾蟆。"
　　④ 污(wā)邪:地势低洼的田地。
　　⑤ 求田:"求田问舍"省称。谓专营家产而无远大志向。《三国志·魏书·
张邈传》附陈登:"(刘)备曰:'君(许汜)有国士之名,今天下大乱,帝主所失,望
君忧国忘家,有救世之意;而君求田问舍,言无可采,是元龙(陈登)所讳
也。'" 匪佗(tuō):犹言不如他。匪,不、不如。佗,通"他"。

露　筋　祠①

　　贞媛无名姓,古祠传尚新。挂衣近村女,供饭入淮人。湖外天仍暮,门前草自春。合从浣纱者②,南去是仪真③。

【校注】

　　① 露筋祠:在江苏高邮市南,俗称仙女庙。宋米芾《露筋庙碑》言,有女子露处于野,义不寄宿田家,为蚊所叮,露筋而死。后人于其地立祠以祀。欧阳修《憎蚊》诗:"尝闻高邮间,猛虎死凌辱。哀哉露筋女,万古仇不复。"

　　② 浣纱者:当指西施浣纱。相传西施于浣纱溪浣纱。此溪在今浙江绍兴市南若耶山下。

　　③ 仪真:明洪武二年(1369)废真州并改扬子县为仪真县,属扬州府。清雍正元年(1723)因避雍正帝胤禛讳,改仪真为仪征,即今江苏扬州市辖仪征市。

淮　阴　晚　泊①

　　暮色与乡思,摇摇苍莽间。钟声离浦口②,雨气隐淮关。孤烛几人醒,岣嵝烟日还③。只应蛩语切,留取伴吟闲。

【校注】

　　① 淮阴:县名。秦置。宋德祐间立清河军。元明清为清河县。汉刘邦(高祖)封韩信为淮阴侯,即此地。1914 年复名淮阴。

　　② 浦口:地名。旧称浦子口,在长江北岸南京市浦口区东。

　　③《内集》十三卷本此句"岣嵝烟"作"一书前"。　岣嵝:山名,在湖南衡阳市北。衡山七十二峰之一,为衡山主峰,故衡山也叫岣嵝山。

宿淮南小浦寄家兄石桐①

荒渡泊时晚,虫声满岸愁。长淮连夜雨,旷野少邻舟。鹭处眠童静,萤边湿烛幽。因思孤馆梦,檐滴未应休。

【校注】

① 底本"淮""浦"间缺二字,今据《内集》十三卷本补入"南小"二字。　石桐:即作者胞兄李怀民。

过　　江

谁为积不平,造次恐风生。纵使经年守,犹嫌放棹轻。江豚戏高浪,浮蜃借余晴①。顾语垂罾者②,空怀愧尔情。

【校注】

① 蜃(shèn):大蛤蜊。
② 罾(zēng):渔网。

京口寄丹阳王少府①

孤帆逗扬子,新月别瓜州②。此地易成感,逢人合善愁。望来灯火岸,醉过笛声楼。知有难忘处,因风问海鸥。

【校注】

① 京口：城名。三国吴时称为京城。东汉建安十四年(209)孙权把首府自吴(苏州)迁到这里。建安十六年迁建业(南京)后，改称京口镇。地在今江苏镇江市。　丹阳：即真人马丹阳。初名从义，字宣甫。宋陕西扶风人，金贞元年间进士，遇重阳子王嘉授以道术，改名钰，字宫宝，号丹阳子，世称丹阳真人。

② 瓜州：在江苏扬州市邗江区南，大运河入长江处。与镇江市相对。又称瓜埠洲，亦作瓜州。本为江中沙洲，沙渐长，状如瓜字，故名。陆游《书愤》："楼船夜雪瓜州渡，铁马秋风大散关。"即此瓜州。

江　夜

鸣鹤夜将半，邻船都未开。雾收残月去，岳拥大帆来。王浚因人势①，谢元非将才②。临流多感激，谁听叩舷哀③。

【校注】

① 王浚(206—285)：字士治，西晋弘农湖(今河南灵宝市境)人。博涉经典，参羊祜军事。祜荐为巴州刺史，迁益州刺史。武帝谋伐吴，诏浚修舟舰，吴人于江中设铁锥铁鏁，浚烧断铁锁，直抵石头城，纳孙皓降。官至龙骧将军，后又提升为抚军大将军。年80卒，谥号武。《晋书》有传。

② 谢元："元"、"玄"通用，故谢元即谢玄(343—388)，字幼度，晋阳夏人。谢安侄。太元八年(383)苻坚率大军攻晋，玄等以精兵八千大败坚于淝水，以功封康乐县公。此淝水之战，统筹部署实乃谢安之功。

③ 扣舷：此句化用苏东坡《前赤壁赋》"于是饮酒乐甚，扣舷而歌之"意境。

吴山伍大夫祠①

越国登吴岫，鸱夷竟不还②。孤祠出林木，余响在

江山。此地古多恨，游人意独闲。片云城北黑，何处是
昭关③。

【校注】

　　① 吴山：在浙江杭州市西湖东南，春秋时为吴南界，故名。又名胥山，以伍
子胥而名。　伍大夫：指伍子胥（前？—前484），名员，春秋楚人。父奢兄尚都
被楚平王杀害。子胥奔吴，吴封以申地，故称申胥。与孙武共佐吴王阖闾伐楚，
五战入郢（楚都），掘平王墓，鞭尸三百。吴王夫差败越，越请和，子胥谏不从。
夫差信伯嚭谗，迫子胥自杀。见《国语·吴》、《史记·伍子胥传》。

　　② 鸱夷：皮革口袋。《吴越春秋·夫差内传》："吴王赐子胥剑，遂伏剑而
死。吴王乃取子胥尸，盛以鸱夷之器，投之于江中。"

　　③ 昭关：在安徽含山县北。春秋时吴楚之界，两山对峙，因以为关。《史
记·范睢传》："伍子胥橐载而出昭关。"

西　　湖①

　　放舟净慈寺②，摇过六桥风③。昨日吴山望，分明
在此中。楼台几处好，杨柳昔时同。待得月明上，一尊
还属公④。

【校注】

　　① 西湖：在浙江杭州市西。相传汉时有金牛见湖中，以为明圣之瑞，故名
明圣湖。以其在钱唐境，又名钱唐湖。唐以后称西湖。湖周三十里，三面环山，
为著名游览胜地。

　　② 净慈寺：位于杭州市西湖南岸，雷峰塔对面，是西湖历史上四大古刹之
一，中国著名寺院。因为寺内钟声洪亮，"南屏晚钟"成为"西湖十景"之一。

　　③ 六桥：在杭州西湖，名映波、锁澜、望山、压堤、东浦、跨虹，宋苏轼始建。
西湖的里湖也有六桥，名环璧、流金、卧龙、隐秀、景行、浚源，明杨孟瑛建。

　　④ "一尊"句：化用苏东坡《念奴娇·赤壁怀古》"人生如梦，一尊还酹江
月"的意境。

净慈寺观饭僧

湖阴连上方,凿井近斋堂。遍礼才登座,无声已满廊。何人勤利施,养鸽亦分尝。却视经过处,闲闲掩净房。

和叔白富阳舟中理琴①

先生素琴兴,渺渺富春闲②。远响和江濑,清辉照越山。不知数声后,更有几人闲。翻笑严陵事③,在时多往还。

【校注】

① 富阳:指富春江。在杭州市富阳区、桐庐县境内的一段叫富春江。著名风景区。

② 富春:既是水名,即富春江;又是山名,在杭州桐庐县西,一名严陵山。相传汉严光(子陵)曾耕钓于此,其钓处称严陵濑,上有子陵钓台。

③ 严陵:即严光。字子陵,会稽余姚人。少曾与光武帝(刘秀)同游学,有高名。秀称帝,光变姓名隐遁。秀派人寻访,征召到京,授谏议大夫,不受。退隐于富春山。后人称他所居游之地为严陵山、严陵濑、严陵钓台。《后汉书·隐逸传》有载。

泊　黄　阜

棹入楚江阔,悠悠寝复兴。偶随上岸客,却似放参僧①。坏堠犹鸣柝②,远船唯见灯。来朝挂帆处,烟树迥层层。

【校注】

　① 参僧：向禅师参学的僧人，玄思冥想的僧人。

　② 柝(tuo)：巡夜打更用的梆子。

鄱　阳　湖①

　　西吞楚欲尽，气与洞庭连②。不霁非因雨，有垠须到天。鸟如惊散叶，帆更远于烟。始羡投竿者，短篷披草眠。

【校注】

　① 鄱阳湖：我国五大湖之一。在长江以南，江西省北部。即《书》《禹贡》之彭蠡，《汉书》作彭泽，后亦称彭湖、宫亭湖。隋改今名，因近鄱阳山故。湖形似葫芦，中为细腰，因而有南北之分：南曰宫亭湖、族亭湖；北曰落星湖、左蠡湖。

　② 洞庭：湖名，在湖南省北部，长江南岸。沿湖为岳阳、华容、南县、汉寿、沅江、湘阴等县市。湘、资、沅、澧四水均汇流于此，在岳阳县城陵矶入长江。范仲淹《岳阳楼记》："予观夫巴陵胜状，在洞庭一湖。衔远山，吞长江，浩浩汤汤，横无际涯。"

登滕王阁感怀用齐梁体①

　　凭槛一闲立，怀古方悠哉。此文竟不没，谁曰非怜才。西山自碧色，江声依旧来。吟成不书壁，何人知我哀。

【校注】

　① 滕王阁：楼阁名。旧址在江西新建县西章江门上，西临大江。唐显庆四年(659)滕王李元婴为洪州都督时所建。咸亨二年(671)重阳节，洪州牧阎伯

屿宴僚属于阁上,王勃省父适过南昌,与宴,作《滕王阁赋》,滕王阁遂声名大振。后人辞赋无有名过于王勃赋者。明清时滕王阁都有重建。　齐梁体:南朝齐、梁诗人作诗,讲求音律、对偶、辞藻等,内容多贫乏,风格颓靡。后世称齐梁体。

豫 章 旅 思①

早夏别庭闱,秋来频梦归。一登过江棹,三浣在家衣。每数去程远,转疑前计非。何当迎溧上②,语笑满春晖。

【校注】

① 豫章:地名,故址在今江西南昌市。

② 溧上:指溧水,源出安徽芜湖县,东流经高淳、溧阳、宜兴入荆溪,东注太湖。《史记·伍子胥传》:"伍胥惧,乃与胜俱奔走。到昭关,昭关欲执之。伍胥遂与胜独身步走,几不得脱。追或则在后,至江,江上有一渔父乘船,知伍胥之急,乃渡伍胥。"江即溧水。

江 雨

零落半醒梦,舟人灯火阑。雨声侵晓大,江气入秋宽。方语已辞越,旅程犹过滩。书成无处寄,几度自开看。

溪 邨

历历清秋色,溪应是若耶①。山岩开小榭,竹路下

平沙。钓石碁局正②，纤人筝柱斜。即斯吟景好，恨不
有吾家。

【校注】

①若耶：溪名。又名五云溪。在若耶山下，相传西施曾浣纱于此，故又名
浣纱溪。

②碁(qí)局：棋盘。古代多指围棋棋盘。碁，棋的别体字。

分 宜 道 中①

自别严州境②，何山似富春。一江清到县，两岸碧
侵人。但值屋庐处，必将杉竹邻。谁言此中住，不有四
明真③。

【校注】

①分宜：县名。属江西省。宋雍熙元年(984)，划出宜春等十一个乡置县，
故名分宜。

②严州：地名，明洪武八年(1375)置严州府，治建德，领建德、淳安、桐庐、
遂安、寿昌、分水六县。清代相承。1912年废。

③四明真：指四明真人。贺知章晚年自号“四明狂客”。天宝初请为道士，
敕赐镜湖，后终于其地。镜湖，湖名。后汉永和五年(140)太守马臻于会稽山阴
两县界，筑塘蓄水，堤塘周回三百一十里，溉田九千顷，以水平如镜名镜湖。诗
中乃言此地景致有如镜湖。

风 候

风候常不定，难凭五两知①。才看落席处，即是挂帆
时。希冀终成妄，沉吟已觉迟。元言参未得，请与问篙师。

【校注】

① 五两：古代测风器。用鸡毛五两(或八两)结在高竿顶上,测风的方向。《文选》晋·郭璞《江赋》:"觇五两之动静。"《注》:"《兵书》曰:'凡候风法,以鸡羽重八两,建五丈旗,取羽系其巅,立军营中。'许慎《淮南子》注曰:'綄,候风也,楚人谓之五两也。綄,音桓。'"

袁州谒韩文公祠①

城里此台古,相寻秋雨时。同怀过岭路,已减到潮悲。草长疑无径,堂空只有碑。平生苦多感,不合爱公诗。

【校注】

① 袁州：汉豫章郡地。隋平陈,置袁州,以境内袁山而名。大业初,改宜春郡。唐复名袁州,元改为袁州路。明清为府,府治宜春县。1912 年裁府入县,属江西省。今江西宜春市是其旧治。　韩文公：即韩愈。

游衡山同叔白作①

暮投衡岳庙,夜登衡岳峰。一跳一掷草际虎,千断千续烟中龙。直造天门月未落,凭陵万状何岏岏。立下齐城七十二,意气已似高阳翁②。众峰并作望风靡,一峰屈强唯祝融③。兄日驱之军再振,聊城未下非全功④。退之好奇假神怪⑤,净扫晦昧来清风。仰见孤掌何足喜,吾身已在孤掌中。因想此老阳山归⑥,十生九死嗟数穷。上疏得罪固其理⑦,旧史传疑多异同。帝阍咫尺令人感,安用万里呼苍空。此峰西南当绝处,岣嵝烟霞皆垤封[8]。邺侯故宅今尚在[9]，樵苏指点杉丛丛[10]。太子未安绮皓归，白衣依旧逐蒿蓬[11]。亲臣得君尚如此，何况疏逖尤龙钟[12]。我生盛世得不废，有羹遗母愿已充。才疏任大古所戒，特许遍蹑名山踪。吾兄夙负长源比，独将骨节鸣长松。乘闲眺远暂一快，无劳悲古心忡忡。

【校注】

① 衡山：即五岳之一的南岳。一名岣嵝山。在湖南省。跨旧长沙、衡州二郡。山有七十二峰，以祝融、紫盖、云密、石廪、天柱五峰为最大。

② 高阳翁：即高阳酒徒。喻指狂放而好酒者。刘邦引兵过陈留，高阳儒生郦食其求见。使者入通，沛公曰："为我谢之，言我方以天下为事，未暇见儒人也。"使者出以告。郦生瞋目按剑叱使者曰："走！复入言沛公，吾高阳酒徒也，非儒人也。"遂延入。终受重用。见《史记·郦生陆贾列传》。

③ 祝融：指祝融峰。是南岳衡山的最高峰，在湖南衡山县西北。

④ 聊城：县名，属山东省。春秋齐之聊摄地。秦置聊城县，汉因之，属东郡。故城在今聊城市西北。宋徙今治，明清为东昌府治。这里用的当是鲁仲连"一箭下聊城"的典故。《史记·鲁仲连列传》："燕将攻下聊城，聊城人或谗之燕，燕将惧诛，因保守聊城，不敢归。齐田单攻聊城岁余，士卒多死而聊城不下。鲁连乃为书，约之矢以射城中，遗燕将。书曰：'……。'燕将见鲁连书，泣三日，犹豫不能自决。欲归燕，已有隙；欲降齐，所杀虏于齐甚众，恐以降而后见辱。喟然叹曰：'与人刃我，宁自刃。'乃自杀。聊城乱，田单遂屠聊城。"

⑤ 退之：即韩愈。

⑥ 阳山：县名，属广东省。西汉置，属桂阳郡。东汉省入阴山县。三国吴复置，历代因之。这里是指韩愈被贬为潮州刺史事。

⑦ 上疏得罪：指韩愈因上书《论佛骨表》谏遣使往凤翔迎佛骨事，被贬为潮州刺史。

⑧ 岣嵝：衡山的别名。

⑨ 邺侯：韩愈《送诸葛觉往随州读书》诗："邺侯家多书，插架三万轴，一一悬牙签，新若手未触。为人强记览，过眼不再读。伟哉群圣书，磊落在其腹。"注曰："李泌父承休，聚书二万余卷，诫子孙不许出门，有求读者，别院供馔。见《邺侯家传》。"

⑩ 樵苏：打柴割草。这里指打柴割草的人。

⑪ 白衣：古未仕者着白衣，此指草野之士。

⑫ 疏逖：疏远。《史记·司马相如传》难蜀父老："将博恩广施，远抚长驾，使疏逖不闭，阻深闇昧得耀乎光明。"《索隐》："逖，远。言其疏远者不被闭绝也。" 龙钟：潦倒失意。白居易《十年三月三十日别微之》诗云："莫问龙钟恶官职，且听清脆好文章。"

夜 登 祝 融 峰①

十载曾经入梦行，茫茫有路记分明。自看瀑布月初满，直到青天云未生。列柏俨如玉冠侍，余峰都作水田平。退之去后谁来此②，不向岩闲自署名。

【校注】

① 祝融峰：南岳衡山的最高峰，在湖南衡山县西北。此诗所言"十载曾经入梦行"即前《纪梦》诗所言事。

② 退之：韩愈，字退之。

湘江对月有怀三首(抄二)

其 一

楚秋云尽开，沆瀁此江隈①。孤月无人处，扁舟先雁来。竹烟沙上远，渔响夜深回。不有离愁赋，谁知屈宋才②。

其 三

苦吟一片月，吟玩转难休。除却潇湘夜，人闲不合秋。江风醒远梦，岳影在晴洲。旧语山窗里，曾期与鹤游。

【校注】

① 沆（hàng）漭（mǎng）：水面辽阔无际貌。亦指广阔无际的水面。汉马融《广成颂》："潏濿沆漭，错紾盘委。"

② 屈宋：指屈原、宋玉。

南 中 感 秋①

渐已气萧爽，非关木叶凋。远途长畏病，久客易无聊。汲水试茶鼎，看人过竹桥。无因寄乡信，自觉语寥寥。

【校注】

① 南中：泛指国土南部。即今川、黔、滇一带，也指岭南。此指楚地。

楚南舟行即事

漠漠楚烟晓，悠悠湘思深。遥看乱石处，移泊向杉阴。薜屋黏渔气，山童识鹤心。元家尊尚在①，应许一相寻。

【校注】

① 元家：指元结的家，在浯溪之畔。元结（719—772），字次山，唐河南人。曾著《元子》十篇，因又称元子。天宝十二年（753）举进士。肃宗时，官至监察御史、道州刺史。他继承陈子昂反对六朝骈丽文风，致力于古文写作，是唐代古文运动的先驱之一。有《浪说》七篇，《漫记》七篇等。浯溪，在湖南祁阳县西南

五里。元结的《浯溪铭·序》:"浯溪在湘水之南,北汇于湘。爱其胜异,遂家溪畔。溪世无名称者也,为自爱之故,命曰浯溪。"

虞帝庙引(并序)①

　　舟妇有哭其夫者,每发声辄呼虞帝庙,若呼天与父母者。然盖楚人故俗如此,故本其声而引其词,以为楚调。

　　虞帝庙兮,江潊潊其相围。帝乃上天兮,不顾二妃眇予②。愚夫妇兮,死则谁记,而哭又谁知。夜江悄兮,鬼与予吊兮,虞帝庙兮。

【校注】

① 虞帝:即虞舜,姚姓,有虞氏,名重华。由四岳举于尧,尧命摄政三十年,除四凶(鲧、共工、驩兜、三苗),举八元八恺,天下大治。受禅继尧位,都于蒲阪,在位四十八年,南巡,崩于苍梧之野。

② 二妃:唐尧的两个女儿娥皇、女英嫁给了舜做妻子,为舜之二妃。　眇(miǎo):一只眼瞎。后亦指双眼瞎。这里是说,舜死后,二妃哭瞎了双眼。

楚中咏古迹五首

一

　　长沙遗恨满江滨,旧事苍凉难重陈。海寓已逢刑措日①,君王肯替老成人。谁从主父求遗策②,只许经生议鬼神③。一自怀湘悲悼后,几多于此吊灵均④。

二

　　衡山承诏得归迟,杉柏阴阴李相祠⑤。曾渡乱流争激处，相寻孤月半明时。懒残未必解人意，灵武岂非深主知。为报贾生与韩子⑥，诸君沦谪未须悲。

三

自笑平生说退之⑦，县斋松桂亦吾师。洞庭斗指曾过处，岳庙云开似昔时。但使三奸真破碎⑧，不移一郡亦恩私。丈夫至竟称难屈，孤立从今更莫疑。

四

永州山水益凄清⑨，柳子此来情不胜⑩。执友肯疑言语泄，郎官何用世人称。石潭浸碧秋无际，茅岭霾黄暮独登。欲向龙门望阊阖⑪，赠君只有涕垂膺。

五

浯溪人去此尊空⑫，太息萧条一代中。无数云山归漫吏⑬，至今韶乐在唐风。茫茫更历几千载，落落仍需十数公。顾我有怀如赵武⑭，九原可作竟谁同⑮。

【校注】

① 刑措：即刑错。刑法搁置不用。指无人犯法，天下太平。

② 主父：指主父偃（前？—前127），曾结发游学四十余年不得志，汉武帝元光初上书言事，任郎中，一年之内四迁官，至中大夫。提出削弱诸侯王势力的"推恩法"，主张抑制豪强贵族的兼并，建议设置朔方郡，以抗击北方匈奴的侵扰。元朔二年（前127）出任齐王相，揭发齐王与其姐通奸的罪行，以此得罪族诛。

③ 此句与上句皆言汉武帝事。

④ 灵均：屈原的字。

⑤ 李相：指李昉（925—996），字明远，深州饶阳（今河北饶阳县）人，五代

至北宋初年名相、文学家。累官至参知政事、平章事,卒谥文正。他典诰命三十余年,参与编写宋代四大类书中的三部(《太平御览》、《文苑英华》、《太平广记》)。曾有文集五十卷,已佚。建隆四年(963),朝廷平定荆湘地区,李昉受命祀祠南岳,就近担任衡州知州,至今衡山有李相祠。

⑥　贾生:指贾谊(前201—前169),汉洛阳人。以年少能通诸家书,文帝召为博士,迁太中大夫。谊改正朔,易服色,制法度,兴礼乐。又数上书陈政事,言时弊,为大臣所忌,出为长沙王太傅,迁梁怀王太傅而卒,年三十三,世称贾太傅,又称贾生。　　韩子:指韩愈。

⑦　退之:即韩愈。

⑧　三奸:南宋宝祐年间,宦官董宋臣、外戚谢堂、奸臣历文翁,三奸勾结一党,横行肆虐,洪天锡上疏宋理宗,连上五道奏折弹劾三奸,迫使三奸有所收敛。

⑨　永州:即今湖南永州市。隋开皇九年(589)改古零陵郡为永州。唐时辖境相当于今湖南零陵、东安、祁阳和广西全州、灌阳诸县。五代时始分置全州。明时改永州府,附郭首县零陵县。1913年裁府留县,今复升级为永州市。

⑩　柳子:指柳宗元(773—819),字子厚,唐河东人。贞元九年(793)进士,中博学弘辞科。曾贬官永州司马,元和十年(815)改任柳州刺史,卒于任。世称柳柳州,也称柳河东。诗文皆工,尤擅长散文,峭拔简练,独具风格。与韩愈同为古文运动的倡导者。

⑪　阊阖:指天门。

⑫　浯溪:湖南永州市祁阳县湘江河畔的一处溪流山石胜景。元结安家于溪畔,并建浯溪亭。

⑬　漫吏:指元结。唐时人称元结为漫郎。颜真卿的《元次山表墓碑铭序》:"将家漾滨,乃自称浪士。及为郎,时人以浪者漫为官乎,遂见呼为漫郎。"

⑭　赵武(前? —前541):嬴姓,赵氏,名武。春秋时晋国卿大夫,政治家、外交家,为国鞠躬尽瘁的贤臣。谥献文。

⑮　九原:九泉,黄泉。金·元好问《赠答刘御史云卿》诗之三:"九原如可作,吾欲起韩欧。"

《少鹤诗钞内集》卷七（过岭集）

独　饮

稍稍遣众务，沉沉坐中庭。一卷读未毕，窗日移西棂。舍书更索酒，余沥犹在瓶^①。小鱐味虽薄^②，亦足充微腥。会城冠盖盛，舆隶趾不停^③。我独少还往，永日门长扃。醉则对古人，历历辨影形。呼之试与语，亹亹无倦听^④。仆吏窃相笑，微语达疏屏。东邻饫燖炙^⑤，西家沸优伶。坐客尽显要，罗列如丹青。谁似长官陋，独醉还独醒。

【校注】
① 余沥：指酒。《史记·滑稽列传》："伺酒于前，时赐余沥。"
② 鱐：干肉。
③ 冠盖：官吏使用的车。
④ 亹亹（wěi）：勤勉不倦貌。《诗经·大雅·文王》："亹亹文王，令闻不已。"
⑤ 饫（yù）：宴食，私宴饮。《诗经·小雅·常棣》："侯尔笾豆，饮酒之饫。"
燖（xún）：煮肉以热水脱毛，再于汤中煮熟。

苏　王^①

庄言惠子死^②，吾无以为质。吾谓坡有荆^③，正是惠之匹。生才本瑜亮^④，学术偶管华^⑤。世若无新法，快论当何加。钟山一小艇^⑥，野服见丞相。干坤数大事，只供一抚掌。一髯人中龙^⑦，一老野狐精^⑧。两怪

相格斗,天地为震轰。其余附谤者,牛身聚群虻。徒劳
未足数,章惇与惠卿⑨。

【校注】

①　苏王:指苏轼、王安石。

②　惠子:即惠施。战国时宋人,名家代表人物之一。主张"合同异",认为
一切事物的差别、对立都是相对的。曾为魏相。《庄子·天下》篇称"惠施多
方,其书五车。"

③　坡:指东坡,即苏轼。　荆:指王荆公,即王安石。

④　瑜亮:指周瑜、诸葛亮。

⑤　管华:指管宁、华歆。管宁(158—241),字幼安,三国魏北海朱虚人。少
与华歆同席读书,有乘轩冕过门者,歆废书往观,宁与割席分座。汉末避乱居辽
东,聚徒讲学,三十七年始归,文帝、明帝皆欲拜官,辞不就。　华歆(156—
231),字子鱼,东汉平原高唐人。少与管宁、邴原同学,时人号歆为龙头,原为龙
腹,宁为龙尾。官至尚书令。后依附曹操,直封博平侯。

⑥　钟山:今南京紫金山。王安石晚年退居江宁(南京),不言政事。

⑦　人中龙:晋朝宋纤,隐居不仕,太守马岌叹道:"名可闻,而身不可见;德可
仰,而形不可睹;吾而今而后知先生人中之龙也。"后用来比喻出类拔萃的人物。

⑧　野狐精:佛家称外道异端为野狐禅。意其言仅能欺世惑众,不足证道。
谈野狐禅者为野狐精。按《五灯会元·洪州怀海禅师记》:昔日有谈禅者,因错
解一字,五百生堕为野狐身,经怀海禅师指正始解脱。

⑨　章惇(dūn):字子厚,宋建州浦城人。哲宗亲政后,起为左仆射兼门下
侍郎,尽复熙宁新政(即王安石新法),力排元祐党人。并引用蔡卞、林希、上官
均等,皆居要位。徽宗初,罢知越州,寻贬睦州,卒。《宋史》入《奸臣传》。　惠
卿:吕惠卿(1032—1111),字吉甫,宋泉州晋江人。初曾助王安石推行新法。
有关重要兴革,无不参与。官至参知政事。王安石去位后,竭力攻击安石,无所
不至。罢相后出知陈州。《宋史》载《奸臣传》。

登桂林独秀山①

屈奇一小山,造天绝倚傍。想见志士胄,九死未肯

枉。于何托根始，閟绝非可上。亲历方慨然，顿失隘且防。苍梧叫虞舜，此语久称妄[②]。北矖浩茫茫[③]，神州万里壮。岂无数贤杰，扶持柱天壤。矫强有如此，宇宙固难量。蹇劣愧无成，惟用恣闲旷。闭口今已久，浩歌此始放。

【校注】

① 独秀山：在广西桂林市城中，一名独秀峰。平地孤拔，以无他峰相属，故名。下有岩洞，南朝宋颜延之曾在此读书，因名“读书岩”。

② “苍梧”二句：桂林有虞帝庙在城北的虞山南麓，作者认为登山所见为实，而相传舜葬于苍梧之野则太久远，已近乎虚妄。

③ 北矖(xǐ)：向北远望。矖，看、望。《后汉书 · 马融传》：“目矖鼎俎，耳听康衢。”

独坐空峒山读苏子由集效其体[①]

桂州无北城，北城即此山。遂使万睥睨，尽作山巑岏[②]。前峰拔崒崒，攒立刀剑攒。直绕百重外，始放为蜿蜒。石路出林表，礫阁凌空悬[③]。阁后一洞辟，鬼神极雕镌。初构者谁子，壁记正德年[④]。内监张某造，御史某为文。极颂功德懋[⑤]，大用指顾间。嗟此熏腐余[⑥]，而屈峩峨冠[⑦]。名姓岂不识，书之污笔端。安得刮去之，净此孤孱颜。时对颍滨老[⑧]，矢音辄成篇。

【校注】

① 空峒山：位于甘肃省平凉市城西 12 千米处，道教圣地。据起首“桂州”二句，桂林城北只有虞山、尧山，且二山均无“某为文”的“壁记”，更无“此山”——“空峒山”。案，此篇夹在写桂林山水的组诗之间，不当出现外省之景，

疑误窜。　苏子由：即苏辙。

②嶵（cuán）岏（wán）：山高尖貌。

③磔（zhé）阁：犹言"飞阁"。磔，陡峭高耸的样子。

④正德：明武宗朱厚照年号（1506—1521）。

⑤懋：大，盛大。

⑥熏腐余：受腐刑后之人，指宦官。熏腐，即阉割。宋苏轼《论始皇汉宣李斯》："彼自以为聪明人杰也，奴仆熏腐之余何能为。"

⑦羡峨冠：高冠。此指高官，即"为文"的"御史某"。

⑧颖滨老：即颖滨遗老。为苏辙别号。

王　莽①

王莽欺世皆小儿，蒙裳戴面相与嬉。一朝翻毛变虎吻，大肆搏噬儿惊啼。前呼祖龙后孟德②，千古英雄真莫逆。臣斯臣彧及臣歆③，徒为所玩宁能测。四十八万人上书，断送才须一杜吴④。岂惟食人为人食，至竟愚人空自愚。莽虽有舌何足切，为与六经作妖孽⑤。莫言致乱因井田⑥，后来更有青苗法⑦。

【校注】

①王莽（前45—公元23），字巨君，汉元城人。元帝皇后之侄。其人谦恭俭让，礼贤下士，在朝野素有威名。西汉末年，社会矛盾空前激化，王莽被朝野视为能挽危局的不二人选，被看作是"周公再世"。公元8年12月，王莽代汉建新，建元"始建国"，宣布推行新政，史称"王莽改制"。王莽统治的末期，天下大乱，新莽地皇四年（23），更始军攻入长安，王莽死于乱军之中，而新朝也成为中国历史上很短命的朝代之一。

②祖龙：指秦始皇。《史记·秦始皇本纪》："（三十六年）秋，使者从关东夜过华阴平舒道，有人持璧遮使者曰：'为吾遗滈池君。'因言曰：'今年祖龙死。'使者问其故，因忽不见，置其璧去。使者奉璧具以闻。始皇默然良久，曰：'山鬼固不过知一岁事也。'退言曰：'祖龙者，人之先也。'使御府视璧，乃二十

八年行渡江所沉璧也。"

孟德：即曹操，字孟德，一名吉利，小字阿瞒，沛国谯县（今安徽亳州）人。东汉末年杰出的政治家、军事家、文学家。

③臣斯（前284—前208）：即李斯，字通古。战国末期楚国上蔡（今河南上蔡）人。秦代著名的政治家。早年为郡小吏，后从荀子学帝王之术，学成入秦，官为廷尉，在秦王政灭六国的事业中起了较大作用。秦统一天下后被任为丞相。秦始皇死后，他与赵高合谋，伪造遗诏，迫令始皇长子扶苏自杀，立少子胡亥为二世皇帝。后为赵高所忌，于秦二世二年（前208）被腰斩于咸阳闹市，并夷三族。　臣彧（yù）：指荀彧（163—212），字文若，颍川颍阴（今河南许昌）人。东汉末年著名政治家、战略家，曹操统一北方的首席谋臣和功臣，被称为"王佐之才"。官至侍中，守尚书令，封万岁亭侯。死后被追谥为敬侯，后又被追赠太尉。　臣歆：指刘歆（公元？—23），汉刘向子。字子骏，后改名秀，字颖叔。河平中，与父总校群书，后编成《七略》，对经籍目录学作出了很大的贡献。王莽建立新政权，歆任国师，后因参与谋杀王莽事件，事败自杀。

④杜吴：一作杜虞。商县（今属陕西）人。地皇四年（23），汉军攻入长安，城中数千人起兵攻莽。王莽逃入宫内渐台，在混乱中为商人杜吴所杀。校尉公宾向杜吴问明王莽的尸身所在，就斩了王莽的首级，悬于宛市之中。

⑤六经：指《诗》、《书》、《礼》、《乐》、《易》、《春秋》。今文家说《乐》本无经，附于《礼》中，古文家说有《乐经》，秦焚书后亡。也称六艺。

⑥井田：原为古代奴隶社会的一种土地制度。王莽打着恢复"井田制"的旗号强推"王田制"，限制豪强占有土地数量和奴隶人数，对天下每个人应该占有多少土地进行了详细的限制，搞得民怨沸腾。

⑦青苗法：亦称"常平新法"，是宋朝王安石变法的措施之一。主要是改变旧有常平仓制度的"遇贵量减市价粜，遇贱量增市价籴"的呆板做法。灵活地将常平仓、广惠仓的储粮折算为本钱，以百分之二十的利率贷给农民、城市手工业者，以缓和民间高利贷盘剥的现象，同时增加政府的财政收入，达到"民不加赋而国用足"，改善了北宋"积贫"的现象。但在实施中出现了一系列问题，于神宗去世后被废止。

江　夜

湿湿月初吐，离离云未收。江声秋到枕，峰影夜横舟。故国应过雁,何人共倚楼。夜凉浑不寐,波上思悠悠。

采 画 山 石①

画山真比画来工,奇秀天然叠远空。自后不须凭槛望,名峰收在此船中。

【校注】

① 画山:在漓江东岸画山村附近,距桂林约60千米处。它五峰连属,东南北三面环山,西面削壁临江,高宽百余米的石壁上,众彩纷呈宛如一幅神骏图。《徐霞客游记》称:"其山横列江南岸,江自北来,至是西折,山受啮,半剖归削崖,有纹层络。绿树沿映,石俱黄、红、青、白,杂彩交错成章,上有远望如画屏,故名画山。"

再 题 画 山 石

李子昼斫画山石①,夜梦神官来见责。汝何贪不仁,剥取断山脉。吾将面帝论,惟汝罪是劾。神官且勿怒,亦薄为神役。此山生此几万年,过者曾否一拂拭。璨璨休嗤文字陋②,苟到真处无销蚀。米芾虽言尚疑信③,试播中州示无极④。不见楚之浯溪钴鉧潭⑤,元柳不来泯泯昧昧谁当识⑥。神官怃然感,石去莫汝索。为山亦愿显于时,有奇不显真何益。

【校注】

① 李子:作者自称。

② 璅璅(suǒ)：细微，细碎。张衡《东京赋》："薄狩于敖，既璅璅焉，岐阳之搜，又何足数？"

③ 米芾(1051—1107)，字符章，号鹿门居士。宋太原人，后徙居襄阳。书法与苏轼、黄庭坚、蔡襄并称四大家。山水远宗王洽，近师董源，别出新意，自成一派。《宋史·文苑》有传。另米芾尤嗜奇石，世有元章(米芾字)拜石之语。

④ 中州：中国。《汉书·司马相如传·大人赋》："世有大人兮，在乎中州。"《注》："中州，中国也。"

⑤ 浯溪：湖南永州市祁阳县湘江河畔的一处溪流山石胜景。广德元年(763)元结路过浯溪时，"爱其胜异，遂家溪畔，修耕钓以自资"。四年后他还写下《浯溪铭》。　钴鉧潭：水潭名。在湖南永州市零陵区西山西麓。中有小泉，经愚溪，入潇水。形如熨斗，故名钴鉧潭。柳宗元有《钴鉧潭记》。钴鉧，宋·范成大《骖鸾录》："钴鉧，熨斗也。"

⑥ "元柳"句：意为如果没有元结写《浯溪铭》、柳宗元写《钴鉧潭记》，这些山水胜景仍将纷乱昏暗埋没荒野无人识。　泯泯昧昧：纷乱昏暗貌。《吕氏春秋·慎大》："众庶泯泯，皆有远志，莫敢直言，其生若惊。"《楚辞·九章·怀沙》："进路北次兮，日昧昧其将暮。"

雨中过重泠峡①

两崖立绝嵲，中放一江直。瀑从绝嵲下，如引群龙吸。又如万组练，倍山前赴敌。军令后者诛，拼命尽一击。雷霆助呼噪，风云借羽翼。时于冥晦中，横飞万镞白。滩高石凿凿，坚壁正严毅。大波恣决突，相持久益力。而我于其间，一叶飘乙乙。在险诚可惊，出险转堪述。他年志舆地②，我为曾过客。

【校注】

① 重泠峡：西江近梧州段一处滩峡名。

② 舆地：地图。《汉书·江都易王非传》："具天下之舆地及军陈图。"

冰井（并序）

　　冰井在梧州东二里许①，元结次山所开也②。大历三年，次山为容州刺史③，过此作铭刻石④。宋绍兴中太守以亭覆之，曰漫泉亭。明天顺六年，内监潘甲监军于此⑤，始建寺。其傍敕名广善寺。时次山铭石已漶灭，惟官与名数字可辨，今访之寺僧，并数字亦久亡矣。井水极甘冽，系以诗。

　　次山腹中洞何有，但有万古雹雪冰。不问蛮荒与貊野，随地泻出皆凌凌。浯溪昔过不及驻，溪山笑我顽可憎。岂谓艰难历百粤，四序不变惟炎蒸。强寻邃谷欲少避，值此一掬寒泓澄。濯缨漱齿未云足⑥，直欲炼骨相合凝。依井作寺底用汝，刑余敢污吾珉贞⑦。公之名姓不肯留，丁甲叱取如霆砅。至今磨砺任牧子，故处指点烦山僧。漫叟之后有漫吏⑧，追公不及泪满膺。他日谁寻井上石，此诗有气公应凭。

【校注】

　　① 梧州：地名。府名，唐武德四年（621）置，五代因之。元改路，明改府，属广西，清因之。旧治所在今广西苍梧县。

　　② 元结（约719—约772）：字次山，河南（今河南洛阳）人。唐乾元二年（759），出任容管经略使，应驻容州，此时侨驻梧州。大历三年（768），元结在城东白云山脚下发现一古井，打水尝之，水甘寒若冰，又鉴于此井与隔江的火山遥遥相对，乃称冰井，在井之侧建冰井寺，称作"梵王宫"。

　　③ "次山"句：元结由道州刺史调任容州刺史，加封容州都督充本管经略使。容州，唐朝政区。贞观元年（627）改铜州为容州（今容县），开元年间（713—741）升为都督府，隶岭南五府经略使。咸通三年（862）岭南道分为东、西两道，隶岭南西道，并划出藤（今藤县）、岩（今玉林境）二州归邕管，尚辖容、辩（今广东化州市）、白（今博白）、牢（今玉林境）、钦（今钦州）、禺（今北流、陆川境）、瀼（今上思境）、汤（今越南境内）、古（今三江境，一说属桂管）9州。设经

略使一员,驻容州(曾侨驻梧州、藤州),掌管军、政事务,统镇兵 1100 名。

④"过此"句:元结所作铭刻石文字多已湮灭,残留部分为:"火山无火,冰井无冰;唯彼清泉,甘寒可凝。铸金磨石,篆刻此铭。置于泉上,彰厥后生。"

⑤"内监"句:明代自永乐朝开始,在各军镇不断增设监军宦官,与镇戍制度下的各级军事单位相对应,层层布控,逐渐形成了庞大严密的宦官监军网。

⑥ 濯缨:洗涤冠缨。也比喻超脱尘俗,操守高洁。《孟子·离娄》上:"沧浪之水清兮,可以濯我缨。"

⑦"刑余"句:指潘甲来监军后在冰井旁建广善寺,并著《重建冰井禅寺记》。作者认为这是对元结的玷污。刑余,对太监的蔑称。

⑧ 漫叟:唐时人称元结为漫郎,亦称漫叟。颜真卿《元次山表墓碑铭序》:"将家瀼滨,乃自称浪士。及为郎,时人以浪者漫为官乎,遂见呼为漫郎。"

晚游三界祠,祠有龟甚巨,有蛇甚驯盘旋上下,庙祝以为龙也①

偶乘小艇如凫鹥,江波溅翼拍复飞。来寻江上荒丛祠,入门无人竹披披。宝帐珠网灯琉璃,欲灭不灭长孤辉。神官失考缘边陲,纡鬟擢玉谁敢非。座后古楂蟠离奇,上有神物活之而出入。神幄俨指麾,更将神须拂神颐,静若意识神恩慈。翻然昂首灯上窥,晶晶日射蚀雨霓。下阶踏着千年龟,翠甲湛净不曳泥。傲然脱却秦皇碑,引龙为族从之嬉。此游旷绝省见稀,夜返舟中仰而思。天星劳落躔差池②,九尾不见龟失遗。此夜有梦二客随,黛帔元裳顾我嘻③。昔者所遇非子谁,上天自乐远忧疑。胡为堕地惊媪儿,咄哉归去行勿迟。

【校注】

① 三界祠:在梧州城外水西坊,祀明冯克利。《赤雅》谓"三界庙一名青蛇庙"。传说此冯克利是今贵港市人,在梧州北山遇八仙得神道、仙术,为民祛灾,

袖有青蛇可判是非,求签卜特灵验。　庙祝:庙中管香火的人。

②劳落:亦称牢落,稀疏之意。　躔(chán):天体的运行。　差池:参差不齐。如《诗经·邶风·燕燕》:"燕燕于飞,差池其羽。"

③黛帔:青黑色的肩披、袈裟之类。　元裳:帽子。

大　桂　山①

山行遘淫雨,殷雷压山碎。谁谓石瀑响,更出雷之外。碄木拔千寻,郁若不可耐。直从大幽底,到天势未艾。湿菌太古积,横楂半空碍。杰松不受云,自结成暧䨴②。幽篁如幽人,回斜皆有态。折枝坠远墟,丛箨赴激濑。蛮花零落垂,荒艳亦可爱。缅径披茸茸,蹇踏蛇虫秽。方惊众壑转,忽与大壁对。灏气反在下③,地天失分界。乃知造绝顶,本自无晴晦。向历举乌有,何从说蒂芥。斯游信奇绝,前踪几人在。既生此山巍,自难欠我辈。子厚未到此④,胡为便自废。

【校注】

① 大桂山:指桂岭。在广西贺州市八步区东北百余里处,与湖南江华县、广东连州市接界,即古临贺岭,北与萌渚岭相连。岭南有桂岭墟,为隋桂岭县故治。

② 暧(ài)䨴(dài):盛貌。《意林·晏子》:"星之昭昭,不如日月之暧䨴。"

③ 灏(hào)气:弥漫于天地之间的大气。柳宗元《始得西山宴游记》:"悠悠乎与灏气俱,而莫得其涯;洋洋乎与造物者游,而不知其所穷。"

④ 子厚:即柳宗元。

桂　泷①

夜下大桂山,万阻得一径。不知何怪物,撼我醉魂醒。昏崖虎颐乖②,苍壁崇墉整。中间数十道,龙与石争命。龙战霆电纆③,石斗冰雹迸。的声擘天来,众山不敢应。自从有宇宙,此响最岄横④。直下几万里,始当决负胜。我如走广武⑤,叱避项王劲⑥。咫尺有莫测,形神久未定。吏卒各溃奔,乱炬涉荒暝。中夜突围出,乃见高月正。平生实未历,脱险亦相庆。为问此何方,东北临贺岭⑦。

【校注】

① 泷:指急流。元结《欸乃曲》:"下泷船似入深渊,上泷船似欲升天。"

② 虎颐乖:指老虎模样怪戾可怕。颐,面颊,腮。

③ 纆:同"缠"。

④ 岄(kuàng)横:山崩巨响。岄,山。

⑤ 广武:地名,在今河南荥阳市东北。汴水自三室山广武涧中东南绝流,山隔涧各有城堑,名东西广武城。秦末楚汉两军隔广武而阵,刘邦、项羽临广武而语,即此。故东广武称楚王城,西广武称汉王城。晋代阮籍曾登广武,观楚汉交战处,叹曰:"时无英雄,使竖子成名。"

⑥ 项王:指项羽。

⑦ 临贺岭:在广西贺州市八步区东北百余里处,与湖南江华县、广东连州市接界,即古临贺岭。

桂甬寄家兄叔白兼简王闲云①

尝怀结一宇,远远青山下。四面列屏风,几家在图画。晓闼春禽鸣,昏壁石泉泻。大田水满塍,小圃雨乖架。短篱湿菌长,深巷夕阳射。野童随走嬉,村翁共饮蜡②。尚志偕弟昆,无猜得姻娅③。相与奉吾母,版舆观襫襏④。山妻职供膳,童妾使弄姹。取足快平生,勿复谈王霸⑤。兴来吟自高，醉后言不怕。一毡可支冬⑥，一笠足消夏。鄙哉仲长统⑦，必有良田藉。此志许已久，世情负多暇。不谓五岭外⑧，宛置三间舍。兄友归去来⑨，故山有人迓。

【校注】

① 叔白：即李宪乔之二兄李宪暠。　王闲云：即王克绍，字新亭，号闲云，山东胶州人。诸生。高密派诗人，有《闲云诗草》。

② 饮蜡：一说饮茶，蜡茶为一种茶名；另一说为腊八粥。旧俗十二月八日，作浴佛会，并送七宝五味粥与门徒。民间亦以果子杂拌煮粥为食，称腊八粥。二者相较，此句取前说。

③ 姻娅：即"姻亚"。婿父称姻，两婿互称为亚。《诗经·小雅·节南山》："琐琐姻亚，则无膴仕。"后泛指有婚姻关系的亲戚。

④ 版舆：原为车名。晋代潘岳《闲居赋》："太夫人乃御版舆，升轻轩。"后因此赋述奉养其母，便常用为在官而迎养其亲的典故。　秭稬：重生稻。

⑤ 王霸：谓王业与霸业。儒家称以德行仁政者为王，以力假仁者为霸。

⑥ 毡(zhān)：用兽毛碾合成的片状物。

⑦ 仲长统(179—219)，字公理，东汉山阳高平人。官至尚书郎，敢直言，语默无常，时人以为狂生。每论及时事，常发愤叹息，因著论名《昌言》。《后汉书》有传。

⑧ 五岭：五岭指大庾、骑田、都庞、萌渚、越城。另一说五岭指大庾、始安、临贺、桂阳、揭阳。

⑨ 归去来：借陶渊明《归去来兮辞》赋意，指归隐。

宿金生寺①

远旅无同伴，荒祠对岭开。乍看新月出，疑自故乡来。吹火照深草，移床避湿苔。虽言少毒物，未免费愁猜。

【校注】

① 金生寺：在广西贺州市八步区。

晚归金生寺赠谢秀才

岭寺夜归迟，山门一杖随。因听前涧水，已过晚钟时。烛灭萤仍去，云开月未敧。怜君能静坐，脉脉似相期。

夜行临贺道中作①

蛮路无里数，瘴中前路遥。峒流穿地响，山火际天烧。大竹骈为壁，枯楂仄作桥。如何此时月，犹为照迢迢。

【校注】

① 临贺：郡、县名。秦置临贺县，汉属苍梧郡，因当临、贺二水之交，故名。三国吴置临贺郡，治所临贺县。南朝宋废郡改为临庆国，隋改贺州，明废州改贺县。今广西贺州市八步区。

雨中得蒋侍郎娄东书①

蛮城万山里，江路绝沿洄。晓梦因寒断，远书将雨来。移家淞上住②，旧日鹤仍回。不忘分离处，春阴满绿苔。

【校注】

①　蒋侍郎：即蒋元益。字希元，一字汉卿，号时庵，江苏长洲（今苏州）人。乾隆二年（1737）十二月由内阁中书入直，复中乙丑（十年，1745）进士，官至兵部侍郎，有《清雅堂诗馀》、《志雅斋诗钞》等。　　娄东：指娄县。秦汉属会稽郡。三国吴孙权先后封张昭陆逊为娄侯，封地均在此。南朝梁改名信义，唐以后为华亭县地。清顺治十三年（1655）又析置为县。1912 年并入华亭县。1914 年改华亭县为松江县。故址在今江苏昆山市东北。

②　淞上：指吴淞江。太湖最大的支流，自湖东北流，经吴江、吴县、昆山、青浦、松江、上海、嘉定，会合黄浦江入海，江口叫吴淞口。

藤江夜月读坡公于此《赠邵道士》诗寄张远晖①

　　大峨先生儋耳还②，留此千载江月寒。浪儿且莫荡江水，中有先生心与肝。江边却觅题诗处，东山浮金但烟雾。古今沦落未须悲，唯恨我来公已去。多情应笑晚学道，白玉合丹壮非少③。平生漫夸苏与李，世人那识张即邵。迩来成亏已两忘，素琴挂壁久不张④。东海故人知在否，独听滩声梦里长。

【校注】

①　藤江：水名。在广西藤县境，因名。即今浔江。起桂平市，至梧州市止。其上流分两支，一为黔江，一为郁江。其下流入广东称西江。　　坡公：指苏轼。其《藤州江下夜起对月赠邵道士》原诗为："江月照我心，江水洗我肝。端如径寸珠，堕此白玉盘。我心本如此，月满江不湍。起舞者谁欤，莫作三人看。峤南瘴毒地，有此江月寒。乃知天壤间，何人不清安。床头有白酒，盎若白露溥。独醉还独醒，夜气清漫漫。仍呼邵道士，取琴月下弹。相将乘一叶，夜下苍梧滩。"

②　大峨先生：指苏轼，因其为眉州眉山（今属四川省眉山市）人。峨眉山有大峨、中峨、小峨，大峨即主峰万佛顶。　　儋（dān）耳还：苏轼晚年因新党执政被贬惠州、儋州。宋徽宗时获大赦北还，故曰。儋耳，汉元鼎六年（前111）置儋耳郡。其俗雕刻颊皮，上连耳郭，故以为郡名。唐改为儋州。在今海南省儋州市。

③白玉合丹：指道家以白玉为原料调炼丹药。白玉，道教外丹黄白术用来调制丹药的原料之一。据对历代文献的统计，金丹家采用了含六十多种元素的无机物和有机物作为原料，其中硅酸盐类就有白玉、云母、滑石、阳起石、长石、不灰木(石棉)等。合丹，调制丹药。《南史·隐逸传下·邓郁》："梁武帝敬信殊笃，(邓郁)为帝合丹。"

④"迩来"二句：言琴成亏之理可溯至庄子。《庄子·齐物论》曰："是非之彰也，道之所以亏也。道之所以亏，爱之所以成。果且有成与亏乎哉？果且无成与亏乎哉？有成与亏，故昭氏之鼓琴也；无成与亏，故昭氏之不鼓琴也。"庄子此乃以琴喻"道"。

自梧溯漓将登舟风雨骤至，
留题城北兰若，寄兄叔白①

已办扁舟系石矼②，犹留鹤迹在僧窗。空堂二物身兼几，入户一时天寒江。海国音书愁到晚，彭城往事语谁双③。书生所仗唯忠信，敢道鱼龙近可降④。

【校注】

①梧：指梧州。　漓：指漓江。桂江上游。出自广西兴安县境苗儿山，西南流至阳朔，自以下称桂江。　兰若：即"阿兰若"，佛教名词，其中若字念 rě，梵名 Aranya，原意是森林，引申为"寂静处"、"空闲处"，躲避人间热闹之处，有些房子可供修道者居住静修之用，一人或数人。也泛指一般的佛寺。

②石矼(gāng)：石桥。矼，《玉篇·石部》："矼，石桥也。"

③彭城：郡、国名。治所在今江苏徐州市铜山区。

④鱼龙："鱼龙漫衍"的省称。指一种变幻的戏术。

雨中泊昭平峡①

片雨飒然至，客舟殊未还。晚饭离烟渚，回帆入乱山。远色遽已暝,归心长似闲。谁念孤无语,闻钟窈渺间。

【校注】

① 昭平峡:广西昭平县境内有桂江自北向南纵贯,形成湍急峡滩。清代赵翼《檐曝杂记》卷三《粤西滩峡》载:"粤西滩与峡皆极险。府江(亦称抚江,即桂江)之昭平峡,横州之大滩,右江之努滩、鸡翼滩,左江之归德峡、果化峡,余皆身经其地,而昭平峡最险。余初至桂林,由水路赴镇安任。先是大雨十七昼夜,是日适晴。巳刻自桂林发舟,日午已至平乐。舟子忽椓杙焉。余以久雨得晴,方日中何遽泊,趣放舟,而不知其下有峡之险也。舟子不得已,乃发舟。山上塘兵亟呼不可开,而舟已入峡不能止,遂听其顺流下。但见满江如沸,有数千百旋涡。询知下有一石,则上有一涡,余始怃然惧,然已无如何。幸而出峡,舟子来贺,谓'半生操舟,未尝冒险至此也'。余自是不敢用壮矣。后余调广州,自桂林起程,百僚饯送,有县令缑山鹏亦在座。余至广十余日,忽闻缑令溺死峡中矣。"

江 行 有 怀

积雨空江放晚天,蛮禽箐竹断洲前。湿云犹在月微吐,孤棹未收山渺然。欲忆故人摇病膝,合于此际耸吟肩。迩来自觉隤唐甚①,只借渔灯照早眠。

【校注】

① 隤(tuí):本义指崩颓、坠下。此处通"颓"。

舟 中 喜 晴

朝眠愁雨声,新草夕阳明。回首山犹晦,放怀江已晴。岸低知水满,帆正觉舟轻。灯火滩头饭,还深渔父情。

题苍梧馆示二三朋僚①

炎地无节候,雨余风暂凉。就明安竹几,避湿置绳床。暗蝠惊荒墅,孤萤入废房。同来人语少,应只是思乡。

【校注】

① 苍梧:郡、县名。苍梧的地名可追溯到虞舜时期。《战国策·楚》曰:"楚南有洞庭、苍梧。"三国(吴)黄武五年(226)置苍梧郡,郡治在今广西梧州市北部。

雨 夜 闻 蝉

蝉噪一何切,似嗟还似尤。不应生在燠①,谁谅独无求。顾我仍孤迹,为君欲白头。潇潇合夜雨,并作岭南愁。

【校注】

① 燠(yù):暖,热。

得石桐先生书知友人王东溪殁状,
哭之,即简故山同学诸子①

为儒贫贱死,名行贩夫知②。直送到今日,方应信我诗。篇翰留故友,耒耜付诸儿。书拆百蛮夜,何人识此悲。

【校注】

　　① 王东溪：即王令闻。山东高密人，为李少鹤兄弟唱和之友。
　　② 名行：姓名，行止。

闻远道人已归道山寄王龙翰①

　　几年曾共海边庐，鹤自高飞松自枯。从此云过须亟看，恐师相访到苍梧。

【校注】

　　① 远道人：姓张，名远晖，字遂初，苏州人。　王龙翰：名建，字龙翰。隐士高人，作者诗友。

哭　林　云　表①

　　故人遽止此，心事转怜孤。经岁始闻信，前书已见无。春云在诗句，霜月忆眉须。竹阁旧游处，何人为作图。

【校注】

　　① 林云表：名庭鹤，字云表。作者诗友。

哭　任　北　海①

　　故里此人在，还应深念予。旧欢殊未毕，远丧只凭书。云灭独因径，风吹曾宿庐。遗文虽不广，有妇似相如②。

【校注】

① 任北海：未详，待考。

② 原注：“北海妇王知书能诗。” 似相如：谓任北海妇王氏知书能诗，正像司马相如之有卓文君。西汉辞赋家司马相如在四川临邛（今邛崃市）时，同卓文君结为夫妇。二人以诗文唱和。

中元前夜泊桂城南看水灯①

城上乌云晚渐开，洲前独与月徘徊。山从箫鼓悲边起，江自灯船落处来。功业半生惟伏枕，亲知各散懒衔杯。平明故国还相忆，始是新秋上冢回。

【校注】

① 中元：时节名。道家以农历七月十五日为中元节。旧时道观在这一天作斋醮，僧寺作盂兰盆斋。

感　将　落　齿

已忿不相属，非惟尚魓魓①。亦如久住客，斯须未忍别。后功已可知，前历讵堪说。恻恻自足念，兀兀行当决。韩子且勿嗟，吾亦未四十②。

【校注】

① 魓魓：原本作“魓魓”（niè wù），与本诗叶“别”韵不合；又，韩愈《赠刘师服》诗句“羡君齿牙牢且洁，大肉硬饼如刀截。我今牙豁落者多，所存十馀皆魓魓”，即作“魓魓”。今据改。魓魓（wù niè），意为不安。此指齿牙不牢固。

② “韩子”二句：韩愈《赠刘师服》“只今年才四十五，后日悬知渐莽卤”，自叹齿落早衰。作者深有同感。

斫　轮

　　斫轮笑读书,糟粕固所弃①。孟韩亦久朽②,留者
是其气。人生必满百,谁为决券契。聚如噪晓禽,散若
扫昏市。细算于其间,此气略可恃。馁觉篯彭夭③,盛
使黔娄贵④。厌厌悲尸居⑤,拥肿中憔悴。谁谓四十
衰,吾方求吾志。古言往所涉,新心近可致。勿论身后
生,且胜死前毙。勖哉共吾友,还山谋此事。

【校注】

　　①"斫(zhuó)轮"二句:《庄子·天道》记载,齐桓公在堂上读书,轮扁在堂下砍削(木材)制作车轮,(轮扁)放下椎凿的工具走上堂来,问齐桓公说:"请问,公所读的是什么书呀?"桓公说:"是(记载)圣人之言(的书)。"又问:"圣人还在吗?"桓公说:"已经死去了。"轮扁说:"那么您所读的书不过是圣人留下的糟粕罢了。"桓公说:"我读书,做轮子的匠人怎么能议论?说出道理就可以放过你,没有道理可说就要处死。"轮扁说:"我是从我做的事情看出来的。砍削(木材)制作轮子,轮孔宽舒则滑脱不坚固;轮孔紧缩则轮辐滞涩难入。只有不宽不紧,才能手心相应,制作出质量最好的车轮。这里面有规律,但我只可意会,不可言传。我不能明白地告诉我的儿子,我儿子也不能从我这里得到(做轮子的经验和方法),所以我已七十岁了,还在(独自)做车轮。古代人和他们所不能言传的东西都(一起)死去了,那么您读的书不过就是古人留下的糟粕罢了!"

　　②孟韩:指孟郊、韩愈。

　　③篯(jiān)彭:篯,篯铿。相传古之长寿者。或说即彭祖,或说为老子。此篯与彭连用,当指彭祖。

　　④黔娄:战国时齐隐士。家贫,不求仕进,齐鲁之君聘赐,俱不受。死时衾不蔽体。后以喻贫士。唐代元稹《遣悲怀》诗之一:"谢公最小偏怜女,自嫁黔娄百事乖。"

　　⑤尸居:像尸一样静止,比喻沉默无为。《庄子·在宥》:"故君子苟能无解其五藏,无擢其聪明,尸居而龙见,渊默而雷声,神动而天随,从容无为,而万物炊累焉。"晋郭象注:"出处默语,常无其心,而付之自然。"

舟 夜 感 怀

半脱山云见数星，乍寒莎露湿微萤。江行日远归难定，野泊惊多梦易醒。齿发他乡仍改变，亲如故国自凋零。尔来百事不堪述，惟有书灯似旧青。

岭　径

直上绝缘属，一径亘苍穹。假若径可去，即是飘虚空。嗟予役岭峤，十出八九逢。每疑开辟后，此隅尚屯蒙①。一经我追蹑，始为人力通。其险也如此，仆隶皆慴悸②。视端戒无语，恐失之造次。到穷忽自解，冯道语可味③。大险不在兹，井陉出平地。

【校注】

① 屯蒙：犹蒙昧，指原始未开化的状态。

② 慴（zhé）：同"慑"。恐惧。语出《庄子·达生》："死生惊惧，不入乎其胸中，是故遻物而不慴。"

③ 冯道（882—954），字可道，号长乐老，瀛州景城（今河北沧州西北）人，五代宰相。早年曾效力于燕王刘守光，历仕后唐、后晋、后汉、后周四朝，先后效力于后唐庄宗、后唐明宗、后唐闵帝、后唐末帝、后晋高祖、后晋出帝、后汉高祖、后汉隐帝、后周太祖、后周世宗十位皇帝，期间还向辽太宗称臣，始终担任将相、三公、三师之位。病卒后追封瀛王，谥号文懿。尝著《长乐老自叙》，陈述自己历事四朝十君经历，以己所历为荣。后世史学家出于忠君观念，对他非常不齿，欧阳修骂他"不知廉耻"，司马光更斥其为"奸臣之尤"。但他在事亲济民、提携贤良，在五代时期却有"当世之士无贤愚，皆仰道为元老，而喜为之偶誉"的声望。

次韵石桐先生跋放翁示友诗后①

虽有极恶人，莫肯自言恶。其如心与岐，所言非所乐。志士亦一身，誓将千载托。摆尽时俗好，乃有大雅作。掉臂漫叟湖②，睨视子云阁③。百鸷徒满空，直上剩一鹗。平时不自勉，热乱安得药。试诵陆李诗④，几人面无怍。

【校注】

① 放翁：即陆游（1125—1210），字务观，号放翁。宋越州山阴（今浙江绍兴）人。力主抗金，屡受排挤。一生写诗近万首，题材广阔，多清新之作，其政治诗抒发爱国义愤，关心人民疾苦，风格雄浑豪迈，为南宋一大家。词与散文成就亦高。有《剑南诗稿》、《渭南文集》等。

② 漫叟：指元结。夏倪《减字木兰花·宣和庚子登浯台作》："笑指浯溪。漫叟雄文锁翠微。"

③ 子云阁：子云，即扬雄（公元前53—公元18），字子云，西汉蜀郡成都人。少好学，长于辞赋，多仿司马相如。成帝时以大司马王音荐，献《甘泉》、《河东》、《羽猎》、《长杨》四赋，拜为郎。王莽时为大夫，校书天禄阁。以事被株连，投阁自杀，几死。雄博通群籍，多识古文奇字。有《扬侍郎集》。后人借"子云阁"指从事著述之所。

④ 陆李：指陆游、李石桐。

雨中同周少府吕秀才登元容州经略台①

昔爱浯溪水，今登经略台。冰风挟冻雨，犹为次山来②。都峤望中失③，大江天末回。孤怀谁解惜，且尽数君杯。

【校注】

　　① 周少府、吕秀才：均未详，待考。　　元容州：指元结。　　经略台：位于广西容县城东，前临绣江，面对南山。始建于唐大历三年（768），系元结任容管经略使时，为操练军士和欣赏风景而筑。明洪武十年（1377），建玄武宫于其上，奉祀真武大帝以镇火神。万历元年（1573）扩建。真武阁建于台上，为明万历初年遗物，木质结构三层楼阁，周围有廊舍、垣墙、钟磬、鼎炉等附属建筑和设施。二层楼有四根支柱，用以承负上层的楼板、梁架、配柱和屋瓦等，脚柱却悬空离地 3 厘米，是全楼间结构中最为奇特精巧的部分。这种像天平一样维持一座建筑物平衡的独特杠杆结构，在建筑史上实属罕见。

　　② 次山：元结字。

　　③ 都峤：即都峤山，又称南山，在容县城南。这里是丹霞地貌，风景优美。徐霞客曾在此考察了五天，在《徐霞客游记》中作了详尽描绘。都峤山是道教三十六洞天中的第二十洞天，宗教文化源远流长。

答刘二十二丞罗城见寄①

　　几年游宦客，旧业相家贫。每岁望乡处，同为过岭人。渐听蛮鸟熟，多惜瘴花春。赖是心情好，远诗相寄频。

【校注】

　　① 刘丞：未详，待考。　　罗城：县名，属广西。宋置，故址在今罗城县北，后废。明洪武初复置，即今治，明清皆属柳州府。

莱阳乞儿妇①

　　岁大饥，莱阳城南有夫妇。年少行，相随当乞未即得食。以手椎胸仰天悲，夫竟死，妇枕之股哭不起。

　　里中数少年，愿通殷勤具盘餐。妇若不闻噤不言，更倩邻姥相劝谕。饿者如麻儿何苦,妇若不食不为语。
风凄日惨野茫茫,居人归尽乌鸢狂,妇死尸留依夫傍。

【校注】

① 原注:"吕聘君传其事,属予补作新乐府播之将来。"　莱阳:县名,今山东省莱阳市。汉昌阳县,属东莱郡。晋初废,惠帝元康八年(298)复置。五代后唐同光元年(923)因避讳,改称莱阳县,属莱州。明清皆属山东登州府。

送张巡检罢职归姑孰兼呈蒋侍郎①

梧州江上客,相送寺前波。官去诗情在,身闲旧梦
多。远阴过楚泽,邻舫听吴歌。为问蒋夫子,兴居近
若何。

【校注】

① 张巡检:未详,待考。　姑孰:古城名。晋时置城戍守,因南临姑孰溪得名。今安徽当涂县地。　蒋侍郎:即蒋元益。字希元,一字汉卿,号时庵,江苏长洲(今苏州)人。乾隆二年(1737)十二月由内阁中书入直,复中乙丑(十年,1745)进士,官至兵部侍郎,有《清雅堂诗馀》、《志雅斋诗钞》等。

送钱少府归吴中①

已知别不远,留语及宵阑。生事原无业,闲情易失
官。灯前蛮酒薄,雨后袷衣宽②。倪瓒林边宅③,到时
谁共看。

【校注】

　　① 钱少府：未详，待考。　吴中：今江苏苏州市区，春秋时为吴国都，古亦称吴中。

　　② 袷（jiá）衣：夹衣。潘岳《秋兴赋》："藉莞蒻，御袷衣。"《注》："袷，衣无絮也。"

　　③ 倪瓒（1301—1374），字符镇，号云林。元末画家。江苏无锡人。善画山水，多为水墨之作。早年以董源为师，晚年自成风格，以幽远简淡为宗。对后人水墨山水画颇有影响。与黄公望、王蒙、吴镇并称元末四大家。

江口与吕君别

　　客舟中夜发，别语在前宵。灯火犹明晦，江山漫寂寥。月临寒渚没，天贴去帆遥。几日相邻近，频来岂待招。

阳朔舟行即事贻明府张君①

　　船窗晴景静，僧帖对高闲。拂簟忆湘水，卷帘看画山。危柯悬是狖，远渚立唯鹇。知有同余好，期君钓石间。

【校注】

　　① 阳朔：县名。属广西。汉始安县地。隋析置阳朔县，以县北阳朔山而得名。风景秀丽，有"阳朔山水甲桂林"之说。

和石桐先生画崇山寄乔宁甫①

　　古称极边地，作画慰相思。因忆改官处，兼酬前寄

诗。农耕秋烧后，印锁日斜时。欲语愁不尽，外人争
得知。

【校注】

①　原注："宁甫自天河移官于此。"　　崇山：山名。在湖南张家界市西南，与
天门山相连。相传舜流放驩兜于崇山，人多认为即此山。清王夫之《孟子稗疏》
认为，驩兜所放的崇山在唐驩州境内，泗城之南。即今广西凌云县和西林县一
带。　　天河：县名。唐贞观四年（630）置，宋大观元年（1107）废，靖康元年
（1126）复置。1952 年撤销，并入罗城县，今属广西。　　乔宁甫：高密诗派成员，
与李宪乔、刘大观时有唱和。时由广西天河县令改任灵川县令。

归顺陈刺史章爱予甚笃，
以白石留别，因酬数语①

世人结交以黄金，陈子结交以白石。以金易石石
不易，金能使人贪，石能使人廉②；金易熔，石不变。既
不变，更相结，大胜屡盟屡歃血③。

【校注】

①　归顺：唐元和初（806 年后），归淳州更名归顺州，属邕州都督府。唐末
废。元至正二十三年（1363）复置，属镇安路。明初废，弘治九年（1496）复置，
隶镇安府。嘉靖四年（1525）属思恩府。清雍正七年（1729）改土归流，因去思恩
遥隔，复隶镇安府。光绪十二年（1886）归顺州升为归顺直隶州，属太平思顺道，
民国元年（1912）6 月废归顺州，置归顺府。二年 6 月废归顺府置靖西县。今为
靖西市。

②　"石能"句：用陆绩"廉石"典故。建安十三年（208）冬，孙权命陆绩统兵
两千出征岭南，夺取并镇守郁林郡（今广西玉林）。陆绩任郁林太守多年，为官
清正廉洁，轻徭薄赋，爱惜民力，深得百姓爱戴而州郡得治。卸任离开时，因行
装太少，舟轻不胜风浪，只好搬块大石头来压舱，才能顺利返家。此石被称为

"廉石",今存江苏苏州文庙院内。

③ 歃(shà)血:结盟时饮血或涂血在口旁,以示诚信。《孟子·告子下》:"葵丘之会诸侯,束牲载书而不歃血。"

舜　庙[1]

古帝祠犹在,荒江荐若蘺[2]。虽同杜陵感[3],不奏屈原辞。画蜼承虚网[4],耕牛砺折碑。欲归寻竹路,雷雨暮天垂。

【校注】

① 舜庙:位于桂林城北虞山,东濒漓江,北临皇潭。虞山又名舜山,相传舜帝曾南巡至此,后人怀思立舜庙祭祀,其始建年代不详,历代均有修葺。唐建中元年(780)桂州刺史李昌嶔目睹庙宇朽陋衰败,捐出俸钱增新缮故,并刻《舜庙碑》记述重修经过。撰文者韩云卿为韩愈的叔父,以文辞独行于中朝;书碑者韩秀实是隶书名家韩择木之子,为其隶书传人;篆额者李阳冰,人推为秦汉之后篆书第一手。三人的合璧之作被誉为"三绝碑"。清钱大昕称"粤西石刻,以此为最佳"。

② 若蘺:两种香草名。若,杜若;蘺,江蘺。《楚辞·离骚》中屈原常用以自比。

③ 杜陵:指杜甫。杜甫因居今陕西西安市东南的杜陵,故自称杜陵布衣、少陵野老。

④ 蜼(wèi):一种体形较大的长尾猴,黄黑色,尾长数尺。

栖　霞　洞[1]

至显不可测,至近不可到。遂疑胚浑初[2],造物莫能造。岳渎更融结[3],星域别分兆。荡荡辟闾阖,屹屹立宗庙。蛟鼍逮鲲鳄,麟猊及犛豹。常异罔不萃,出没杂云淖。渗淫九地穷④,爠拓十洲浩。有生囿耳目,未历讵得料。入使西崦晦⑤,出放东天晓。玉妃归海宫,银浦动弥渺。却嗔吾家儿,梦天何足道。

【校注】

① 栖霞洞:即桂林七星岩。隋唐称栖霞洞,宋代称仙李岩、碧虚岩。位于桂林普陀山腹,东西贯通,入口在天玑峰的西南半山腰,出口在东麓。范成大《桂海虞衡志》:"栖霞洞,在七星山。七星山者,七峰位置如北斗。又一小峰在旁,曰辅星。石洞在半山腹。入石门,下行百余级,得平地,可坐数十人。旁有两路。其一西行,两壁石液凝沍,玉雪晶莹。顶高数十丈,路阔亦三四丈,如行通衢中,顿足曳杖,铿然有声,如鼓钟声,盖洞之下又有洞焉。半里遇大壑,不可进。一里北行,俯偻而入,数步则宽广。两旁十许丈,钟乳垂下累累。凡乳状必因石脉而出,不自顽石出也。进里余,所见益奇。又行食顷,则多歧,游者恐迷途,不敢进,云通九嶷也。"

② 肧(pēi)浑:指物未成形时的混沌状态。《文选》郭璞《江赋》:"类肧浑之未凝。象太极之构天。"《注》:"言云气杳冥,似胚胎混沌,尚未凝结。"

③ 岳渎:五岳四渎的省称。五岳指泰、华、恒、衡、嵩。四渎,《尔雅·释水》:"江、淮、河、济为四渎。"因其皆独流入海,故名曰渎。

④ 渗(qīn)淫:少量渗透的水。

⑤ 西崦(yān):即崦嵫。山名,在甘肃天水市北道区西。古代神话是日入之处。《山海经·西山经》:"(鸟鼠同穴之山)西南三百六十里曰崦嵫之山。"《注》:"日没所入山也。"

寻范石湖所题空明洞壶天观①

山川至楚越,融结无余势。无已出怪变,非复可思议。柳韩所未搜②,真宰将我遗③。超而为眼界,豁而为胸次。时当重阴节,恣游因散滞。激啸凭崭凿,凝思属幽邃。缅怀范经略,清瞩曾此寄。幸臣当拜爵,未肯草一字。荒洞破石间,纵横书不计。岂特为龙蛇,四壁浩然气。蛮邦莫知惜,半被藓土灭。(叶)何以招公魂,共向壶天醉④。

【校注】

①　范石湖:即范成大(1126—1193),字致能,号石湖居士。宋吴兴人,绍兴二十四年(1154)进士。隆兴六年(1163)奉命使金,初进国书,词气慷慨,几于见杀,卒全节而归。累官广西经略安抚使、四川制置使、参知政事。为南宋四大诗家之一,有《桂海虞衡志》《石湖集》。　空明洞壶天观:据《桂海虞衡志·壶天观铭并序》:"凡穴洞皆幽暗谲庂,秉烛而游。唯屏风岩高广壁立,如康庄大厦,延纳晖景,内外昭彻。石湖居士命之曰'空明之洞'。由磴道拾级,逗小石穴,山川城郭,恍然无际,乃作台观,是名壶天。游客诧曰:'大哉斯壶,函里如许!'居士曰:'世所有相,如空浮华,心目颠倒,巨细差别。故善巧者,能于宝珠,及以芥子,乃至毫端,出现尘刹,彼观瞻者,不觉不知,况一壶哉!'客悟且笑,曰:'然则游戏神通邪!'居士亦笑,而为之铭:心尘目华,三昧现前。我提一壶,弥罗大千。无有方所,四维上下。此三昧门,溥施游者。"

②　柳韩:指柳宗元、韩愈。

③　真宰:天为万物之宰,故称为真宰。《庄子·齐物论》:"必有真宰,而特不得其朕。"

④　壶天:道家所称仙境。

咏子才翁孔雀①

初辞珠树下瑶坛,攒立当风彩翠寒。画舸载来偏觉称,蛮州过处亦争看。买时那复论金贝,归去应令近绮纨②。他日仙翁朝玉阙③,不骑白鹤不骖鸾。

【校注】

①　子才:即袁枚(1716—1797),字子才,号简斋,晚年自号仓山居士、随园

主人、随园老人。钱塘(今浙江杭州)人。乾隆四年(1739)进士,历任溧水、江宁等县知县,有政绩。三十三岁即归隐不仕,于江宁(今南京)城西小仓山下筑随园,吟咏其中。袁枚是乾嘉时期代表诗人之一,与赵翼、蒋士铨合称"乾隆三大家"。曾两度到桂林,留下不少咏桂林山水名篇。其文不拘义法,以才运情,笔力横逸,诗倡独抒性灵,与主声调之沈德潜争雄长。有《随园全书》。

②　绮纨:指富贵子弟。犹言纨绮。因绮纨为显贵豪门所服,故指。

③　玉阙:传说中仙人的宫殿。

追送子才翁不及,题江楼壁

岸边霜树林,来对兀沉沉。挂席去已远①,别醪空自斟。渚烟过客少,江色暮楼深。谁识于此际,寥寥千载心。

【校注】

①　挂席:扬帆行舟。《文选·海赋》:"于是侯劲风,揭百尺,维长绡,挂帆席。"《注》云:"随风张幔曰帆,或以席为之,曰帆席也。"

书敬之书卷后①

愿借茅君白鹤骑②,平空飞上大峨嵋。直穷冰雪无前处,却咏仙郎五字诗。

【校注】

①　敬之:即李秉礼(1748—1830),字敬之,号松甫(一作松圃),又号韦庐,江西临川人。乾隆年间曾官江苏刑部员外郎中,年仅三十即辞官,与李宪乔以风节相砥砺,并从之学诗,为唱和之友。宪乔卒于官,秉礼经纪其丧事,送其灵柩还乡。《晚晴簃诗汇》云:"松圃瓣香左司(韦应物)。同时如秦小岘(瀛)、李子

乔(宪乔)皆学韦,然颇旁涉诸家,惟松圃墨守苏州,终老不易,故变化不如秦李而精微过之。其善者几如空中之音,人皆闻见,难可捉摸。通体洗练,都无草率。惟七言稍弱。……子乔亦极推服。至欲跻于朱王之上,则未免过情耳。"著有《韦庐诗集》内、外共八卷。

② 茅君白鹤:汉代茅盈字叔申,年轻时即学道,二十年后学成,可化白鹤。栖于句曲山。当地人将山名改作茅君之山。后又教弟茅固、茅衷服食炼气之术,也成仙人。常乘白鹤往来。世人称为三茅君。见晋代葛洪《神仙传·茅君》。

李　　白①

　　李白负气人,忧国心陶陶。所以为诗句,往往似离骚。忠直不见收,乃放为诙嘲。小儿岂解事,弃清啜其糟②。呓语喝力士③,醉眼识子仪④。方哭众皆醉⑤,不醉人得知。

【校注】

① 原注:"因与人论古饮者及之,遂阐苏子瞻未尽之义。"　苏子瞻:即苏轼。

② "弃清"句:化用《楚辞·屈原》"众人皆醉,何不哺其糟而啜其醨"之句。啜(chuò):饮。

③ 力士:即高力士(684—762),唐潘州人。少阉。玄宗时因诛萧岑等有功,知内侍省事,宠任极专。肃宗在东宫时以兄事之。权臣豪将如李林甫、杨国忠、安禄山等均厚结之。唐之宦官跋扈专权,自力士始。此句当言"力士脱靴"事。据《新唐书·文艺传·李白传》:"(李)白尝侍帝,醉,使高力士脱靴。力士素贵,耻之,擿其诗以激杨贵妃,帝欲官白,妃辄泪止。"

④ 子仪:即郭子仪(697—781),唐华州郑人。玄宗时为朔方节度使,平安史之乱,功第一。后又与回纥会军,破吐蕃。以一身系时局安危者二十年。累官至太尉、中书令,封汾阳郡王,号"尚父"。

⑤ 众皆醉:化用屈原《渔父》中"众人皆醉我独醒"句。

酬赵松川刺史赴阙行次全州惠书叙别①

迢遥指上京,行李一书生。灭烛听秋雨,停舟背古城。何时湘尽处,中路雁来声。此际独相忆,茫茫无限情。

【校注】

① 赵松川:字廷鼎,四川新都人。以东兰州牧摄南宁郡时,方用兵交趾。心力俱瘁,遂致疾殂。贫不能归,槾厝僧舍。广西高密诗派成员。据汪辟疆《论高密诗派》一文:"自少鹤筮仕粤西,其交游则有临川李松圃秉礼、桂林朱小岑依真、长洲孙顾崖、赵松川廷鼎、刘正孚、江西胡茂甫森诸人。……于是,广西有高密之派。" 全州:县名,今属广西。汉洮阳县地,隋置湘源县。五代晋天福四年(939)在南楚置全州。

梧 江 逢 龚 生①

去年同住客,此会岂能期。更理别时语,多成醉后悲。风蝉临岸急,雨柁转山迟。不尽茫茫思,水亭无柳枝②。

【校注】

① 梧江:当指西江。西江是珠江的干流之一。黔、桂、郁三江自广西梧州合流后称西江。 龚生:名雷,今浙江省慈溪市人,曾旅桂多年,与李宪乔熟识。后曾返家三年,在获悉李再度回任归顺知州后,赶回来欲随行,行至邕江之滨,感疾身亡。李宪乔有《龚生行》记其事。

② 柳枝:亦作柳条,系指离情。本指汉人送客到灞陵桥上折柳送别,后化为典故,谓送客折柳枝为赠,以表离别。

寄归顺陈刺史(章)

性僻耽闲冷,经时还往疏。一为过岭客,几枉使君书。苞赠多珍药,州图尽地舆。炎风终不惯,聊复讯何如。

大雨夜行高硪山谷间投宿田家作

远役值昏霖,役夫困颠跋。造次夜已半,迷离测更叵。虎径草埋木,人喧雨灭火。下陷无底淖,上压千寻硪[1]。因念吾有生,自分安疏惰。胡为贪禄仕,万里穷轮舸。投宿山下村,野意喜差可。衣桁垂淋漓[2],床版置安妥。浊醪且独尽,好梦失惊堕。此境岂难致,只须一转柂。报国既无能,归田行当果。

【校注】

① 硪(é):高貌。
② 衣桁(hòng):衣架。

北郭效樊榭作[1]

北郭数家住,夕阳秋水明。荻花开户入,荷叶与桥平。沙远鸟双下,树深蝉一鸣。翛然来往熟,自觉葛衣轻。

附原诗

北郭夕阳外,人家住水西。藤花当户落,荷叶并桥齐。沙碧鸟双下,树凉蝉独嘶。轻綀来往熟,幽兴坐堪携。

【校注】

① 樊榭:即厉鹗(1692—1752),字太鸿,一字雄飞,号樊榭,浙江钱塘(今杭州)人。康熙举人。熟悉宋元以来的史实掌故,撰有《宋诗纪事》《辽史拾遗》等。诗词标榜宋人,词更有名,琢句炼字,善写山水难状之景。惟爱用冷字僻典,往往纤屑拗曲,缺乏生气。有《樊榭山房集》。

佛子岭瀑布①

瀑喧停午时,深径独行迟。尽日有雷处,孤云竟不知。远禽醒磔磔②,蛮蔓湿垂垂。只此足闲逸,安心更莫疑。

【校注】

① 佛子岭:广东省高州市境内的粤西名山之一。《茂名县志》载:"岗峦绵亘,过坳秀耸一峰,曰佛子岭,高四十余丈,有佛子庵。"岭脚有神仙井、神仙帽、神仙脚等神话式名胜。出自慧泉和龙王井的水,有煮茶不留茶渍的美誉。

② 磔磔(zhé):象声词。指鸟声。苏轼《往富阳新城李节推先行三日留风水洞见待》:"春山磔磔鸣春禽,此间不可无我吟。"

自佛子岭至霜林隘,
上下三十余里皆行瀑布中①

直以瀑为径,经行此最稀。人从龙口出,雨向日傍

飞。石色不分草,溪腥犹在衣。欲求匡阜胜②,止截一
方归。

【校注】

　① 霜林隘:位于高州的顿梭与西岸两镇交界处,距佛子岭数十里。

　② 匡阜:与匡山、匡庐皆指庐山。

泷江口送王闲云还故山,兼呈颖叔、
蜀子、希江、子和①

生死本定理,切者斯为惊。聚散非异数,感者斯为
情。有情不欲泯,传为文与声。茫茫自古来,如一辙画
成。嗟予那免此,感别辄怦怦。何殊梦魇后,已觉仍未
醒。泷江群岭外,滩潬夜喧訇②。扁舟送归客,来时偕
吾兄。逝者不共返,存者且丁宁。尚及未死前,有情勿
使冥。假若并废此,如尘灭影形。故山二三子,近日何
思营。莫辞达者笑,为我梦中赓③。

【校注】

　① 泷江:即广西西江支流罗定江。　王闲云:即王克绍。字新亭,号闲
云,山东胶州人。诸生。高密派诗人,有《闲云诗草》。　颖叔:即王克纯。
蜀子:即王子夏。　希江:即王万里。　子和:即王宁暗,字子和。山东高密
人,与胶州王克绍、王克纯,高密王子夏、王万里同为"王氏五子",是高密诗派之
"羽翼"。

　② 潬(dàn):沙滩。

　③ 赓(gēng):和,唱和之意。

题《后四灵集》

族子五星、王生熙甫、丹柱、单生子固共学为张贾，格律皆有家法，予目之为后四灵而书其卷后。①

永世不师古，圣言非所闻。文章虽小技，师古者得存。世代有递嬗，只如一脉分。假若生并世，相应篪与埙②。堪笑浮薄子，师心不师人。万言甫吐口，已作粪土尘。粤宋得四灵③，结发避膻荤。律格用唐法，发显不二门。至今览所遗，字字冰霜真。吾党诸学子，力古一何勤。引为四灵后，鼓之气弥振。若遇浮薄者，塞耳绝其言。少锐老则不，此言傥书绅。

【校注】

① 五星：即李诒经，字五星，山东高密人，终身为布衣。与王宁焞、王宁𤭛兄弟俱为李石桐、李少鹤的弟子，"高密派"诗人。生活清贫、持守节操。李石桐曾有《高士裘》一诗，小序中说："李五星苦寒坚卧，其友王熙甫（即王宁焞）、单子庸为制羊裘，强起游眺，余闻其事作《高士裘》。" 熙甫：即王宁焞，字熙甫，号直庵，山东高密人。乾隆己酉进士，授主事，历官御史，有《在山考功》、《西台》诸集。《晚晴簃诗汇》载："诗话直庵得同县三李之传，号上人室诗，守诗法甚谨。"为高密诗派中心诗人之一。 丹柱：即王宁𤭛。字大柱，高密人。乾隆乙卯举人，官聊城教谕，有《㲄曛集》。《晚晴簃诗汇·诗话》："㲄曛诗才力豪迈而敛之以寒瘦出之，以清迥雅有别趣与其兄熙甫宁焞同受诗法于李十桐、少鹤兄弟，乃骎骎欲出家督之右。" 单子固：即单萧，名萧，字子固。 张贾：指唐代诗人张籍、贾岛。

② 篪（chí）与埙（xūn）：篪是竹制的古代管乐器。埙是陶土烧制的吹奏乐器。《诗经·小雅·何人斯》有："伯氏吹埙（即埙），仲氏吹篪"之语，后遂连用以喻兄弟亲睦。

③ 四灵：指徐玑（字灵渊）、徐照（字灵晖）、赵师秀（号灵秀）、翁卷（字灵舒）。四人皆南宋浙江永嘉人，字号中又都带一"灵"字，故称"永嘉四灵"。

徐玑(1162—1214),曾官建安主簿、龙溪县丞等。善诗,以清苦为工。著有《二薇亭集》传世。　徐照(公元? —1211),其诗以近体为多,措词平易,但境界不高,写景流于琐屑。有《芳兰轩集》。　赵师秀(1170—1219),字紫芝,号灵秀,亦称灵芝,又号天乐。诗学姚合、贾岛,尊姚、贾为"二妙",编有《二妙集》。著有《清苑斋集》。　翁卷(公元? —?),字续古,字灵舒。由于一生仅参加过一次科举考试,未果,所以一生都为布衣。有《四岩集》、《苇碧轩集》。永嘉四灵诗学张籍、贾岛,而"族子五星、王生熙甫、丹柱、单生子固共学为张贾",与之极为相似,因此李宪乔"目之为后四灵"。

猺 山 纪 行①

猺山固多土,此独崭以凿。苍峡万石飞,寥空一迳阁。下极不可知,上触即天膜。奴隶战双股,回皇更沮郤②。遂疑所往穷,反怨导者错。而我方快然,腾缘逐猱玃③。此意谁复会,将试归山脚。

【校注】

① 猺山:即大瑶山,又名大藤瑶山、大藤山。"猺"为旧时对瑶族的侮辱性称谓,今作"瑶"。位于广西金秀瑶族自治县,延伸到象州、蒙山、平南等县境内,是桂江、柳江的分水岭。大瑶山一带世代居住着瑶族人,集中了我国最多的瑶族人口。

② 回皇:亦作"回徨"。徘徊,怀疑不定。《汉书·扬雄传·甘泉赋》:"徒回回以徨徨兮,魂固眇眇而昏乱。"　沮(jǔ)郤(xì):沮,终止、阻止;郤,仰。《仪礼·士昏礼》:"赞启会郤于敦南。"疏:"郤,仰也。谓仰于地也。"在诗中意为停下来向上仰望。

③ 猱玃(jué):一说名玃猱,猴属兽。

宿昙黄山庙题壁①

峰瀑当绝处,荒龛昏一灯②。草腥时过虎,钟坏久

无僧。风影缘尘隙,霜痕出壁棱。欲搜奇苦句,须待喻
毗陵③。

【校注】

① 昙黄山庙:未详,待考。

② 龛(kān):供奉佛像、神位等的小阁子。

③ 毗(pí)陵:指唐顺之,江苏毗陵(下辖武进)人,明代学者、藏书家清吴伟业《汲古阁歌》:"嘉隆以后藏书家,天下毗陵与琅邪。"因其博学多书,故"欲搜奇苦句"须待找他。

雨后山行书所见云气

四溟倏已收,天地共一云。眇身置其中,俯仰无非
天。近托只片石,远瞩空灏然。时恐日月星,造次出我
前。便欲从之去,挥手谢卑喧。路逢彼若士,道妙不肯
传。仍着地上行,拊膺望天关。有志终自致,何假汝
仙人。

读曾南丰《兵闲》诗书后①

吁自熙宁来②,西师一何黥。公抱范燮忧③,不食
伍参肉④。吕(惠卿)沈(括)结自媚⑤,那问国已蹙。陈
汤幸全胜⑥,按法犹当戮。赵括况喜事⑦,一死未足赎。
米脂二千万,并作城下髑。此诗可悟主,日月共不铄。
翻笑文节公⑧,为戚乃受恶。(曾诗刺徐禧也⑨,为山谷外兄⑩,
谷盛推之,故未以为嘲。)

【校注】

① 曾南丰：即曾巩(1019—1083)，字子固，宋建昌军南丰(今江西省南丰县)人。嘉祐二年(1057)进士，尝编校史馆书籍，官至中书舍人。藏书至二万卷，皆手自校定。工文章，以简洁著称。为唐宋古文八大家之一。尝集古今篆刻为《金石录》五卷。既没，后人集其遗稿为《元丰类稿》五十卷、续稿四十卷、外集十卷。《宋史》有传。其《兵闲》诗如下："大义缺绝久未图，小人轻险何不至。世上固自有百为，兵间乃独求一试。赵括敢将亦已危，李平请守那复议。吁嗟忍易万人生，冀幸将徼一身利。"

② 熙宁：宋神宗赵顼年号(1068—1077)。

③ 范燮：即士燮(？—前574)，春秋时代晋国政治家。祁姓，士氏，名燮，又称范文子。士燮担任晋景公的上军佐，在鞍之战中大胜齐国。后来队伍进城走到末尾士燮才出现，其父问他为什么在最后，他说："这回作战是以郤子(郤克)为中心，我要先进城引人注目，那就是代替主将接受荣耀，所以必须待郤子先入城。"被誉为晋国良识派大夫。前575年，鄢陵之战晋军获胜，士燮看到晋厉公十分自满，不愿看见晋国局势进一步恶化，在家自己诅咒自己死去。一年后果真辞世，谥号文，世称范文子。

④ 伍参：错杂。

⑤ 吕惠卿(1032—1111)：字吉甫，号恩祖，泉州南安人，北宋政治改革家，王安石变法中的二号人物，历任翰林学士、知军器监、参知政事、知太原府等职。

沈括(1030—1094)：字存中。宋钱塘人，嘉祐间擢进士，提举司天监，累官翰林学士、三司使。博学能文，通天文、历算、方志、音乐、医药，始置浑仪、景表、浮漏等天文仪器，造新历，为后世所采用。著有《梦溪笔谈》、《长兴集》等书，《宋史》有传。

⑥ 陈汤：字子公。汉山阳瑕丘人。元帝时，以副校尉使西域，建昭三年(前36)与都护甘延寿矫制击杀匈奴郅支单于于康居。成帝时大将军王凤奏为从军中郎，以贿徙边，还长安卒。《汉书》有传。

⑦ 赵括(？—前260)，嬴姓，赵氏，名括。战国时期赵国名将马服君赵奢之子。赵括熟读兵书，但缺乏战场经验，不知通变。赵孝成王七年(前260)长平之战中，赵国中秦国的反间计，用赵括代替老将廉颇。赵括一反廉颇的策略，主动全线出击，被秦军困于长平。赵括亲率勇士突围，被秦军射死，四十余万赵兵尽降，后被秦军坑杀。

⑧ 文节公：当指徐禧。

⑨ 徐禧(1035—1082)：字德占，洪州汾宁(今江西修水)人，北宋大臣。北

宋变革派人物,颇得王安石青睐,官至给事中。曾奉宋神宗之命进攻西夏,由于不听部将所言,一意孤行,兵败永乐城,死伤一万多人,自己也战死。

⑩ 山谷:即黄庭坚(1045—1105),字鲁直,号山谷道人。洪州分宁(今江西修水县)人。官至秘书丞,提点明道官,兼国史编修官。宋崇宁二年(1103)除名羁管宜州(广西宜山县),客死在贬所。有《山谷集》七十卷。

戏跋《苏子美集》①

那叱虽人身,已析肉与骨。心胆肺肠肾,皆用太古针②。张口吐大噫,元气为坼裂。就其唾弃者,尚作华岳嗟。壮哉太白芒,乃为开元出③。决敌胸峥峥,摧奸齿截截。喝叱伏龙狞,顾盼走狐孽。帝辂群儿怖,因之沧浪窟④。梅欧驰不及⑤,中路但喘跌。拾得此数帙,贻我共冷烈。

【校注】

① 苏子美:即苏舜钦(1008—1048),字子美。宋梓州铜山人。景祐元年(1034)进士。工于散文,诗歌奔放豪健,风格清新,与梅尧臣齐名。亦善草书。为权势忌恨而被贬逐。后退居苏州,营作沧浪亭,自号沧浪翁。有《苏学士文集》。《宋史》有传。

② 太古针:指古金针。金针,原指黄金针。唐代冯翊《桂苑丛谈·史遗》:"郑代,肃宗时为润州刺史,兄侃,嫂张氏,女年十六,名采娘,淑贞其仪。七夕夜陈香筵祈于织女,……曰:愿丐巧耳。乃遗一金针长寸余,缀于纸上,置裙带中。令三日勿语,汝当奇巧。"亦以刺绣喻作诗文者之别有巧妙。如元好问《论诗》之三:"鸳鸯绣了从教看,莫把金针度与人。"

③ 太白:星名,即金星,一名启明星。开元:创始。

④ 帝辂:帝后乘坐的车。沧浪,即汉水。

⑤ 梅欧:指梅尧臣、欧阳修。

读韩诗戏题①

退之为小律，岂唯不能工。拗捩多支撑，调嬉乃孩童。格张不敢笑②，佛贾不敢讥③。乐天广大主④，且谓薄不为。及乘五岳顶，或泛四瀛大⑤。摇笔摆风霆，六合不足隘⑥。张慑目瞿瞿⑦，贾馁行僬僬⑧。独倾北斗杓，余沥谁敢釂⑨。乃知营大厦，大匠不他属。下士苍蝇声，责令安床足。

【校注】

① 韩：指韩愈（768—824），字退之，河南河阳（今孟州）人，贞元八年（792）进士，两任节度推官，累官监察御史、中书舍人等职，晚年官至吏部侍郎。谥号文，又称韩文公。著有《韩昌黎集》四十卷，《外集》十卷。

② 格张：指张籍（约766— 约830），字文昌，和州乌江（今安徽和县）人。贞元进士，补太常寺太祝，转国子监助教、秘书郎、国子博士，迁水部员外郎。他是中唐新乐府运动的积极支持推动者，诗格清新刚健，多反映当时社会现实，表现对人民的同情，与王建并称“张王”。有《张司业集》九卷。

③ 佛贾：指贾岛。唐末李洞酷慕贾岛，以铜为岛像，戴之巾中，尝持数珠念“贾岛佛”，一日千遍。又手录岛诗赠人，谓曰：“此无异佛经，归焚香拜之。”

④ 乐天：即白居易（772—846），字乐天，号香山居士，又号醉吟先生，祖籍太原，生于河南新郑。唐代伟大的现实主义诗人。与元稹共同倡导新乐府运动，世称“元白”，与刘禹锡并称“刘白”。官至翰林学士、左赞善大夫。有《白氏长庆集》五十卷传世。唐人张为作《诗人主客图》，把白居易列在榜首，号称“广大教化主。”

⑤ 四瀛：即四海。此指天下。

⑥ 六合：指东西南北上下六个方向。

⑦ “张慑”句：指张籍为目疾所惊扰。元和元年（806），张籍调补太常寺太祝，在任十年，因患目疾，几乎失明，人称为“穷瞎张太祝”。瞿瞿（jǜ），惊顾貌。《新唐书·吴凑传》：“凑为人强力劬俭，瞿瞿未尝扰民。”

⑧ “贾馁”句：指贾岛因饥饿而卑身急行。僬僬（jiāo），行走急促貌。《礼

记·曲礼下》：“天子穆穆，诸侯皇皇，大夫济济，士人跄跄，庶人僬僬。”郑玄注：
“皆行容止之貌也……凡行容，尊者体盘，卑者体蹙。”孔颖达疏：“庶人僬僬者，
卑贱之貌也。”

⑨ 余沥：青酒。　醮(jiào)：饮尽杯中酒。

温公子书来致其先提刑使君墓志，言
以去年秋卒于晋。某为旧属吏
贫不能多赙，存之此诗①

走昔为峤吏②，公握太守符。虞舜之所藏，其州乃
名梧③。及公皆北人，那免同愁吁。公故豪与饮，磊落
载酒车。使酒强坐客④，十九遭困逋。连连飞我觥，径
尽无推沮。公起骇而嘻，此量吾客无。曰某量本狭，有
气差可扶。自比孟施舍⑤，不惧谁不如。公乃笑语客，
咄咄乎此夫，从此与公别，转眼四载余。公阶日以崇，
番禺又晋都⑥。岂意遽沦谢，门有公子书。公治如汲
黯⑦，持大文法疏。埋文谁所为，称美或未踰。助葬无
车马，致奠但束刍⑧。聊忆旧琐事，想见公眉须。惜时
方断酒，挑灯对空壶。

【校注】

① 温提刑：此人与作者俱由北方来，彼为梧州府提点刑狱公事时，作者任
府属岑溪县令，故称“某为旧属吏”。提刑，提点刑狱公事的简称。宋朝始设于
各路(行政单位)，主管所属各州的司法、刑狱和监察，兼管农桑。　使君：汉代
称呼太守刺史，汉以后用做对州郡长官的尊称。　赙(fù)：以财物助丧事。

② 走：自己的谦称。　峤吏：作者对自己出任南方边远州县官的谦称。
峤，泛指高而陡峭的山峰。

③ “虞舜”二句：指舜到南方巡守时，死于苍梧之野，苍梧所在地为梧州。

舜为有虞氏,名重华,字都君,谥曰"舜"。因国名"虞",故又称虞舜。

④ 使酒:发酒疯,使酒性。

⑤ 孟施舍:春秋时期的一名勇士。《孟子·公孙丑章句上》曾以之同北宫黝比较:"北宫黝之养勇也,不肤挠,不目逃,思以一豪挫于人,若挞之于市朝。不受于褐宽博,亦不受于万乘之君。视刺万乘之君,若刺褐夫。无严诸侯。恶声至,必反之。孟施舍之所养勇也,曰:'视不胜犹胜也。量敌而后进,虑胜而后会,是畏三军者也。舍岂能为必胜哉?能无惧而已矣。'孟施舍似曾子,北宫黝似子夏。夫二子之勇,未知其孰贤,然而孟施舍守约也。"

⑥ 番(pān)禺:秦置番禺县,以境内有番山、禺山得名。秦汉皆属南海郡。宋初曾并入南海县,不久复分。清代与南海县同为广东省治及广州府治。1913年裁府留县,1925年改为广州市。

⑦ 汲黯(?—前112),西汉名臣。字长孺,濮阳(今河南濮阳)人。景帝时任太子洗马。武帝时,初为谒者,后出为东海太守,有政绩。被召为主爵都尉,列于九卿。为人耿直,执法严明,好直谏廷诤,汉武帝刘彻称其为"社稷之臣"。主张与匈奴和亲。后犯小罪免官,居田园数年,召拜淮阳太守,卒于任上。

⑧ 束刍(chú):捆草成束为祭品。《后汉书·徐穉传》:"及林宗有母忧,穉往吊之,置生刍一束于庐前而去。"后因以"束刍"称祭品。

《少鹤诗钞内集》卷八（县居集）

易使桥成,上元前夜置酒
呈家兄叔白,兼示诸宾僚①

蛮溪殊不恶,猺山复委蛇。亘兹桥上亭,初落及良时。春月虽未充,华灯流清辉。素琴三四弄,视端感猺儿。土风亦自奏,怪兽呀闪尸②。深惭蹇劣质,牧汝来荒陲。为惠苦靡及,敢云生鄙夷。幸乘公讼暇,超遥共游嬉。吾兄纡远抱,万里相提携。座客并时彦,彬彬擅华辞。愿言志嘉赏,且以道求兹。

【校注】

① 易使桥:李宪乔在岑溪县令任内所造。其《志感陈情上提刑杜使君七十韵》言:"筑桥名易使,欲以礼共坊。"李怀民《易使桥》诗序:"岑宰为民造桥,名曰'易使桥',上有亭。叔白招集邑人登。而落成之时,值上元,鼓吹镫火,极一时之盛。"

② 闪尸:暂现貌。晋木玄虚(华)《海赋》:"天吴乍现而髣髴,蛧像暂晓而闪尸。"

清风亭燕集,与兄叔白鼓琴,诸生校射赋诗,
高秀才豫四言最佳,即事奉酬①

治狱非治本,维礼可弭之。仰赖天子圣,德教周四陲。炎郊十月中,风日犹恬熙②。感念二三子,惠然不我遗。向午远云尽,孤亭照沦漪。石上两横琴,合弦弹

思归③。古音岂复存，聊以写所思。射耦既屡进，尊口亦交持。长幼虽异席，铮铮各有辞。谁谓小雅后④，再见鹿鸣诗⑤。高才不敢妒，固已忘吾私。令誉易得失，千载还相期。

【校注】

① 清风亭：亦为李宪乔在岑溪县令任内所造。《志感陈情上提刑杜使君七十韵》："结亭曰清风，无求乃为臧。"李怀民《清风亭》诗序："叔白最爱此亭，并悦其泉之清。尝携琴，与子乔招集邑人，作会亭上，习射弹琴，邑人乐之。"

② 恬熙：安乐。

③ 思归：琴曲名，即《思归引》。相传春秋时邵王聘卫侯女，未至而王死，太子留之，不听，拘于深宫，思归不得，作此曲，自缢死。亦名《离物操》。

④ 小雅：《诗经》"雅歌"的一部分。大部分是西周后期及东周初期贵族宴会的乐歌，小部分是批评当时朝政过失或抒发怨愤的民间歌谣。

⑤ 鹿鸣：《诗经·小雅》的篇名。为当时宴客时奏的乐歌。《序》："鹿鸣，宴群臣嘉宾也。"

哀已赦囚郭忠①

岂不同此气，悠悠散远域。瘴风卷羁草，奄化一何易②。为囚来几时，赦至头已白。欲归身无钱，尚仰余囚食。我行适到此，荒城刈莽棘。时于蛮雾中，乡音出格磔③。呼前使之年，老泪不成泣。妻儿知在亡，配后断消息。聊复收养之，生还当有日。朝鉏我东圃，夕灌我西植。昨日忽不见，左右言其疾。今晨更往讯，已是不言客。畜汝恨不终，埋汝猺山侧。得非分有定，未许前期测。从此万里囚，永免故乡忆④。（易字义，从实韵，乃假借也。）

【校注】

① 原注:"忠,山东人。"

② 奄化:逝世。柳亚子《〈燕子龛遗诗〉序》:"曼殊奄化之岁,青浦王德钟辑其遗诗,得如干首,将梓以行世,属余为之序。"

③ 格磔(zhé):鸟鸣声。唐钱起《江行无题》诗:"祇知秦塞远,格磔鹧鸪啼。"这里比喻作者听不懂的少数民族的说话声。

④ 原注:"易字义,从实韵,乃假借也。"

送 归 使

慈母思子泪,年来几时干。家仆走万里,计程费百天。一日一感嗟,亦是百潸然。母年过七十,禁此忧虑煎。颖叔遗羹志①,季路负米贤②。二子虽殊途,只在百里间。我何太左计,求禄来八蛮③。引仆使其说,细讯母容颜。饮食与动履,一一皆如前。欲信恐母属,慰我令我宽。匝月遣之归,资斧筹艰难④。吾母倘能来,速发勿回延。不即寄当归⑤,莱衣舞园田⑥。与兄先有约,此出只三年。

【校注】

① 颖叔:即颖考叔,春秋郑人,为颖谷封人。郑庄公以同母弟叔段之叛,置其母于城颍,并发誓不到黄泉不相见。颖考叔去见庄公,庄公赐他饮食,他吃饭时将肉羹留下。庄公问他,他说:"小人有母,皆尝小人之食矣,未尝君之羹,请以遗之。"见《左传》。后以此典形容人孝敬父母。

② 季路负米:此为"负米养亲"之典。汉·刘向《说苑·建本》:"子路曰:'负重道远者,不择地而休;家贫亲老者,不择禄而仕。昔者,由事二亲之时,常食藜藿之实,而为亲负米百里之外。亲没之后,南游于楚,从车百乘,积粟万钟,累茵而坐,列鼎而食,愿食藜藿为亲负米之时,不可复得也。'"《孔子家语·致思》亦载。后以此典指孝敬奉养父母。

③ 八蛮:指粤西之地。因粤西有"八桂"之称,故曰"八蛮"。

④ 资斧:宋代程颐《周易·传》训资斧为资财器用,后人从程义,通称行旅之费用为资斧。

⑤ 当归:一种常用中药材,具有补血、活血、调经止痛、润燥滑肠的作用。《本草纲目》:"当归,今陕、蜀、秦州、汶州诸处,人多栽莳为货。"此取其字面"应当归乡"之意。

⑥ 莱衣:传说春秋楚老莱子奉二亲至孝,行年七十,着五彩衣,弄雏鸟于亲侧。后因以"莱衣"为年老孝顺不衰的典故。

赋得慈乌不远飞①

　　每听慈乌咏,泪沾游子衣。几经怜羽短,不放出巢飞。绕暮惊疏叶,栖寒恋晓晖。谁言能返哺②,夜夜梦雏归。

【校注】

① 赋得:应制或试帖诗在指定、限定题目上加"赋得"二字,这种作法同样也应用于诗人集会分题。后遂将"赋得"实用为一种诗体,即景赋诗者亦往往以"赋得"为题。

② 返哺:乌鸦的幼鸟长成以后,衔食哺母乌。喻养亲。《初学记》三国蜀谯周《谯子法训》:"乌者犹有返哺,况人而无孝心者乎?"骆宾王《灵泉颂》:"俯就微班之列,将由返哺之情。"

谕　獐　氓①

　　吴王浮江,射狙狙山②。群拙先瞿,以避得完。一巧自矜,毙于应弦。嗟尔獐氓,岂异狙焉。有弗能智,智则险奸。有弗能言,言则诈谩。天子神圣,化极八

埏③。尔岂无性，我推其端。嫛獐之初，狂猱浑然。有
不肖吏，以诡相喧。哗然悦之，眩目摇神。遂疑中土，
非诡莫贤。父诏其子，如奉杯桊。我非尔憎，实悯尔
顽。自惭不德，弗能化迁。聊用其浅，感尔以言。正中
信实，无诈无偏。于时则重，于后则传。上为良臣，下
为良民。有其至者，号为圣人。中土所尚，此乃其真。
勿为诡悟，以丧厥天。我不尔射，尔巧当捐。共游文
圃④，永无狙患。

【校注】

　　① 獞氓：壮族民众。獞，旧时对壮族的蔑称。后曾改为"僮"，今
作"壮"。

　　② "吴王"二句：出自《庄子·徐无鬼》："吴王浮于江，登乎狙之山，众狙见
之，恂然弃而走，逃于深蓁。"狙，猿猴之类。

　　③ 八埏：八方的边际。《史记·司马相如传·封禅书》："上畅九垓，下泝
八埏。"

　　④ 文圃：文章园地。

一　室

　　一室翛然清净贫①，布衾疏簟共寒呻。了无可悦
此生内，合是人间一长人。

【校注】

　　① 翛(xiāo)然：无拘无束貌。《庄子·大宗师》："翛然而往，翛然而来而
已矣。"成玄英疏："翛然，无系貌也。"

县居①（五首）

一

寂寞县斋卧，常如抱冷症。自知为吏拙，不抵苦吟能。偶雨留过客，因闲梦旧僧。有时还看镜，端是不相应。

二

兹游虽远远，日有故山心。将影照寒水，教儿学苦吟。授衣思夕雁，欹枕听秋琴。转惜亲交别，无书又到今。

三

小小台成后，闲行披女萝②。虽看出地近，已觉得山多。稳放弹琴石，低垂宿鸟柯。翛然长此惯，不必有人过。

四

周除竹石外，藓满更无尘。睡起闻时鸟，吟成似古人。蛮笺重茧厚，山茗一枪新。竟日营如此，心惭长尔民。

五

直觉家园似，经时闭版扉。借盆栽竹小，开地着蔬稀。屋少人长聚，禾收马不肥。城东有岩瀑，偶到亦忘归。

【校注】

　　① 县居：李宪乔于乾隆四十一年（1776）召试举人，四十五年（1780）出任广西岑溪知县。这组诗即写于岑溪。姚合以"居"名篇的诗作颇多，且皆作于武功县。如《闲居遣怀十首》《秋日闲居二首》《闲居晚夏》《街西居三首》《闲居遣兴》《庄居即事》《庄居野行》《春日闲居》《早春闲居》《原上新居》《独居》等，不一而足。故有人说姚合有"一卷县居篇"。后人以《县居》为题多受他影响。

　　② 女萝：地衣类植物，即松萝。《诗·小雅·頍弁》："茑与女萝，施于松柏。"屈原《九歌·山鬼》："若有人兮山之阿，被薜荔兮带女萝。"

岑 溪 除 日①

　　小县事常少，况兹临岁除。闲调题画笔，懒作贺春书。野叟献新笋，吏人归远墟。晴烟朝旭色，仿佛见山居。

【校注】

　　① 岑溪：县名，属广西。汉猛陵县地，属苍梧郡。唐武德四年（621）置龙城县，至德二年（757）改名岑溪。明清均属广西梧州府。　除日：除夕。

题葛仙洞答徐奇士孝廉①

　　劳山处处有青霞②，过尽青霞是我家。亦问君王乞勾漏③，可怜并不为丹砂。

【校注】

　　① 葛仙：指葛洪（281？—341），字稚川，字号抱朴子。晋句容人。家贫好学，始以儒术知名，后好神仙导养之法。《北流县志》称葛洪任广西勾漏令期间，

"薄赋省刑,民咸诵之",民间更有他悬壶济世的传说。著有《抱朴子》,除言神仙外,论炼丹多涉及物质构成的奥秘。又精医学,著有《金匮药方》一百卷等。《晋书》有传。　葛仙洞:勾漏山洞口建有葛仙祠,故称。至今香火不绝。

② 劳山:在山东即墨市东南海滨。有大劳山,小劳山。二山相连,上有清风岭、碧落岩诸名胜。一作牢山,又作崂山。

③ "亦问"句:指葛洪向晋成帝求为勾漏令事。据《晋书·葛洪传》:"年老,欲炼丹以祈遐寿,闻交址出丹,求为勾漏令。帝以洪资高,不许。洪曰:'非欲为荣,以有丹耳。'帝从之。"勾漏山,位于广西北流市东北5千米的勾漏村,有岩洞勾曲穿漏,故名,著名的勾漏洞就在其中。

夜闻炉中残香感赋

　　岁晏愁方集,庭阴不肯开。转怜无着处,犹为独醒来。一线时孤引,前心已并灰。非无莲社近①,欲入更迟回。

【校注】

① 莲社:也称白莲社。晋释慧远与慧永、刘遗民、雷次宗等共十八人结社于庐山东林寺,同修净土之法,因号白莲社。当时陈郡谢灵运恃才傲物,少所推重,一见远公,肃然心服,为凿东西二池种白莲,求入净社,远以灵运心杂不许。

再过钟氏园感怀

　　闲园摇落时,前夜雨凄凄。有客还来集,孤琴不复携。砌苔行处迹,窗竹昔年题。归去更须早,但愁星照泥。

【校注】

　　① 钟氏园：在岑溪县城，有山池亭台之秀，为文人墨客会饮赋诗胜地。李宪乔任县令时，"高密诗派"领袖"三李先生"曾集钟氏园，分别作有关于"钟氏园"的诗。除李宪乔此首外，还有李怀民《钟氏园（当余在家，南雁至，寄诗词，知有钟氏园。及来岑，访前踪主人，犹时道莲塘先生结客纵酒之事）》、《七月七日与子乔会岑诗人于钟氏园分韵得十蒸去年叔白有此会》，李宪暠《雨中游钟氏园》。李怀民另有《感叔白为唐尉悲故乡诗示闲云并序》提到该园："岑溪县尉唐君与叔白会饮钟氏园，醉后怀乡，不胜凄惋，同坐龚生亦共欷歔。龚自言去乡为三年之约，而尉宦游且二十余年，叔白为之赋诗。其年秋，尉竟卒。不数月，叔白亦以病殂于岑溪。余与闲云先生话旧及此，因为诗示闲云，并寄龚生。时共客粤中，又三年矣。"

和张籍《牧牛辞》二首（有序抄一）①

　　江岸见牧子数辈跨牛，有感东坡诗云："昔我在田间，但知羊与牛。川平牛背稳，如驾百斛舟。"因和此篇。

　　远牧牛，青山隐隐清江流。风飘笠子落牛后，但吹芦叶不转头。迎舟笑问远来客，客舟何如我舟逸。沙平草软牛散行，不借帆风与篙力。牛饥自食岸边草，谁知此是岭南道。

【校注】

　　① 张籍《牧牛辞》，《全唐诗》题作《牧童词》。原诗如下："远牧牛，绕村四面禾黍稠。陂中饥乌啄牛背，令我不得戏垅头。入陂草多牛散行，白犊时向芦中鸣。隔堤吹叶应同伴，还鼓长鞭三四声。牛牛食草莫相触，官家截尔头上角。"

志感陈情上提刑杜使君七十韵

　　百越去京国，道里八千强。辽氓与遂吏①，正赖仁风长。我公衔简命，绣衣莅西疆②。露冕究人瘼，切切相扶将。直从绝徼外，为天作听明。或言猺獞俗③，顽犷殊肾肠。拊循不知怀④，严威是所当。讵识圣泽覃⑤，鹣鲽非要荒⑥。但用恤所患，崔苻皆儿童⑦。廉镇既得人，价藩且资襄⑧。不有恩德化，何以致同康。忆昔分竹符⑨，两守桂梧江⑩。所至为众母，不复思南阳⑪。贱子忝末吏，侍从生辉光。每于政简日，公燕罗群英。乐爵迭无算，篇什亦屡赓⑫。情洽忘分卑，许在姚郑行⑬（姚合郑谷也）。粤风重祓禳⑭，爆竹惊雷砻。星桥上元夜，高炬舞鱼龙⑮。远俗感时节，缺器戒满盈。（以上皆倡酬之什）琐细无不及，拟媲城南章。坐使进所业，毕景无倦听。更出所娇儿，眉眼如画成。清吟何朗朗，拜我庭中央。俾将诗义授，偭瑟媿不详⑯。末学增气势，欲比韩门张⑰。相从未周岁，漕节移羊城。舟前再拜别，勉慰多深情。留赠孔翠毛⑱，使为子孙祥。有怀逐蒸黎⑲，感极泪浪浪。岑邑万山里⑳，民户绝荒凉。其俗喜斗讼，狏狫杂猺狼㉑。敷公尚德训，导游仁让场。筑桥名易使，欲以礼共坊。结亭曰清风，无求乃为藏。比岁横恶少，敛步知逊兄。共谅长官拙，免劳事敲搒。地当积歉后，储蓄忧皇皇。愿言逢有秋，努力谨盖藏。辛苦宦三年，清饿感黩桑。黾勉迎老母，君羹始得尝。稍安其风土，廨舍如村庄。溪翁与峒媪，岁时具酒浆。庶几更数载，鴂音化鹂鹒㉒。次第问庠塾㉓，相与歌鹿鸣㉔。虽云蕞尔治㉕，亦足报彤庭㉖。顷奉摄苍梧，菲材谬所丁。此地当孔道，橹舳夜不停。赋役剧诸县，累蠹缪相丛。窃闻古受事，未入先自量。蹇劣居糺

缦㉗，𫗧覆不及防㉘。老母顾之忧，非分祸所婴。当案
每不食，夜寝安得宁。即令自劾去，勿为久彷徨。坐此
奉檄来，终日如亡羊㉙。一心已瞀乱㉚，庶务堕渺茫。
幸天眷我公，提刑复此方。日携诸父老，翘首望东航。
公仁不遗遗，蘽茹得伸扬㉛。况此旧属吏，受知逾恒
常。忍使困刺蘗，无以对北堂㉜。郑相宠孟郊，置之金
濑傍㉝。上以报春晖㉞，半俸且余粮。政务得不废，鱼
鸟同游翔。鄙志实出此，躁进乃非望。假得复闲散，慈
帏免震恇。举世戴高厚，胜于三锡荣㉟。否则容解
组㊱，耕凿返故乡。恬翼早知退，衔恩矢弗忘。永怀千
古谊，合得鉴愚狂。

【校注】

① 逖(tì)吏：边远地方的官吏。逖，远。

② 绣衣：即"绣衣直指"，亦称"直指使者"、"绣衣御史"。汉武帝天汉二年（前99），使光禄大夫范昆及曾任九卿的张德等，衣绣衣，持节及虎符，用军兴之法（依照战时制度），发兵镇压农民起义，因有此号。非正式官名。绣衣，表示受君主尊宠。直指，《汉书·百官公卿表》颜师古注引服虔曰："指事而行，无阿私也。"

③ 猺獞：指南方瑶、壮等少数民族。旧时对瑶族、壮族的侮辱性称谓，今作"瑶、壮"。

④ 拊循：抚慰、安抚。《荀子·富国》："垂事养民，拊循之，呃呕之。"后引申为训练和调教之意。

⑤ 覃(tán)：广施。

⑥ 鹣鲽：鹣，比翼鸟；鲽，比目鱼。后因以"鹣鲽"喻夫妻和好。

⑦ 萑(huán)苻：泽名。《左传·昭公二十年》："郑国多盗，取人于萑苻之泽。"《注》："萑苻，泽名。于泽中劫人。"萑苻为葭苇丛密之泽，易于藏身，旧常以指起事农民或盗贼聚众出没之地。

⑧ 价(jiè)藩：《诗经·大雅·板》："价人维藩。"《传》："价，善也。"《笺》："价，甲也。被甲之人，谓卿士掌军者也。"

⑨ 竹符：即竹使符。汉代分与郡国守相的信符。右留京师，左与郡国。后亦用以代指州郡长官。

⑩ 桂梧江：泛指梧州郡一带。桂江的上游大溶江发源于兴安县猫儿山，南流至溶江镇与灵渠汇合称漓江；流经灵川、桂林、阳朔至平乐县与荔浦河汇合称桂江；再流经昭平县、苍梧县至梧州市汇入西江干流浔江。

⑪ "不复"句：指不再有"诸葛卧南阳"那样的归隐之志。

⑫ 赓：和，唱和。

⑬ 姚郑：指姚合、郑谷。姚合（775—845?），唐陕州硖石人。元和进士，授武功尉。有诗名，世称姚武功。　郑谷，字守愚，唐袁州人。光启三年（887）进士，官至都官郎中。少即为司空图所重，称"当为一代风骚主"。其《鹧鸪》诗闻名当时，时称"郑鹧鸪"。有《云台编》三卷。

⑭ 祓（fú）禳（ráng）：祓，古除灾祈福的仪式。禳，去邪除恶之祭。《左传·昭公十八年》："祓禳于四方。"

⑮ 鱼龙：古杂戏。南朝宋·鲍照《芜城赋》："吴蔡齐秦之声，鱼龙爵马之玩，皆熏歇烬灭，光沉响绝。"元稹《代曲江老人百韵》："鱼龙华外戏，歌舞洛中嫔。"

⑯ 僩（xian）：《诗经·卫风·淇奥》："瑟兮僩兮，赫兮咺兮。"传："僩，宽大也。"

⑰ 韩门张：指张籍，为韩门大弟子。贞元十四年（798），张籍经孟郊认识韩愈。次年韩为汴州进士考官，荐张使之及第。长庆元年（821），受韩愈荐为国子博士，累迁水部员外郎、主客郎中、国子司业。张籍工诗，尤长乐府，与王建并称张王乐府。元和中张籍、白居易、孟郊所作歌词，为当时所推重，称元和体。有《张司业集》，《旧唐书》有传，《新唐书》附《韩愈传》。

⑱ 孔翠：孔雀与翠鸟，或专指孔雀。

⑲ 蒸黎：庶民，百姓。

⑳ 岑邑：指岑溪。

㉑ 狉狉（pi）：群兽走动貌。如柳宗元《封建论》："草木榛榛，鹿豕狉狉。"

㉒ 鹂（lí）鹒（gēng）：鹂，即黄鹂；鹒，亦黄鹂，黄莺。

㉓ 庠塾：古代乡学名。府学为郡庠；县学为邑庠。

㉔ 鹿鸣：《诗经·小雅》的篇名。为当时宴客时奏的乐歌。《序》："鹿鸣，宴群臣嘉宾也。"

㉕ 蕞（zuì）尔：小貌。《左传·昭公七年》："郑虽无腆，抑谚曰蕞尔国，而三世执其政柄。"

㉖ 彤庭：汉皇宫以朱色漆中庭，故称。后泛指皇宫。

㉗ 紃缦：纤缓缭绕貌。《古诗源·卿云歌》："卿云烂兮，紃缦缦兮。"

㉘ 餗(sù)覆：指鼎中的食物翻倒出来。《易周·鼎》："鼎折足，覆公餗。"疏："餗，糁也，八珍之膳，鼎之实也。"

㉙ 亡羊：此用"杨朱哀歧"之意。《列子·说符》载，杨朱邻人亡其羊，追之不得，乃因为歧路之中又有歧路，不知羊之所之。心都子曰："大道以多歧亡羊，学者以多方丧生。"喻泛而不专，终无所成。

㉚ 瞀(mào)乱：昏乱。《文选》宋玉《九辩》："慷慨绝兮不得，中瞀乱兮迷惑。"

㉛ 虆(luán)茹：泛指莼菜之类的蔬菜，此处借喻"草民"。虆，凫葵，即莼菜。茹，蔬菜的总称。《汉书·食货志上》："菜茹有畦。"

㉜ 北堂：《诗经·卫风·伯兮》："焉得谖草，言树之背。"毛传："背，北堂也。"后因以北堂为母亲的代称。

㉝ "郑相"二句：指孟郊任溧阳县尉，得宰相郑綮惜才关照一事。郑綮，唐荥阳人，字蕴武。善诗，多诙谐，时称郑五歇后体。乾宁初，拜中书门下平章事，诏下，綮曰："歇后郑五作宰相，事可知矣。"立朝侃然，无复故态，未三月以太子少保致仕。新、旧《唐书》皆有传。孟郊五十一岁时，奉母命至洛阳应铨选，选为溧阳(在今江苏省)县尉。溧阳城外有个地方叫投金濑，孟郊常往游赋诗，以致政务多废。郑相接县令上报后，另派人代他做县尉的事，同时仍发半俸给他。

㉞ 报春晖：意为孝亲。语出孟郊诗《游子吟》："谁言寸草心，报得三春晖。"

㉟ 三锡：古代帝王尊礼大臣所给的三种器物。晋陆云《涉江》："岂三锡之又晞，乃裔予於遐宾。"

㊱ 解组：指辞官。

自苍梧复还岑溪作

紃曹岩邑脱身辞，父老江边仁我思。堪感越王归国日①，翻如陶令到家时②。蕉间自换新琴轸，菊里重开旧酒卮。为报清风亭下水，此来因欠数篇诗。

【校注】

① 越王：指越王勾践。

② 陶令：指陶渊明。

和石桐先生《漫兴》，用放翁《白鹭山》诗韵①

乌鹊巢边噪晚晖，白鸥浩荡怅何依。册中经世真无用，江上逢人但说归。远俗猕狼风景异，故山猿鹤信音稀②。长松手种应犹在，去养霜皮四十围③。

【校注】

① 放翁：即陆游。其《白鹭山》诗待查。

② 故山：旧山，喻家乡。宋凌景坚《寄十眉》诗："应被故山猿鹤笑，我偏无计渡汾南。"

③ 霜皮四十围：形容松树苍劲老大。杜甫《古柏行》："霜皮溜雨四十围，黛色参天二千尺。君臣已与时际会，树木犹为人爱惜。"仇兆鳌注："霜皮溜雨，色苍白而润泽也。"

思孟村勘水陂偶述①

飞盖上野航，中流自容与②。周回阅陂水，竹树交敷敷③。农人满岸头，指点随招呼。心性岂秦越④，推让孰芮虞⑤。维古重田功，界画不可踰。畎浍有职掌⑥，经理皆士夫。奈何听之民，使自为耕锄。况此蛮獠俗，灭裂亩与区⑦。开解虽蜇服⑧，谁为久远图。坐享不力食，空读无用书。感此生内愧，仰天还嗟吁。

【校注】

① 思孟村：即岑溪县樟木镇思孟村。时李宪乔任岑溪县令。　水陂：是水坝的一种，也叫低坝。它的主要作用是提高河道的水位用以改变水体的部分水流流向，如灌溉、河道取水等。

② 容与：起伏貌。语出《楚辞》屈原《九章·涉江》："船容与而不进兮，淹回水而疑滞。"

③ 敷敷：铺陈、扩展。

④ 秦越：春秋秦、越两国，一在西北，一在东南，相去极远，故常比喻疏远者。

⑤ 芮虞：皆姬姓国，芮在陕西，虞在山西平陆县。

⑥ 畎（quǎn）浍（kuài）：广、深一尺的田间水渠。畎，广、深一尺；浍，田间排水之渠。

⑦ 灭裂：破坏。骆宾王《幽絷书情通简知己》诗："生涯一灭裂，岐路几徘徊。"

⑧ 蹔服：暂时服从。蹔，同"暂"。

黎叟家多兰，予尝言之曰与化轩，留诗壁上信宿乃去。后重经其地，时已冬杪而数本始华，辄复吟此寄怀张十一①

众草诚顽香，亦岂因人至。奚独谓此花，能以无人异。得非性淡泊，托迹必冲邃。遂令欣慕者，闻有不闻意。数丛野叟家，深处曾留憩。别久若忘情，开晚竟谁迟。相许不以言，相思不以比。吾友有张子，庶几此风致。

【校注】

① 张十一：名予定，字汝安，一号云樵，兄弟排行十一，山东平原（今德州）人。乾隆乙酉（三十年，1765）登拔萃科，辛卯（三十六年，1771）举乡试第一。曾南下桂林为县令，与时任岑溪令的李子乔为文章道义之交。

对兰再吟寄张十一

汝安游宦中州①,数年不得消息。或疑少所合也。

兰芳近则无,但应领以意。亦如善琴者,指上已其次。燕姞儿女怀②,妄语假天使。人服姞听之,断知不容媒。纫佩皆典型③,滋畹必俊逸④。易象识同心,词客慕吹气。隐逸非徒然,空谷若求志⑤。富贵矧肯求,自为王者瑞。因思大块中⑥,底物堪匹比。无已则孤鹤,倘许寄一喙。非以貌莹藻,非以名高贵。所取期尚合,进难退却易。

【校注】

① 汝安:即张予定。　中州:古豫州地处九州岛中间,故称。今河南为古豫州地,故亦称河南为中州。

② 燕姞(jí):春秋时郑文公妾。尝梦天使赐兰,后生穆公,名之曰兰 。见《左传·宣公三年》。后用以泛指姬妾。清龚自珍《己亥杂诗》之二六二:"臣朔家原有细君,司香燕姞略知文。"

③ 纫佩:屈原《离骚》:"扈江蓠与辟芷兮,纫秋兰以为佩。"

④ 滋畹:屈原《离骚》:"余既滋兰之九畹兮,又树蕙之百亩。"《注》:"二十亩曰畹,或曰田之长为畹也。"后来"九畹"、"滋畹"成为种兰的典故。

⑤ 空谷:空旷幽深的山谷。多指贤者隐居的地方。

⑥ 大块:指大自然。语出《庄子·大宗师》:"夫大块载我以形,劳我以生。"又《齐物论》:"夫大块噫气,其名为风。"唐代成玄英《疏》:"大块者,造物之名,亦自然之称也。"

后 游 子 吟①

慈母眼中泪,游子衣上痕。衣复为客寒,衣单在家温。谁谓詹去侧,不忧以欢欣。

【校注】

① 原注:"送母至梧江作。" 后游子吟:孟郊有拟乐府《游子吟》:"慈母手中线,游子身上衣。临行密密缝,意恐迟迟归。谁言寸草心,报得三春晖?"此诗仿拟之,故题《后游子吟》。

冬 夕 书 感

煌煌参已中,惊心岁将改。居人足喜声,吾家渺东海。老母舟逶迟,远梦犹相待。度岁应到吴,中夜听欸乃。

闻珩诵《北征》诗感怀作歌①

白头拾遗一何苦②,徒步归家满面土。人耶鬼耶半疑信,子呼妻嗥动邻堵。贾生痛哭不知数③,沥血刳肝自喷吐。嚼齿奸臣逮狂寇,魂梦神宗合圣祖。肃朝实录今具存④,可有一言褒及甫。当时纵不救房相⑤,岂即容身作伊吕⑥。长源心事已可怜,此老吞声更何补。感此嗔儿勿复吟,使我菀闷肠撑拄。

【校注】

① 珩:即李诒珩,字君衡,李宪乔之子。《晚晴簃诗汇》卷九十八:"君衡,少鹤子。与群从玉章,诒玢在中,诒瓒方中,诒琚从子海,敦测子范澄,皆以诗世其家学。"《北征》是杜甫的长篇叙事诗,写安史之乱中诗人从凤翔到鄜州探家途中见闻及到家后的感受,叙述了民生凋敝、国家混乱的情景,陈述了自己对时

事的见解。

②拾遗：即杜甫。安禄山攻陷长安后，玄宗奔蜀，杜甫逃至凤翔肃宗行在，任左拾遗。故又称杜拾遗。

③贾生痛哭：汉文帝时，贾谊曾多次上疏陈述自己的政治主张，想有所匡正建树。其中大要是说："臣窃惟事势，可为痛哭者一，可为流涕者二，可为长太息者六，若其背理而伤道者，难遍以疏举。"见《汉书·贾谊传》。后以此典形容忧国忧民，内心悲愤。

④肃朝：指唐肃宗时。肃宗李亨为唐玄宗李隆基子。安禄山攻陷长安后，玄宗奔蜀，诸将在四川拥立李亨为帝，玄宗为太上皇。

⑤房相：指房琯（697—763），字次律，唐河南人。玄宗奔蜀，官文部尚书、同中书门下平章事。肃宗立，多参与决断朝中机密事务。房琯有重名，而疏阔好大言，至德元年（756）自请领兵讨安禄山，战于陈涛斜，全军覆没。后因虚言浮诞，贬为邠州刺史。官军收复长安后，杜甫因上疏救房琯，被贬为华州功曹参军。

⑥伊吕：指伊尹、吕尚。伊尹佐商汤，吕尚佐周武王，都是开国元勋。常并称以颂扬人的地位和功业。

珩作《读北征》诗，喜有奇气，因复和之

汝不闻退之①，一生叹卑复嗟老，朝得拜官夕拜表②。佛骨何预侍郎事，贬死潮阳不悔懊③。可知平日多悲吁，本有所为非为躯。世上小儿隘且陋，妄自雌黄宰相书。吾儿气若小於菟④，立志崭然逼老夫。能言韩杜不言意⑤，壁立万仞群儿无。誉儿有癖公莫怪，身蹈鲁邹须有赖⑥。此心未肯便颓唐，但祝公卿免灾害⑦。

【校注】

①退之：即韩愈。

②"朝得"句：叙述元和十二年（817），韩愈因随裴度平淮西，升为刑部侍

郎。然即因上疏《论佛骨表》谏遣使往凤翔迎佛骨事,被贬为潮州刺史。　拜官:授官。　拜表:上奏章。

③ "佛骨"二句:写韩愈因为拒迎佛骨而遭罢贬之事。此佛骨相传是释迦牟尼的牙齿,又叫佛舍利。韩愈一生以辟佛为己任,晚年上《谏佛骨表》,力谏宪宗"迎佛骨入大内",触犯"人主之怒",差点被定为死罪,经裴度等人说情,才由刑部侍郎贬为潮州刺史。韩愈《左迁至蓝关示侄孙湘》一诗即记此事件:"一封朝奏九重天,夕贬潮阳路八千。欲为圣明除弊事,肯将衰朽惜残年。云横秦岭家何在?雪拥蓝关马不前。知汝远来应有意,好收吾骨瘴江边。"刑部侍郎并非言官,因此说"何预侍郎事"。潮阳,县名,属广东省,本汉海阳县,晋置潮阳县,以在大海之北而名。明清皆属潮州府。今为汕头市潮阳区。

④ 於(wū)菟(tú):虎的别称。《左传·宣公四年》:"楚人谓乳穀,谓虎於菟。"陆德明《释文》:"於,音乌。"杜甫《戏作俳谐体遣闷》诗之二:"於菟侵客恨,粗粆作人情。"

⑤ 韩杜:指韩愈、杜甫。

⑥ 鲁邹:孔子和孟子的故乡分别是春秋时期的鲁国和邹国,因此后人就用"邹鲁"来指代文化礼仪发达的地区为孔、孟之乡。

⑦ "但祝"句:用苏轼《洗儿》诗意:"人皆养子望聪明,我被聪明误一生。惟愿孩儿愚且鲁,无灾无难到公卿。"

蝜蝂诗并引①（三首）

蝜蝂善负小虫也,柳子厚传之以戒当时之嗜取无厌者②。予独哀其无得而自毙。衍之为诗三章,二章章八句,一章六句。

一

噫嗟蝜蝂,负重自喜。问若所负,本非已有。厌至不胜,以汔于死。蝜蝂枯矣,奚得于已。

二

噫嗟蝜蝂,负重上高。高不可极,式憍且劳。厌至不胜,以汔死休。蜋蚹枯矣,何高之得躇。

三

昔或传之,以刺贪夫。夫奚贪哉,噫嗟其愚。爰矢
作歌,以贻躁者。

【校注】

① 蜋蚹:虫名。也作"负版"。柳宗元《蝜蝂传》:"蝜蝂者,善负小虫也,行
遇物辄持取,卬其首负之,背愈重,虽困剧不止也。"

② 柳子厚:即柳宗元。其《蝜蝂传》先描写小虫蝜蝂的生态,突出善负物、
喜爬高的两个特性;然后笔锋一转,将"今世之嗜取者"与蝜蝂作比较描写,刻画
出他们聚敛资财、贪婪成性、好往上爬、至死不悟的丑态,批判的矛头直指当时
的腐败官场。

灯　蛾

戢戢从何来①,扑扑方竞进。热中肯暂息,无赖不
容摈。所求竟安在,为命亦已仅。觑彼有膏处,乃以一
身殉。身歼膏并竭,谁与收残烬。覆醢纷在前②,来者
且追趁。恶生剧剠肉,请死通舆榇③。宁非天地产,少
留胡不慭。我作灯蛾诗,败矣复何讯。愿告未败者,后
起之载缙④。（元载王缙也）

【校注】

① 戢戢:聚集貌。杜甫《又观打鱼》:"小鱼脱漏不可记,半死半生犹
戢戢。"

② 覆醢(hǎi):醢,肉酱。

③ 舆榇:载棺以随,表示决死。

④ 载缙：即元载、王缙。元载(？—777)，字公辅，凤翔府岐山(今陕西省岐山县)人，唐朝宰相，其天宝初中进士，任新平尉。肃宗时，因与掌权宦官李辅国之妻同族而受到重用，管理漕运。代宗时，为中书侍郎同平章事(即宰相)，封许昌县子。后又授予天下元帅行军司马。因先后助代宗诛杀李辅国、鱼朝恩两个实权宦官而更受宠信，此后营专其私产，大兴土木，排除异己，最后因为贪贿被杀抄家。　　王缙(700—781)，字夏卿，本太原祁人，后客河中。少好学，与兄王维俱以名闻。举草泽文辞清丽科上第，历拜黄门侍郎，同中书门下平章事，终太子宾客。卒年八十二。事迹收录于《金石录》、《唐书本传》、《述书赋注》。

高秀才道以事配灵川，
赋诗送之并寄示灵川令①

灵川非远别，子去亦茫茫。中路入新岁，几人悲故乡。久依情转切，相惜意弥长。并是远游子，灯前属此觞。

【校注】

① 灵川：县名，属广西。唐置，故城在今县东南。宋徙今治。明清均属桂林府。

岁暮寄敬之①

僻县又残腊，山重云复遮。书来如过客，梦好当还家。烛冷觉人少，酒空何处赊。飘飘愁一叶，犹自滞天涯。

【校注】

① 敬之：即李秉礼(1748—1830)，字敬之，号松甫(一作松圃)，又号韦庐，

江西临川人。乾隆年间曾官江苏刑部司郎中,年仅三十即辞官,与李宪乔以风节相砥砺,并从之学诗,为唱和之友。宪乔卒于官,秉礼经纪其丧事,送其灵枢还乡。著有《韦庐诗集》内、外共八卷。

新年作三首,一示县中宾僚,一怀故乡子侄,一寄家兄湖南道中

一

衢巷无贫富,新年足喜声。近邻多问索,童稚异心情。壁网看辰埽,厨灯到晓明。谁怜未归客,庭户自凄清。

二

处处迎年乐,家家馈岁频①。泥牛排市小,灶马着墙新②。镜卜长侵夜,村呼各向晨。屠苏分饮罢③,应感未归人。

三

依依远归棹,几日过湘沅。爆竹隔山驿,门符临岸村。慈亲念游子,儿女话乡园。八口分三处,此情谁共论。

【校注】

① 馈(kuì)岁:古代民俗,岁终时亲友间互相送礼应酬称馈岁。晋·周处《风土记》:"蜀风俗岁晚馈问,谓之馈岁。"苏轼《岁暮思归寄子由弟》诗序曰:"岁晚,相与馈问为馈岁;酒食相邀呼为别岁;至除夜达旦不眠为守岁。蜀之风俗如是。"

② 灶马：旧俗祭灶神，以纸印灶神像，供于灶门之下，名为灶马。

③ 屠苏：酒名，古代风俗于正月初一饮屠苏酒。传说屠苏乃草庵之名，昔有人居草庵之中，每岁除夜遗闾里一帖药，令囊浸水中，至元日取水，至于酒樽，合家饮之，不病瘟疫。今人得其方而不知其人姓名，但曰屠苏而已。见南朝梁宗懔《荆楚岁时记》。宋陆游《除夜雪》："半盏屠苏犹未举，灯前小草写桃符。"

清风亭别筵会者二十六人，共赋葛仙瀑。高生尚宪诗云"曾听双琴奏，今随孤鹤来"，读之怆恍怅触，盖不复能终曲也。明日补作一章①

昔爱葛洪瀑，因结瀑下亭。亭中何所有，永日清泠泠。维予及叔氏，鸣徽向岩扃。一时从游者，怀抱洁且馨。嗟自亡琴来，此地久不经。适与诸彦别，因用别山灵。有客吊孤鹤，感予双涕零。暮雨转潇潇，归客独惺惺。挥手谢仙羽，此情安得冥。

【校注】

① 葛仙瀑：即葛仙岩瀑布。在今梧州市岑溪市岑溪镇。《岑溪县志·岑溪八景》："葛岩瀑布，即葛仙岩。山势回抱，岩洞幽邃，玉莎绕径铺茵，画壁倚云作障。"

留 题 县 斋

经世原无具，江湖一长人。偶为将母计，聊现宰官身。岭石收常满，蛮禽久渐亲。吾归仍负米①，何以谢罢民。

【校注】

① 负米:"负米养亲"的省称,指孝敬奉养父母。汉·刘向《说苑·建本》:"子路曰:'负重道远者,不择地而休;家贫亲老者,不择禄而仕。昔者,由事二亲之时,常食藜藿之实,而为亲负米百里之外。亲没之后,南游于楚,从车百乘,积粟万钟,累茵而坐,列鼎而食,愿食藜藿为亲负米之时,不可复得也。'"《孔子家语·致思》亦载。

留 别 县 民

虚费二千日①,徒劳万里程。将何酬父老,谅我本书生。政拙科仍重,刑烦盗未平。惟留一亭在,永与共风清②。

【校注】

① 二千日:李宪乔自乾隆四十五年(1780)出任岑溪知县,至四十九年(1784)调任归顺知州,期间约一千五百日,称"二千日"乃举其成数。

② "惟留"二句:指李宪乔在岑溪县令任内所造的清风亭。

《少鹤诗钞内集》卷九（澄江返棹集）

岭 外 别 所 知

野风吹蓬根，各自东西扬。宁无再值时，永分乃其常。正似我与君，共落天南疆。初识记颜面，渐习通衷肠。峒花及溪月，相引无孤觞。每于未别前，已抱别离伤。临分转无语，握手空茫茫。

修 堠 谣①

始安江岸侧②，有妇行随夫。担持畚与锸，一身多泥涂。我行时借问，夫言妇已叹。烽堠设何为，使我连村困。前夜吏到舍，叱喝府帖下。一丁出百甋③，十户供万瓦。典尽儿女衣，稍具砖瓦资。更驱自转运，营造不待时。嗟我生为农，舍业从堠工④。田秧虽得插，废弃如枯荑⑤。秧枯即绝食，饿死行可必。谁言兵卫民，我死彼却逸。瘦妻何挛挛⑥，甘与同罹患。犹胜有独在，忍饿为寡鳏。此邦虽边鄙，同是天赤子。乐岁有灾凶，皇天那知此。国家久承平，军卫岂宜轻。愿告守土吏，勿使民恨兵。

【校注】
① 堠(hòu)：古代瞭望敌情的土堡。如斥堠、烽堠。
② 始安：县名，汉置，属灵零陵郡。三国吴甘露元年(265)置始安郡，郡治

始安县。唐贞观八年(634)改为临桂。相当于今广西桂林市。

③ 甎(zhuān)：同"砖"。

④ 墁(màn)工：涂抹工。

⑤ 葑(fēng)：葑田，水已干涸、杂草丛生的湖沼。

⑥ 挛挛(liàn)：爱恋不忘。

舟泊画山下，读石桐先生前题，次韵①

似画不是画，在山不识山。由来真龙好，未肯窥豹斑②。自我骛岭峤，与君独有缘。一叶付何处，草莽鱼鳞天。不避山灵嗔，袖中攫一峦。平凝九嶷脊③，嵘竖三茅颠④。晴窗热香供，自笑还自叹。免为耳目域，别执造化关⑤。此来乃为别，落席当画前。却吟前寄诗，径欲扫孱颜⑥。妙语继苏子⑦，一钱抵尚悭。解嘲即未许，太元今已传⑧。

【校注】

① 画山：漓江著名景观，位于阳朔县兴坪镇西北，临江而立，石壁如削，五彩斑斓，远望如一幅巨大的画屏，细细地端详，画屏中惟有一群骏马，或立或卧，或昂首嘶鸣，或扬蹄奋飞，或悠然觅食，奇妙无比。　石桐先生前题：指其兄李怀民《画山并序》。原序及诗为："昔，米元章不信古画而轻弃之。及见此山乃惊不虚，诚不虚矣！要岂遂成，画乎画山，不知其何以名？若以元章事成名，则元章之谬甚于古画。此故虽小，亦人情之辟，故不可不辨。　画山不似画，亦并难名山。截然一壁立，错杂黑白斑。松桧根莫附，猿狄愁攀缘。其余尽粗莽，矗矗惟撑天。如斯观已止，无复瘴叠峦。是谁摹其形？致令嗤米颠。当时强不信，亲见始骇叹。骇叹诧怪变，犹难命荆关。我问山下人，奇丽方在前。我乃相其背，庐峰非真颜。便欲理轻策，阻我缘仍悭。坐惜画山名，名画终不传。"　次韵：也称步韵。按照原诗的韵和用韵的次序来和诗，是和诗的一种方式。李宪乔此诗即按其兄原诗韵脚严格步和，十分规整。

② 窥豹斑：即窥豹一斑，喻只见局部未见整体。《世说新语·方正》："王

子敬（献之）数岁时，尝看诸门生樗蒲，见有胜负，因曰：'南风不竞。'门生辈轻视小儿，哂曰：'此郎亦管中窥豹，时见一斑。'"

③ 九嶷：即九嶷山，又名苍梧山。位于湖南永州宁远县境内，南接罗浮山，北连衡岳，峰峦叠峙，深邃幽奇。《史记·五帝本纪》："舜南巡崩于苍梧之野，葬于江南九嶷。"《水经注》云："苍梧之野，峰秀数郡之间，罗岩九峰，各导一溪，岫壑负阻，异岭同势。游者疑焉，故曰九嶷山。"

④ 三茅：汉有咸阳三茅君得道，来掌句容之句曲山，故谓之茅山。见《梁书·陶弘景传》。

⑤ 造化：指自然的创造化育。

⑥ 孱颜：高峻貌。

⑦ 苏子：即苏轼。

⑧ 太元：即《太玄》。为汉扬雄所作。扬雄在《解嘲》中说："公孙创业于金马，票骑发迹于祁连，司马长卿窃訾于卓氏，东方朔割炙于细君。仆诚不能与此数公者并，故默然独守吾《太玄》。"后以此典指甘守寂寞，埋头从事著述学问。李白《侠客行》："谁能书阁下，白首太玄经。"

将至昭平二里，泊处有峻岭
瀑布之奇，书寄石桐①

邱壑吾生亦夙因，归山已许谢江神。故将界道飞流色，来对浮家泛宅人②。合遣素琴传寂历，更移高烛照嶙峋。由来共尚师元结，好待梧湖后到身。

【校注】

① 峻岭瀑布：指五叠泉瀑布。位于广西昭平县西南方向的一处泉水瀑布，瀑布自上而落历经五叠，虽然瀑水不大，但因其源为泉水，故而异常珍贵，是一处避暑胜地。

② 浮家泛宅：形容以船为家，在水上生活，漂泊不定。《新唐书》卷一百九十六《隐逸列传·张志和》："颜真卿为湖州刺史，志和来谒，真卿以舟敝漏，请更之，志和曰：'愿为浮家泛宅，往来苕溪间。'"

普陀山寺亭会者七人，因取范石湖《壶天观铭跋语》"七日姓字在栖霞"分韵，得"七"字①

桂山五岳外，厥奇竟谁匹。正如李杜后②，韩奇乃独出③。仆本倜傥人，所与必豪逸。性命属岩壑，余事及诗笔。时借肠槎枒④，结此千屹崒。就中稍退敛，犹足贮万佛。危构轩孤撑，涌出莲花域。石黛扫晴空，砆雷激础硕⑤。寥天摩鲸鹏，肯顾赘与疣。洒翰溟滓上⑥，垣宿困呵叱。挥手招至能⑦，大雅久萧瑟。蛮方纷万类，空洞提一律。诸君苟其能，奴仆视骚七。

【校注】

① 普陀山寺：在桂林七星岩旁。唐贞观年间桂州总管李靖曾建庆林观于普陀山栖霞洞前。宋元丰年间曾布迁建庆林观于山后之曾公岩前，原址改为普陀山寺，设观音殿及大雄殿。元至元间道士唐大淳改建为全真观，明崇祯年间道人潘常静建碧虚楼，沟通普陀山与玄武阁。清乾隆间重修并建山门。　范石湖：即范成大（1126—1193），字致能，号石湖居士。平江吴郡（今江苏苏州）人。与杨万里、陆游、尤袤合称南宋"中兴四大诗人"。有《范石湖集》，收《石湖诗》三十四卷，《石湖词》一卷。　杨仲义《雪桥诗话三集》记其事云："（李）少鹤尝于补陀山寺招同（李）松圃、（杨）石墟、（许）密斋、（浦）柳愚、（王）若农及朱小岑同游，用范石湖'七人姓字在栖霞'句分韵赋诗，山水友朋之乐，亦足纪也。"诗录存于清光绪《临桂县志》，李宪乔得"七"字，李秉礼得"人"字，杨祖桂得"姓"字，浦铣得"字"，邑人朱依真得"在"字，王尚珏得"栖"字，许豫行得"霞"字。　另据《桂海虞衡志校补》之《附录三》可知"七人姓字在栖霞"现存处：据七星岩口处摩崖题刻记："范至能赴成都，率祝元将、王仲显、游子明、林行甫、周直夫、诸葛叔时，酌别碧虚。淳熙乙未（二年，1175）廿八日。"又屏风岩题名："淳熙乙未廿八日，酌别碧虚。七人复过壶天，姓字在栖霞。"
② 李杜：指李白、杜甫。

③ 韩：指韩愈。

④ 槎枒：错杂不齐貌。

⑤ 础(chǔ)礩(zhì)：柱下石礅。《淮南子·说林》："山云蒸，柱础润。"
《注》："础，柱下石，礩也。"

⑥ 溟(mǐng)涬：天体未形成前的自然元气。

⑦ 至能：即范成大。

赠王若农①

永叔变文体②，举俗不胜骂。尔时免骂者，薾然欻
已化③。待彼骂稍歇，徐放光焰长。然后无贤愚，无不
颂欧阳。始知赵孟贵④，所取在一时。况本无定见，旋
取旋弃之。子羽不由径⑤，伯鸾更燃灶⑥。二子当初
出，宁辞骇与笑。王君笃家学，敦敦求古意。临别乞予
言，欲以坚厥志。众弃君勿弃，众取君勿取。真能空目
前，乃可谋身后。

【校注】

① 王若农：浙江嘉兴人，李宪乔的诗友。乾隆五十八年(1793)六月，李宪
乔到任柳城知县。期间到马平(柳州)创立仙弈诗社，与长洲孙顾崖、嘉兴王若
农以及柳州门生龙振河等人游仙弈山西麓，观赏宋代丞相王安中《新殿记》摩
崖，以《记》中"仙者辍奕鹤驾翩"七字于洞宾洞中分韵赋诗。李宪乔《丁巳赴百
色军营日记》并记载，嘉庆二年(1797)三月，他在省奉委赴百色，二十四日午后
抵达柳州，知县雷耀留饭于黄竹巷公馆。晚间，与昔日诗友王若农相谈于舟中。

② 永叔：即欧阳修。他主持北宋文坛，批评五代文风和宋初西昆体、太学
体的流弊，倡导诗文革新运动。

③ 薾(ěr)然：萎靡不振貌。

④ 赵孟：春秋时晋国正卿赵盾，字孟。《孟子·告子章句上》："孟子曰：
"欲贵者，人之同心也。人人有贵于己者，弗思耳。人之所贵者，非良贵也。赵
孟之所贵，赵孟能贱之。"

⑤ 子羽：名叫澹台灭明，孔子的弟子。孔子的弟子子游担任武城宰，孔子路过武城时向他了解另一个弟子子羽的情况。子游说子羽"行不由径，非公事未尝至于偃室"，但德行很好。孔子原来认为子羽长得丑陋，资质不好，成不了大器，听了以后说："（吾）以貌取人，失之子羽。"

⑥ 伯鸾：即汉代梁鸿，字伯鸾。《东观汉记·梁鸿传》记载，鸿少孤，诣太学受业。常独坐止，不与人同食。邻舍先炊已，呼伯鸾趁热釜炊，伯鸾曰："童子鸿不因人热者也。"灭灶更燃之。后以"伯鸾之灶"比喻沾他人的光或依附他人。

若农、正孚追送至伏波山，遂饮于伏波亭，留题壁上①

棹人已催发，前舟讵相待。送客乱山间，归梦飞鸢外。惜欢难为别，感往益多慨。一尊有与同，此意亦千载。

【校注】

① 若农：即王若农。　正孚：即刘大观（1753—1834），字正孚，号松岚，山东临清州邱县（今属河北）人。乾隆四十二年（1777）拔贡。初仕广西永福县令，署理象州、马平、贺县，调补镇安府天保县令。官至山西河东兵备道，兼管山、陕、河南三省盐务，二署山西布政使。历官有政声。后掌教覃怀书院。能诗文，与李秉礼、李宪乔交最善，是高密诗派的中坚人物。法式善《梧门诗话》谓袁枚言其诗"思清笔老，风格在韦、柳之间。"洪亮吉《北江诗话》则言其"诗如极边春色，仍带荒寒。"著有《玉磬山房诗集》十三卷，《文集》四卷。　伏波山：又名伏波岩，在桂林市东，独秀峰附近。据《桂海虞衡志》载："伏波岩，突然而起，且千丈。下有洞，可容二十榻，穿凿通透，户牖旁出。有悬石如柱，去地一线不合，俗名马伏波试剑石。前浸江滨，波浪汹涌，日夜漱啮之。"

赠 邻 舫 客

几宿连樯泊，常时接棹行。琴声过风送，烛影对窗明。每共登沙步,多同问驿名。仆童来往熟,不觉亦关情。

漓江遇乡人

回棹问来客,还因感别离。故乡连歉岁,老母到家时。小麦难望熟,旧邻多已移。如何游子梦,犹滞此江湄。

湘　石

舟系湘江岸,苍茫欲落日。走寻岸傍山,强半无名识。其石多苍黝,参错布历历。熊罴牛马间,不辨人与石。柳子荒西山①,此独见遗佚。明发当过永②,先以此石逆。劚取峰半角③,意与钴鉧敌④。他年置草堂,出入清湘色。一笑问柳子,所得谁较实。

【校注】

① 柳子:指柳宗元。其《始得西山宴游记》,是《永州八记》的第一篇。
② 永:指永州。
③ 劚(zhú):古同"斸"。用砍刀、斧等工具砍挖。
④ 钴鉧:《钴鉧潭记》,是柳宗元《永州八记》的第二篇。

湘江夜起值月上

舟行十日湘山根,大抵青天无片云①。明珠翠羽

岂不好,终嫌弄影妆梳新。是夜云气何魂魂,九嶷泪漫
不可分。残夜放出太阴痕,欲堕不堕荡无垠。斑竹森
櫵砂石奔②。山鬼睗睒群灵屯③,怅然独立肃心神。千
年近事不足陈,所吊湘君湘夫人④。

【校注】

① 青天无片云:句出李白《夜泊牛渚怀古》诗:"牛渚西江月,青天无
片云。"

② 斑竹:传说舜南巡时死于苍梧,他的两位妃子娥皇、女英在湘水边怀念
舜帝,泪洒青竹,竹上生斑,因此有斑点的竹子又叫"湘妃竹"。

③ 睗(shì)睒(shǎn):迅疾窥视。《古文苑·庾信〈枯树赋〉》:"木魅睗
睒。"章樵注:"疾视貌。木之妖化为鬼魅能变形觑视人。"韩愈《永贞行》:"狐鸣
枭噪争署置,睗睒跳踉相妩媚。"

④ 湘君湘夫人:指舜死于苍梧,二妃赶去,思念悲痛而投亡于湘江成为水
神,一为湘君,一为湘夫人。

全州道中感怀①

风静水悠悠,零陵南渡头②。一为湘上客,总有月
随舟。远远山宜夜,长长气似秋。翻悲前泊处,空复一
琴留。

【校注】

① 全州:县名,今属广西。汉洮阳县地,隋置湘源县。五代晋天福四年
(939)在南楚置全州。

② 零陵:地名,古史传说舜葬处。此处似指郡名。汉元鼎六年(前111)分
桂阳郡置。郡地甚广,有湖南永州、广西桂林旧府属之地。今属湖南。

过永州吊柳子厚①（二首）

一

报国肝激烈，结交血淋漓。不幸误所倾，倾向叔文伾②。十人誓同死③，不顾生退之。假将此肝血，略为一转移。前日阳亢宗，合传非公谁。退之笃朋旧，岂以芥膈脾。其如撰实录，毛发不得私。公生有愚溪④，公死有罗池⑤。不敢妄谀公，知公不可欺。后来志公志，转莫收此悲。

二

执谊贬崖州⑥，伾文开与渝⑦。为问阳山令，贬味宁有殊。韩乃如蟠龙，在泥犹卷舒。三子如冻蝇，堕地已消沮。祸与君子同，无祸非福枢。小人不可穷，穷则馁无余。公当覆局后，了了见赢输。俯仰避蜂蛇，惩往非今且。日辟佳山水，有得能自娱。山水知公心，公悲可以纾。岂比薪薪者，怕见崖州图。

【校注】

① 永州：即今湖南永州市。隋开皇九年（589）改古零陵郡为永州。唐时辖境相当于今湖南零陵、东安、祁阳和广西全州、灌阳诸县。五代时始分置全州。明时改永州府，附郭首县零陵县。1913 年裁府留县，今复升级为永州市。

② 叔文伾：指王叔文、王伾。唐顺宗即位后，擢用王叔文、王伾等，谋夺中官（太监）兵权，于永贞元年（805）发起了政治改革活动，实行罢宫市，免进奉，惩贪污等措施，并反对宦官专权，藩镇割据。时逢帝病，宦官俱文珍等迫顺宗退位，拥立宪宗。革新未满五月而失败。王叔文被贬渝州司户，次年被杀。王伾亦被杀。

③ 十人：参加永贞革新活动的主要成员共有十人。除上述二王外，还有八司马。革新失败后，韦执谊被贬为崖州司马，韩泰为虔州司马，陈谏为台州司

马,柳宗元为永州司马,刘禹锡为朗州司马,韩晔为饶州司马,凌准为连州司马,程异为彬州司马,时称八司马。

④ 愚溪:水名,在今湖南零陵县西南。本名冉溪。唐柳宗元谪居于此,改其名曰愚溪。又名其东北小泉为愚泉。其意谓己之愚及于溪水、泉水。苏轼《故周茂叔先生濂溪》:"应同柳柳州,聊使愚溪愚。"

⑤ 罗池:池名。在广西柳州市东,为当地名胜。唐时于池旁建庙,祀柳州刺史柳宗元。韩愈写有《柳州罗池庙碑》。"罗池夜月"为柳州八景之一。

⑥ 执谊:即韦执谊,京兆(今陕西西安)人。进士及第,早年历任右拾遗、翰林学士、南宫郎、吏部郎中,并与顺宗宠臣王叔文交好。永贞元年(805),被王叔文荐为宰相,先担任尚书右丞、同平章事,后改任中书侍郎、同平章事,协助王叔文推行永贞革新。宪宗继位后,王叔文集团尽遭贬斥,韦执谊被贬为崖州司马,最终死于崖州。

⑦ 伾文:指王伾、王叔文。韩愈《忆昨行和张十一》:"伾文未揥崖州炽,虽得赦宥恒愁猜。"宋葛立方《韵语阳秋》卷五:"(韩愈)又有《永贞行》以快伾文之贬。"

忆同听零陵江水声①

寄宿湘浦上,念别方恻恻。气静山更严,势迥月将出。远声何处回,枕上独惊骨。昔来共者谁,吾兄已长寂。

【校注】

① 零陵江:零陵县位于湖南省西南,潇水、湘江汇合处,雅称潇湘。地当今永州市零陵区冷水滩区。

舟泊峿台下,明发中流有以山谷书为献者,戏题此篇①

次山称漫郎,山谷称漫尉②。流传今到我,为漫又其次。展卷思从之,况此践所履。譬峡溪方涌,擢亭云忽跱。最后陟此台,临江表岑蔚。窊尊近可饮③,杯壶同一味。因绎三吾名④,实寓广大义。吾本无定属,有得皆自谓。不见陵与阿⑤,岂复密人系。堪笑屋与墩,谢王争不已。公去我还来,此即为我遗。足蹑台上迹,手揩台下字。低徊难遽舍,捕篝宿岩际。庶几平生魂,得接之梦寐。奈何去已远,帝座来不易。聊假山谷手,明以招引志。不见诗中王,犹得诗名世。

【校注】

① 峿台:在湖南祁阳县西南浯溪旁。唐元结任道州刺史时筑,并撰有《峿台铭》云:"湘渊清新峿台峭挺,登台长望无远不尽。"　山谷:即黄庭坚。

② 漫尉:黄庭坚有《漫尉》诗句"漫尉谢答客,愿客深长思",自称"漫尉"。

③ 窊(wā):原指地势洼下,此指凹下。

④ 三吾:元结有浯溪、吾亭、峿台,合称"三吾"。宋葛立方《韵语阳秋》卷十三:"元次山(元结)结屋浯溪之上,有三吾焉。因水而吾之,则曰浯溪;因屋而吾之,则曰吾亭;因石而吾之,则曰峿台。盖取吾所独有之意。"

⑤ 阿(ē):大山。屈原《九歌·山鬼》:"若有人兮山之阿。"

谒 颜 元 祠①

松柏森森冠剑臣,英姿山色两嶙峋。早知不避庭坑者,必是堪游退谷人。一颂中兴原悟主,千秋西内竟志亲。磨崖舍有幽魂在,不斩群奸恨岂伸。

【校注】

① 颜元祠:颜元,明末清初河北保定博野县人,字易直,号习斋。明末,父戍辽东,殁于关外。时元贫甚,百计觅骨归葬,世称孝子。他创立颜李学派,强

调"习行""习动",反对理学空想,对后世影响深远,被梁启超誉为"清初思想解放的炸弹"。今博野县有颜元祠。

道　州　吟①

漫叟此州作刺史②,刺史上压有诸使。诸使何知知索征,发愤激作春陵行③。朝臣不省省者谁,杜陵野老拭眼睎④。得公十数作邦伯,吾君岂复忧元黎。此言虽切嫌未尽,譬治疾外非治本。纵令邦伯皆公若,宰相当朝用白著。即用宰相皆公如,不问疾苦问榷酤。

【校注】

① 道州:地名,汉属零陵郡地。三国吴分零陵置营阳郡,南朝梁改为永阳郡,隋并其地为永州。唐贞观间改为道州。元改路,明复为州,清属永州府。1913 年改为县,属湖南省。今在湖南道县。

② 漫叟:指元结。

③ 春陵行:元结诗《春陵行并序》原文为:"癸卯岁,漫叟授道州刺史。道州旧四万余户,经贼已来,不满四千,大半不胜赋税。到官未五十日,承诸使征求符牒二百余封,皆曰'失其限者,罪至贬削'。於戏! 若悉应其命,则州县破乱,刺史欲焉逃罪;若不应命,又即获罪戾,必不免也。吾将守官,静以安人,待罪而已。此州是春陵故地,故作《春陵行》以达下情。　军国多所需,切责在有司。有司临郡县,刑法竞欲施。供给岂不忧? 征敛又可悲。州小经乱亡,遗人实困疲。大乡无十家,大族命单赢。朝餐是草根,暮食仍木皮。出言气欲绝,意速行步迟。追呼尚不忍,况乃鞭扑之! 邮亭传急符,来往迹相追。更无宽大恩,但有迫促期。欲令鬻儿女,言发恐乱随。悉使索其家,而又无生资。听彼道路言,怨伤谁复知! '去冬山贼来,杀夺几无遗。所愿见王官,抚养以惠慈。奈何重驱逐,不使存活为!'安人天子命,符节我所持。州县忽乱亡,得罪复是谁? 逋缓违诏令,蒙责固其宜。前贤重守分,恶以祸福移。亦云贵守官,不爱能适时。顾惟屠弱者,正直当不亏。何人采国风,吾欲献此辞。"

④ 杜陵野老:指杜甫。　睎:《说文》:"睎,望也。"

早秋次洞庭,湖口玩月,寄长沙朱司马

想见浮天处,天心数过舟。独怜吟有客,全付月兼秋。星日同时出,鱼龙到此收。使君须记取,今古几沙鸥。

病中登黄鹤楼返宿舟中作①

扶杖历危级,惟愁数息劳。回帆指秋月,始见此楼高。因病成吾懒,题诗感昔豪②。沉吟殊未已,一夜枕江涛。

【校注】

① 黄鹤楼:故址在湖北武汉市蛇山的黄鹄矶,临长江。传说有仙人子安尝乘黄鹤过此,故名。

② "题诗"句:历来登此黄鹤楼赋诗者甚多,以唐代崔颢、李白所作最著名。崔颢《黄鹤楼》:"昔人已乘黄鹤去,此地空余黄鹤楼。黄鹤一去不复返,白云千载空悠悠。晴川历历汉阳树,芳草萋萋鹦鹉洲。日暮乡关何处是?烟波江上使人愁。"极受李白推重,曾言:"眼前有景道不得,崔颢题诗在上头。"

题 琵 琶 亭①

江州司马送客处②,谁与结构江亭孤。枫叶荻花当眼在③,青天白日此人无。当时曾不有元李,此地端应空楚吴。千载有人志尚友,恨不酒变彭蠡湖④。

【校注】

①琵琶亭：亭名，在江西德化县（今九江县）西长江滨。唐白居易送客湓浦口，夜闻邻舟琵琶声，作《琵琶行》，后人因以名亭。

②江州司马：指白居易。据《旧唐书》本传载：元和十年（815）七月（当作六月），李师道派人刺杀平定藩镇叛乱的宰相武元衡，白居易时为左赞善大夫，首上书请急捕贼以雪国耻，受到谗毁，贬江州司马。

③"枫叶"句：用白居易《琵琶行》中"浔阳江头夜送客，枫叶荻花秋瑟瑟"句意。

④彭蠡湖：即鄱阳湖。　变：古同"变"。

寄东皋先生浙中①

　　岳岳中朝仰烈风，当时曾得笑言同。每传入奏新抄到，似出前闻旧史中。盛世能容汲长孺②，晚年堪鄙魏元忠③。太虚未足知心事，只把西湖属我公。

【校注】

①东皋先生：即窦光鼐，字符调，号东皋，山东诸城人。历官内阁学士、宗人府府丞、上书房总师傅、左都御史等。著有《省吾斋集》《东皋诗集》等。

②汲长孺：即汲黯（公元前？—前112），字长孺，汉濮阳人。武帝时为东海郡太守，后召为九卿，敢于面折廷诤。武帝外虽敬重，内颇不悦。后出为淮阳太守，七年而卒。《史记》《汉书》皆有传。

③魏元忠（？—707）：本名真宰，宋州宋城（今河南商丘市睢阳区）人。历仕高宗、武后、中宗三朝，两次出任宰相，为贞观之治向开元盛世过渡起过积极作用。武则天晚年时，受张昌宗、张易之陷害，贬高要尉。中宗复位时任宰相，随波逐流，不再直言。后因牵涉节愍太子起兵反韦后及杀武三思事，贬思州务川尉，行至涪陵而死。

舟中即事

　　早秋且余热，暗舫就丛莎。似月邻灯入，来风岸响

多。水光摇远宿,桅影拄明河。愿借清凉梦,先期到
薜萝。

咏 随 园 病 鹤①

闲园留病鹤,偃蹇对斜曛。强起难成唳,平看尚绝
群。经松愁堕雪,隔水羡归云。莫怪偏吟苦,吾怀只
似君。

【校注】

① 随园:清代袁枚的别墅名。康熙时江宁织造隋氏在金陵城外小仓山筑
堂,号"隋园"。后倾颓,为袁枚所购,随其高为置江楼,随其下为置溪亭,随其夹
涧为之桥,随其湍流为之舟,因改作"随园"。故址在今江苏南京市北。见《小
仓山房文集·随园记》。

夜半舟中望燕子矶作寄子才①

瞑舷不能寐,兀立吊江东。却视前登处,苍然夜气
中。微闻钟窅眇②,似隔雨冥蒙。不尽茫茫感,无由说
与翁。

【校注】

① 燕子矶:地名,在今江苏南京市东北郊。矶头屹立长江边,三面悬绝,形
如飞燕,故名。附近有观音阁、三台洞名胜。　子才:即袁枚,字子才。袁枚与
李宪乔、李秉礼、朱依真都是诗友。曾称赞李宪乔诗"高淡可喜",是"今之苏子
瞻也"(《随园诗话》)。

② 窅眇(yǎo miǎo):深远貌。

《少鹤诗钞内集》卷十(凝寒阁续吟)

哭 希 江[1]

以文始会友，五子皆王氏。新跅弛而骜[2]，蜀沉以博肆[3]。颖最深于情[4]，和闲工仿儗[5]。思力尤推希[6]，戛戛有真嗜。吾家仲叔外，致此良不易。方期共师古，勉成一代事。南游丧叔白[7]，已觉无生意。幸读所著书，勃然忘其死。归来岁未周，此子又已矣。精灵附形骸，形化精已委。转恐平生怀，摇摇不得恃。何以释兹恨，且用问四子。

【校注】

① 希江：即王希江，名万里。

② 新：指王新亭，名克绍。跅(tuò)弛：放荡不受拘束。《汉书》："夫泛驾之马，跅弛之士，亦在御之而已。"骜：骏马。

③ 蜀：指王蜀子，名子夏。

④ 颖：指王颖叔，名克纯。

⑤ 和：指王子和，名宁暗，字子和。儗(nǐ)：迟疑。

⑥ 希：即王希江。

⑦ 叔白：即李宪暠，字叔白。

哀蜀中司马弟埙[1]

我去苍梧野，君方向白州[2]。相逢江上寺，共宿雨中舟。此地一为别，寄书多未酬。如何遂不见，猿峡恨悠悠③。

【校注】

① 司马弟埙：未详，待考。

② 白州：秦置象郡，汉为合浦县地。唐武德四年（621）置白州，宋废。今广西博白县。

③ "猿峡"句：猿，用"断肠猿"之典，故常用以形容人哀伤、思念之情。典见晋代干宝《搜神记》卷二十及《世说新语·黜免》，皆言人捉猿子，母猿随至，·人当其面杀猿子，母猿哀号，而后自杀。剖母猿腹，见肠皆寸断。

游王员外园亭观鹤赠单廉夫①

水木极深处，画桥停午时。偶因随鹤入，不用主人知。才得依轩栏，旋看过隰陂。由来高格性，合得与君期。

【校注】

① 单廉夫：名韶，字廉夫。李少鹤的诗友。李少鹤去世后，由单韶选编《李少鹤集》并作序，李秉礼、刘正孚出资。

观奕赠匡襄阳

枯枰对似痴，执子更疑迟。及到全收处，宁殊未下时。松间晨露在，地上晚阴移。为问局中客，相应都未知。

寄　子　和①

顷有都下信②，子以忧自戕。遽闻未及思，嗒然心茫茫③。此子何至是，夙志固所望。得非抱戚戚，浮沉少精光。遂使时人口，疑讹相属将。苏子与元子④，世皆传其亡。嫉者虽汹汹，生气转硙硙⑤。更须相勖勉，身困志弥昌。纵令得真死，肯使心摧藏。素信岂不深，流言竟莫防。缅怀古友谊，未免为子伤。死则长已矣，生当视此章。

【校注】

① 子和：即王宁暗。高密诗派"王氏五子"之一。

② 都下：京城。

③ 嗒(tà)然：忘怀的样子。《广韵·盍韵》"嗒，嗒然，忘怀也。"唐白居易《隐几赠客》诗："有时犹隐几，嗒然无所偶。"

④ 苏子：指苏轼。　元子：指元好问。

⑤ 硙硙：坚强貌。

酬楚中田观察

曾随过岭峤，因见古人风。别后相闻少，书来是病中。郢秋无限远，湘月不胜空。应念荒栖者，闲吟与昔同。

游长白山醴泉谒范文正公祠①

行踏空山叶，秋晴乍晓时。泉声出荒草，霜气涌孤

祠。断碣僧能识，中流我独悲。书名公座侧，岂取后
来知。

【校注】

① 长白山：在今山东邹平县。跨淄博市章丘县界，周回六十里，道书称为
泰山之副岳。山中云气长白，因名。范文正公祠：在长白山醴泉寺。范仲淹，谥
号文正，世称范文正公。他幼年贫困苦读于长白山，山中醴泉寺即其"划粥割
齑"处。

醴泉同传上人

泉古不可纪，净如新镜磨。照来僧影并，寻去鹤踪
多。半蚀题崖字，时牵入洞萝。范公在山日，此地几回过。

历下寓居感怀①

客馆临湖水，经行忆旧游。初生城际月，独上柳边
舟。草白故人墓，灯红谁氏楼。多应今夕梦，始觉是新秋。

【校注】

① 历下：古城名。春秋战国齐邑，因城在历山之下故名。汉置历城县。故
址在今山东济南市历城区西。

赠颜运生教授①

湖亭木叶尽，水落鱼可数。独立感秋人，嗒然无可

语②。颇用念吾友，走访城南墅。斯人殊偶悦，耻与曹辈伍。不辞穷到骨，抵死犹好古。相见辄呼酒，浇此枯寒腑。帘下出琴姬，秋月耿初吐。兴酣谈激烈，时见霜松舞。古墨尤所耽，家藏费苞楮③。千年松麝郁，造次起雷雨。我若得此墨，饮沈日三釜。不然蘸我发，洒向澄秋宇。四海尽昂首，快胜景星睹。下视龊龊者，掎摭在粪土④。自谓原非狂，非子谁当许。

【校注】

　　① 颜运生：即颜崇槼（1741—1811），字运生，号心斋，山东曲阜人。乾隆三十五年（1779）因人、恩科举人，官兴化知县。喜欢金石考订，痴迷古墨收藏。有《摩墨亭诗》二卷、《种李园集》二卷、《颜氏墨考》一卷、《诗话同席录》五十卷等。

　　② 嗒（tà）然：忘怀的样子。白居易《隐几赠客》诗："有时犹隐几，嗒然无所偶。"

　　③ 苞楮（chǔ）：泛指包东西用的材料。苞，草名，茎坚韧，可织席、鞋。楮，木名，叶似桑，皮可制纸。

　　④ 掎（jǐ）摭（zhí）：摘取。韩愈《石鼓歌》："孔子西行不到秦，掎摭星宿遗羲娥。"

颜运生新纳小姬乞诗

　　曲砌生芳藓，重帘卷碎珠。始知秋月色，不在鹊山湖①。合侍诗人研，宜悬画阁图。生时宁记否，已解忆姑苏②。

【校注】

　　① 鹊山湖：在山东济南市历城区北约二十里有鹊山湖，北岸有鹊山。李白有《陪从祖济南太守游鹊山湖》诗。

②姑苏：山名，在江苏苏州西南。山上有姑苏台，相传为吴王阖闾或其孙夫差所筑。又称胥台。

秋 暮 旅 怀

僻门惟落叶，篱棘到湖干。孤客坐未暝，乱鸦惊渐寒。久闲怅童仆，无信寄长安。正拟乡园梦，砧声起夜阑。

会城赠马李二生

不是交游少，忙中久话难。偶逢当失意，长得尽余欢。篱下晚花尽，夜来疏雨寒。新成闲寂句，将出与君看。

湖 上 漫 兴

晓气石桥路，未分城外山。数家疏柳际，一艇败芦间。独步易成远，何人相共闲。每来渔父问，游客几时还。

湖上逢岭外故人陈柳州今左迁馆陶令①

荻收湖面阔，渔艇往来频。独泛携童子，相逢似故人。稍依烟寺晚，曾共瘴乡春。执手方惊感，几年憔悴身。

【校注】

　　① 陈柳州：未详，待考。　馆陶：县名，今为河北省邯郸市下辖县。春秋冠氏邑，汉置馆陶县，属魏郡。历代因之。清属东平府。

与诸子集历下亭遇雪①

　　阴冷湖亭晚，时还为雪留。初漫吟处迹，已压醉来舟。飒飒临堤树，昏昏隔水楼。晓晴看更好，应上石桥头。

【校注】

　　① 历下亭：在今山东济南市大明湖西。杜甫《陪李北海宴历下亭时邑人蹇处士等在坐》："海右此亭古，济南名士多。"即指历下亭。

雪后晚望寄姜生竹樵(泽永)①

　　独立望湖雪，蒙蒙复晚晴。岸根侵处失，篷顶去边明。风色摇孤树，寒光掩暮城。因思苦吟侣，应见此心情。

【校注】

　　① 姜生竹樵：即姜泽永，字望涯，号竹樵，别号苏斋。因世居山东昌邑城里芙蓉池上，有"蓉城姜泽永"之美称。擅书法，又善画。

酬姜生竹樵

　　我有古琴冰作弦，为君拂拭转凄然。自从君惠先生死，闭在箧中三十年。

毛公子筵上作①

画烛西园燕,高堂欲宿鸦。雪消白傅宅②,云在晋卿家③。帘下舞香绕,屏间醉墨斜。宁知独归客,合冻上枯槎。

【校注】

① 毛公子:即毛崇之,山东高密人。李宪乔诗友。

② 白傅:即白居易(772—846),晚年曾官至太子少傅。

③ 晋卿:即王诜(1036—1093后,一作1048—1104后),字晋卿,太原(今属山西)人,徙居开封(今属河南)。北宋词人。

戏赠毛崇之

公子翩翩旧有名,能分雅兴与书生。每过此院春长在,只觉他家月不明。歌欲阑时移座听,酒才醒处绕阶行。问君底事犹牵系,乐府新编教未成。

逢周松干①

须发尚依然,人间又几年。为吟聊不死,强我与之仙。地上将飞鹤,林梢已蜕蝉。自言心里事,山鬼或能传。

【校注】

① 周松干:"三李"的诗友。除李宪乔此首外,其兄李怀民亦有《寄周松

干》、《送周松干游辽东》。

送 别 竹 樵①

此游得姜子，肯与共酸寒。不惜逢人说，应知此道难。艇烟晨独伫，林雪夜同看。别后无书至，底将里抱觉。

【校注】

① 竹樵：即姜泽永，号竹樵，山东昌邑（今潍坊市昌邑市）人。李宪乔诗友。据单可惠《白羊山房诗钞·怀昌邑姜竹樵》诗中自注：“竹樵佞佛。”

与竹樵别后却寄，兼柬五星、熙甫诸子①

何处最堪念，石桥残月时。舟前山性定，林下雪思迟。不比世人别，莫辜千载期。合将还往迹，报与四灵知。

【校注】

① 五星：即李诒经，字五星，山东高密人，终身为布衣。与王宁焞、王宁烻兄弟俱为李石桐、李少鹤的弟子，“高密派”诗人。生活清贫、持守节操。李石桐《高士裘》诗序称“李五星苦寒坚卧，其友王熙甫（即王宁焞）、单子庸为制羊裘，强起游眺，余闻其事作《高士裘》”。　熙甫：即王宁焞，字熙甫，号直庵，山东高密人。乾隆己酉进士，授主事，历官御史，有《在山考功》、《西台》诸集。《晚晴簃诗汇》载：“诗话直庵得同县三李之传，号上入室诗，守诗法甚谨。”为高密诗派中心诗人之一。

将往齐河访徐在中,临邑邢七书来言在中于数月前殁矣①

所期已不及,空自责迟回。积语无归处,前悲忽并来。疏林寒渚际,残雪暮城隈。一纸书兼泪,灯前合复开。

【校注】

① 齐河:县名,属山东省。汉祝阿县地,唐为禹城县地,宋置耿济镇,金置县,属济南府,明清因之。　徐在中:未详,待考。

马寨徐氏宅感旧①

不忿遽如此,往来三世中。远年书尚在,寒夜屋多空。独宿唯灯对,前欢与梦同。转怜霜晓别,只有旧儿童。

【校注】

① 马寨徐氏宅:在今山东省聊城市冠县马寨村。

平原赠张汝安三十韵①

海内论心迹,吾侪有汝安。齐年幼同学,合志长相欢。洁爱古泉水,劲期霜竹竿。风轩联卧榻,石阁并凭栏。少食怜君瘦,解衣知我寒。桥门偕入贡,京寺足游盘。嘿嘿独深许,棱棱无妄干。登贤首歌席(汝安举乡试第一),献赋近封坛(予以召试泰安行在赐举人)。东国虽称隽,南宫各铩翰②。我方念毛义③,君亦感周盘④。负米嗟百里⑤,尝羹求一官⑥。洛中勤德化,岭表抚羸残。十一喜同署(韩集多有赠张十一署诗,又墓志云署与同辈韩愈李方叔俱为县令,南方汝安亦行十一云),八千羞比韩(韩诗"夕贬潮阳路八千",梧州去京师亦八千里)。潘舆闲未得⑦,莱彩陋宁叹⑧。久困黄浊役,频惊泷水滩⑨。热肠得民易,冷面事人难。俗眼常遭白⑩,中诚讵改丹。宦游三载过,归路百忧攒。灵辄贫犹昔⑪,皋鱼志未完⑫。浮名真璨璨,往恨兀漫漫。别阔怀空在,书通语莫殚。那能谢尘鞅⑬,仍复出烟峦。落日隐虚堞,朔风吹激湍。来寻话畴昔,相对涕汍澜。坐久霜月迥,意深灯火阑。篆龟劳赠寄(汝安曾以妇翁宋蒙泉先生二印章见贻),画鹤更披观(予旧以家石桐先生所写子乔携鹤游玉清宫图赠汝安)。才尽合饮墨(汝安见怀诗有"诗法韩门忆李翱,淋漓墨沉洒江涛"之句),臭同应胜兰(予在岭南有《对兰忆汝安》二古诗)。重订邻筑屋,已懒再弹冠⑭。去迹多符契⑮,前心勉盖棺。临分书在壁,留待后时看。

【校注】

① 平原:郡、县名,战国齐地,后属秦齐郡。汉高祖六年(前201)置平原郡,隋开皇三年(583)改名德州。1913年改称德县。　张汝安:名予定,字汝安,一号云樵,兄弟排行十一,山东平原(今德州)人。乾隆乙酉(三十年,1765)登拔萃科,辛卯(三十六年,1771)举乡试第一。曾南下桂林为县令,与时任岑溪令的李子乔为文章道义之交。

② 南宫:古称尚书省。南宫本为南方列宿,汉用它比拟尚书省。后来又称礼部为南宫。杜甫《别唐十五诫因寄礼部贾侍郎》诗:"南宫吾故人,白马金盘

陀。"宋时称礼部员外为南宫舍人。

③ 毛义：东汉庐江人，家贫，以孝行称。南阳张奉慕其名，往候之。府檄以毛义为安阳令。义奉檄，喜动颜色。张奉心贱之。后毛义母死去官，举贤良、公车征，遂不至。张奉叹曰："贤者固不可测。往日之喜，乃为亲屈也。斯盖所谓'家贫亲老，不择官而仕'者也。"

④ 周盘：未详，待考。

⑤ 负米："负米养亲"的省称，指孝敬奉养父母。子路"由事二亲之时，常食藜藿之实，而为亲负米百里之外"。事见《孔子家语·致思》《说苑·建本》。

⑥ 尝羹：春秋时郑庄公以同母弟叔段之叛，置其母于城颍，并发誓不到黄泉不相见。颍考叔去见庄公，庄公赐他饮食，他吃饭时将肉羹留下。庄公问他，他说："小人有母，皆尝小人之食矣，未尝君之羹，请以遗之。"见《左传》。后以此典形容人孝敬父母。

⑦ 潘舆：晋潘岳除长安令，迁博士，以母疾去官，作《闲居赋》，有"太夫人乃御版舆，升轻轩，远览王畿，近周家园"之语。见《晋书·潘岳传》。后因以"潘舆"为养亲之典。

⑧ 莱彩：传说春秋楚老莱子奉二亲至孝，行年七十，着五彩衣，弄雏鸟于亲侧。后因以"莱彩"为年老孝顺不衰的典故。

⑨ 泷水：即西江支流罗定江。

⑩ "俗眼"二句：俗人常遭白眼，但对朋友坦诚相待。白眼，语出《世说新语·简傲》，晋阮籍不拘礼数，能为青白眼，见凡俗之士，以白眼示之。嵇康来访，籍大悦，乃对以青眼。丹诚，赤诚之心。讵，岂。

⑪ 灵辄：春秋晋人。曾饥困于翳桑，受食于赵盾，盾并以箪食与肉遗其母。后辄为晋灵公甲士，灵公伏甲欲杀盾，辄倒戈相救。盾问其故，曰："翳桑之饿人也。"遂自逃去。

⑫ 皋鱼：春秋时人，《韩诗外传》卷九："孔子行，闻哭声甚悲。……至，则皋鱼也。"皋鱼述其哭因："吾失之三矣。少而学，游诸侯，以后吾亲，失之一也。高尚吾志，间吾事君，失之二也。与友厚而小绝之，失之三也。树欲静而风不止，予欲养而亲不待也。……吾请从此辞矣。"立槁而死。后因以皋鱼之哭为养亲之典。

⑬ 尘鞅：世俗事物的束缚。鞅，套在马脖子上的皮带。语出白居易《登香炉峰》："纷吾何屑屑，未能脱尘鞅。"

⑭ 弹冠：弹掉帽子上的灰尘，整洁衣冠，比喻将出来做官。

⑮ 符契：此处指朋友情投意合。

旅夜检校亡友单子迄集书卷尾^①

长记吟床话，斟量到古难。宁知独对处，已作古人看。溪近夜风激，店荒灯焰寒。此怀谁可语，前路去漫漫。

【校注】

① 单子迄：即单襄荣，字子迄。为李宪乔唱和之友，山东高密人。

兴胜寺居即事

出游非诣客，心事与僧论。残雪暮归寺，夕阳深闭门。隔乡鸿信少，近宿鹊声繁。几上长江卷^①，聊将止睡昏。

【校注】

① 长江卷：指贾岛《长江集》。贾岛早年家境贫寒，落发为僧。后认识孟郊、韩愈，还俗应举。唐文宗时任长江县（今四川蓬溪县）主簿，故被称为"贾长江"。有《长江集》十卷。

寄朱小岑^①

未改苦吟呻，荒居少近邻。雪晴原上寺，书寄岭南人。移石偶当径，下帘宁避尘。心知同所尚，湘水几冬春。

【校注】

　①朱小岑：即朱依真(1743—?)，字小岑，号癸水潜夫，广西临桂县人。父朱若炳，乾隆二年(1737)进士，历官检讨翰林院庶吉士，山东长山等地知县，官至江西南昌知府，多有政绩。朱依真自幼受父母影响，刻苦读书，潜心钻研十七史，酷爱声律，精诗词。成年后远游四方，以吟诗赋词为乐，为桂林杉湖诗社骨干，与李宪乔交往密。据梁章钜《三管诗话》载："朱小岑布衣(依真)，髫龄即嗜声律，不喜为制举业，而于十七史，丹铅数过，诗格亦日高，随园老人至粤西时，推为粤西诗人之冠。"他终生布衣，以诗酒自娱，著述为务，有《九芝草堂诗钞》。

二　哀　诗

礼部郎中前给谏李君漱芳①

　尚闻归蜀日，无那陨星何。本传史中具，直风泉下多②。上都遽萧瑟，吾意亦蹉跎。孤有旧来札，重收字恐磨。

东兰州刺史赵君廷鼎③

　识在相知后，曾闻直史言。此心真不负，若辈可同论。犹记临江别，难招出岭魂。近来执友泪，重叠在衣痕。

【校注】

　①李君漱芳：即李漱芳，四川渠县人，在都察院任给事中。据《少鹤先生诗钞》单韶序："(少鹤)出都门，独善李公漱芳，李公为御史，敢言事。"　给谏："给事中"的别称。

　②泉下：黄泉之下，阴间。

　③东兰州：元代设东兰土州，属广西庆远南丹溪洞等处军民安抚司，州治今广西东兰兰阳。清雍正八年(1730)，改土归流，称东兰州，属庆远府管辖。即

今河池市辖东兰县。　　赵廷鼎,字松川,四川新都人。乾隆二十七年(1762)署理河南新乡县知县,调补荥泽县知县。升任广西东兰州刺史,以东兰州牧摄南宁郡。时方用兵交趾,心力俱瘁,遂致疾殂。贫不能归,槀厝僧舍。刘大观《玉磬山房诗集》卷一《岭外集》亦有《哭赵松川》。

都下寄方饶州

昔年僧阁话,唯子最依依。子去临江郡,僧同闭雪扉。久经闲僻惯,自觉见闻稀。惆怅更谁梦,醒时钟磬微。

赠 周 林 汲①

都城千万户,独此抱殑殑②。每约无尘处,相寻有道僧。尽收看后卷,只对影边灯。犹寄班珠尔里,自言多不胜。

【校注】

① 周林汲:即周永年(1730—1791),字书昌,济南历城人,曾读书于佛峪林汲泉畔,故自号林汲山人。清代学者,藏书家,我国第一个公共图书馆创议人。青年时代即嗜读书与藏书,乾隆间举进士,后任翰林院编修,协助纪昀编纂《四库全书》。书编成后,纪昀撰《四库全书总目提要》及《简明目录》,周永年分担释家、道家典籍提要的编写。曾任校勘《永乐大典》纂修兼分校官,充文渊阁校理。后调贵州乡试副考官。卒于任上。

② 殑殑(qíng):寒冷貌。唐孟郊《懊恼》诗:"恶诗皆得官,好诗空抱山。抱山冷殑殑,终日悲颜颜。"

冬夜兰公见过寺居①

　　高人频此过，为爱雪消迟。静语僧眠后，闲行月上时。未能谐众好，难得是真知。尚笑宿名者②，但将千载期。

【校注】

　　① 兰公：即兰第锡（1736—1797），字庞章，山西吉州人。乾隆十五年（1750）举人，授凤台教谕。擢顺天大兴知县，升补永定河北岸同知，再迁永定河道，署河东河道总督。五十二年（1787），实授总督兼兵部侍郎，调江南河道总督。嘉庆元年（1796），因丰北汛河水泛滥，自请治罪，嘉庆帝命竣工后再检核功过。因合垄稳固，获赐黄鞢荷包，但因不能事先预防停甄叙。二年十二月，卒于任上。

　　② 宿名：谋求名声。语出《庄子·徐无鬼》："兵革之士乐占术，枯槁之士宿名。"

喜兰公迁御史

　　每爱白居士，史中名谏臣①。由来抱直气，多是学空人。地接只林旧，冠加獬豸新②。莫争敷水驿，琐琐岂吾伦。

【校注】

　　①"每爱"二句：白居易曾任左拾遗，上书言事多获接纳，然而他言事的直接，曾令唐宪宗感到不快而向李绛抱怨，称白居易"是朕拔擢致名位，而无礼于朕，朕实难奈"。李绛认为这是白居易的一片忠心，而劝谏宪宗广开言路。事见《旧唐书·白居易传》。

　　② 解（xiè）豸（zhì）：中国古代神话传说中的神兽，体形大者如牛，小者如羊，类似麒麟，全身长着浓密黝黑的毛，双目明亮有神，额上通常长一角，俗称独

角兽。据记载,獬豸冠是楚文王所制,上有象征獬豸角的装饰,一直都是执法官吏所戴,所以又称为法冠(或铁冠)。

秦侍读瀛筵上追悼许君集夔,
因呈诸公兼寄潘逸人①

　　许君爱我拙,比之潜山龟。(潘字龟潜)僻吟复相似,因作龟鹤诗。十载别燕都,旧梦不可追。嘉会盛文彦,强半属凤池②。座中所诵者,多是鹤之辞。从容试相询,乃出许所贻。此君尚义风,笃古心不移。坐此久沦踬,穷守故山陲。迟回未即访,宿草已披披。踪迹偶合并,死生遂乖暌。嗟我业枯槁,难得知音知。当酒不尽觞,独归终夜悲。行当共潘子,放歌哭江湄。

【校注】

　　① 秦瀛(1743—1821),字凌沧,号小岘。江苏无锡人。乾隆三十九年(1774)举人。官至刑部右侍郎。瀛少负异禀,操笔千言立就。承秦松龄苍岘家学,故以小岘自号,且名其集。工文章,学归有光、方苞,与姚鼐相推重,体亦相近。七言诗,宗唐,兼法范成大、陆游。洪亮吉称其诗"如久旱名山,尚流空翠"(《北江诗话》)。亦能词。著有《小岘山人诗文集》三十二卷,《无碍山房词》、《己未词科录》十卷。

　　② 凤池:凤凰池之省称。唐以前为中书省的别称,唐以后指宰相之职。

同林汲兰公游崇效,兼呈澄、贞、净三上人①

　　辇下无停躅,诣人多不逢。此来一谈次,已历六时钟。隔水闲数鹤,出云高两松。不忘将苦行,深勉到疏慵。

【校注】

① 上人：佛教称具备德智善行的人为上人。

为朱沧湄舍人题《庄子观鱼图》①

小鱼唼唼聚沮洳②，大鱼岳岳凌江湖。道人天眼坐观化③，暂时快意宁复殊。道人之乐乐何在，下士不知莫须怪。已将此心付溟涬④，更出非我非鱼外⑤。凤阁舍人天地鲲，世间云梦不足吞⑥。岂事璅璅注《尔雅》⑦，令人却笑公安园⑧。

【校注】

① 朱沧湄：即朱文翰，字沧湄。曾任浙江温州分巡温处道。

② 唼唼(shà)：象声词，水鸟或鱼的吃食声。唐张籍《春水曲》："白鸭鸭，觜唼唼；青蒲生，春水狭。"沮洳：低湿之地。《诗经·魏风·汾沮洳》："彼汾沮洳，言采其莫。"孔颖达疏："沮洳，润泽之处。"

③ 天眼：佛教所说的五眼之一，即天趣之眼，能透视六道、远近、前后、内外、未来。

④ 溟涬：天体未形成之前的自然之气。

⑤ 非我非鱼：此处化用庄子与惠子濠上之辨。

⑥ 云梦：泽名。《书·禹贡》："云土梦作乂"。《周礼·夏官·职方》："正南面曰荆州，……其泽薮曰云瞢。"《尔雅·释地》作"云梦"。历说不一，综而述之，先秦两汉所称云梦泽大致包括湖南益阳、湘阴县以北，湖北江陵县、安陆市以南，武汉市以西。

⑦ 璅璅：通"琐琐"，卑微、细小的样子。《诗经·小雅》："琐琐姻亚，则无膴仕。"《尔雅》：是辞书之祖，《十三经》之一。

⑧ 公安园：韩愈《读皇甫湜公安园池诗书其后二首》有"《尔雅》注虫鱼，定非磊落人。湜也困公安，不自闲穷年"之句。

冬杪归自都门过韩公复野居，即留别将赴岭外

经行已多历，来访此林隈①。溪谷严如此，春姿合渐回。不辞通夕语，须尽百分杯②。那更楚南去，独登聱叟台③。

【校注】

① 隈（wei）：角落。

② 百分杯：指满杯。

③ 聱（áo）叟台：指唐诗人元结在湖南永州湘江畔一处溪流（他命名为"浯溪"）边所建的"浯溪亭"。聱叟，元结的号。元结《自释书》说："能带笒箬者，全独而保生；能学聱牙者，保宗而全家。聱也如此，漫乎非邪？"故自号聱叟，又号漫叟、漫郎。

听宋太空弹琴示熙甫、步武①

泠泠指下移，孤烛照轩墀。忽感空山夜，无人有鹤时。松应千岁绕，水必九江随。除却同怀侣，此言争得知。

【校注】

① 熙甫：即王宁焯，字熙甫。　步武：即宋绳先，字步武，山东胶州人。

留别孙生仲裴

黄冈驿路晓风催，送客如云已尽回。牵衣欲别难为别，独有学诗孙仲裴。

【鹤再南飞集】

晚次淮上逢劳山道士将往龙虎山①

心期朝上真②,中路鹤衣人。野店不留宿,圆蒲长在身。回眸故山别,笑指过帆频。亦是南征者,空惭惹鬓尘。

【校注】

　① 淮上:指淮水。源出河南桐柏山,东经安徽江苏入洪泽湖。其下游本流经淮阴、涟山入海。宋绍熙五年(1194)黄河夺淮,淮河自洪泽湖以下,主流合于运河,经高邮湖、江都县今扬州市江都区入长江。　劳山:在山东即墨即东南海滨。有大劳山,小劳山。二山相连,上有清风岭、碧落岩诸名胜。一作牢山,又作崂山。　龙虎山:道教山名,在江西贵溪市西南八十里。两峰对峙,如龙昂虎踞,因名。相传汉张道陵修炼于此。其子孙世居于两山间之上清宫,俗称张天师。

　② 上真:道教称修炼得道的人为真人,上真即上仙,为"九仙"之一种。九仙是道家所立的九种仙人的名目:上仙、高仙、大仙、玄仙、天仙、真仙、神仙、灵仙、至仙。

维阳换船寄淮上故人①

堤阴晚渐收,城郭见扬州。理缆移他岸,推窗别旧舟。晓来当挂席②,月出合如钩。却忆前宵共,依依不可留。

【校注】

　① 维阳:即维扬。《尚书·禹贡》有"淮海惟(也作维)扬州",后人以"维扬"作为扬州的别称。

② 挂席：行舟扬帆。《文选·海赋》："于是侯劲风，揭百尺，维长绡，挂帆席。"《注》云："随风张幔曰帆，或以席为之，曰帆席也。"

仪真入江处①

江程多旷阔，昨宿傍菰蒲。水气自明晦，山痕时有无。来帆虽不断，远岸只愁孤。稚孺宁知此，时观报老夫。

【校注】

① 明洪武二年(1369)废真州并改扬子县为仪真县，属扬州府。清雍正元年(1723)因避雍正帝胤禛讳，改仪真为仪征。即今江苏仪征市。

江夜闻角寄兄

积阴低冥冥，远江荒漫漫。摇摇拍中流，沉沉将夜半。悲声何自发，起坐还感叹。吾家东海曲，赋性本疏散。却来事宦学，远涉溯江汉。初为奉养谋，今只妻子伴。前月寄兄书，但祝身体健。去壮谢英猛，即衰足嫚恋。怅怅勿复陈，不眠待申旦①。

【校注】

① 申旦：通宵达旦。

青山怀李白①

沿江山尽青，独此閟精灵。因想中埋骨，仍为未化

星。黄埃漫成醉,白日照还醒。讵识千年下,有人同
涕零。

【校注】

　　① 青山:山名,在安徽当涂县东南。一名青林山。山西北有唐代大诗人李
白墓。

皖 江 晚 兴^①

　　雨歇江已静,蒙蒙开夕皋。推窗萤自入,转柁月初
高。远势全临楚,闲吟或近骚。涪翁亭尚在^②,何处暂
停篙。

【校注】

　　① 皖江:即皖水。今名长河。源出安徽潜山县西北天堂山,东南流经县
东,会潜水,南至石牌镇,与太湖县东诸水汇合,东流至皖口入江。
　　② 涪翁:指黄庭坚。曾贬涪州别驾,因自号涪翁。

再过彭泽书感^①

　　宿雨滞皖口^②,晨帆过彭泽。迤逦山上城,杳霭江
边邑。倚棹方夷犹^③,伊人感在昔。端居郁怀抱,旋复
悔其出。谁谓三径资^④,而使故心易。三月已为久^⑤,
胡为更再历。缅焉纡中愫,期君能察识。

【校注】

　　① 彭泽:县名,属江西省。西汉高帝时置,以地有彭蠡泽而得名。故城在

今江西湖口县东。东汉建安十四年（209）孙权于此置彭泽郡，不久即废。晋陶渊明曾于此为彭泽令。隋开皇初，改置龙城县于此，十八年（598）仍改为彭泽。

② 皖口：地名，在今安徽怀宁县西，为皖水入长江口处，一名山口镇。

③ 夷犹：迟疑不前。

④ 三径：指"陶令三径"，陶渊明《归去来兮辞》："问征夫以前路，恨晨光之熹微。乃瞻衡宇，载欣载奔。童仆欢迎，稚子候门。三径就荒，松菊犹存。携幼入室，有酒盈樽。"后以"三径"、"柴桑三径"、"三径松菊"等指归隐家园。

⑤ "三月"句：指陶渊明作彭泽令不足三月即辞官事。

九江怀乐天①

结发慕先生②，今来雪数茎③。炉峰舟自泊，湓浦月空明④。偶寄一时感，笑收千载名。远迁浑细事，底用故人惊。

【校注】

① 九江：地名，战国楚地。秦为九江郡。三国吴属武昌郡。晋置寻阳郡，属江州。隋大业三年（607）改江州为九江郡。唐复为江州。清为九江府，属江西省。府治德化，在今江西九江市。　乐天：即白居易。

② 结发：古代成童始束发，因指童年或年轻为结发。

③ 雪数茎，意为数根白发。

④ 湓浦：亦名湓口、盆口、湓城。为湓水入长江之处。故址在今江西九江市浔阳区西。白居易《琵琶行》序中说："元和十年，予左迁九江郡司马，明年秋，送客湓浦口。"

江州海天寺留赠琳上人①

寺门相送处，庐岳对苍苍。江月客吟迥，石桥僧语凉。藓边无过迹，人外有真香。更约开先路，看云瀑布傍。

【校注】

① 海天寺：在今江西九江市庐峰东路附近。

早发浔阳过海天寺寄秀公①

夕访月未上，频挑供佛灯。晨兴舟已过，却别倚楼僧。浮荇回飐见，孤云隔岸凝。聊书此时意，还以问南能②。

【校注】

① 浔阳：江名，长江在江西九江市北的一段。即白居易《琵琶行》中"浔阳江头夜送客"之处。

② 南能：指慧能南宗。佛教禅宗自五祖弘忍以后，分为南北二宗，南宗为六祖慧能所立。慧能接受弘忍的衣钵，传教于岭南，故称南能。

鸡　鸣

鸡鸣江水白，江月堕混茫。榜人当此时①，拍拍已鸣榔。稍稍物象分，炎雾尽褰张②。独登巘上望，夜气凌苍苍。日中所见山，皆生清泠光。晓风起断峡，为送万里凉。耽此数刻惺，涤尽委靡肠。欲语恨无友，讽之矢不忘。

【校注】

　　① 榜人：船夫。

　　② 褰(qiān)：揭起，撩起。

夜发大石矶晓过黄州①

　　无风杈连朝②，有风帆中宵。岸人醉梦里，径来破沇寥③。夜气压空江，鱼龙不敢骄。时于冥翳中，数帆耸岧尧。余响犹沦波，暂明若回潮。众星散荒迥，非时皆动摇。虽感异所历，还得心孤超。明发过黄州，云中浮丽谯④。王苏去已远⑤，怅然独长谣。

【校注】

　　① 大石矶：位于汉口北之原武湖通往长江的出水口处，又名五(武)通口、江河口。　黄州：地名。春秋时为弦子国地，后并于楚。秦属南郡。两汉属江夏郡。隋置黄州。元为黄州路。明改为府，清因之。州治黄冈县。1912 年裁府留县，属湖北省。即今黄冈市。

　　② 杈(yǐ)：停泊船只。《汉书·项籍传》："於是羽遂引东，欲渡乌江。乌江亭长杈船待。"裴骃《集解》："孟康曰：'杈音蚁，附也，附船著岸也。'"

　　③ 沇(xué)寥(liáo)：广寥阔空虚的样子。

　　④ 丽谯：壮美的高楼。语出《庄子·徐无鬼》："君亦必无盛鹤列于丽谯之间，无徒骥于锱坛之宫。"晋·郭象注："丽谯，高楼也。"《汉书·陈胜传》"独守丞与战谯门中"，唐·颜师古注："楼一名谯，故谓美丽之楼为丽谯。"

　　⑤ 王苏：指王安石、苏轼。古诗话中记载两人关于"黄州菊花满地金"诗句的逸闻。

闻朱沧湄擢南宫第一却寄①

　　每叹如君有清气，为能记我数篇诗。方期骧首事千载②,已见薾云空一时③。

【校注】

① 朱沧湄：即朱文翰,字沧湄。曾任浙江温州分巡温处道。 南宫：古称尚书省。南宫本为南方列宿,汉用它比拟尚书省。后来又称礼部为南宫。

② 骧(xiāng)首：昂首。汉邹阳《上书吴王》："臣闻蛟龙骧首奋翼,则浮云出流,雾雨咸集。"引申为高举。

③ 薾(nǐ)：同"尔"。

岳阳楼晚月示道者南云①

洞庭不生月,径可无此楼。月出渺渺波,我在楼上头。湖为涤我心,月为刷我眸。涤刷两无尽,相与成湛秋。月乃对仰卧,似欲载我浮。君山来枕席②,手引潇湘流。澄洞露表里,毫发无潜幽。却顾叫退之,底用多骚愁。希文稍欲遣③,过已能乐不。余子固不记,古今几浮沤。道人岂知道,乃能喜我留。勉为吐此诗,庶免为楼羞。

【校注】

① 岳阳楼：在湖南岳阳市,始建于唐,下瞰洞庭湖,为著名风景地。唐天宝以后其名渐著。李白、杜甫、韩愈、白居易诗集中都有岳阳楼诗。宋庆历五年(1045),巴陵守滕宗谅重修,范仲淹为撰《岳阳楼记》。其后历代迭有兴废。

② 君山：在洞庭湖中,又名湘山。《水经注·湘水》："(洞庭)湖中有君山编山,……是山湘君之所游处,故曰君山矣。"

③ 希文：指范仲淹,字希文。

洞庭泛月作歌

昨夜岳阳楼上月,白鹤青天共寥泬①。今夜金沙洲畔月,冰原蛟龙争迸裂。拍浮只在洞庭中,月与李子常相从。此景此月落吾手,一笑万古真可空。屈贾悲悯尚不耐②,何况扰扰余沙虫。我虽生无璪子骨,枯肠时有清光发。此身到处即洞庭,世间不是无此月。

【校注】

① 寥泬(liáo xué):亦作"泬寥",清朗空旷貌。《楚辞·九辩》:"泬寥兮天高而气清。"王逸注:"泬寥,旷荡空虚也。"

② 屈贾:战国屈原与汉贾谊的并称。两人平生都忧谗畏讥,从容辞令,遭遇相似。南朝梁武帝《设谤木肺石二函诏》:"怀傅吕之术,抱屈贾之叹。"

早 发 洞 庭

何处识风生,差差五两轻①。送凉来昧爽,吹梦入空明。不尽君山色②,惟闻乳鹤声。仙翁宁在远,看取此吟情。

【校注】

① 五两:古代测风器。用鸡毛五两(或八两)结在高竿顶上,测风向。

② 君山:在洞庭湖中,又名湘山。《水经注·湘水》:"(洞庭)湖中有君山编山,……是山湘君之所游处,故曰君山矣。"

泊湘阴南驿赋得扁舟背岳阳①

何处缆吾舟,石间清浅流。载来洞庭月,去感汨罗秋②。露下闻残角,烟开见宿鸥。不知北人梦,底事恋巴邱③。

【校注】

① 湘阴:县名,属湖南省。春秋为罗子国。秦汉为罗县。南朝宋元徽二年(474)分益阳、罗、湘西三县地置湘阴县,以地在湘江之阴而名,故治在今县西北。隋并入岳阳县,后又改为湘阴。唐沿置,故治在今县南。明清属湖南长沙府。

② 汨罗:水名,在湖南省东北部。上游汨水,流经湘阴县分为两支,南流者曰汨水,一经古罗城曰罗水,至潭两水复合,故曰汨罗。《水经注》作汨罗渊。战国楚屈原,忧愤国事,怀石自沉于此。

③ 巴邱:山名,又名巴陵、天岳。在湖南岳阳湘水右岸。

江行杂诗十首寄石桐先生①

一

历历南州境②,摇摇北客思。人声中路换,天意长年知。泊稳多依港,帆稠只认旗。漫吟无此第,题作纪行诗。

二

平芜思渺然③,淮草更吴烟。蛮店半临水,江神多在船。霞收落帆外,雨歇暮钟前。相值有估客④,乡书凭与传。

三

时节凉更燠,江流清复浑。雨昏山堠远,烟曙木杪喧。石上干苔色,崖间宿莽痕。碓声何处激,知有近人村。

四

江人居舍少,泊处便为家。摆缆飞轻雨,丛竿插乱麻。儿童觅蚕豆,浦溆卖鱼花。欲识闲踪迹,孤哦上钓楂。

五

渔家近滩住,螺蚌拥篱边。高柳先秋落,空网尽日悬。挂衣俱是草,赊酒不论钱。钓渚别来久,含情愧汝贤。

六

江兼溯楚,远俗几曾逢。结队分秧马⑤,迎神用纸龙。江梅蛮女卖,庐笋寺僧供。独觉无南北,吟人与野蛩。

七

蛮村十数家,霭霭住苍葭⑥。晒药临沙步,鸣金应水车。舶停随岸曲,檐次逐桥斜。无那多羁思,南云去尚赊⑦。

八

遥遥波上喧,前渡欲初昏。落席犹空峡,连樯忽似村。家家上灯火，扰扰散鸡豚。邻客间相问，何时别故园。

九

来往携笭子⑧，殷勤戍堠儿。鱼从船尾卖，角向岸头吹。吟送月轮尽，卧看山影移。却愁行到日，低首赴旌麾。

十

有时经浅濑，数尺静纤罗。浴鸟溅波去，耕牛浮鼻过。远飕吹岸草，浮渍在林柯。风景吾村似，相看意若何。

【校注】

① 石桐：即李宪乔之长兄李怀民，号石桐。

② 南州：泛指南方地区。屈原《远游》："嘉南州之炎德兮，丽桂树之冬荣。"

③ 平芜：山名，原名彭亡，也称彭模、平模、平无、平望、彭望。在四川眉山市彭山区东，山上有彭祖祠，下有彭祖冢。东汉建武十一年（35）岑彭攻公孙述至武阳，宿营于此，述遣刺客杀彭。事后改彭亡为平无。

④ 估客：贩货的行商。

⑤ 秧马：插秧所用的农具。苏轼《秧马歌·引》："予昔游武昌，见农夫皆骑秧马。以榆枣为腹，欲其滑；以楸桐为背，欲其轻。腹如小舟，昂其首尾，背如覆瓦，以便两髀雀跃于泥中，系束藁其首以缚秧。"

⑥ 苍葭：茂盛的样子。语出《诗经·蒹葭》："蒹葭苍苍，白露为霜。"

⑦ 无那：无奈。

⑧ 笭（líng）子：竹笼。盛土之器。《说文》："笼，……一曰笭也。"

已过洞庭寄兄二十四韵

忆昔当南骛,畏湖如畏栈。及今复来游,湖平过于
练。谁谓无涯圻,对榜皆得岸。是谓沟莫测,浅濑时用
牵。扬舲破澄寂,开窗纳葱蒨①。去帆如列旗,彬彬整
不乱。信宿巴陵郡②,登涉嫌未遍。依依岳阳楼③,犹
作桑下恋。故使迟吾行,近缆新津馆。是时月初出,霭
霭浮露泫。妇孺喜夜凉,团圞聚波面。二妃及龙女④,
旧说记荒诞。却追前渡时,俯仰更怆悢。未明遽得风,
相乌潜自转⑤。拨棹琉璃中,魂惺祛昏倦。回首绿凝
横,但恨君山远⑥。昼卧醑且清,泊柏微可辨。弄晴沙
鸟喜,失势江豚善。未昏出湖口,不待黄陵岸⑦。烟树
迥蒙蒙,知是湘阴县⑧。汨罗渺何处⑨,无由致醨奠。
因感哀郢事⑩,椒兰未足案。怀即不入关,何解并秦
甸。九州岛更相君,此语亦汗漫⑪。何国非污渎,免使
鲸鳢困。转伤阳山宰,丛芮几曾绊。连州从伯氏,此路
经已惯。底用更吁骇,惊魄堕劈箭。宫市及佛骨,区区
劳救谏。铸异灶方炀,聚财昧敛怨。国脉实关此,二事
岂切患。逝者亦摸作,谁与更质判。我生本塞鄙,分合
老葭乱。偶有弦歌兴,再起仍疏贱。敢效长孺耻,未碍
次山漫。幸值时雍世,江湖得清晏。水程复多暇,诵读
共童姕。安恬庆今遭,感激悲前传。刺刺语遂多,纯驳
不及辨。往游兄弟偕,有得共赏叹。兹游兄弟阻,万里
劳怅盼。中路寄此诗,聊用充札翰。

【校注】

① 葱蒨：青翠茂盛貌。南朝宋颜延年《杂体诗》："青林结冥蒙，丹巘被葱蒨。"

② 巴陵郡：南朝宋元嘉十六年（439）置。隋废。唐天宝元年（742）复置。至乾元元年（758）改称岳州。郡治在今湖南岳阳市。

③ 岳阳楼：位于湖南省岳阳市古城西门城墙之上，下瞰洞庭，前望君山，自古有"洞庭天下水，岳阳天下楼"之美誉，与湖北武昌黄鹤楼、江西南昌滕王阁并称为"江南三大名楼"。

④ 二妃：指舜之二妃娥皇、女英。　龙女：据唐李朝威《柳毅传》，柳毅下第过泾上，遇洞庭龙女牧羊，毅为其传书，使其得归。后柳毅再娶，妇貌似龙女。

⑤ 相乌：又作"相鸟"，药草名，马兰的一种。一名乌葵，如兰香，赤茎，生山阳。入药。

⑥ 君山：在湖南岳阳市西南15千米的洞庭湖中，原名洞庭山、湘山、有缘山。后因舜帝的两个妃子娥皇、女英葬于此，屈原在《九歌》中称之为湘君和湘夫人，故后人将此山改名为君山。

⑦ 黄陵：在湖南湘阴县北，滨洞庭湖，湘山之上。一名湘山，湘水由此入湖。传说舜二妃墓在其上，有黄陵亭、黄陵庙。

⑧ 湘阴县：属湖南省。春秋为罗子国。秦汉为罗县。南朝宋元徽二年（474）分益阳、罗、湘西三县地置湘阴县，以地在湘江之阴而名，故治在今县西北。隋并入岳阳县，后又改为湘阴。唐沿置，故治在今县南。明清属湖南长沙府。

⑨ 汨罗：水名，在湖南省东北部。上游汨水，流经湘阴县分为两支，南流者曰汨水，一经古罗城曰罗水，至屈潭两水复合，故曰汨罗。

⑩ 哀郢：《楚辞·九章》的篇名。郢，楚的国都，在今湖北江陵西北。屈原被放逐后，写此篇以寄托怀念故国的感情。

⑪ 汗漫：不着边际。《淮南子·俶真》："甘瞑于溷澜之域，而徙倚于汗漫之宇。"又《道应》："吾与汗漫期于九垓之外，吾不可以久驻。"后人以《淮南子·道应》语，转作仙人的别名。

月夜次长沙二首

一

三宿出巴陵①，扁舟寄楚冰。人皆苦卑湿，我独喜空澄。远谪何须恨,长栖亦可能。死生君自决,鹏臆岂堪凭②。

<h2 style="text-align:center">二</h2>

游子半夜棹,严城千里冰。楚当何处尽,天向此中澄。不作湘灵感③,堪齐羽客能④。便思从此去,玉宇共谁凭。

【校注】

① 巴陵:南朝宋元嘉十六年(439)置巴陵郡,隋废。唐天宝元年(742)复置,至乾元元年(758)改称岳州。郡治在今湖南岳阳市。

② 鹏臆:鹏,古以为不祥之鸟。长沙的习俗以为鹏鸟至人家,主人会死去。但贾谊贬长沙时作《鹏鸟赋》,有齐生死、等荣辱,以遣忧累之意(汉刘歆语)。此句亦有不以俗臆为意的意思。

③ 湘灵:指舜之二妃,她们死后化作湘水之神,即湘灵。

④ 羽客:犹言羽人,道士。

<h1 style="text-align:center">题 雁 峰 寺①</h1>

南天北响寺,下有郡名衡。世界岳阻断,人烟湘结成。静将僧对影,秋先雁来声。在昔游未到,空看云气生。

【校注】

① 雁峰寺:在湖南衡山回雁峰上。回雁峰乃南岳七十二峰之首峰,南朝刘宋载:"南岳周围八百里,回雁为首,岳麓为足。"清同治《衡阳县志》载:"自唐以前,皆云南雁飞宿,不度衡阳,故峰受此号。"回雁峰上的雁峰寺初建于南朝梁天监十二年(513),后废。唐天宝元年(742)重建,宋、元、明、清历代皆有修葺。该寺开山祖师为宏宣法师,著名方丈有绍康和尚。该寺传承法系主要是临济宗。

船 中 昼 卧

湘水夏沍可冰齿①,篷窗四敞收远空。此间不语
独偃仰,便觉江天入此胸。

【校注】

① 沍(hù):冻结。《庄子·齐物论》:"至人神矣,大泽焚而不能热,河汉沍
而不能寒,疾雷破山,风振海,而不能惊。"

舟次浯溪风雨不得上作歌①

孤帆泄泄来万里,有求只为湘江水。湘江清到无
可清,尤在元子浯溪亭。昔年曾经拜遗像,月黑壑哀路
森莽。然炬上读中兴碑②,山鬼妖禽尽愁恍。却疑此
地无水石,乃公肾胃遗所结。湘山湘水以之清,遂得共
留成不灭。迩来魂梦在尘土,此亭不见五情热。苍茫
神意有莫测,使我咫尺如天阔。且须鼓枻为公歌,呼公
不起涕滂沱,吾其如此清湘何。

【校注】

① 浯溪:湖南永州市祁阳县西湘江畔的一处溪流山石胜景。唐元结安家
于溪畔,并建浯溪亭。

② 然:通"燃"。 中兴碑:上元二年(761),元结作《大唐中兴颂》,并请
当时的大书法家颜真卿写成楷书镌刻于浯溪边崖上,史称"摩崖碑"。此颂碑对
后世影响极大,宋代文坛名家黄庭坚、张文潜、杨万里均有诗文记之。

零陵江次寄周林汲编修、潘兰公侍御①

秋气集孤舫,前宵别岳猿。湘阴穿石际②,岩宿浸星根。白阁心长在,苍霄手可扪。求空空不得,到此欲无言。

【校注】

① 零陵江:零陵郡零陵县位于湖南省西南,潇水、湘江汇合处,雅称潇湘。当是今永州市零陵区、冷水滩区。

② 湘阴:湖南湘阴县。南朝宋元徽二年(474)分益阳、罗、湘西三县地置湘阴县,以地在湘江之阴而名,故治在今县西北。隋并入岳阳县,后又改为湘阴,明清属湖南长沙府。

石燕(有序)①

庚戌秋予再赴粤西,道出零陵,有感石燕,漫题四韵。

零陵江上燕,化石近苔矶。堕地已不转,因风远起飞。泥间谁解啄,社后意忘归。本自无依傍,凭他旧厦非。

【校注】

① 石燕:一种化石,可入中药。《水经注》记载:"石燕产零陵州,形似燕,其实石也。性凉,无毒。"李时珍《本草纲目》称,石燕的疗效为清凉解毒、镇静安宁。

白 滩 七 夕①

宿烟逗前渚,停舟睨纤月。湿宇湛初升,阴崖惨欲没。河汉方左倾,心尾并西越。苇灯渡杳霭,莎虫奋清切。楚气易作秋,湘声唯诉别。远怀已如此,况值双星节②。

【校注】

① 白滩:湘江从沉香潭泻下以后,滑行约五里至兵书峡河段,有白滩。
② 双星节:指牛郎、织女双星相会的七夕节。

湘岩宿处寄五星①

岭月莽莽白,湘流湛湛绿。傍壁皆造天,中间一舸宿。夜久境转空,人外气方肃。平生五岳主,到此不更畜。聊欲因北云,持用慰幽独。

【校注】

① 五星:即李经。

栖霞寺待月赠同游①

遽看辉已降,远林递蔼蔼。宁知轮未升,犹在数峰背。禅径寂如水,纤云净不芥。静者三两人,于此悄相对。

【校注】

① 栖霞寺:在桂林市普陀山七星岩山麓。始建于唐代,至今已有一千多年历史。

送提刑陆使君赴山东（前为梧州守）

漓江重拜别，帆上露华新。几载为属吏，还山是部民①。云看离岳影，月咏入秋轮。旧有安边策，先传到海滨。

【校注】

① 部民：所统属的百姓。

故开元寺吊赵松川殡示僧洞如①

不忿旧游地，郁阴中有君。长号入衰草，久立背寒云。虚位当松见，余香近塔焚。转渐对师坐，未解泪纷纷。

【校注】

① 故开元寺：广西柳州开元寺始建于唐代开元年间，徐霞客游历柳州时曾游过此寺。毁于清代，故称"故开元寺"。原址在今柳侯公园内。 赵松川：字廷鼎，四川新都人。高密诗派成员。以东兰州牧摄南宁郡时，方用兵交趾。心力俱瘁，遂致疾殂。贫不能归，槀厝僧舍。

中秋夜寄敬之①

有客抱秋心，迟我看秋月。列嶂中断处，楼势若涌出。吟侣共超遥，鄙人方病喝②。困卧呼不起，墙角灯自灭。觉来夜已深，竦立枯树兀。颓云乱纵横，玉妃归恍惚。

因嗟人间世,底事可前必。聊用书此怀,持寄待明发。

【校注】

① 敬之:即李秉礼。

② 暍(yē):中暑,伤于暴热。

酬施晋进之①

我爱黄仲则②,才大心孤超。雄视绝代下,恣意穷风骚。凡所与交游,皆为天下豪。惜哉倅幽愤,良材早枯凋。至今旅梦中,棱棱见眉毫。施生何为者,弃家事远遨。相遇岭峤间,一月同晷膏。自言黄子友,投赠纷箧苞。黄子既萧瑟,生亦久沦漂。居然见推奉,谓出群岳椒。吾衰安足陈,徒令惭惧交。生其竟勉旃,大雄未寂寥。辱赠难报称,聊述心郁陶。

【校注】

① 施晋(1756—1818):字进之,又字锡藩,号雪帆,江苏常州府无锡县人。乾隆时诸生。与李宪乔、刘大观、洪亮吉相友善。曾应洪亮吉之邀撰修《泾县志》。

② 黄仲则:即黄景仁(1749—1783),字汉镛,一字仲则,江苏武进人。乾隆时诸生,少有狂名,与同里洪亮吉齐名,称洪黄。与杨伦、孙星衍、杨芳灿、吕星垣等均为诗友。著有《悔存诗钞》八卷,《两当轩诗钞》十四卷、《悔存词钞》二卷、《两当轩集》二十卷等。

将赴归顺题家书①

家人怅望宦游远,止就舆图指路途。寄语今番休借看,此州南去更无图。

【校注】

① 归顺:唐置归顺州,治在今广西靖西市新靖镇旧州村,属邕州都督府。明、清归顺州隶属镇安府(治天保县,即今德保县)。民国元年(1912)废归顺州,次年置靖西县。

泊龙头矶闻鹧鸪①

荒江迥望绝沿洄,雾瞀氛昏到晚开②。无那千般呼不醒,蛮山已去又重来。

【校注】

① 龙头矶:桂江流经平乐县大发乡境内的一个大石滩,水边突出的岩石酷似龙头,有龙头矶渡口。

② 瞀(mào):本义为眼睛昏花。此指昏暗。

赴归顺道中书怀

小时行千里,侈言万里途。今来不用侈,动即万有余。蛮山莽荒荒,瘴江缈纡纡。岂唯远亲爱,渐与中华疏。中逢楚越人,欢若共里闾。庄生言趎然①,昔疑今信诸。嗟予本疏蹇,所学非世需。不知竟所効,有裨国事无。在昔历此境,强半逐与逋。予非逐逋者,独感知何如。

【校注】

　　① 庄生：即庄周（约前369—前286），战国宋蒙人，曾为漆园吏。是先秦道家思想的重要代表，主张清静无为，天人合一。庄子思想是李秉礼思想的根源。

　　跫(qióng)然：脚步声。语出《庄子·徐无鬼》："闻人足音跫然喜矣。"

横州会王若农相送同宿永淳界①

　　未至方渺茫，已往足悲诧。依依孤岸舟，冥冥远江夜。语阑灯更吹，感极酒可罢。无奈尚须别，回帆残月下。

【校注】

　　① 横州：汉属合浦县地，三国为昌平县，晋至隋为宁浦县。唐置横州，五代十国至清因之。唐属邕州都督府，五代十国属南汉，宋属广南西路，元属广西行省，统宁浦等县，治所宁浦县，在今横县；明先属浔州府，后属南宁府，清属南宁府，均无领县，亦在今横县。　　王若农：浙江嘉兴人，李宪乔诗友。李宪乔任柳城知县期间，创立仙弈诗社。与王若农、孙顾崖以及柳州门生龙振河等人游仙弈山西麓，观赏宋代丞相王安中《新殿记》摩崖，以《记》中"仙者辍奕鹤驾翩"七字于洞宾洞中分韵赋诗。　　永淳：唐置永定县，宋以真宗陵讳改为永淳。明清属广西南宁府。1952 年撤永淳县，将其所属峦城、六景、良圻、平朗、石塘等区划归横县，甘棠、露圩等区划归宾阳县，小黎（南阳）划归邕宁县（今南宁青秀区）管辖。

郁 江 旅 思①

　　山势夷还险，江流狭复宽。程多无里记，梦恐到家难。人响逢舟少，墟烟只烧残。南来过万里，更遣向南看。

【校注】

① 郁江：水名。在广西南部。上源有二：北为右江，南为左江。旧称黔江曰右江，郁江曰左江，两江既合，总称浔江。东流至苍梧县西南与桂江会，又东流为西江。

题敬之新寄诗卷①

恶诗满前洗不脱，折杨黄华苦纷耵。故人有寄到天末，如以冰浆浇病喝。期君心作五岳拔，不怕青天有夭阙。神龙闪尸儿缩頞②，我独扰之欲手掇。千佛相传此一钵，勿取我语自作活。

【校注】

① 敬之：即李秉礼。
② 闪尸：暂现貌。晋木华《海赋》："天吴乍现而仿佛，蝄象暂晓而闪尸。"

归 顺 书 感

喧喧拥鼓吹，簇簇森列驱。仪卫一何雄，为是临边州。却顾居中人，未免多惭羞。据案阅文牍，琐细剧毛輶①。所列非一绪，强半因征求。上以供长官，下为胥吏谋。间及民生者，具文泛且浮。空见日扰扰，火急疲置邮。旧学竟安在，狗俗为苟偷。胡不自引退，草衣归田畴。

【校注】

① 毛輶(yóu)：像羽毛一样轻的仁德。意谓施行仁德不难，而在于施政者

有否志向。《诗经·大雅·丞民》："人亦有言：德輶如毛，民鲜克举之。我仪图之，维仲山甫举之，爱莫助之。"

龚　生　行

龚生名雷家慈溪①，为人农硕貌顾顾。虽少所学勉不衰，胸腑坦坦无世机。去家原游亲爱离，从我于粤逾五期。性拙运蹇不我疑，导以所见或从违。实亦能识中无欺，我行乞养生且归。三年不见音问稀，岂意孤鹤仍南飞。生先书至要不移，我官地接安南夷②。遣史远迓舟逶逶，生闻未发屦已驰。冒犯雾露为感知，中路感疾乏良医。生竟委骨邕江湄，嗟我德薄何所几。乃独生死心相依，使回具问涕垂颐。万里归葬嗟何时，负生已矣存此词。

【校注】

① 慈溪：县名。属浙江省。唐为鄮县，开元二十六年(738)析置慈溪县，以境内有慈水而得名，属明州。

② 安南：越南的古名，得名于唐代的安南都护府。古代越南北部自公元前3世纪的中国秦朝开始属中国领土，至五代十国时，越南叛乱独立，北宋无力收复，故从中国分裂出去，之后越南一直作为中国的藩属国。

示州父老(有序)

庚戌岁，鹤生权归顺①，刺史军兴之余②，加以官吏剥削，民劳极矣③。方拟恤伤惩敝去其太甚，而父老已争为传述，闻于外境④，揆诸本怀，百未一施，徒增惭耳⑤。因书此示之，且以自儆焉。

朝廷置群吏⑥，本以为尔氓。岂为奴隶辈，朘尔厚其生⑦。不知当事者，何以冥此情。前因外番乱，近防皆出兵⑧。庙谟在不战，民困实所矜。挽输已累岁⑨，十室九不赢⑩。谁谓于此际，而反暴其征。仆隶专指挥，众心那得平。我来承其乏，又切击此形。无能救雕瘵⑪，中夜心怦怦。召集诸父老，积弊为我明。敢云即尽蠲⑫，庶使渐已轻。长谢奴与隶，不能为若萤。稍待民气复，吾志当得行。勤勤诸父老，告报喜且惊。譬疾未得药，遽有良医名。我闻实内愧，亦可感尔诚。何以相究竟，勿自负吾盟。

【校注】

①《归顺直隶州志》所载此诗"鹤生"二字为"余"字。 庚戌岁：即乾隆庚戌年(五十五年，1790)。 权归顺：即权知归顺州。宋初官员，以朝廷临时差派某地的名义治事，在官衔前常带"知"字。"知"为主持之意。其暂时代者称权知，以后遂被沿用谓代掌某官职。李宪乔于乾隆五十五年(1790)署归顺州知州，五十八年改柳城知县，至乾隆六十年(1795)，再任归顺知州。

②《归顺直隶州志》所载此诗"刺史"二字为"州事"。

③《归顺直隶州志》所载此诗"民劳"二字作"劳民"。

④《归顺直隶州志》所载此诗无"闻于境外"四字。

⑤《归顺直隶州志》所载此诗"惭"后多一"汗"字。

⑥《归顺直隶州志》所载此诗"朝廷"二字为"君上"。

⑦《归顺直隶州志》所载此诗"其"为"民"字。 朘(juān)：缩、减。

⑧《归顺直隶州志》所载此诗"皆"为"要"字。

⑨《归顺直隶州志》所载此诗"累"为"屡"字。

⑩《归顺直隶州志》所载此诗"赢"为"羸"字。

⑪雕瘵(zhài)：凋敝、疾苦。杜甫《壮游》："大军载草草，雕瘵满膏肓。"

⑫蠲(juān)：除去，减免。通"捐"。

杂　诗

前生不自省,或疑鹤上真。不知何罪遣,谪向世间尘。所见已多骇,所历讵所亲①。有时定静中,瞑目见秋旻②。何当许归去,采药逢旧邻。

【校注】
① 讵:岂。
② 秋旻(mín):秋季的天。旻,天、天空。

寄　刘　正　孚①

归顺有小吏,应仁其姓黄。颇自喜为书,意态亦翱翔。闻有能书者,乞取日不遑。予试索观之,并诘心所藏。云有刘明府,数帖在箧箱。刘君乃吾友,开卷如在傍。前后多诗笔,中论殊激昂。言古作诗人,真气必坚刚。此气不可阏,乃于诗而昌。非徒竞博辩,非徒事夸张。鄙夫谈中义,忸怩讵得藏。末语因及仆,生无时俗肠。为亲偶求仕,弃去亦洋洋。独抱不贪宝,傲然归其乡。故其所为诗,超超异等常。予观始惭汗,泪乃自忖量②。实固不及此,此义吾敢忘。好善苦汲汲,古风今渺茫。吾友信有之,岂为当世名。却顾问此吏,我感汝得明。可语惟汝辈,此道亦足伤。既书跋其尾,还复寄此章。

【校注】

① 刘正孚：即刘大观（1753—1834），字正孚，号松岚，山东临清州邱县（今属河北）人。乾隆四十二年（1777）拔贡。初仕广西永福县令，署理象州、马平、贺县，调补镇安府天保县令。官至山西布政使。历官有政声。后掌教覃怀书院。能诗文，与李宪乔、李秉礼交最善，是高密诗派的中坚人物。

② 泊：到，至。

除日游山寺①

此日无营者，惟应我与僧。闭门僧且去，飞刹我来登。坐久石自暖，语余山解应。宁知有人处，烟火兀腾腾。

【校注】

① 山寺：归顺州宾山普寿寺。位于今靖西市区东北约 1 千米，旧称滨山，取山在水边之意，后改为宾山。龙潭河及其支流襟带左右，山腹有洞，贯穿前后。洞中建普寿佛刹，供释迦大士，系康熙六年（1667）蜀僧西来意所建。道光十七年（1837），从洞后左开路叠石阶直上山巅，并建凌虚塔于其上。

读　书

长年更读书，如种秋后禾。纵使勤灌溉，有得知几何。翻然欲弃去，平生好无他。因思欱有梦，梦登山之阿。流览未及已，千坟忽嵯峨。更从蜃市游，披褐自啸歌。怀中有明镜，无事自取磨。随磨随可喜，磨具岂在多。具多镜不明，泥垩堆青荷。还归暂偃仰，飒然疏雨过。此时胸臆间，空净如秋河。君莫笑狂客，溟涬将同科①。

【校注】

① 溟涬：古人所说的天体未形成之前的自然之气。

早春夜附家书后寄兄

兀兀谁相对，帐边孤烛光。地缘无事冷，夜为不眠长。几日过新岁，何人到故乡。一封书寄后，转使意茫茫。

自郡还憩鉴隘驿亭，读渊明为建威参军使都经钱溪作有感，次韵寄故山兄妹①

郁郁极边地，忧思日夜积。谁言知昨非②，今来宁异昔。飞鸣少羁系，翻羡林间翮。百里悲去家，况兹万里隔。穷居虽云苦，未抵为人役。本性知已成，终老岂能易。同生仅三人，不堪更离析。潸然忽出涕，先垄荒松柏。

【校注】

① 鉴隘：清代镇安府从府治天保县（今德保县）至归顺州（今靖西市）的必经之道上的一处山隘。半山之间涌出的地下河水形成巨大瀑布，下泻成为鉴水。赵翼《镇安土风》"密箐千寻木，寒泉百丈湫"句自注："泉自鉴隘山穴中出，性极寒。"并有《鉴隘塘瀑布》诗专写壮丽瀑景。

② 知昨非：化用陶渊明《归去来兮辞》中的："觉今是而昨非。"

读《货殖传》六首①

一

家居罕所接,出仕纷交酬。如登亭皋望,众叶随波流。贤愚非一族,亲疏各有俦。究竟所用心,不学皆同谋。问奚致之然,谁得推其由。空堂时独坐,怅然悲旧邱。一编取自娱,还起千载忧。

二

野人习敦朴,出见举可惊。及至涉历多,转使此心平。椎埋与铸币②,各自为营生。桑孔领大农③,不过术校精。多欲施仁义,此道可并行。堪嗟汲长孺④,底用苦分明。

三

七雄方抢攘⑤,一士叱言利。其声今未寂,大噫塞天地。独惜喻者少,但贵纸上字。可怜诸从游,且有牛鼎思⑥。嗣后经岁秦,了了见其弊。炎汉崇经术⑦,益工盐铁计⑧。谁谓谬圣者,乃能识此义。长贫有足羞,此语可流涕。

四

吏道日以杂,桑孔皆贾人。用饶不加赋,虚耗宁免贫。卜式愿助边⑨,非情翻见嗔。此事吾亦疑,秋毫计方勤。谁谓平准世⑩,而有让利民。

五

爵刁出一途,黠奴交守相。不黠术不工,不奴时不尚。低颜少愧耻,反眼足欺诳。贤智推巧夺,大愚笑拙让。勿谓趋益下,此固势所向。渺矣犹古风,本富乃为工。

六

先圣有谟训,诸儒勤讲肄。樵夫之所笑,众知莫或异。固宜三代淳,不有晚近世。如何奸利徒,纷出益无忌。得非仁义真,不在口头嗜。此子虽发愤,跌宕见深意。班掾尔得知⑪,兴心反为刺。

【校注】

① 货殖传:即司马迁《史记·货殖列传》,是专门记叙从事"货殖"活动的杰出人物的类传,也是反映司马迁经济思想和物质观的重要篇章。"货殖"是指谋求"滋生资货财利"以致富,即利用货物的生产与交换,进行商业活动,从中生财求利。司马迁所指的货殖,还包括各种手工业,以及农、牧、渔、矿山、冶炼等行业的经营。全文主要是为春秋末期至秦汉以来的大货殖家,如范蠡、子贡、白圭、猗顿、卓氏、程郑、孔氏、师氏、任氏等作传。通过介绍他们的言论、事迹、社会经济地位,以及他们所处的时代、重要经济地区的特产商品、有名的商业城市和商业活动、各地的生产情况和社会经济发展的特点,叙述他们的致富之道,表述自己的经济思想,以便"后世得以观择"。

② 椎埋:指盗掘坟墓。南朝梁沈约《齐故安陆昭王碑文》:"烽鼓相望,岁时不息,椎埋穿掘之党,阡陌成群。"

③ 桑孔:汉桑弘羊和孔仅,皆以善理财著名。如《宋史·李韶传》上疏:"今土地日蹙者未反,人民丧败者未复,……就使韩白复生,桑孔继出,能为陛下强兵理财,何补治乱安危之数,徒使国家负不赀之名。" 大农:古官名。汉代大司农、大农丞、治粟内史都称大农。《史记·平准书》:"于是大农陈藏钱经耗,赋税既竭,犹不足以奉战士。"

④ 汲长孺：即汲黯(前？—前112)，字长孺，汉濮阳人。武帝时为东海郡太守，后召为九卿，敢于面折廷净。后出为淮阳太守，七年而卒。

⑤ 七雄：指战国七雄，齐、楚、燕、韩、赵、魏、秦。

⑥ 牛鼎："牛鼎烹鸡"之略。《吕氏春秋·应言》："白圭谓魏王曰：'市丘之鼎以烹鸡，多洎之则淡而不可食，少洎之则焦而不熟。"

⑦ 炎汉：即汉代。汉自称以火德王，故称。

⑧ 盐铁：煮盐和冶铁。自汉以来，历代王朝皆以盐铁为政府专营，盐铁之税与田税为国赋收入的主要项目。

⑨ 卜式：汉河南人。以牧羊致富。武帝时和匈奴作战，军费浩繁。式屡次把私财捐献国家。武帝任为中郎，派他在上林牧羊。年余，羊既壮大，又繁殖很多。后官至御史大夫，赐爵关内侯。《汉书》有传。

⑩ 平准：古代官府转输物资、平抑物价的措施。《史记·平准书》："大农之诸官尽笼天下之货物，贵即卖之，贱则买之。如此，富商大贾无所牟大利，则反本，而万物不得腾踊。故抑天下之物，名曰平准。"

⑪ 班掾：即班固。他著《汉书》依司马迁《史记》先例亦有《货殖传》。

新到配军任小道青州人，
儿辈皆为作诗，因书所感①

童稚欣相报，乡音入耳初。宁知伤远遣，却似得家书。几月离山郭，前宵宿峒墟。转思泷吏语②，我意独何如。

【校注】

① 配军：因流刑发配戍边的军卒。 青州：州、府名。汉置青州。南北朝仍置州，治所屡迁，辖领不一。隋废。唐初复置州，后改平卢军节度使。五代及宋因之。元改益都路。明改为青州府。清因之。旧治在山东青州市。

② 泷吏：长驻急流边以保行舟安全的小吏。

游 太 极 洞①

太虚既无阆,此洞亦无始。我来谁与徒,独携无言子。群山若初曙,澄净刮余滓②。宁知日正中,清光破积晦。危坐向深处,兼收听与视。平生事挟筴③,亡羊不胜悔④。因感此州民,蕊茹何时启⑤。不合日一凿,致使浑沌死⑥。

【校注】

①　太极洞:在靖西市城西,孤山清幽,山小而秀,有洞形如太极图,故名。洞原为药王庙,建有四象亭(均已毁),洞壁有清代人题刻联云:"石破天惊,问谁凿开混沌;云油雨获,推此泽润边荒。"乾隆年间县人彭绍英辞官回乡曾在此隐居著述课徒。光绪十一年(1885)曾设私塾学堂于此。洞口上方和侧壁刻有清同治年间当地文人题刻的"太极洞"。《归顺直隶州志》载此诗末附"彭洞主赞":"此洞何有,此翁辟之,豁然中澈,下觉墨屎。呜呼先生,此洞之希夷。"

②　《归顺直隶州志》所载此诗"刮"为"括"字。

③　挟筴:手持简册。

④　亡羊:典出《庄子·骈拇》:"臧与谷,二人相与牧羊,而俱亡其羊。问臧奚事,则挟筴读书;问谷奚使,则博塞以游。二人者,事业不同,其于亡羊均也。"

⑤　《归顺直隶州志》所载此诗"蕊茹"二字作"蓓蕾"。

⑥　浑沌:模糊不清的样子。《庄子·应帝王》:"南海之帝为儵,北海之帝为忽,中央之帝为浑沌。儵与忽时相与遇于浑沌之地,浑沌待之甚善。儵与忽谋报浑沌之德,曰:'人皆有七窍以视听食息,此独无有,尝试凿之。'日凿一窍,七日而浑沌死。"

书孙武公事状后①

嘉鱼楼山两毅魄,不在班行能狗国②。当时更有孙武公,奋臂一呼起江北。论兵自是儒者事,灞上棘门数稚子③。浦城势蹙外援绝④,不使杨公身独死⑤。向疑阿龙本浮沉⑥,受恶阮马岂本心⑦。及观慷慨相命语,却笑浪子称东林⑧。阿龙自超得公助,史中不载归骨处。令得明告后之人,阿龙枯骨在公墓。(武公名临,桐城人。明季以诸生入杨文骢幕,文骢荐之朝,除兵部职,方主事监文骢军,至浦城兵败,与文骢同不屈,死后兄子韦寻得公与文骢遗骨,混不可辨,乃并负之归。合瘗城东三十里枫香岭上。)

【校注】

① 孙武公:即孙临(1611—1646),字克咸,改字武公。安徽桐城人。明崇祯初年,与方以智、方文、钱秉镫、周岐等人成立诗社"泽社"。时中原地区义军四起,东北边陲清军压境,松江府夏瑗公、陈大樽等结几社,讲求治乱御侮之道,与东林党复社相呼应。孙临与他们交往甚密,转而谈兵法,习武功,穿胡服,骑战马,插弓矢,驰骋于通衢广野,自号"武公"、"飞将军"。入巡抚杨文骢募兵军,授副使,为监军。在抗清福州保卫战中壮烈牺牲。有《肆雅堂诗选》十卷。孙临与杨文骢同死,横尸路旁,邻近百姓将其就地合葬。并在冢边一大树上写明官爵、姓氏。数年后,其侄孙韦至浦城,依树求尸,但无法辨别孙临和杨文骢尸骨,遂并裹两具骨骸归桐城,合葬于北乡枫香岭(今龙头乡百岭村),人称"双忠墓"。

② 狗国:为国捐躯。狗,通"殉"。《朱子语类》卷五二:"如古人临之以死生祸福而不变,敢去骂贼,敢去狗国,是他养得这气大,不怕他。"

③ "灞上"句:用"亚夫细柳营"典。汉文帝六年,匈奴大举进犯。文帝派三支军队分驻霸上、棘门、细柳。文帝亲往劳军,前两处的将军皆下骑亲迎。惟细柳军营,既不得直驱入营,周亚夫(勃)又只行军礼不拜。出营后,文帝赞曰:"此真将军矣!曩者霸上、棘门军,若儿戏耳,其将固可袭而虏也。至于亚夫,可得而犯邪!"《史记·绛侯周勃世家》、《汉书·周勃传》皆载。

④ 浦城:县名,属福建省。后汉侯官县地。建安初置汉兴县,三国吴改吴兴,唐改唐兴,又改武宁。天宝元年(742),更名浦城,以城临浦而名。明清属建宁府。

⑤ 杨公:名杨文骢(1597—1645),字龙友,万历末举人。明贵阳人。弘光时官兵备副使、右佥都御史。隆武时为兵部右侍郎兼右佥都御史,率师援衢州,

兵败为清兵所俘,不屈被杀。善书,画善山水,笔墨苍润。有《洵美堂集》。

⑥ 阿龙:即杨文骢。

⑦ 阮马:指阮大铖、马士英。阮大铖(1587—1646),字集之,号圆海、石巢、百子山樵。明怀宁人,万历四十四年(1616)进士,后依附魏忠贤,为崇祯朝废斥不用。明福王立,附马士英同领朝政,官至尚书。清兵破金华,乞降。旋又与士英等密疏请唐王出关,已为内应,事泄知不免,投崖死。以其人卑污,诗文虽工,不为人齿。　马士英(1591?—1646),字瑶草。明末贵阳人。万历四十七年(1619)进士。明亡,拥立福王于南京,任东阁大学士,进太保,专国政。与大铖相勾结,排除异己,招权网利。清兵破南京,出走,被杀。

⑧ 东林:指东林党。明万历年间,顾宪成、高攀龙等于无锡东林书院讲学,评议朝政。天启时,宦官魏忠贤专权,东林诸人与之相抗,被目为党人,备受陷害。崇祯时,党禁始解。

书情寄兰公、敬之、廉夫①

孤琴休废弹,世路本漫漫。不为真识少,那知相得难。松高云始驻,涧僻水偏寒。持向尘中去,悠悠谁解看。

【校注】

① 兰公:即兰第锡。　敬之:即李秉礼。　廉夫:即单韶。

坐独秀山望见城外瀑布欣然有会①

何处转晴雷,游人首重回。响闻一城遍,势挟万山来。欲助诗涛涌,能令瘴眼开。此中难忘处,洒墨在苍苔。

【校注】

① 独秀山：清镇安府治天保县（今德保县）城北的山峰名。状如巨型青笋，山腰峭壁镌"云山"，下有"配岳"二字，笔力遒劲。峰半有毓秀岩、流云洞，入内豁然，别有天地，多有历代名人题刻诗辞。明镇安土府、清镇安府署即建在峰下，峰后为天保县城。主峰云山，山峰秀发，肩交独秀峰。　城外瀑布：由鉴隘瀑布下泻而成的鉴水，流至城西断崖形成"响水瀑布"，为广西四大瀑布之一。

镇安寓舍作(有序)①

苏子瞻诗云"仕宦岂不荣，有时缠忧悲"②，仆则不见其荣但忧悲耳。兹来镇安忧悲尤剧，时当归舍下帷就寝，兀然而思，舍然而解，无可语者，题作此诗。

劳劳远行客，马烦倦长途。昼行夜未息，阴雨多泥涂。冥冥万山中，草深径有无。虫音惨聒耳，虎气凛侵肤。造次有莫测③，蹉跌谁相扶。忽遇路傍舍，一灯土壁隅。解衣卧草荐，快意平生无。我今虽寓居，暖屋深地炉。既绝风雨忧，复免行旅虞。以此视彼境，岂不绰有余。胡为自嗟咤，蹙蹙如鄙夫。

【校注】

① 镇安：即广西镇安府。明洪武元年（1368），镇安路改为镇安土府。府治设于小镇安厅（今那坡县）的感驮岩。次年（1369），府治移建于废冻州（今德保县治）。康熙二年（1663）改土归流为镇安府。乾隆四年（1739），镇安府添设附郭县，为天保县。府辖天保县（今德保县）、归顺州（今靖西县）、小镇安厅（今那坡县）等地。

② 苏子瞻：即苏轼。其《和陶咏三良》原诗为："我岂犬马哉，从君求盖帷。立身固有道，大节要不亏。顾命有治乱，臣子得从违。魏颗真孝爱，三良安足希。仕宦岂不荣，有时缠忧悲。所以靖节翁，服此黔娄衣。"

③ 造次：仓促，急遽。语出《论语·里仁》："君子无终良之间违仁，造次必于定，颠沛必于是。"

民顽一首呈镇安李太守①

民顽不知恩,不仁哉此语。为恩知有几,为害已莫
数。此州属极边,夷民纷杂处。旧以悍犷闻,未往神先
沮。试为布心腹,告其兄与父。因利固有待,先除昔所
蠹。庶各安尔业,讼岳莫予苦。此来未云久,民已三泣
予。某实心愧之,而证前闻悟。勤勤贤太守,怨吏不怨
民。某既证所信,还举以相闻。

【校注】

① 李太守:指镇安府知府李开甫。相关诗作尚有《阿弥陀佛祠为李开甫太
守作》、《镇安送李开甫太守十韵》等。

龙潭野亭陪总戎王将军观渔①

远疆清且整,暇日得从游。座后列千骑,槛前来数
鸥。共乘天色霁,时听野人讴。因感前经处,军兴殊未休。

【校注】

① 龙潭:在归顺州(今靖西市)城东北面,有大龙潭及龙潭河。　总戎:清
人称各省提督下所设的总兵为总戎。

招　诸　文　士

拙身谬从仕,性本耽闲冷。浩浩更南骛,已尽炎荒

境。亲友怅阻绝,无由通欸罄①。举举二三子,殷然时造晴。每惭旧学荒,且复撄簿领②。幸值罢州事,衣带勿烦整。远水周郭白,秋山临边静。倘能从我游,鄙辞当为骋。

【校注】

① 欸(kài)罄(qǐng):即罄欸。比喻谈笑。《庄子·徐无鬼》:"夫逃虚空者,……闻人足音跫然而喜矣,又况乎昆弟亲戚之罄欸其侧者乎?"

② 撄(yīng):接触,触犯。《孟子·尽心下》:"有众逐虎,虎负嵎,莫之敢撄。"

初罢州事临秋独谣寄家兄石桐,兼简桂林诸吟侣①

尚留公廨住②,踪迹已萧然。绿动有猿树,碧间来雁天。梦轻常不记,吟苦若为传。应识思乡甚,逢人问北船。

【校注】

① 石桐:即李宪乔之长兄李怀民,号石桐。

② 公廨(xiè):官署,旧时官吏办公的地方。

珩儿哀辞八章①(含《解哀》)

一

谬狗微禄,悠悠南征②。阴氛夏结,瘴雨昼冥。临当旋心,心尚怔营。谁谓凶灾,而子是丁。

二

谬狗微禄,南征悠悠。诸儿在侧,强慰我愁。临当北旋,先往沮舟。谁谓此子,弃于田州。

三

来报汝疾,书非汝作。忧虞惶惑,终夜作恶。试用筮之,遇晋之剥(叶)。先期十日,已分不活。

四

乃遣靳公,前往视汝。务令汝作,数字慰予。汝弟书至,云减所苦。及待靳回,泪眼相合。

五

汝伯视予,才如婴儿。谓不自恤,寒燠饱饥。临当远别,深以属汝。每怜汝勤,辄思伯父。

六

万里书来,如闻笑语。幼弟弱妹,各言思汝。意汝展读,欢生逆旅。宁知封寄,已不及睹。

七

幼而虚羸,失学自伤。近所为诗,乃同老苍。每用忧之,殊非所宜。讵知天定,竟止于斯。

八

予年近艾,前路余几。况近所遭,多忧少喜。明发恸心,羁孤万里。送汝先归,去事祖妣。

解　哀

陆生叹逝赋③,韦郎感叹诗④。借问此作者,于古
各安之。古今同一运,归尽少复遗。其间偶修短,如行
有远迟。会葬出南郊,涕泪相从追。涕痕或未干,奄与
他人辞。息死圣所训,劳生达者嗤。此理岂难喻,乃独
戚戚为。

【校注】

① 珩儿:即李诒珩,字君衡,李宪乔之子。《晚晴簃诗汇》卷九十八:"君衡,少鹤子。与群从玉章,诒玢在中,诒瓒方中,诒琚从子海,敦测子范澄,皆以诗世其家学。"

② "谬狗"二句:意谓自己错在求禄南下为官。狗禄,谋求禄位。

③ 叹逝赋:即陆机散文《叹逝赋》。陆机(261—303),字士衡,吴郡吴县(今江苏苏州)人,西晋文学家、书法家,孙吴丞相陆逊之孙、大司马陆抗之子,与其弟陆云合称"二陆"。孙吴灭亡后出仕晋朝司马氏政权,曾历任平原内史、祭酒、著作郎等职,世称"陆平原"。后死于"八王之乱",被夷三族。他"少有奇才,文章冠世"(《晋书·陆机传》),与弟陆云俱为中国西晋时期著名文学家,被誉为"太康之英"。陆机还是一位杰出的书法家,他的《平复帖》是中国古代存世最早的名人书法真迹。其《叹逝赋》有序云:"昔每闻长老追计平生同时亲故,或凋落已尽,或仅有存者。余年方四十,而懿亲戚属,亡多存寡;昵交密友,亦不半在。或所曾共游一途,同宴一室,十年之外,索然已尽,以是哀思,哀可知矣。"

④ 韦郎:即韦应物(737—?),唐京兆人。少年时以三卫郎事玄宗,乱后失官,更折节读书。后历官滁州、江州、苏州刺史,有惠政,人称韦江州或韦苏州。因经历宦海沉浮、多次罢官、疾病缠身、中年丧妻等不幸,韦诗多感叹人生不幸及自我宽解。

孙秀才招游太极洞①

生者不生生,化者不化化。恍然思太初,孰是独疑
者。林回负赤子,未为明取舍。大灵叩天关,枉用多吁
咤。故人忧我忧,置酒古洞下。炎彻虽苦燠,秋气已弥野。
晚阴幕众峰,飞雨濡归驾。却顾所来处,本自无拆罅。

【校注】

① 原注:"时予有丧子之戚。" 太极洞:在今广西靖西市区西,孤山清幽,
山小而秀,有洞形如太极图,故名。

寄题宜山黄山谷祠堂①

此翁虽放废,清气一代间。寻常落笔墨,已被万古
传。宁知昔所托,牛豕同卧眠。南楼战风雨,吹飞湿席
毡。妻奴寄中路,几存几得还。人生嗟到此,翁意殊洒
然。祸者应自悔,枉自费机关。血食至今盛②,惇辈同
牲肩③。幸语后来人,所争勿目前。

【校注】

① 宜山:县名,属广西。唐设龙水县,宋宣和初改宜山县,因县北有宜山而
得名。 黄山谷祠堂:位于宜山县北山南麓。黄庭坚因受当朝权臣诬陷于崇
宁三年(1104)被谪羁宜州,后在宜州小南楼病逝。宋嘉定八年(1215)在龙溪旁
建山谷祠以为纪念。历代修缮,规模日宏。原祠于20世纪70年代被拆毁,1985
年宜山县将山谷祠迁入白龙公园,山谷自画像碑镌于祠中壁上。祠内陈列30多
幅字画,反映了山谷先生羁留宜州期间的生活史实。祠后有山谷先生的衣冠墓。

② 血食:指黄山谷祠堂至今香火旺盛。古时杀牲取血,用以祭祀,故云。

《左传·庄公六年》:"若不从三臣,抑社稷实不血食,而君焉取余。"

③ 惇辈:意为章惇之流。章惇(1035—1105),字子厚,号大涤翁,浦城(今属福建南平市浦城县)人。北宋杰出的政治家、战略家、军事家、改革家。嘉祐进士,历商洛县令、雄武军节度推官、著作佐郎、武进知县等职,政绩显著。率军平定了湖北等地并经略湖南,开拓西南地区,统一北宋内地割据势力。熙宁二年(1069),章惇被任命为编修三司条例官,加集贤校理、中书检正。参与熙宁变法,协助推行新法,和保守派展开激烈的斗争。以朋党的罪名驱逐保守党大臣,株连甚众,包括将黄庭坚谪羁宜州。

猛 虎 行①

镇安城中近多虎②,朝攫婴儿暮老妪。此郡之守李开甫,有恤民心能信予。昔闻刘昆在郡虎渡河③,书之史册传匪讹。今者胡为竟反是,官无苛政虎转多。虎虎尔何不往噬,贪酷丧良之官吏。纵噬千百不汝罪,底为残此蚩蚩氓④。恶不为戒善者惊,转使渡河之验不足凭⑤。

【校注】

① 猛虎行:乐府平调曲名。古辞曰"饥不从猛虎食,暮不从野雀栖",故名。

② "镇安"句:曾出知镇安府的赵翼在《檐曝杂记·镇安多虎》载:"镇安多虎患。其近城者,常有三虎,中一虎已黑色,兼有肉翅。"

③ "昔闻"句:后汉刘昆任弘农太守,当地崤山道险,路上多虎,商旅无法通行。刘昆任官三年,仁化大行,虎都背着小虎渡河而去。又宋均迁九江太守,当地虎很多,伤害百姓,宋均整饬吏政,虎也远渡江,不再为害。《后汉书·刘昆传》、《宋均传》皆载。

④ 蚩蚩(chī)氓:敦厚而愚昧的人。指黎民百姓。语出《诗经·卫风·氓》:"氓之蚩蚩,抱布贸丝。"

⑤ "恶不"二句:意为当今猛虎不往噬贪官污吏,却残害无辜百姓,使得后汉刘昆仁化大行,群虎都受感化而离去的传说再不可信。

续 猛 虎 行

　　朝为猛虎诗,暮闻猛虎声。虎不能言无由明,如对以臆请试听。夫子一何愚,使我别善恶。我为天戾虫,所性只贪攫。李太守清且慈,民自感之吾弗知。且凡百有生,相引必以类。我之朋类三两间,正是今之贪酷吏。不酷安得威,不贪安得货。若必责以廉谨之小节,何异吾曹闭口死馁饿①。夫子行归休,无烦代我谋。有能入队肆贪酷,社而稷之尸而祝②。

【校注】

　　① 吾曹:我辈。

　　② 社稷:社,土神;稷,谷神。《白虎通义·社稷》:"人非土不立,非谷不食,……故封土立社,示有土也;稷,五谷之长,故立稷而祭之也。"　尸祝:尸,代表鬼神受享祭的人;祝,传告鬼神言辞的人。立尸而祝祷之,表示崇敬。《庄子·庚桑楚》:"子胡不相与尸而祝之,社而稷之乎?"

后 猛 虎 行

　　潮州刺史韩退之,不容鳄鱼在恶溪①。静思鳄之害,不过食民鹿与猪;何况公然入城市,血人于牙如虎乎?结引贪酷官吏与为朋,比乃于不贪之境肆无忌。天子仁圣化被九有②,敢恃逖荒逞此凶丑。我虽邻州之下吏,为民复仇亦其事。用狼牧羊已可忿,恣虎屠民宁更忍?我即不能请上方剑尽斩酷吏头③,请先以尔为之殉。

【校注】

① 恶溪：又名鳄溪、意溪，在广东潮安县东北。韩江经此合流而南。相传唐时溪有鳄鱼为害，潮州刺史韩愈作《祭鳄鱼文》驱之。是夕，暴风雷电起溪中，水尽涸，自是潮州无鳄鱼之患，百姓得以生息。

② 九有：即九州。

③ 上方剑：尚方宝剑，皇帝用的宝剑，授予亲信大臣，可以先斩后奏。

哀单子庸(可塘)寄廉夫、五星、熙甫①

此道苦难言，怜渠志独敦②。宁知百里内，不使一儒存。郑氏草犹在，黄家席不温。(子庸有老母)平生二三子，此外更谁论。

【校注】

① 单子庸：名子庸，字可塘。　廉夫：即单韶。　五星：即李诒经。　熙甫：即王宁焯。

② 渠：同"佢"，他，她，它(吴语、粤语、客家话、赣语)。

听汪太守述衡山之游①

子才昔来别②，往观衡岳奇。及聆我公语，胜读子才诗。公时抱秋明，委舟湘水湄。一笑谢驱从，独与山僧随。历历穷昼景，复复生夜辉③。灵宫稍驻策，上搜岣嵝碑④。紫盖及石廪，群骏下坂驰。遂凌祝融顶⑤，凛凛天风吹。块殿覆铁瓦，上出尾与箕。此境造已难，公乃信宿期。初暝若胚浑，歘开接娥羲⑥。只立空明中，下视舞云霓。定得逢长源，尚当咤退之⑦。走也亦

经涉,岂尝识此为。胸次顿煜朗,耳目失喧卑。聊用书
所得,却报才翁知⑧。

【校注】

① 汪太守:即镇安府知府汪为霖(1763—1822),字傅三,号春田,江苏如皋
(今江苏如东)人。以贡生捐纳郎中,由刑部湖广司郎中,调守广西思恩府,移官
镇安知府。到任后期许"振文教育人才,尤边徼之急务也",首捐百金重建秀阳
书院,常至书院授课,勖勉年轻学子,"观书论诗,款洽终日不倦"。清中期杰出
的诗人、书画家兼园林艺术家,诗学成就尤其突出,著有《小山泉阁诗存》八卷。
汪为霖任镇安府知府,与镇安府属归顺州知州李宪乔友情深厚,多有唱和。

② 子才:即袁枚。

③ 敻敻(xiong):远,辽阔。

④ 岣嵝碑:亦名禹王碑。岣嵝,为衡山七十二峰之主峰,故衡山又名岣嵝
山。古代神话传说,禹曾在此得金简玉书。岣嵝碑,后人附会为夏禹治水时所
刻。实出后人伪造。宋嘉定中何致曾到碑所,手摸碑文刊之。凡七十七字,似
缪篆,又似符篆。碑原在湖南衡山县云密峰,早佚。

⑤ 祝融顶:指祝融峰。

⑥ 娥羲:分别指月亮和太阳。古代神话认为曦和为日御,嫦娥为月御,后
泛指日月。

⑦ 退之:指韩愈。

⑧ 才翁:指袁枚。

阿弥陀佛祠为李开甫太守作①

　　鳄江西南,地形戾倔。委舟从陆,隐鳞出没②。始
入山口,区绝垄堁③。其境渐高,岑崟互蔽。有莲花
岜④,青苍排列。上天可阶,背负恐阄。次黄泥坡,拳
局磴潍。足垂在外,造次蹉跌。当百年前,合属轧
汹⑤。畴则荒之,铲凿呀豁。士宦商旅,气沮神怛。龛

缘上下,少夷多矾。欻乘此隅,筋力困苶⑥。郁葱中敞,下见城阙。不禁喟然,阿弥陀佛。劬极呼天,此亦同律。故知名此,不用佛说。大书摩崖,来者可质。我公庶止,慈悲民物。爱立之祠,架广轥轥⑦。使疲役者,于焉归歇。不礼有身,此为众设。凡所举施,以此为率。我公去矣,众何能恕。东直丛丛,祠边泣别。更历千载,此情不灭。

【校注】

① 阿弥陀佛祠:在镇安府治天保县(今德保县)城东"阿弥岈"。旧祠已毁,岈上摩崖大书"阿弥陀佛"四字刻石犹存。此岈亦因之得名。

② 隐辚:即隐嶙。谓突起。晋潘岳《西征赋》:"觅陛殿之余基,裁峨岹以隐嶙。"

③ 坌(bèn)坲(fú):尘埃扬起。

④ 莲花峜:又称莲花九峜、莲花山。"峜",古"壮"字,音 gēng,意为山峰。在镇安府下属的奉议州(今属广西田阳县)北面。"莲花峜曲径百盘,直参通蛮表,山石荦确,极为险峻,为入镇安门户"。(嘉庆谢启昆修《广西通志》)关于莲花山的得名,赵翼在《莲花九峜》中认为是因为多节山岳相连,如同藕节,故山之总名为莲花。《清一统志》则认为:"古眉图形,如莲花,南北穿径。"此说认为莲花山绵亘几十里,回环交互,峰攒朵朵,状若莲花,因名。另一说则谓因山连环交互,名连环峜,而人讹"环"为"花"。"九峜"并非实指,实际上只有八峜,分别名为"佛子峜、八字峜、灵峜、莲花峜、三额峜、感颜峜、隆阴峜、抵上峜"。因为莲花峜最高,因统而名之。历代入仕镇安者对莲花九峜的吟咏不断。镇安知府傅坚、商盘、赵翼,归顺知州李宪乔及陆日举、黎士瑜、张日誉等,路经莲花九峜时均有留诗,描写莲花九峜的美景以及山高路险、行人跋涉艰难之状。

⑤ 轧沕(wù):不分明貌。司马相如《上林赋》:"于是乎周览泛观,瞋盼轧沕。"

⑥ 困苶(nié):疲倦困顿。

⑦ 轥轥(niè):盛饰貌,高壮貌。

镇安送李开甫太守十韵

江口俱枊舟①，蹔住还相送。四野浮秋阳，已觉商气重②。郁郁临边山，超超出尘梦。一年分符竹③，万户绝争讼。鄙性独见许，仁言屡喻众。岩壑得追赏，诗笔恣嘲弄。破格不吏云，怜才嗟屈洞。契真良可感，岐多安足恸④。极知是少别，无奈离管动。幸得随量移，前驱犹可控。（公移庆远乔除柳城令）⑤

【校注】

① 枊（yǐ）舟：停泊船只。

② 商气：秋气，五音的商，按阴阳五行说属于金，配合四时为秋。

③ 符竹：指郡守职权。《汉书·文帝纪》："（二年）九月，初与郡守为铜虎符、竹使符。"颜师古注引应劭曰："铜虎符第一至第五，国家当发兵遣使者，至郡合符，符合乃听受之。竹使符皆以竹箭五枚，长五寸，镌刻篆书，第一至第五。"

④ 岐多：典出"杨朱哀岐"。《列子·说符》载，杨朱之邻追羊，既反，杨朱问找到没有，邻人说，丢了。杨朱问原因，邻人答："歧路之中又有歧焉，吾不知所之，所以反焉。"杨朱戚然变容，不言者移时，不笑者竟日。《淮南子·说林训》："杨子见逵路而哭之，为其可以南，可以北。"后以此典感慨人生之路多曲折、歧途，也用以形容离别分手。

⑤ "公移"句：意谓您调任庆远知府，而我也将调任柳城县令。庆远，府名，唐置粤州，改称宜州。宋宣和元年（1119）置庆远军，咸淳初升为庆远府。元改为路，明清仍为府，1913年废。地在今广西宜山县。　柳城：建县于南朝梁大同三年（537），原名龙城县，宋景德三年（1006）始更名柳城县。今为柳州市辖县。

镇安离席听童曾二生歌诗（童名毓灵，曾名传敬），
音韵凄切，因复留赠①

山雨冥蒙滞去程，尊前兀自不胜情。歌当好处君
须住，休到阳关第四声②。

【校注】

　① 原注："童名毓灵，曾名传敬。" 童毓灵：字一萃，号九皋，一号碧潭，乾
隆五十四年（1789）岁贡。归顺州州城人。曾与弟弟童葆元及同州文人袁思明
等，从李少鹤游学，学业得到很大长进。其诗集《岳庐集》、《秋思集》、《宾山集》
已佚，张鹏展《峤西诗钞》辑有其诗。其诗多是咏史、怀古，用事落典较多，意境
多有寄托。 曾传敬：归顺州人，嘉庆元年（1796）恩贡（《靖西县志·人物》）。

　②"休到"句：用"阳关三叠"之意。王维《送元二使安西》诗："渭城朝雨浥
轻尘，客舍青青柳色新。劝君更尽一杯酒，西出阳关无故人。"此诗后入乐府，以
为送别曲，反复咏唱，谓之阳关三叠。

湘　水　遥

湘亦水之一，而擅天下清。遂使无贤愚，到此心泠
泠。维物各有主，世因得以名。熊湘互南维①，提漓而
挈蒸。二妃虽有号②，其传尚杳冥。断自三季后③，略
引其可征。七雄方扰扰，义利汩不明。孟子未涉江④，
主之者屈平⑤。炎汉称平世⑥，治安策未行。谁与爱此
水，主之者贾生⑦。有唐中兴颂，化欲洽九真⑧。主之
者次山⑨，并泐冰井铭⑩。宋尤求治急，其先富贤英。
此地属宣抚⑪，主之者致能⑫。屈贾为湘主，不见用阙
廷。元范为湘主，实有功粤岭。越自元明来，萧瑟无闻

声。湘水岂殊昔,主之难其人。乃有孙观察⑬,报国矢
韭诚⑭。爱人不以私,政理皆有衡。而反视其家,萧然
若柴荆。更访静江(即桂林)户,九真蛮与氓。不言使
君德,但指湘水澄。群吏饮此水,变贪为洁贞。庶民饮
此水,交让无讼争。蛮夷饮此水,永远怀好音。湘复得
所主,将与元范并。我朝治无上,实出睿简精。行以湘
之清,分注乎四瀛。此歌虽鄙野,播之亿万年。

【校注】

① 熊湘:周成王封熊绎于楚,为楚之先。故楚湘称熊湘。

② 二妃:指舜之二妃娥皇、女英。

③ 三季:夏商周三代的末年。《国语·晋》:"虽当三季之王,亦不可乎?"《注》:"季,末也。三季王,桀纣幽王也。"

④ 孟子:即孟轲,字子舆,战国邹人。继承孔子的学说,兼言仁和义,提出"仁政"口号。称"民为贵,君为轻。"认为人性本善,强调养心、存心,成为宋代理学家心性说之本。宋元以后,地位日尊,明嘉靖九年(1530)定为"亚圣孟子"。

⑤ 屈平:即屈原。

⑥ 炎汉:指汉朝。

⑦ 贾生:即贾谊。

⑧ 九真:似指九华真妃。道教神仙名。南朝梁陶弘景《真灵位业图》:"紫清上宫九华真妃。"《注》:"姓安,晋朝降于茅山。"

⑨ 次山:即元结。

⑩ 泐(lè):通"勒",雕刻。冰井铭:大历三年(768),元结为容州刺史,在梧州东二里许开冰井,并作铭刻石。

⑪ 宣抚:官名,即宣抚使。唐德宗后,派朝臣巡视灾区,称宣抚安慰使。宋有宣抚使,其职权如两汉之大将军。元于西南地区置宣抚司,参用土官,处理地方军政大事。明、清宣抚使皆土官世袭之职。

⑫ 致能:范成大,字致能。

⑬ 孙观察:孙玉庭(1752—1834),字佳树,号寄圃,山东济宁人。乾隆四十年(1775)进士,选庶吉士,授检讨。曾官广西按察使、广西巡抚、湖广、两江总督

等职。道光年曾拜体仁阁大学士。《晚晴簃诗汇》载,他有通达外情之胸怀,知中西礼仪习俗之不同。擅诗,有《宝严堂诗集》四卷。

⑭棐(fěi)诚:即棐忱。辅助诚信。《尚书·康诰》:"天畏棐忱。"传:"天德可畏,以其辅诚。"

燕宁明州诸生①

帝阶舞干羽②,外藩始献诚。遂令边鄙士,日有弦歌声。吾民亦劳止,幸时休用兵。却忆在前岁,强半事军萤。涵濡待方呕,妇子庶以宁。不才丑疏拙,斯职谬所膺。拯弊竟安在,美利何由兴。矫矫诸文彦③,实维在野英。政教有未及,尚其为予明。吮笔事章句,未足期大成。溶溶春已回,月华湛初晴。勿嗤醨酒薄,饷客唯蔬羹。中有千古谊,此会良非轻。

【校注】

① 宁明州:汉属临尘县地,唐、五代十国属思明州地,宋至元为思明州,明改为思明土州。清置宁明州,属太平府,在今广西宁明县。

② 干羽:干盾羽扇,都是舞者所执的舞具。武舞执干文舞执羽。语出《尚书·大禹谟》:"帝乃诞敷文德,舞干羽于两阶。"

③ 文彦:文坛精英。

再题牧牛图

尔牧来思,忧目皇皇。但见重负荷,何曾见牛羊!牛何食岭头草,牛何饮潢中潦?但令勿夺其食、尽其力,无求于牧牛自饱。牛有疾,牧医之;牛相触,牧答之。日与牛居牧不辞。即此亦可致蕃滋。无奈苦征责,名为牧,实为役,劳苦倦极仰呼天。天高路远听不得,噫嘻,呼牧不牧,牛羊何属,牧与牛羊皆日蹙。但得所事止牛羊,纵令牧者饿死心亦足。

赠 唐 先 生①

崇山蛮雾里,有叟自横琴。尽解世间事,能持人外心。应门童亦静,识径鹤来寻。剖石倾冰雪,方知爱予深。

【校注】

① 唐先生:当为唐昌龄,归顺州州城人。乾隆五十八年(1793)岁贡,历任广西灌阳、雒容县训导。

译者梁昆华献孔雀一双却之示以诗

翠角金翘相映新,端知性不耐清贫。请君笼向都城去,别赠豪家与贵人。

燕明江陆司马宅即事有赠①

曾同洞中醉,枕石共高歌。那更边头见,临江唤奈何。瘴乡晴日少,荒郡怪禽多。独有心期在,棱棱自不磨。

【校注】

① 明江：水名，源出广西东兴各族自治县分茅岭，分南北两支。北支流经上思、宁明、龙州等县入左江；南支流入北部湾。

送乔宁甫兼柬张汝安

似我与君者，当身分合潜。高怀名岳许，苦语世人嫌。才到已无味，将离更久淹。若因见张子，卦合二人占。

【校注】

① 乔宁甫：曾任广西天河、灵川县令。　张汝安：名予定，字汝安，曾到桂林为县令。二人均为高密诗派成员，与李宪乔、刘大观有唱和。

敬之寄赠衣物十二事①

萧索明州长，浑如老塾师。忽看冠服变，转使吏民疑。试笔重临帖，焚香更赋诗。却怀韩吏部②，初寄阆仙时③。

【校注】

① 敬之：即李秉礼(1748—1830)，字敬之，号松甫(一作松圃)，又号韦庐，江西临川人。乾隆年间曾官江苏刑部司郎中，年仅三十即辞官定居桂林，与李宪乔以风节相砥砺，并从之学诗，为唱和之友。宪乔卒于官，秉礼经纪其丧事，送其灵柩还乡。

② 韩吏部：指韩愈，曾任吏部侍郎。

③ 阆仙：即贾岛，字阆仙。

太平郡庆祝宫回,梦廉夫、颖叔二子①

吾皇千秋节,庆祝极遝輠。肃肃侵夜起,趋拜随群侯。归来暂假寐,飘然堕林邱。丛祠沙步间,历历旧所游。中逢廉与颖,平生感绸缪。语多那复计,屡颔还嗟呕。衡宇已可望,但觉行且修。欻值轩冕过,三人皆转头。蹙蹙避其尘,分散如惊鸥。早知谬通籍②,臣本草莽俦。愿言返故山,逸侣时相求。永为击壤民,共颂无疆休。

【校注】

①　太平郡:宋为太平寨,元改太平路。明清为府。即今广西崇左市地。廉夫:即单鉊。　颖叔:即王克纯。

②　通籍:指进士初及第。

哀 老 仆 郇 淳

六十不为夭,汝死非命促。独恨万里阻,一家不得哭。事予已三世,心力久勤笃。疾痛每相关,曾不间骨肉。不嫌主人贫,边徼徇微禄。奔走瘴峤间,时怵蛇虫毒。汝疾已兼旬,予役方未复。入门首相问,遽复登鬼录。尔来伤已多,恻恻痛在腹。可怜检汝笥①,未有数金蓄。予子丧未归,悲汝又相续。尚赖得随侍,双魂还乡曲。

【校注】

① 笥(sì)：盛饭或衣物的方形竹器。

感 贾 李①

漫作长鲸比②，徒深孤凤情③。自怜遭蚁制④，谁解与鸡争。二子出复尔，吾心何不平。欲知行更远，北睇夜郎城⑤。

【校注】

① 贾李：指贾谊、李白。

② 长鲸：指李白。杜甫《送孔巢父谢病归游江东兼呈李白》诗："若逢李白骑鲸鱼，道甫问讯今何如？"仇兆鳌注："俗传李白醉骑鲸鱼，溺死浔阳，皆缘此句而附会之耳。"后常用"跨长鲸"、"骑鲸捉月"、"李白鲸"等形容诗人文士纵情饮酒，潇洒豪放。如清代黄景仁《尹六丈为作云峰阁图》诗："碧海难骑李白鲸，红尘渐老嵇康凤。"

③ 孤凤：意谓贾谊出为长沙王太傅前，在京为太中大夫，掌议论，一度受皇帝宠信，但遭群臣嫉妒，如身处鸦群的孤凤。

④ 遭蚁制：化用贾谊《吊屈原赋》："横江湖之鳣鲸兮，固将制于蝼蚁。"

⑤ 夜郎城：李白曾以坐永王李璘之乱，被流放夜郎。这里是李宪乔说自己走得比李白更南、更远。望夜郎城都算是北望了。

校唐人格律寄敬之①

此中多苦辛，脉脉自相亲。料得知深处，应难说与人。情于过后甚，景比见时真。张贾今犹在②，偕君试可询。

【校注】
　①　敬之：即李秉礼。
　②　张贾：指张籍、贾岛。

酬汪太守《郡斋对雨见怀》①

　　何处观朝雨，萧条感谢文。却怜过岭鹤，又逐出关云。隐几时方寂，连峰近不分。忆同疏竹下，曾向夜窗闻。

【校注】
　①　汪太守：即汪为霖（1763—1822），字傅三，号春田，江苏如皋（今江苏如东）人。时任镇安知府，与镇安府属归顺州知州李宪乔友情深厚，多有唱和。

过新宁州赠刺史陈惕之①

　　稍稍氛雾褰，依依桑麻列。纡余城下路，喜见田车辙。游子苦山川，居者感时节。君亦江北人，乡味好同说。

【校注】
　①　新宁州：汉属合浦县地，隋属宣化县地。明置新宁州，清因之。属南宁府，在今扶绥县。　陈惕之：字怀耳，号恭父。

再燕王将军池亭

　　前宵醒未解，折束更相将。孔翠识来客①，绮罗生晚凉。豪吟宽检束，醉墨许颠狂。明日浔江去②，此观安得忘。

【校注】

　　① 孔翠：孔雀与翠鸟，或专指孔雀。

　　② 浔江：水名，在广西。起桂平市，至梧州市止。其上流分两支，一为黔江，一为郁江。其下流入广东称西江。

宣化途次田舍作^①

　　远役难计程，况值零雨中。前驿适未及，投宿蛮村农。湿壁带土气，檐隒多夜雨。田器自倚隅，错杂间蒿蓬。谁谓芰舍劳，乃得乡味同。无床可安枕，危坐神惺忪。土门直近山，月出露蒙蒙。于此得清赏，弥使情难穷。早知自为多，苦乏济物功。便拟谢羁绁，归去逐野翁。

【校注】

　　① 宣化：县名，汉领方县地，晋置晋兴县，隋开皇十八年（598）改为宣化。唐宋为邕州治所。即今广西南宁市邕宁区。

昆　仑　关^①

　　步登昆仑关，北望宾州城^②。延亘百里间，山势郁巑岏。何物狄宣抚^③，来若飞鸟过。筵上酒未停，已报此关破。权家贵拙速，尚嫌脱兔迟。想见州士女，观灯犹未归。泚水亦乘胜^④，城濮本易败^⑤。喜事出债兴，无谋讵足赖。丈夫各有抱，不用即疏或。应笑渭南叟⑥,松亭梦中夺⑦。

【校注】

① 昆仑关:在广西南宁市邕宁区东北昆仑山上,与宾阳县接界,唐元和十四年(819)裴行立始垒石为关,北宋景祐二年(1035)建关城,历代均有加固、重修。地势险要,历来为兵家必争之地。宋狄青与侬智高之战即在此关。

② 宾州:州名,本汉岭方县。南朝梁立岭方郡,隋废郡,以县属尹州。唐贞观五年(631)置宾州,1912年改宾阳县,属广西。

③ 狄宣抚:指狄青。此及下数句皆言宋皇祐四年(1052)事。狄青(1008—1057),字汉臣,宋汾州西河人。宝元初,为延州指使,勇而善谋,经略尹洙、范仲淹待之甚厚。以功擢升枢密副使。平生前后二十五战,以皇祐四年上元夜袭破昆仑关之战最著名。官至枢密使。后不为文臣所喜,罢为同中书门下平章事,出判陈州。卒谥武襄。

④ 淝水:即淝水之战。晋太元八年(383),前秦苻坚大举入侵,据寿阳。晋相谢安命谢石、谢玄迎战,先于洛涧破秦军前哨,进逼淝水。坚欲俟玄等渡河当半之际全歼晋师,麾兵小却,玄等即因渡河直前,秦兵退不可止,诸军尽溃。

⑤ 城濮:即城濮之战。春秋时晋楚战于城濮。楚强晋弱,晋军先退九十里,选择楚军薄弱的左右两翼,给予沉重打击,大败楚军。这是我国历史上一次著名的以弱胜强的战役。

⑥ 渭南叟:指陆游(1125—1210),字务观,号放翁,宋越州山阴人。力主抗金,屡受排挤。一生写诗近万首,题材广阔,多清新之作,其政治诗抒发爱国义愤,关心人民疾苦,风格雄浑豪迈,为南宋一大家。词与散文成就亦高。有《剑南诗稿》《渭南文集》等。

⑦ "松亭"句:化用陆游《楼上醉书》诗中"三更抚枕忽大叫,梦中夺得松亭关"句意。

穿山驿题潘巡检山阁①

宁知行兀兀,得共此萧闲。时坐竹间阁,近看蕉外山。只宜童侍侧,为爱燕飞还。待送羁人去,知君独掩关。

【校注】

① 穿山驿：在柳州府城南四十里，马驿也，有穿山堡。成化六年（1470）迁穿山驿于穿山堡城内。见《舆程记》。

戏咏小舟六韵

为舟宁胜芥①，只合在堂坳。榻隐蛇归窟，篷开燕出巢。才堪系片石，常是就深茅。因屋难为广，屈躬真象勹。那思监河贷②，不称宛邱嘲③。却喜一编在，自观天地交。

【校注】

① 芥：小草。指船小如草。《庄子·逍遥游》："覆杯水于坳堂之上，则芥为之舟。"

② 监河贷：典见《庄子·外物》："庄周家贫，故往贷粟于监河侯。监河侯曰：'诺。我将得邑金，将贷子三百金，可乎？'庄周忿然作色曰：'周昨来，有中道而呼者。周顾视，车辙中有鲋鱼焉。'"鱼问："君岂有斗升之水而活我哉？"周曰："诺。我且南游吴越之王，激西江之水而迎子，可乎？"鲋鱼忿然作色曰："吾失我常与，我无所处，吾得斗升之水然活耳，君乃言此，曾不如早索我于枯鱼之肆。"后以此典形容人身处困境，急需援救。

③ 宛邱：即宛丘，宋人张耒作文集名。张耒与黄庭坚、曹补之、秦观为"苏门四学士"。轼称其文汪洋冲淡，有一唱三叹之音，诗学张籍、白居易，风格平易，但流于粗疏草率。

宿石鼓滩有感韩子龙宫滩作①

倾奔从远至，郁律向空迥。激处长侵夜，阴余尚隐雷。在前听已惯，到此恨难裁。想与龙宫比，涪翁安在哉②。

【校注】

① 石鼓滩：未详,待考。　韩子：指韩愈。　龙宫滩：位于广东省连州市连州镇与龙潭镇之间的湟川三峡,岸边有一"龙宫寺",韩愈贬阳山令时,夜宿龙宫寺,留下《宿龙宫滩》刻在崖壁上:"浩浩复汤汤,滩声抑更扬。奔流疑激电,惊浪似浮霜。梦觉灯生晕,宵残雨送凉。如何连晓语,一半是思乡。"

② 涪翁：即黄庭坚,号山谷道人,晚号涪翁。

大石滩阻雨和家兄石桐前寄三诗

一

忆昔南来感,忧虞未到时。空江闻猛雨,晓梦在慈帷①。阔阔岁月远,悠悠行役悲。转因鹡鸰唱②,怆触涕涟洏③。

二

万里缄开日,依依在薜萝。漫游亲爱隔,旧卷哭伤多④。纵使沧州近,其如白发何。田家荆树好⑤,珍重有双柯。

三

迢递一书返,分明非梦思。荒村初雪夜,远信到家时。久怅故交别,屡愆归使期。此期应未识,风雨瘴江湄⑥。

【校注】

① 原注:"此前唐子来时句也。"

② 鹡(jí)鸰(líng):俗称张飞鸟。因多活动于水边,停息时尾上下摆动,故又称点水雀。

③ 原注:"右和《熙甫晓雨寄丹柱诗见示因感子乔南行即示二子》。"

④ 原注:"谓前悲先叔白及王仲则,近复多有子侄之丧。"

⑤ 田家荆树:汉时京兆田真兄弟三人,商议分家,其他均已平分,唯有一株紫荆树,打算也分成三份。树突然枯死,像烧焦了一样。田真很是吃惊,谓弟曰:"树本同株,闻将分析,所以憔悴,是人不如木也。"因悲不自胜,不复解树,树应声荣茂。兄弟三人又将财产归在一起,遂为孝义之家。《艺文类聚》引周景式的《孝子传》、南朝梁吴均的《续齐谐记》均载。

⑥ 原注:"右和《雪中喜子乔书之并南行诗卷寄廉夫五星丹柱》。"

晚 次 永 福 县①

连山中断处,江岸有孤城。稍送湿云尽,已看新月生。竹间深阁色,烟际读书声。欲往殊未得,悠悠怅我情。

【校注】

① 永福县:唐置,五代十国至民国因之。唐、五代十国属桂州,宋属静江府,元属静江路,明清属桂林府。在今永福县。

苏桥将登陆别所乘小舟留题①

始入方蹩躄,欲别还恋恋。欠伸短篷下,渐与周旋惯。平卧爱山色,引手接葭薍②。曙泛趁浮鸥,夕眠视蛰燕。岂异委卷居,不兴华屋羡。行行当改路,依依停近岸。去若振新衣,住比捐秋扇。难袪桑下怀③,聊用尽缱绻。

【校注】

① 苏桥：地名，即广西永福县苏桥镇。

② 薍（wàn）：初生的芦荻。

③ 桑下怀：典见《后汉书·襄楷列传》："浮屠不三宿桑下，不欲久生恩爱，精之至也。"《注》："言浮屠之人寄桑下者，不经三宿便即移去，示无爱恋之心也。"后以此典形容对世间事物有所顾恋，未脱凡俗之心。

将至会城覆讯解囚感叹作诗①

啾啁獠鸟语，渐久半可谐。浃月相依依②，行息每与偕。水陆及食饮，轸视勿使垂。念其有情性，驯习如婴孩。宁知赴极刑，犹自为欢咍。岂异死灯蛾，暂时绕且迴。尔罪我敢逭③，不教谁咎哉。讯罢仰天叹，莫喻愧且哀。

【校注】

① 会城：省城。此指广西省城桂林。

② 浃（jiā）月：两月。

③ 逭（huàn）：逃避。《尚书·太甲》："天作孽，犹可违；自作孽，不可逭。"

赠江西胡茂甫进士（森）兼呈敬之①

相逢意渺然，胸次着千年。学在登科后，书来识面前。月随同步径，雨湿旧吟船。真好无水部，宁知项子贤②。

【校注】

① 胡茂甫：名胡森。据汪辟疆《论高密诗派》："而胡森亦以江西人，与少鹤往来，自是江西诗人多有传其《中晚唐诗主客图》者，于是江西有高密之派。"

敬之：即李秉礼。

② "真好"二句：用"逢人说项斯"之典。据唐代李绰《尚书故实》载："杨祭酒敬之爱才，公心赏之，江表之士项斯，赠诗曰：'处处见诗诗总好，及观标格过于诗。平生不解藏人善，到处相逢说项斯。'项因此名振，遂登高科。"宋代钱易《南部新书》及《唐诗纪事》均有载。后以此典形容推荐奖掖别人，也指为人说好话。

喻友诗示敬之

冉冉空中云，会合歘成雨。松萝非同根，亦得相依聚。萝断岂更结，云分亦各灭。何似两人心，万里犹共热。漫言心不负，尤在所期厚。大义自古来，慷慨命为友。可怜扰扰间，梪酒成弟昆。转眼有莫知，何待张与陈。

桂林留别敬之

已分当南骛，为君时复留。数星江上寺，深夜石边舟。酒尽吟仍苦，灯昏语未休。朝来看帆影，谁共在城楼。

敬之复来相送舟中作

别语前宵尽，君怀更几重。亦如寄书后，追取又开封。怅此一孤棹,绕之千万峰。却成两度感,交叠在心胸。

方叔驹以观察引疾还故山却寄,
并追怀周林汲,时周已殁①

吴楚望依依,初心竟莫违。尚闻承诏日,已着在山衣。采药松间径,寻僧雪里扉。所嗟清塞寂②,不及待君归。

【校注】

① 方叔驹:高密人,曾任观察。　周林汲:名永年,字林汲。曾任编修。

② 清塞:名周贺,字南卿。唐东洛(今河南洛阳市)人。曾隐嵩阳少室山,后居庐岳为僧,法号清塞。大和末,姚合任杭州刺史,爱其诗,命还初服。晚年曾出仕。工诗,与贾岛、无可齐名。

追悼刘将官(并序)

昔乡人刘永泰①,以侍卫出为梧州守,备与予相从甚欢,及予再度岭来,不复得其消息。今年夏,扁舟过梧,遇参戎王君(懋赏)②,为言刘于巳酉之役已陷安南军中死矣③。予悲感不已,为赋此诗,并示王君。

征南师远下,往事已成尘。谁道没蕃骨,于中有故人。遽闻当此夕,遍访几经春。为谢王骠骑,休惊涕泪新。

【校注】

① 刘永泰：山东高密人，以武进士入朝为侍卫，外放为协理江南道监察御史，南下任梧州守。

② 王懋赏（？—1802）山东福山人，清朝将领。乾隆四十一年（1776）一甲一名武进士，授头等侍卫。出为云南景蒙营游击，累迁广西浔州协副将。从征苗疆，克结石冈，破尖云山，复乾州，皆有功。嘉庆二年（1797），以征讨西隆回广西。擢湖南永州镇总兵，曾家秀等窜保康，踞马鬃岭拒战，懋赏先登，中矛，殁於阵。

③ "为言"句：乾隆五十三年（1788）十月二十八日，两广总督孙士毅奉命率兵出镇南关，用兵安南，未及一月，攻陷其国都——黎城。然于次年巳酉（1789）正月初，即兵败而归，是为"安南之役"。刘永泰即战殁于此役。

藤 江 月①

山带余辉敛，潮兼暮色回。何时已上月，无语入船来。水客同栖息，沙禽少忌猜。转悲两苏子，未及共沿洄。

【校注】

① 藤江：浔江流经藤县段，亦称藤江。

浔 江 月①

江面待得月，月来江更空。不知涛落处，孤挂夜方中。尚想归陶侃②，曾经送葛洪。嗟余竟何事，拥被倚孤篷。

【校注】

① 浔江：珠江流域西江干流中游河段名称。起自广西桂平市，流经平南、

藤县、苍梧等县,至梧州止。其上流分两支,一为黔江,一为郁江。其下流入广东称西江。

② 陶侃(259—334):字士行,晋浔阳人。积功迁至荆州刺史,遭王钝忌,转任广州刺史。苏峻叛晋,建康失守,陶侃为盟主击杀之,封长沙郡公,都督八州军事。侃在军四十余年,果毅善断。卒谥桓。《晋书》有传。陶渊明是其曾孙。

郁　江　月①

收帆当气霁,沿渚更云屯。待向极空际,吐来残夜痕。鱼龙惊岸坼,草树助山昏。莫被成功将,都将兵甲论。

【校注】

① 郁江:珠江流域西江水系最大支流,是西江黔江段和浔江段的分界点,位于广西南部。北源右江为正源,发源于云南省广南县境内的杨梅山;南源左江源于越南境内。左、右江在南宁市邕宁区宋村汇合后始称郁江。然后流经南宁市邕宁区、横县、贵港市,至桂平市与黔江汇合而成浔江。

丽　江　月①

感尔相随远,苍茫一月程。不容边索隔,还向晓帆生。异域难分宿,孤光仗得晴。悬知更南下,应带鹤星明。

【校注】

① 丽江:郁江的南源左江,古代亦称丽江。

酬陆司马(并序)

予之来宁明也①,陆君相送于桂林环珠洞②。及陆至明江③,予则以事赴桂林,陆有诗赠,行未及酬也。今予当南旋,而陆又奉命北上,旦晚可相遇,因继前篇先用寄之。

故人欣此聚,已忘属边陲。无那相逢处,多为欲别时。参辰空复望,雁燕岂前期。江柳不胜折,南枝更北枝④。

【校注】

① 宁明:唐、五代十国属思明州地,宋至元为思明州,明改为思明土州。清置宁明州,属太平府,在今广西宁明县。

② 环珠洞:又名"还珠洞"、"玩珠洞"。《广西通志·山川》引明胡直记曰:"还珠洞即伏波山,前麓滨江,穿起谷牙张,中垂二石,莹洁如磨,一不及地如线。"洞中颇多石刻。

③ 明江:水名,源出广西东兴各族自治县分茅岭,分南北两支。北支流经上思、宁明、龙州等县入左江;南支流入北部湾。

④ "江柳"二句:用《折柳》之典。据《三辅黄图》六《桥》:"霸桥在长安东,跨水作桥,汉人送客至此桥,折柳赠别。"后因以折柳为送别之词。

买栈香戏寄山中故人①

惟以轻见易,万钱收百斛。饶无一夕间,犹可十年闻。稍寓非木旨,羞从沉水分。只应共山友,未足献吾君。

【校注】

① 栈香:即伽南香。晋嵇含《南方草木状》:"交趾有蜜香树,⋯⋯其干为

栈香。"唐刘珣《岭表录异》："广管罗州,多栈香树,身似柳,其花白而繁,其叶如橘,皮堪作纸,名为香皮。"

分 香 赠 约 言

试着一雨片,寂然虚室中。何须入鼻后,始觉此心空。暂得岂足贵,永怀知不同。可能将此味,淡泊共衰翁。

添　香

童稚课已惯,试添皆合宜。聊为闲坐供,每被近邻知。适在罢吟后,了然无梦时。此中独斟酌,不见意迟迟。

题 敬 之 秋 卷①

琴格高来岂自知,商山路转竹风吹②。从今莫更遣人听,已是独弹秋思时。

【校注】
　① 敬之:指李秉礼。　秋卷:唐代举子落第后寄居京师过夏课读,其间所作诗文称为秋卷。
　② 商山:汉初商山中住有四位隐士,四人须眉皆白,故称商山四皓。高祖召,不应。后高祖欲废太子,吕后用留侯计,迎四皓,使辅太子。高祖见曰:"羽翼成矣。"遂辍废太子之意。事见《史记·留侯世家》、《汉书·张良传》。后遂

以商山指隐居之所。

暝 坐

新诗初改罢,旧卷懒重开。案冷香已尽,壁昏灯未来。无人聊复尔,不睡亦悠哉。看我此时意,何如明镜台①。

【校注】

① 明镜台:意为心无尘染之状。传说佛教禅宗五祖弘忍传位之时,让弟子作偈颂示对禅宗的领悟。大弟子神秀作曰:"菩提本是树,心是明镜台。时时勤拂拭,勿使惹尘埃。"烧火僧慧能不会写字,请人代写一首:"菩提本无树,明镜亦非台。本来无一物,何处惹尘埃。"后二人分禅宗为南、北宗。南宗顿悟、北宗渐进,恰是偈中所示。

送族侄约言北还

感尔相从远,苦辛同历之。易销为客日,难定是归期。故国三间屋,行囊数轴诗。亲知如见问,饶得半头丝。

与族侄纶别后却寄

片石与孤琴,何劳事远寻。入时各殊味,及子共初心。万里寒梦破,一灯宵话深。此中犹苦别,独感意沉沉。

伤山村邻友

山村居族少,止此一家邻。多有藏余酒,从无空过春。嗟余孤棹远,愧尔寄书频。却忆虚斋掩,惟应满案尘。

安南使臣吴时任赠熏香①

素业废来久,嗜香空有诗。何缘故山性,却被远人知。小艇犹寒候,荒江闲对时。瓦盆聊复试,陆贾漫相嗤②。

【校注】

　①原注:"时护送贡使至南宁。"安南:指安南国,是越南的古称,安南一词得名于唐代的安南都护府,古代越南北部自公元前3世纪的中国秦朝开始属中国领土,至五代十国时,越南叛乱独立,北宋无力收复,故从中国分裂出去,之后越南一直作为中国的藩属国。　吴时任(越南语:Ng & ocirc;Thời Nhiệm;1746—1803),一作吴时壬(越:Ng & ocirc;Thì Nhậm),字希尹,号达轩。越南历史学家、文学家、儒学学者,越南吴家文派人物之一。昭统帝时,为校讨兼纂修国史,继续编写其父吴时仕的《大越史记全书续编》,并修订了黎熙宗至黎懿宗之间的五朝实录。1792年,兼任国史署总裁。深得国王阮惠信任,委以对清外交大权,许多呈递清朝的外交文书皆出其手。翌年以侍中大学士正使的身份出使清朝,报告阮惠之丧,请求册封阮光缵为新的安南国王。1797年,奉命为国史监修,整理刊行吴时仕的《越史标按》。著有《邦交集》、《华程家印诗集》、《海阳志略》、《二十一史撮要》、《四家说谱》等。他也被认为是《皇黎一统志》的作者之一。其子吴时典亦是一名儒学学者。　南宁:指南宁府。明置,清因之。明属广西布政司,清属广西省,统宣化等县。治所宣化县,在今南宁市邕宁区。

② 陆贾：汉初楚人。以客从刘邦建汉王朝，有辩才。曾两度出使南越，招谕尉佗。授太中大夫，劝丞相陈平深结太尉周勃，合谋诛诸吕、立文帝。有《新语》十二篇。

王龙州奉使册立安南国王①，自关外寄书与阮刺史，言少鹤暂作闲人定多著述，颇用妒之。戏呈百二十字

髯也人中龙，厥量孰与大。更将九天云，为霖八寰外②。草书答番使，欲与典册配。番君等昏稚，辟咡屡申诫。慷慨临雄关，雍容旋大斾③。笑我如草萤，微光自矜爱。纪功镂玉牒，千年此嘉会。逊贱不得与，戚嗟瘴江濑。适今当北移，檥舟尚有待。髯乃远念之，善诙类嗔诤。多应悯其穷，薄技有谁句。纵使赋云梦，亦当不蒂芥。

【校注】

① 王龙州：即王辛甫。时任广西龙州知州。龙州与宁明州相邻，李宪乔任宁明州知州时与他相友善。除本诗外，李宪乔尚有《王辛甫使君右迁太守却寄》、《王龙州以吏议去职，两粤大帅不敢奏留，嘉勇公自西蜀飞章奏之，诏"可"，边人欢呼纪以诗》、《王辛甫使君右迁太守却寄》等。　册立安南国王：1792 年，安南国王阮惠逝世，遗命由阮光缵继位，让陈文纪、陈光耀辅政。阮光缵登基称帝，改元景盛，当时年仅十岁。阮光缵遣吴时任前往清朝请求册封，清朝派遣广西按察使成林册封其为安南国王。此前，1789 年阮惠被清朝册封为安南国王时，清朝误以为居于升龙（今河内市）的北河节制阮光垂是阮惠的长子，册封阮光垂为安南王世子。次年，阮惠派范公治出使清朝，清廷始知阮光垂是庶子，阮光缵才是嫡长子，因此改封阮光缵为安南王世子。阮惠也正式册立阮光缵为皇太子，并在临终时遗命由阮光缵继位。龙州与安南接壤，亦是册封的必经之地，其知州王辛甫即为成林的随行官员。

② 八夤(yín)：用《淮南子·地形》"九州岛之外,乃有八夤"之意。此指神州。

③ 斾(pèi)：指旗帜。

同阮刺史泛丽江,往返七日翛然无一事①

王官皆有程,难得此闲清。几宿寄孤棹,听君话四明。山从幔外过,瀑向枕边倾。不为州人望,应向出世情。

【校注】

① 丽江：左江的别称。

【龙城集】

诤人行①(并引)

《山海经》:"东海之外有国名诤人②,身长九寸,为海鹤所食。"李子感之作此诗。

海鹤三尺胫,诤人九寸躯。神州自广阔,海鹤苦囚拘。滴粒竞所获,诤人乐有余。在昔诤人少,海鹤过食之。近见无非是,海鹤翻被欺。翘肖跳嬉自一世,底用昂昂高大为。

【校注】

① 诤(jìng)人:古代神话中的小人国之人。如柳宗元《行路难》诗之一:"北方诤人长九寸,开口抵掌更笑喧。"

②《山海经》:作者不详,约成书于战国,又经秦汉,有所增删。书中记述各地山川、道里、部族、物产、祭祀、医巫、原始风俗,往往多杂怪异,保存远古的神话传说和史地材料甚多。

毕方行①(并引)

《山海经》:"毕方如鹤一足,赤文、白喙,见则下有讹火。"②李子感之曰:"此岂鹤之性也哉?"作此诗。

鹤于庶羽中,耿立双修胫。胡为摧损之,怪似林雍暂。有生清迥心,于世故无竞。必使白变赤,为灾害民命。名之曰毕方,获罪大禹圣。然后众鸴鸳③,类以交相庆。宁知鹤有真,变形难变性。纵并一足无,肯失独也正。

【校注】

① 毕方：传说中的怪鸟。除《山海经》所记外，其他文献亦有记载，如《文选》载张衡的《东京赋》："八灵为之震慑，况魃蜮与毕方。"三国吴薛综注："毕方，……老父神，如乌两足一翼者，常衔火在人家作怪灾。"

② 讹火：妖火。

③ 鹯(zhān)鹜：猛禽。

养疾舟中作

荏苒倦尘劳，偃蹇时善疾。出郭稍欲遣，辄就扁舟息。焚香对孤缕，避风弥众隙。船扉未合处，尚受远山色。心境忽迢遥，如在五湖宅。所憎其尽祛，所苦遽已失。谁谓此膏肓①，必借针灸力。拼使仍徐还，切莫来俗客。

【校注】

① 膏肓：即病入膏肓。典出《左传·成公十年》："公梦疾为二竖子，曰：'彼良医也，惧伤我，焉逃之？'其一曰：'居肓之上，膏之下，若我何？'医至，曰：'疾不可为也，在肓之上，膏之下，攻之不可，达之不及，药不至焉，不可为也。'"

出城送客至江上渺然思归

送客南渡口，始觉秋气多。雪雪风吹云①，鳞鳞水生波。远阴漫前浦，微阳尚乔柯②。乡书久未返，须发知如何。

【校注】

① 霅霅(zhà)：当为象声词，状下雨声。《广雅·释训》："霅霅，雨也。"清王念孙《疏证》："故雨下亦谓霅，重言之则曰霅霅。"

② 乔柯：高枝。晋陶潜《杂诗》之十二："年始三五间，乔柯何可倚？"

和方叔驹观察《同汪大绅秀才、 寒石上人拜彭秋士墓》

已知观化久①，簪绂未离身②。更约南宗侣，来悲栢下人③。纪行无片石，遴墓有荒榛。吊罢还分散，寒郊起墓尘。

【校注】

① 观化：观察教化。《吕氏春秋·具备》："宓子贱治亶父。……乃得行其术于亶父。三年，巫马旗短褐衣弊裘而往观化于亶父。"

② 簪(zān)绂(fú)：簪，古代用以固定发髻的针形首饰。绂，系官印的丝带。喻显贵。

③ 栢下：亦作柏下、栢历。古时人始死，立木于庭中，上横一木如门，叫"重"；横木下悬鬲，即"历"；中盛粥，谓为死者神所凭依，葬后始改用木主。魏晋以后，又有凶门柏历，置于门外以表丧，略似后世的丧事牌楼。

哭 乔 蓬 州①

未必非传误，遽闻先泪流。箧中前月札，天末别时舟。到死穷相送，来生恐未休。官阶虽再授，是否到蓬州。

【校注】

① 蓬州：地名,秦汉为巴陵郡、梁置伏虞郡。后周置蓬州。隋州废。唐复置,至德二年(757)改为蓬山郡,干元初复为蓬州。宋因之。元至元二十年(1283)升为蓬州路,寻又为蓬州。明清相仍。1913年改为蓬安县,属四川省。

孙罗城见过读予门下诸生诗句,大惊,
为赋长歌。诸生既各酬之,予亦有作①

伯阳相马天下无②,顾崖相士今亦孤③。有目岂与常人殊,龙水净洗能辨珠。朅来过我鹤楼下。瞥见与鹤共吟者,交惊舌舔首频颔④。谓是在世皆无价,长歌纵横书在纸。一日传遍南交市,始信徂徕三豪非自夸⑤。真识更有欧阳子,感此令我思故山。恨不为君见且传,吾党狂简尤斐然。

【校注】

① 孙罗城：即孙顾崖。
② 伯阳：俗称伯乐。春秋时秦穆公时人,以善相马著称。《庄子·释文》："伯乐姓孙名阳,善驭马。"
③ 顾崖：指孙顾崖。　相士：相师。以看命相为职业的人。
④ 舔(tián)：吐舌。韩愈《喜侯喜至赠张籍张彻》诗："杂作承闲聘,交惊舌互舔。"
⑤ 徂徕三豪：李宪乔自称其"三李"(石桐、叔白、少鹤)兄弟。徂徕,即其山东故里名山。

调 童 九 皋①

顾崖自负今莘老②,突见子诗惊立倒。无论边彻

无此人,江北江南能亦少。子方从我于蓬蒿,举世已知童九皋③。若令读我大鹏赋,九垓何以穷逍遥④。地上之友累千百,唯阿较量孰得失。会到溟涬同科时⑤,未暇更与分南北。

【校注】

① 童九皋:名毓灵,字九皋,号正一,归顺州(今广西靖西市)人。李宪乔知归顺州时,与其弟童葆元皆为其得意门生。民国《靖西县志》载:"(知州李宪乔)敏明刚断,礼士爱民,尤工于诗。政暇尝以教州人士。州人粗知韵语,皆宪乔所教也。贡生童毓灵、庠生童葆元皆经其陶育。一时风雅称彬彬焉。"童毓灵有《岳庐集》、《秋思集》、《宾山集》,童葆元有《皆玉集》。张鹏展辑录的《峤西诗钞》中,收有童毓灵诗30余首、童葆元诗数首。

② 莘老:指商伊尹。尹初隐时耕于有莘之野,故称。《晋书·束皙传·玄居释》:"莘老负金铉以陈烹割之说,齐客当康衢而咏白水之诗。"

③ 蓬蒿:蓬草与蒿草,常指草野。李白《南陵别八童入京》有句:"仰天大笑出门去,我辈岂是蓬蒿人。"

④ 大鹏赋:唐李白有《大鹏赋》,后多以寄托超脱陈俗,向往自然的情趣。
九垓:天空极高远处。逍遥,语出《庄子·逍遥游》,指不受拘束,自由自在。

⑤ 溟涬:古人所说的天地未形成时的自然元气。

闻王龙州以事左迁行赴陛见却寄①

　　明嘉靖时户科给事中杨允绳疏②,言海寇之为东南患,为日久矣。上轸念民命,遣将出师,已逾三年,督抚将臣已经四易,而寇盗日炽。破城邑,杀管理,兹复犯南都,直轶其城下。此其患在时习不振而敝原不革也。夫海寇之与边患也不同,盖边患孔棘,虏实主之;若海寇则什九皆中华之人,而倭奴者特其勾引驱率以来者也。夫虏为主则重专于外攘,中华之人为主则事急于内修。重外攘则当委重于将帅,急内修则当责成于有司。乃迩年来,督抚之令不行于有司,责之练乡兵则不集,命之团保甲则不严,委之以馈饷则不给,委之以哨探则不明。日惕月玩,彼是此非。所以然者,岂以督抚之官为不尊,其权为不重耶?亦有由矣。盖以近来督抚之臣到任谢恩,本上例有银两分馈在京权要之门,大者数百,小者数十,其名曰"谢礼"。至于任内有题请,则有揭帖伴以银币,约如前数,其名曰"候礼"。其有历任,颇深营求美擢。若地方有事,希求脱任,或以见郤而求弥缝,或以失事而求庇覆,诸凡馈送数复不赀,此其费安出哉。在省取诸各布政司,在直隶取之各府州县而已矣。府州县既为之巧取,承迎不无德色。诸督抚又自知非法接受,亦有靦颜,一入牢笼,实难展布。此在平时,然且不能振扬风纪,建立事功,况于莅军行法之时,威克厥爱之际,又何以纠官僚之懦,激三军之气也哉!则百司之玩愒陵夷、蔑法误事,亦奚足怪矣。且官司之所以承奉,督抚者非能出之囊橐,皆取具于穷民。近督抚之交代不一,则官司之索取亦不一。况不肖者因而影射干没,其间用一纠十,用十纠百,椎肤剥髓,何有纪极!如是,民生何得而不穷?民既穷极,盗贼何得而不炽?盗贼炽,则东南州郡四野为墟,扫地赤立,固其理也。以区区孑遗偷息待毙之民,掊克横敛然且不已,臣恐他日国家之忧,不止于岭海之外而已也。疏上报闻。

　几年深抱属边城,吏议时牵赋北征。疏勒何须挽司马,君王有待识真卿。去程雪拥燕山白[3],回首云开铜柱清[4]。当宁正殷筹海盗,直言知与允绳并[5]。

【校注】

　①王龙州:即王辛甫,时任广西龙州知州。李宪乔任宁明州知州时的同僚和诗友。

　②户科给事中杨允绳疏:按,杨允绳上疏时任兵科给事中,非户科给事中。又,所引疏文与《明史》载其《(嘉靖)三十四年九月兵科给事中杨允绳疏》原文,

亦多有出入。如:"近者督抚命令不行于有司,非官不尊、权不重也。督抚莅任,例赂权要,名'谢礼'。有所奏请,佐以苞苴,名'候礼'。及俸满营迁,避难求去,犯罪欲弥缝,失事希庇覆,输贿载道,为数不赀。督抚取诸有司,有司取诸小民。有司德色以事上,督抚壤颜以接下。上下相蒙,风俗莫振。不肖吏又干没其间,指一科十。孑遗待尽之民必将挺而为盗,陷忧不止海岛间也。"此《明史》所载,或为其节本。则李宪乔所引自具参考价值。 杨允绳,字翼少,松江华亭人。嘉靖二十三年(1544)进士,授行人。久之,擢兵科给事中。严嵩独相,有诏廷推阁员。允绳偕同官王德、沈束、陈慎简辅臣、收录遗佚二事。未几,奉命会英国公张溶、抚宁侯朱岳、定西侯蒋传等简应袭子弟于阅武场。指挥郑玺忽传寇至,溶等皆惧走,允绳独不动,因奏之。褫玺职,夺溶、岳营务,罚传等俸,由是知名。三十四年九月上疏言倭患,因推弊原。

③ 燕山:山名,自河北蓟县东南蜿蜒而东,经玉田、丰润,直至海滨,延袤数百里。

④ 铜柱:据《后汉书·马援列传》"峤南悉平"下李贤注引《广州记》曰:"援到交趾,立铜柱,为汉之极界也。"

⑤ 允绳:即杨允绳。

晚　归

四野山多接翠微,一江滩少足渔矶。喜晴偶尔肩舆出,爱月长令拨棹归。烟际人家眠悄悄,岸边城郭望依依。往来自觉无牵挂,谁道吾犹未息机①。

【校注】

① 息机:摆脱世务,停止活动。韦应物《秋夕西斋与僧神静游》诗:"息机非傲世,于时乏嘉闻。"

初入试院戏题简敬之①

听鼓罢参谒,重扃绝往还②。频移临砌座,只对隔墙山。太古有同静,人间无此闲。但缘同志阻,不得开心颜。

【校注】

① 敬之:即李秉礼。
② 扃(jiōng):门闩。

独对独秀山

朝对势窈窕,暮对气郁苍。云尽表矗矗,云生增芒芒。问古谁所名,游者不足祥。我行堕蛮中,此山早与迎。兹来更迫近,一月与相当。相当亦不厌,不闲坐卧行。始犹形貌得,渐次脉络明。鄙人信顽劣,负气仍屈强。敢云能过之,或许相低昂。此意有能识,骑麟下大荒。

试院雨夜遣怀拟出示诸生即寄故山

霎霎风吹烛,深宵雨未休。高文谁共感,矮屋忆同愁。旧侣存无几,孤踪淹尚留。远书寄儿辈,不觉泪双流。

秦小岘郎中读予《归顺示父老诗》,寄书盛推许,既感且愧久乃奉酬,时秦已迁浙江观察①

前年权牧边极陬,无能拯恤空怀忧。忧吟何自为君读,乃谓复见元道州②。次山故是吾所铸③,师之不得矩敢俦。独叹舂陵二三策④,病延千载何能瘳⑤。刺史归咎苦诸使,岂意刺史同螟蟊⑥。我来正值剥噬后,枯茎败穗不可收。聊为长谣相悯慰,杨叶难止群儿嘎。尚徇微禄不即去⑦,退谷见绝良堪羞。闻君已阶处置使,察纠官吏得与谋。八州都督会有属⑧,慎勿但恋西湖游。

【校注】

① 秦小岘:即秦瀛(1743—1821),字凌沧,一字小岘,号遂庵,江苏无锡人,清朝大臣。乾隆四十一年(1776),以举人召试山东行在,授内阁中书,充军机章京。出为浙江温处道,转按察使,有惠政。嘉庆十年(1805),迁浙江布政使。后为太常寺卿、顺天府尹等。工文章,与姚鼐相推重,体亦相近。

② 元道州:即元结。

③ 次山:元结的字。

④ 春陵:在湖南宁远县西北。汉初为冷道县春陵乡,属零陵郡。唐废零陵郡置永州、道州,元结任道州刺史时,多次上表言事,并作有《春陵行》诗,反映民间疾苦。 二三策:宋黄庭坚作《书摩崖碑后》诗,慨叹唐玄宗没有做好治国大计,弄到祖庙被毁,慌忙西奔,群臣鸟兽般散的地步;指责太子匆匆登位后,让后妃宦官勾结弄权,使唐玄宗陷于苟且活命的困境。诗中有"臣结春陵二三策,臣甫杜鹃再拜诗"句,抒发对元结、杜甫二人忠诚国事却不为世人理解的悲伤感情。

⑤ 瘳(chōu):病愈。

⑥ 螟蟊(máo):螟,蟊,食禾害虫。《诗经·小雅·大田》:"去其螟螣,及其蟊贼。"

⑦ 徇(xùn):顺从追逐。

⑧ 八州:指全中国。

桂林寓居华严寺即事示敬之二首

一

虽居会城里,此地却相容。一几独凭处,寺门深几重。罢吟闻坠叶,送客见诸峰。有得若能会,不分南北宗①。

二

发愿此常住,出门安所之。若非到君处,即是对僧时。僧示空明象,君同冷淡诗。外间足相识,此味可能知。

【校注】

① 南北宗:佛教禅宗自五祖弘忍以后,分南北二宗。南北宗分别为慧能、神秀所立,修法有"南顿北渐"之说。

返舍倦甚将赴敬之吟会不及漫题却寄

难得真知赏,心闲独见招。转怜好时日,多向众中消。江雨秋冥晦,僧窗暮寂寥。忆君吟望处,应见此无聊。

酬敬之见赠

强欲加簪绂①,为谋笑已疏。真能知鹤性,必是与僧居。累月松风里,千言梵呗余②。相看成一笑,此外更谁如。

【校注】

① 簪(zān)绂(fú):簪,古代用以固定发髻的针形首饰。绂,系官印的丝

带。喻显贵。

② 梵呗：佛教作法事时的赞叹歌咏之声。《楞伽经》："梵呗歌咏，自然敷奏。"

留 别 敬 之

久暌方兀兀[1]，既见翻卒卒[2]。已共千万言，尚如未曾说。所说非世情，所说非世悦。无味中至味，乃是古欢结。何当返羽服[3]，逍遥寄松雪。与君更相逐，无逢亦无别。

【校注】

① 兀兀：静止貌。

② 卒卒：匆促急剧的样子。司马迁《报任少卿书》："相见日浅，卒卒无须臾之闲，得竭至意。"

③ 羽服：亦为羽衣，代指道士或仙人。

送客兼简松圃郎中、潘兰公侍御[1]

客有就我琴，请与君合弦。君指不应徽，那得共君弹。胡不抱琴归，学使弦可安。然后论琴格，高低离合间。琴中有秋思，传之自乐天[2]。疏疏绝繁激，迟迟惟旷闲。乍接若无味，再听辄累叹。始知真古意，难为躁者传。传者今有谁，楚松与越兰。试往从之游，何用师成连[3]。

【校注】

① 松圃郎中：即李秉礼。　潘兰公：著名诗人、书画家。曾任监察御史。与李宪乔、袁枚、龚自珍等有交往。龚自珍《青玉案》序云："乾隆壬寅，潘兰公编修画柳，自题一词，甚凄婉。此轴藏沈听篁编修家，听篁属和原韵，书画尾。"

② 乐天：即白居易。

③ 成连：春秋时著名琴师，传说伯牙曾从成连学琴，三年不能精通。成连因与伯牙同往东海中蓬莱山，使闻海水激荡，林鸟悲鸣的声音，伯牙情致专一，得到启发，终于成为天下妙手。见唐代吴兢《乐府古题要解》下《水仙操》。

王龙州以吏议去职①，两粤大帅不敢奏留，嘉勇公自西蜀飞章奏之②，诏"可"。边人欢呼，纪以诗

温纶初降九天遥③，四海争传义问昭。西域上书留魏尚④，南交拥马借班超⑤。不嫌越分非臣职，独以无私答圣朝。从此夷氓共昂首，视前铜柱更岩尧⑥。

【校注】

① 王龙州：即王辛甫。时任广西龙州知州，有政声。

② 嘉勇公：指因功获封"嘉勇巴图鲁"爵号的清代大臣福康安。福康安是傅恒的第三子，乾隆帝孝贤皇后的内侄。福康安在兄弟中功勋最为卓著，地位最为显赫。他从 19 岁开始戎马生涯，一生转战南北，经历了无数战斗，百战百胜，是乾隆朝叱咤风云的大将。乾隆四十六年（1781），福康安调任四川总督兼署成都将军，平定四川西北部的大小金川，赏嘉勇巴图鲁号，擢为御前大臣，加太子太保。次年入京署工部尚书，又授为总管銮仪卫大臣、阅兵大臣、总管健锐营事务。四十九年，再擢为兵部尚书、总管内务府大臣。在对尼泊尔王公的战争中，福康安曾率兵打到加德满都，是清代反侵略战争中著名战役。嘉庆元年（1796），嘉勇公不听劝阻带病上前线督战，病逝军中。

③ 温纶：皇帝诏令的敬称。清陈康祺《郎潜纪闻》卷七："吴江陆朗夫中丞耀外任时，母已年高……及为方伯，母夫人以痰疾颠狂益甚，必中丞侍侧，少息

叫号,乃上疏陈情,即蒙温纶垂允。"

　　④ 魏尚:汉文帝时,云中守魏尚防匈奴有功,因细故被削职作苦工,后得冯唐向文帝解释,复为云中守。典出《汉书·冯唐传》。

　　⑤ 班超:字仲升,扶风安陵(今陕西咸阳东北)人。东汉名将。少有大志,投笔从戎,出使西域三十一年,使西域五十余国内附,成就功名,封为定远侯。后以"班超"、"班定远"等为投笔从戎、立功边陲的典故。

　　⑥ 铜柱:铜制之器。唐李贤语引《广州记》:"援列交趾,立铜柱,为汉之极界。"　岩尧:高峻貌。

观侍妾象棋漫题

　　六簙象棋沿楚风①,身闲聊费夜灯红。几多将相论功状,却付汝曹嬉戏中。

【校注】

　　① 六簙:又名"六博"或"陆博",古代的一种博戏。共十二棋,六黑六白,两人相博,每人六棋,故名。《楚辞》宋玉《招魂》:"菎蔽象棊,有六簙些。"

游仙奕山寻奕石不得①,取壁间宋时王安中句"仙者辍奕鹤驾翩"七字于洞宾洞中分韵,会者六人②。予得"仙"字,长洲孙顾崖得"辍"字,嘉兴王若农得"驾"字,马平龙生得"者"字③,李生得"鹤"字,叶生得"翩"字④,独"奕"字无所属,因请回先生降乩足成之

　　仙奕之山谁所传,诘名始见柳子篇⑤。我来又已后千年,但有古洞霾苍烟。叶舟横渡春禊前⑥,一藤直

上苍苍巅。啸群命侣穷屠颜,驾鹤立鱼相拍肩。孙登
危坐俯百泉⑦,王方平降麻姑坛⑧。我宗浮邱(浮邱姓李)
祖元元⑨,道德鹤经一家言。二三子从志亦坚,叶能好
龙龙降斾⑩。却寻奕石殊渺然,仰同岣嵝空涕涟。相
彼柳子苦拘挛,尚容一睹肌脉全。吾曹胸次差宽便,乃
不为开苍玉盘。岂以功行亏未完,暂阻贞白升青天。
否则未了人世缘,尚有半芋留长源。细思其故难解诠,
入洞试问纯阳仙⑪。

【校注】

①　仙奕山:在广西柳州市南,与鱼峰山东西对峙。山上有天然形成的"仙
人迹"和"棋盘石"遗迹。石山古老秀劲,形如马鞍,故又名马鞍山。

②　王安中(1075—1134):字履道,阳曲(今属山西)人。少尝师事苏轼,元
符三年(1100)进士。政和中,自大名主簿擢中书舍人、翰林学士承旨。金人灭
辽,归人燕地,出镇燕山府。召还,为检校太保、大名府尹。靖康初,南贬象州。
绍兴初,复左中大夫。其词风格清丽委婉。有《初寮词》。王安中"书法清峻"
(元陶宗仪《书史会要》),宋代已有盛名。宣和五年(1123),朝廷收复燕云后,
徽宗命王安中作"复燕云碑"立于延寿寺中。南贬象州期间,手迹镌刻于驾鹤山
的有"驾鹤书院"、"熊氏圃竹里",又于仙弈山西麓书刻《新殿记》。乾隆五十八
年(1793)六月,李宪乔由归顺知州调任柳城知县。期间创立仙弈诗社,与长洲
孙顾崖、嘉兴王若农以及柳州门生龙振河等人游仙弈山西麓,观赏王安中《新殿
记》摩崖,以《记》中"仙者辍奕鹤驾翩"七字于洞宾洞中分韵赋诗。

③　孙顾崖:即孙罗城,长洲(苏州的古称)人。　王若农:浙江嘉兴人,李
宪乔在广西认识较早的诗友。　龙生:即李宪乔在马平的仙弈诗社门生龙振
河,字雷塘,拔贡生,曾任恭城教谕,著有《雷塘诗草》。马平,郡县名。汉潭中县
地,属郁林郡。梁置马平郡。隋废郡,置马平县。唐贞观中,为柳州治。宋元为
柳州属县。明清为柳州府治。1937年改为柳江县。

④　叶生:名叶时晳,字亮功,号鹤巢。柳城人。有《越雪集》。

⑤　始见柳子篇:唐代柳宗元被贬到柳州作刺史,著《柳州山水近治可游者
记》,始写仙弈山胜景:"又西曰仙弈之山。山之西可上。其上有穴,穴有屏,有
室,有宇。其宇下有流石成形,如肺肝,如茄房。或积于下,如人,如禽,如器物,

甚众。东西九十尺,南北少半。东登入小穴,常有四尺,则廓然甚大。无窍,正黑,烛之,高仅见其宇,皆流石怪状。由屏南室中入小穴,倍常而上,始黑,已而大明,为上室。由上室而上,有穴,北出之,乃临大野,飞鸟皆视其背。其始登者,得石枰于上,黑肌而赤脉,十有八道,可弈,故以云。其山多柽,多楮,多篔筜之竹,多橐吾。其鸟,多秭归。"

⑥ 春禊(xì):古代民俗,于三月上旬巳日于水滨洗濯,祓除不祥,洗去宿垢,称为禊。

⑦ 孙登:三国魏人。隐居汲郡山中,居土窟,好读《易》,弹一弦琴,善啸。嵇康与孙登游,登对康说:"子才多识寡,难免乎于今之世。"后康终为司马昭等诬陷杀害。死前作《幽愤诗》曰:"昔惭柳下,今愧孙登。"

⑧ 王方平:传说东汉时仙人王方平(名王远)降至蔡经家,召麻姑至,年十八九,甚美,自云:"接待以来,已见东海三为桑田,向到蓬莱,水又浅于往者会时略半也,岂将复还为陵陆乎?"蔡经见麻姑手指纤细似鸟爪,自念:"背大痒时,得此爪以爬背,当佳。"见《太平广记》晋葛洪《神仙传》。

⑨ 浮邱:浮丘公,姓李,传说黄帝时仙人。《文选》晋郭璞《游仙诗》之三:"左挹浮丘袖,右拍洪崖肩。"《注》:"《列仙传》曰:浮丘公接王子乔以上嵩高山。"又南朝宋谢灵运《登临海峤与从弟惠连》诗:"倘遇浮丘公,长绝子徽音。"《注》:"《列仙传》曰:王子乔好吹笙,道人浮丘公接以上嵩山。"

⑩ 叶能好龙句:化用叶公好龙的典故。汉刘向《新序·杂事五》:"叶公子高好龙,钩子以写龙,琢以写龙……于是天龙闻而下之,窥头于片,施尾于堂。"

⑪ 纯阳仙:指吕洞宾。传说中人物。相传为唐京兆人,名岩。咸通中及第,两调县令。后修道于终南山,不知所终。元明以来,称为八仙之一,道家正阳派号为纯阳祖师,故俗称吕祖。

江楼戏拟《独自行来独自坐》诗示叶生①

独自笑来独自嘅,无限时人都不解。孤云遥起暮山头,危栏凭处如相待。

【校注】

① 叶生:即叶时暂。

舟中玩月作

天乎不我穷,且似徇我性。特将孤月悬,恰对船窗
正。顿觉心与肝,历历在明镜。此外目所接,天下无其
净。世间求此境,一刻已足幸。况自初昏时,吟至转
斗柄①。

【校注】

① 斗柄:即北斗柄。北斗七星、四星像斗、三星像杓(即柄)。《国语·周
语》下:"日在析木之津,辰在斗柄。"此句斗柄意指天要亮。

别后寄田都尉王象州

宾客满堂谁目成,玉箫金管沸春城。宁知一叶寒
江泊,独听篷窗溅雪声。

腊后九日赴柳州夜行船中即事

此宵始觉有寒意,篷底泠泠霜月痕。旅枕未安闻
犬吠,崖傍知有峒氓村①。

【校注】

① 峒氓:旧时对我国西南地区部分少数民族聚居地民众的泛称。柳宗元
《柳州峒氓》:"郡城南下接通津,异服殊音不可亲。青箬裹盐归峒客,绿荷包饭
趁墟人。鹅毛御腊缝山罽,鸡骨占年拜水神。愁向公庭问重译,欲投章甫作
文身。"

柳城除夕戏笔

拟为老柳送穷文,送到门时翻自嗔。门外万家穷似我,却教转送与何人。

携龙、叶、欧阳三生游驾鹤山戏作歌①

道人已失潜山麓,白鹤千载长空闲。宁知飞锡不到处②,人间更有驾鹤山。初从傍侧望绝顶,直如无极升青天。及转山腰历山腹,恍开一径凌空悬。玉楼金阙俨在上③,人自不至非天难。帝阍底事更睨予④,本不相藉烦开关。此山合为道人有,始放孤唳寥沉间⑤。同来采药二三侣,恐我即逝相挽牵。却笑志公寂已久⑥,道人与鹤无穷年。

【校注】

① 驾鹤山:位于柳州文惠桥南端东侧。柳宗元《柳州山水近治可游者记》,始记驾鹤山胜景:"又南且西,曰驾鹤山,壮耸环立,古州治负焉。有泉在坎下,恒盈而不流。"

② "道人"三句:《文选》孙绰《游天台山赋》:"王乔控鹤以冲天,应真飞锡以蹑虚。"唐李周翰注:"应真,得真道之人,执锡杖而行于虚空,故云飞也。"《神僧传》:"舒州潜山最奇绝,而山麓尤胜。志公与白鹤道人皆欲得之。天监六年(507),二人俱白武帝。帝以二人皆具灵通,俾各以物识其地,得者居之。道人云某以鹤止处为记,志云某以卓锡处为记。已而鹤先飞去,至麓将止,忽闻空中锡飞声,志公之锡,遂卓于山麓,而鹤惊止他所。道人不怿,然以前言不可食,遂各以所识筑室焉。"诗首句所言"潜山",即此故事中之"潜山"。末二句"志公"、"道人"、"鹤"亦扣此故事而言。

③ 玉楼金阙:均指天界中的建筑。

④ 帝阍：天帝的守门人。底事：何事。

⑤ 寥沈：空阔虚无貌。

⑥ 志公：指南朝梁高僧保志（亦作"宝志"）。南朝梁慧皎《高僧传·神异下·保志》："今上即位，下诏曰：'志公迹拘尘垢，神游冥寂，水火不能燋濡，蛇虎不能侵惧，语其佛理则声闻以上，谈其隐伦则遁仙高者，岂得以俗士常情，空相拘制。'"《南史·隐逸传·释宝志》："虽剃须发而常冠帽，下裙纳袍，故俗呼为志公。"

吾兄石桐先生之丧①，孙顾崖闻之大恸。或问："此岂与君相识耶？"孙答云："近日诗道之存，赖有石桐、少鹤在，石桐既去少鹤难以孤鸣，诗从此不可为矣。此予所以伤也，岂必识面哉？"又梧、柳二郡诸生各为诗相吊，因书以答之。兼简都下王熙甫、故山宋步武、王丹柱、单子固、族子五星②

　　先生赍志穷僻乡③，名姓不得王庭扬。乃致绝峤万里外，识与不识人尽伤。嗟哉大雅久不作④，诗辞虽具义已亡。先生独不逐流转，矫然力起陶韦章⑤。提挈两弟共师古，相命与我高颉颃⑥。间以其余乞后进，一一心气能激昂。扁舟到处每翕集，争弃旧学来相将。若使见用竟所业，桓谭稽古宁足臧⑦。荒郡迫野二三子，哀音切耳酸人肠。况得抚诲若和叔，瞠然一旦失所望。（苏子由《东坡墓铭》云："我初从公，赖以有知。抚我则兄，诲我则师。"按：子由亦字和叔。）自知孤衰更无用，有待诸子谁升堂⑧。

【校注】

① 石桐：即李宪乔之长兄李怀民，号石桐。

② 王熙甫：名王宁焯。 宋步武：名绳先，山东胶州人。 王丹柱：名王宁烻。 五星：名李经。

③ 赍(jī)志：怀抱志向。南朝梁江淹《恨赋》："赍志没地，长怀无已。"

④ 大雅：《诗经》的一部分。指作者拟李白《古风》："大雅久不作，吾衰竟谁陈?"之意，以志抱负。

⑤ 陶韦：指陶渊明、韦应物。

⑥ 颉颃：不相上下，抗衡。

⑦ 桓谭（约前23—50），字君山。汉沛国相人。官至议郎。好音乐，善鼓琴，遍习五经，精天文，主张浑天说。光武信谶纬，谭极言其非，帝怒，出为六安郡丞。赴任途中病卒。著《新论》二十九篇。《后汉书》有传。

⑧ 升堂：石桐、少鹤的《重订中晚唐诗人主客图》分主与客，客下分升堂、入室及门。

寄 答 郭 氏 妹

骨肉当始坼，憯憯久痛楚①。渐次殒已尽，此心如木土。兄妹无一存，行逮我与汝。来书千万字，哀我在羁旅。勉我勿即死，尚得数年聚。此事非人为，吾敢为若许。况当齿已衰，存者半龃龉。幸天鉴厥诚，免罹死别苦。便当解组归②，慰汝泪眼伫。

【校注】

① 憯憯(cǎn)：愁苦貌。《诗经·小雅·雨无正》："曾我执御，憯憯日瘁。"

② 解组：解下印绶。组，印绶。谓辞去官职。

由柳州将如归顺寄敬之

州图界交趾，再至岂前因。渐近无知俗，却多相忆人。别肯杨柳在，到及荔枝新。惟怅心知远，寄诗休惜频。

过贵县游南山寺，上至葛仙翁洞遇雨遂宿洞中，赠纪小痴兼呈王颖叔、吕石叟①

远役指边州，于此暂停楫。主人喜我至，倒屣来汲汲②。笑指南山麓，丛丛见凑戢。宁能不一游，重为山灵悒。欣然迭相从，委舟历原隰③。纡余到山脚，迎门与僧揖。净宇皆嵌空，金象俨峨岌。或言胜国初，曾有亢龙蛰(旧传建文帝避处)④。旧史已莫稽，传说慢相袭。石磴更追蹑，天阙通呼吸。此洞属缥缈，非仙谁能葺。如闻稚川言⑤，当时悔求邑。茫茫睇下界，讵止洲有十。对奕星宿列，搜吟真宰泣⑥。倏忽云雷兴，万壑欻潗激⑦。时于冥蒙中，闯见黑蛟立。石窦响笙镛，潝然四壁湿。燃灯照深处，突兀耿萤熠。下瞰上方丈，尚隔几万级。此时身自轻，不假翼习习。便应谢人寰，胎息此绝粒⑧。却进酒一瓯，正似沆瀣汁⑨。兹宿信奇绝，寥天一已入。谁言冠未挂，犹被世羁馽⑩。合作城南诗，过咤韩孟集⑪。

【校注】

① 原注：纪时为此县尹。　贵县：县名，即今广西贵港市。汉为广郁县，

为郁林郡治。唐贞观间改置贵州,宋、元因之。明降州为县,清因之。　南山寺:位于今贵港市区东南,为郁江畔二十四峰之冠。山上奇岩峭壁,杂树间生,景色雅致。相传昔有不老松,今半山尚有"不老松"崖刻。　葛仙翁:即葛洪。　纪小痴:即纪曾藻。字文溪,号小痴。河北文安人。乾隆三十五年(1770)举人,五十六年任贵县知县,后升广西思恩府同知,有《小痴遗稿》一卷。　王颖叔:即王克纯。　吕石叟:未详,待考。

② 倒屣:古人家居,脱鞋席地而坐。客人来,急于出迎,把鞋子倒穿。《三国志·魏书·王粲传》:"(蔡邕)闻粲在门,倒屣迎之。"后用倒屣形容热情迎客。

③ 原隰:广平低湿之地。《诗经·小雅·信南山》:"畇畇原隰,曾孙田之。"

④ 亢龙:《易周·干》:"上九,亢龙有悔。"亢,至高,龙象君位。　建文帝:即朱允炆(1377—?),明洪武三十一年(1399)继皇帝位,年号建文。在位期间增强文官在国政中的作用,宽刑省狱,严惩宦官,同时改变其祖父朱元璋的一些弊政,史称"建文新政"。于靖难之役后下落不明,民间有多种传说。　遯(dùn):同"遁"。

⑤ 稚川:即葛洪。

⑥ 真宰:天为万物的主宰,故称真宰。《庄子·齐物论》:"必有真宰,而特不得其朕。"

⑦ 歔:古同"嘘"。　潗(xí):水翻腾声。

⑧ 胎息:古时道家修炼之术。《后汉书·王真传》:"年且百岁,视之面有光泽,似未五十者。自云:'周流登五岳名山,悉能行胎息胎食之方。'"《注》:"《汉武内传》曰:……习闭气而吞之,名曰胎息。"　绝粒:犹辟谷。道家以不火食,不进五谷为修炼方法,称绝粒。

⑨ 沆瀣:夜间的水气,露水。

⑩ 挂冠:即辞官。　羁马:用缰绳拴马,此句指拘累。

⑪ 韩孟集:指韩愈、孟郊的诗集。

晚泊雷塘下访龙生墅居①

想见独吟处,欲寻当峍行。雨余湿草径,夜色乱蛙声。爱此幽栖好,感余忖落情。宁知怀往路,岩下一舟横。

【校注】

　　① 雷塘:池名,又名大龙潭。在柳州马平南雷山下。柳宗元《雷塘祷雨文》"柳州雷山,两崖皆东西,雷水出焉。蓄崖中曰雷塘,能出云气,作雷雨……元和十年十月,公至柳州数日,同其弟宗直谒雨雷塘,故有此文。"

寄酬方叔驹(并引)

　　　　叔驹昨自都门寄书并诗,多及佛事。似无意当世之务者,拟作书劝之。顷阅邸抄,知叔驹以江南松太道率二守出勘海寇情形,窃念此事正今所宜。亟若或因循蒙蔽,则为害甚剧。叔驹将欲生天成佛得乎? 故跋前卷奉酬兼陈鄙臆。

　　山中重起范希文①,兵甲胸中合不群。强项已曾撄相国,纤筹何以靖妖氛。正忧忍事如裴度②,莫更谈元学子云③。其怪前书缘底事,只求持戒断辛荤。

【校注】

　　① 范希文:即范仲淹。

　　② 裴度(765—839):唐闻喜人,字中立。贞元初擢进士第。宪宗时,淮蔡不奉朝命,诸军进战数败,朝臣争请罢兵,度力请讨伐,合帝意,即授门下侍郎平章事,督诸军进兵,擒摄蔡州刺史吴元济。以功封晋国公,入知政事。度功高持正,不为朝臣所喜,数起数罢。文宗时徙东都留守,建绿野堂别墅,与白居易、刘禹锡等名士相宴乐其间,以示无用世之意。

　　③ 子云:即扬雄。此用"子云草太玄"之典。事见《汉书·扬雄传》:"哀帝时丁、傅、董贤用事,诸附离之者或起家至二千石。时(扬)雄方草《太玄》,有以自守,泊如也。""公孙创业于金马,票骑发迹于祁连,司马长卿窃訾于卓氏,东方朔割炙于细君。仆诚不能与此数公者并,故默然独守吾《太玄》。"后以此典指甘守寂寞,埋头从事著述学问。

游 崆 峒 岩^①

洞天四十六^②,龟山白玉传。其在岭峤者,不过二三焉^③。以予所历蹑,奇妙尤胜前。桂洞闼栖霞,融岩得真仙。最后访崆峒,横州一小山。系舟江岸碕,石扇开訇然。欲穷彼岩洞,奚止数且千。岩岩自衔接,洞洞皆串通。俯入更仰窥,一洞有一天。或类银汉斜,或如半月偏。或空若井凿,或窍若珠穿。或隐然远曜,或朗然大圆。分乃洞之殊,合则天之全。不知造物力,何以工刓镂。昔儒谈太极,聚讼苦已烦。讵识此中象,恍然不待诠。顽僧那解此,只学口头禅。吾言固有待,后来之陈抟^④。

【校注】

① 崆峒岩:在广西横州城东三十里。石洞玲珑,一名五星岩。

② 洞天:言洞中别有天地之意。道家以此称仙人所居之处有王屋山等十大洞天、泰山等三十六洞天之说。十大洞天、三十六洞天,合起来正是四十六之数。《事林广记·仙境》中载所有洞天之详细名目。

③ 原注:"罗浮、都峤、勾漏。" 罗浮:山名。在广东省增城、博罗、河源等县间,长达百余千米,峰峦四百余,风景秀丽,为粤中名山。相传罗山之西有浮山,为蓬莱之一阜,浮海而至,与罗山并体,故曰罗浮。传称晋代葛洪于此得仙术。山上有洞,道教列为第七洞天。 都峤:山名。在今广西容县南。最高峰曰八叠峰,有南北二洞。都峤山洞,周回一百八十里,道家名为宾玄洞天。 勾漏:山名。位于广西北流市东北勾漏村,有岩洞勾曲穿漏,故名勾漏山,著名的勾漏洞就在其中。

④ 陈抟(公元?—989):字图南,宋真源人。五代后唐长兴中曾举进士不第。先后隐居武当山、华山,自号扶摇子,宋太宗赐号希夷先生。抟有先天图,数传而为周敦颐之太极图,宋人象数之学始于抟。有《指玄篇》,言导养与还丹之事。《宋史》有传。

崆峒岩寄怀王若农

心想此岩洞，且逾三载期。及停孤棹处，已是晚钟时。淙瀎壁间象，草侵灯下碑。故人曾向说，欲答杳天涯。

得 廉 夫 书①

骨肉情何切，远从东海隅。岭禽悲吉了②，山草寄文无。有梦归空舍，无知悯众雏。平生晁美叔③，怀抱未应殊。

【校注】

① 廉夫：即单韶。

② 吉了：即秦吉了。鸟名，亦称了哥。李白《自代内赠》诗："安得秦吉了，为人道寸心。"《旧唐书·音乐志》："今案岭南有鸟，似鹦鹉而稍大，乍视之，不相分辨，笼养之，则能言，无不通，南人谓之吉了，亦云料。"

③ 晁美叔：名美叔，字端彦。与苏轼同年登科，宋哲宗时曾任扬州知州。元祐七年（1092）三月，苏轼出知扬州；七月，晁美叔自扬州还朝，苏轼作《送晁美叔发运右司年兄赴阙》诗相送。

将再赴归顺先寄州人二首①

与 诸 生

柳江倚棹更沿洄，遥望天涯一举杯。为报宾山同社侣，鹤衣旧客又重来。

与 诸 父 老

别时有约抱区区，父老于今好在无。应恐来迟易零落，天教存问及桑榆。

【校注】

　　① 再赴归顺：李宪乔于乾隆五十五年（1790）署归顺州知州，五十八年改任柳城知县，至乾隆六十年（1795），再任归顺知州。

【宾山续集】

将至镇安郡先寄汪太守①

想得郡斋里,都忘边极限。山因晴瞩远,瘴为苦吟开。为感殷勤仁,宁辞一再来。惭非武昌客,也许上峿台②。

【校注】

① 镇安:即镇安府。　汪太守:即汪为霖(1763—1822),字傅三,号春田,江苏如皋(今江苏如东)人。时任镇安知府,与镇安府属归顺州知州李宪乔友情深厚,多有唱和。

② 峿台:在湖南祁阳县西南浯溪旁。唐元结任道州刺史时所筑,并撰有《峿台铭》。

再赴归顺,次都安塘,示父老子弟①

诸老欣奔剧苦辛,扶羸携幼远相询。深惭薛邑迎田子②,不枉廉颇思赵人③。别后曾无更我法,此来却喜是前因。未知入境情何似,中路平畴气已新。

【校注】

① 都安塘:镇安府天保县与归顺州接壤之地名,有地下河涌出成巨瀑,下泻为水塘,再流而成鉴水河。

② "深惭"句:用"冯驩市义"典。冯驩(也作冯谖)。战国时人。曾为齐孟尝君食客。为之收债于薛,尽焚其券,以示义于民。后孟尝君被废,归薛,民皆迎。终赖冯之力,得以复其位。见《战国策·齐》、《史记·孟尝君传》。

③ 廉颇:战国赵名将。长平之役,坚壁固守三年,使秦师老无功。后赵中秦反间计,以赵括代廉颇,秦遂大败赵军,于长平坑赵卒四十五万。赵孝成王十

五年(前251),颇又领兵大破燕军,封信平君,任相国。悼襄王时,获罪奔魏。后赵国数困于秦兵,欲复用颇,颇亦思赵,又为人谗沮,终未果。由魏至楚,为将无功,病死寿春。

王辛甫使君右迁太守却寄

制夷不恃兵,要得夷人性。守边不恃法,要保边民命。使君在龙州,夷与民交庆。交南故尚诡①,公乃导以正。观其感激词,披心血泪迸。近边久困勚②,公亟除所病。观其怀新气,日有系壤咏。审知夷虚实,讵屑谍与侦。边人共仰赖,奚假祝与崇。太平缺良守,大吏奏阙庭。帝曰朕深知,此人力可胜。即趋征任之,不用俟朝请。欢呼群部连,欧呀万口并。不言使君德,但称陛下圣。知人舜所难,吾皇得人镜。从此数十年,边境可澄清。惟有海寇氛,不戢尚恣横③。莫得其要窍,谁与相究竟。能分宵肝忧,前箸待公定。

【校注】
① 交南:指龙州地接南方的交趾。
② 困勚(jì):困顿、疲倦。
③ 戢(jí):收敛。

下雷土州舍与门人童正一同宿①

久役此暂息,临阶披夕风。山形入番接,月色与华同。我意子能解,宵谈晓未终。宁知对床处,信宿瘴烟中。

【校注】

① 下雷土州：宋置下雷州，土官许氏世袭。元因之，后废为下雷峒。明初复置。清属广西镇安府，寻改属归顺州。民国十七年（1928），并入雷平县。　童正一：即童毓灵，字九皋，号正一。与其弟童葆元皆为李宪乔门生。

秋水篇为汪太守作①

畴昔爱公诗②，湛然若秋水。却视众所骛，一握抟泥滓。问何所从学，谁与相究揆③。公笑云无之，吾学不在是。别来三载余，相拒二千里。忽传流民图，不属郑侠氏④。又传圣德诗⑤，不数徂徕子⑥。近得汪使君，其言尤光伟。蹇蹇忧国心，切切覈吏计。刳肝更沥血，淋漓书在纸。不辞犯众怒，上之今大师。岂恤身险夷，实关治臧否⑦。我闻始惊叹，因悟作诗理。韩言昌其诗⑧，苏言昌其气⑨。气仍不足凭，要须昌其志。志气能卓然，清风乃独矢。试上溯之《骚》⑩，潏然必有以⑪。试上溯之雅⑫，穆如有纑致⑬。试上溯之虞⑭，诗歌所肇始。亦惟曰言志，依永以次起⑮。未有志不正，而协风雅旨⑯。未有气不清，而通比兴义⑰。后学欲为诗，诗必昉乎此⑱。遂成秋水篇，庶为知者俟⑲。

【校注】

① 汪太守：即镇安府知府汪为霖。

② 畴昔：过去，以前。

③ 究揆（kuí）：推究，考虑。

④"忽传"二句：事见宋魏泰《东轩笔录》卷五及《宋史·郑侠传》。宋神宗熙宁六、七年(1073—1074)，河东、河北、陕西发生大饥荒，数万灾民流徙于京西求食，朝廷派出使者前去赈济抚恤，然而使者隐瞒灾民人数，每天扶老携幼拥进京城的百姓仍有上千人，处境凄惨。郑侠见状，绘流民图，上奏宋神宗，指陈时弊。

⑤ 圣德诗：韩愈有《元和圣德诗(并序)》。其序称诗"凡千有二十四字，指事实录，具载明天子文武神圣，以警动百姓耳目，传示无极。"

⑥ 徂徕子：指石介(1005—1045)，北宋经学家、文学家，与胡瑗、孙复合称"宋初三先生"。欧阳修《徂徕石先生墓志铭》称："徂徕先生姓石氏，名介，字守道，兖州奉符人也。徂徕鲁东山，而先生非隐者也，其仕尝位于朝矣，鲁之人不称其官而称其德，以为徂徕鲁之望，先生鲁人之所尊，故因其所居山以配其有德之称。曰徂徕先生者，鲁人之志也。"

⑦ 臧否：褒贬评价。

⑧ 韩：指韩愈。

⑨ 苏：指苏轼。

⑩ 骚：《离骚》，指楚辞。

⑪ 潏(zhuó)然：昏蒙的样子。

⑫ 雅：诗经的组成部分之一，此指《诗经》。

⑬ 繇(zhòu)：占卜的文辞。

⑭ 虞：指虞书。《尚书》的一部分，包括《尧典》、《皋陶谟》，《古文尚书》又增《舜典》、《大禹谟》、《益稷》合为五篇。

⑮ "亦惟"二句：出自《尚书·尧典》中记舜的话："诗言志，歌永言。声依永，律和声，八音克谐，无相夺伦，神人以和。"依永：指乐声之高低抑扬依随歌咏而变化。

⑯ 风雅旨：指《诗经》的正宗。

⑰ 比兴：诗的艺术表现手法。最早出于《毛诗序》。一般认为比即比喻；兴是起的意思，兼有发端和比喻之意。

⑱ 昉(fǎng)：开端，开始。

⑲ 韪(wěi)：是，对。

和汪太守前寄三诗

新 开 小 池

疏凿只数亩,泻倾才一湾。每将吟榻近,如在野航间。苔处饶奇石,萍余入远山。安排为待月,谁似白云闲。

山 中 读 书

曾记退之语,读书松桂林。何如万峰侍,相与一灯深。夜久鹳鹤起,时闻猿狖吟。平生事幽讨,感此意沉沉。

晚来风雨骤至,天气欲寒,引酒独尽,寄少鹤、松圃

展卷意无限,怀人雨又风。稍惊催木叶,渐觉静房栊。几载成远阻,一尊今得同。转嗟漓上客,犹自怅南鸿。

得阮九成刺史书

历落数行字,其间千叹嗟。老嫌新历换,穷比昔年加。子丧淹中路,妻还住外家。无聊犹念我,生事不多差。

郡守燕集山间琴亭

亭在重岚上,秋山值晚晴。有时人语响,尽日瀑泉声。寂历得真味,超遥非世情。醉翁归去后,留得一琴横。

汪使君于云山之南结庐①,曰此亦"元峿"。前有蕉栏、鹤柴②,西置草亭,正对独秀峰③,秋色佳绝。时值夜半月出,共话亭中,真不谓人世也

此峰如玉女,窈窕胜小孤④。况值秋月上,当天片云无。自非永嘉守⑤,那得此清娱。蕉竹任自生,历落远复疏。稍见踏苔鹤,深径来徐徐。次山后有此⑥,别成浯与峿⑦。我得相从游,或亦元之徒。试想此间语,与世殊弗殊。

【校注】

① 汪使君:即镇安府知府汪为霖。　云山:清镇安府治天保县(今德保县)城北的群山主峰,高峻秀拔,林木古茂。其前方即其"配岳"独秀峰。

② 鹤柴:围栏栅圈养鹤之处。

③ 独秀峰:清镇安府治天保县(今德保县)城北的山峰名。状如巨型青笋,山腰峭壁镌"云山",下有"配岳"二字,笔力遒劲。峰半有毓秀岩、流云洞,入内豁然,别有天地,多有历代名人题刻。清镇安府署即建在峰下。

④ 小孤:以"孤山"为名的山甚多。联系下文"永嘉守",似指浙江杭州西湖之孤山。

⑤ 永嘉守:永嘉在今浙江温州附近。王羲之、谢灵运都曾为永嘉太守。这里指谢灵运。南朝宋少帝时谢被贬为永嘉太守。他极好山水,既不得意,便肆意遨游,各处题咏,多次到过杭州西湖。

⑥ 次山:元结的字。

⑦ 浯与峿:即元结"三吾"中的浯溪和峿台。

和汪使君《秋夜与鹤道人坐独秀峰下论诗》①

谢客谈诗处,石栏霜气新。一峰边得月,双影外无人。不着侵苔迹,堪宜对羽巾②。有时还共笑,底现宰官身③。

【校注】

① 鹤道人：即李宪乔。
② 羽巾：道家学仙,道士素称羽人。羽巾当为道士所用之巾。
③ 底,何。宰官,官吏。

天末寄兰公敬之

凉风何自起,天末独悲秋。大木批可惜,炎氛侵未休。越中断消息,湘上漫离忧。二子能知我,相望叹白头。

和正一早行

已动棱棱气,犹舒穆穆波。枝风禽尚恋,溪迹虎新过。不怕经祓瘴,时还共咏哦。和成书在壁,墨借驿亭磨。

和汪使君秋月见寄二首

一

炎土四时热,昔尝悲少游①。宁知边郡月,独为使君秋。径阒无人到,松深许鹤留。此时看下界,空复质悠悠。

二

悠悠清质上,希逸已能歌。未到真空际,其如此夜何。永怀同冷味,终古几沦波。为问郡斋集②,宁殊在涧阿。

【校注】

① 少游:即秦观(1049—1100),字少游,又字太虚,号淮海居士。宋扬州高邮人。元祐初以苏轼荐,除太学博士,校勘秘书省图籍。绍圣初以名列党籍通判杭州,又以增损实录罪,责监处州酒税,复编置横州(今广西横县),遇赦北归至藤州(今广西藤县)卒。观虽出自苏轼之门,诗词皆自名家,词名尤盛,以善于刻画,用字精密,富有情韵见称。有《淮海集》四十六卷、《长短句》三卷。

② 郡斋:原指郡守的府邸。韦应物《答崔都水》诗云:"郡斋有佳月,园林含清泉。"白居易《送唐州崔使君侍亲赴任》亦云:"唯虑郡斋宝友少,数杯春酒共谁倾。"句中化用韦应物和白居易的诗句,寄托友情。

即事戏寄敬之

每自笑支离,丛中枯树枝。一官全仗友,百务不离诗。食肉已为借,升阶岂所宜。酬知有底物,未断数茎髭。

和乐天感鹤①

乐天生我前,一千有余年。观其感鹤作,竟似为我传。上言鹤不群,誓不饮贪泉②。下言鹤性变,间亦逐腥膻。刺麋争群鸡,贪攫狎乌鸢。俯仰自叹笑,此行诚有焉。惟自扪其心,性实无改迁。所见无非鸡,能不同啄田。所遇无非鸢,能不同戾天。待得鸡鸢去,孤立还迥然。腥膻徒扰扰,岂尝餐一餐。无奈迹相近,未免为纠缠。尔来更莫解,真乘大夫轩。

【校注】

① 乐天:即白居易。其《感鹤》诗:"鹤有不群者,飞飞在野田。饥不啄腐鼠,渴不饮盗泉。贞姿自耿介,杂鸟何翩翩。同游不同志,如此十余年。一兴嗜欲念,遂为缯缴牵。委质小池内,争食群鸡前。不惟怀稻粱,兼亦竟腥膻;不惟恋主人,兼亦狎乌鸢。物心不可知,天性有时迁。一饱尚如此,况乘大夫轩。"

② 贪泉:水名,在今广东佛山市南海区西北。又名石门水、沈香浦、投香浦。晋吴隐之性廉洁,为广州刺史,特意饮贪泉,赋诗曰:"石门有贪泉,一歃重千金。试使齐夷饮,终当不易心。"

和 乐 天 代 鹤①

我本海上鹤,远放天西南。此外飞不去,毒雾杂瘴岚。赖有贤主人,惜此毛毿毿。为爱质洁白,真知不竞贪。饮以涧泉冽,饷以玉粒甘。无奈地苦狭,未免鸡鹜兼。鸡鹜自有营,此岂能相参。以兹得所享,反觉情不堪。主人试俯听,鄙性幸能谙。使脱鸡鹜群,饥死心亦厌。

【校注】

① 代鹤:白居易《代鹤》诗:"我本海上鹤,偶逢江南客。感君一顾恩,同来洛阳陌。洛阳寡族类,皎皎唯两翼。貌是天与高,色非日浴白。主人诚可恋,其

奈轩庭窄。饮啄杂鸡群，年深损标格。故乡渺何处，云水重重隔。谁念深笼中，七换摩天翮？"

汪太守以陈洪绶画韩文公访卢仝卷见赠赋谢并示归顺诸生①

治水有砥柱，乃通星宿源。治诗有砥柱，乃溯三百篇。诗中砥伊何②，万古矗一韩。结发知好之，至老犹茫然。夜梦多见之，及醒殊恍焉。此臆少能喻，幸遇大夫贤。手出一轴授，展阅未及完。拭目忽下拜，不觉涕汍澜。知是韩夫子，古貌古衣冠。鬑鬑无多须，峥嵘辅颊颧。眉棱眸炯炯，射出冰霜寒。肩随有卢仝，傲然行蹒跚。忆在元和初③，公作河南官。相与赋《月蚀》④，切齿刺权奸。清风与毅气，高于嵩岳巅。谁与写此本，笔法传老莲⑤。如见骑驎去，披发风绕肩。大夫爱韩诗，帷席置一编。乃肯舍遗像，遗作衣钵传。深知大夫志，特令诗教延。某属天涯吏，边士竞操翰。即当虚厅事，北面共仰旃。鄙吟敢望公，山水如阳山⑥。不知州城里，谁当比玉川⑦。

【校注】

① 汪太守：即汪为霖。　陈洪绶（1599—1652）：字章侯，号老莲，明浙江诸暨人。国子监生，师刘宗周。明亡后，曾在绍兴云门山为僧。晚年自号悔迟。能诗，工书，善画山水人物。与莱阳崔子忠并称"南陈北崔。"　韩文公：即韩愈。　卢仝：唐范阳人，号玉川子。家贫好读书，初隐少室山，不求仕进。曾为《月蚀》诗讥讽当时宦官，甘露之变时为宦官所杀。有《玉川子集》。　归顺诸生：归顺州城人师从李宪乔门下者，见于民国《靖西县志》记载的有五人：童毓灵，字九皋，贡生；童葆元，字汝光，附生；袁思名，字子实，庠生；李祖能，字恢先，

岁贡生;彭绍英,字澍汉,号百川,岁贡生。①

② 伊何:为何,作什么。《诗经·小雅·頍弁》:"有頍者弁,实维伊何?"高亨注:"伊,犹为也,作也。"此二句言戴弁是要作什么?

③ 元和:唐李纯(宪宗)年号(806—820)。

④ 月蚀:卢仝所作讥讽当时宦官的诗篇。韩愈极为赏识,曾拟和过此篇。

⑤ 老莲:陈洪绶的号。

⑥ 阳山:县名,属广东省。韩愈初任监察御史,因上疏极言宫市之弊,贬为阳山令。

⑦ 玉川:卢仝号玉川子。

镇郡感怀二首

一

昏林无殊色,浊水无殊味。孑然怅孤怀,奈此久留滞。有得谁可喻,有好谁共嗜。强语向众人,茫如对昏醉。坐此心郁怫,但取隐几睡①。咄咄知如何,白云渺天际。

二

乃有黄秀才②,日来求为诗。自言生边鄙,荒陋更无师。袖中出一帙,喜是韦左司③。感此令我伤,清味几人知。不谓荒彻子,耽心于此为。门外尽扰扰,宁分糟与醨④。

【校注】

① 隐几:依着几案。

② 黄秀才:指黄鹤立。归顺州城儒生。

③ 韦左司:即韦应物,曾由左司郎中领苏州刺史。

④ "门外"二句：化用屈原《渔父》中"众人皆醉，何不哺其糟而啜其醨"句意。糟，渣滓；醨，清酒。

送　冉　二

　　我老君过壮，非惟见二毛①。聊同吟《别赋》②，可许读离骚。风定舟还泊，云开月已高。相期属忠信，前路慎波涛。

【校注】

　　① 二毛：毛分二色，指头发斑白的老人。《左传·僖公二十二年》："君子不重伤，不禽二毛。"

　　② 别赋：江淹抒情小赋篇名。其首句"黯然销魂者，唯别而已矣"，为千古叙别名句。

感　怀

　　性僻爱泉石，游历多所经。行年逾五十，未有元子亭①。忆昔与道侣，相得开岩扃。二昆同宿尚，共泐寒泉铭。不合逐人役，一身蓬与萍。怆恍平生亲，渐次归宲冥。纵得浯溪居②，孤照如晓星。云山有韶濩③，谁感复谁听。

【校注】

　　① 元子亭：指元结所建之"浯溪亭"。

　　② 浯溪：湖南永州市祁阳县的一处溪流胜景，元结安家于溪畔，并建浯溪亭。

③"云山"句：化用元结《欸乃曲》诗"停桡静听曲中意，好是云山韶濩音"句意。韶濩，分别为传说中的舜乐、汤乐名。《文选》南朝梁王简栖《头陀寺碑文》："步中雅颂，骤合韶濩。"注引郑玄："韶，舜乐；濩，汤乐也。"也以指庙堂之乐，或泛指古乐。

赠　黄　生①

语余灯炧残②，此味解应难。不惜孤藤远，来同几夜寒。上都人扰扰，天末路漫漫。篋里孤琴引，期君一再弹。

【校注】

① 黄生：指黄鹤立。
② 炧（xiè）：灯烛灰烬。

连日郡市断屠时共黄生饭但啜菜羹而已相与嬉笑为诗

归顺李刺史，年来空已屡。未至粮即绝，肉食先去俎。门生远相访，萧然对虚宇。夜留披絮眠，到晓冻双股。先生殊不羞，浩浩论今古。大言鄙肉食，远谋属我汝。蔬菜诚必饱，此乃古所许。鸡酒非山中，并乏君勿怒。

野　望

苍茫万里外，倚杖送斜晖。旷野尘不息，高原人已稀。思乡情脉脉,怀古怅依依。独此久淹滞,谁言能识几。

夏日登西城阁题壁

安得此静坐,凉生虚阁间。民方勤赤日,吾自阅青山。抱篚儿童喜,依篱鸡犬闲。顿忘行万里,异俗接边关。

将去归顺寄刘二十二别驾

将去仍未去,萧然孤榻间。何时望廷阙,连夜梦家山。中路荒多梗(时楚中逆氛未戢),边民苦未闲(时忧旱祷雨)。不知廉使马①,底事莅严关②。

【校注】

① 廉使:明清称提刑案察司,相沿省称为廉使。

② 严关:地名,在今广西兴安县西,两山对峙,中为通道,地势极为险隘。相传汉归义越侯马严出零陵,下漓水,出此关,因以严为名。宋范成大《石湖集》卷十五《严关》诗题注:"或谓之炎关,桂人守险处,朔雪久不入关,关内外风气迥殊,人以为南北之限也。"

喜雨和门人童正一

得少只星星,渐繁云气冥。几回上城望,中夜隔窗听。狗俗用巫祝①。占期凭玟灵②。推师比苏子③,未免我惭丁。

【校注】

　　① 狥(xùn)俗：随俗。　巫祝：古代从事通鬼神的迷信职业者。

　　② 珓(jiǎo)：即杯珓，为占卜吉凶的用具。用两片蚌壳(或以竹、木制成其形)，投空掷于地，视其俯仰，以定吉凶，称为卜珓或掷珓。

　　③ 苏子：指苏轼。

斋居即事成咏

　　夜凉侵枕簟，始是早秋时。听雨闲愁远，焚香独卧迟。灯留不尽焰，案有未成诗。只此寻常味，茫茫喻者谁。

和敬之《桂林迟子乔不至》①

　　将归未去客天涯，垂老唯凭知己怜。四授官资方五品，一无家信又三年。氛祲扰扰知谁定，尘海茫茫觉汝贤。甚欲去同篱下酌，对吟只在菊花前②。

【校注】

　　① 敬之(李秉礼)《桂林迟子乔不至》原文："万里一关羁绝徼，欣闻报最慰离肠。好将琴鹤为家具，便把音书达故乡。远俗已闻同单父，新诗会许似韦郎。七星岩畔频搔首，迟尔论文复命觞。"　李秉礼另有《秋暮迟子乔不至》，似于时间上更像是李宪乔所和之诗："忆别河桥岁屡更，书来日日算行程。屋缘赁久常空锁，诗已抄成待细评。坐惜篱边看菊尽，怅闻岭外已鸿惊。片帆摇曳知何处，一夜相思白发生。"

　　② "甚欲"二句：化用陶潜《饮酒》诗"采菊东篱下，悠然见南山"之意境。

赠袁生子实(思名)①

怜尔相从志,都忘饥与寒。对吟朝食晚,留宿夜衾单。尚带山中色,长如雪后看。却言此本性,先是有袁安②。

【校注】

① 袁思名:字监川,又字子实,归顺州人。乾隆年间为诸生。平日喜游览吟咏,与童毓灵、童葆元等就学于李宪乔。在诸诗文友中,他对李宪乔的情谊更显深厚。《三管英灵集》中收其诗三十六首。

② "却言"二句:用"袁安卧雪"典故。据《后汉书·袁安传》注引晋代周斐《汝南先贤传》:"时大雪积地丈余,洛阳令身出案行,见人家皆除雪出,有乞食者。至袁安门,无有行路。谓安已死,令人除雪入户,见安僵卧。问何以不出。安曰:'大雪人皆饿,不宜干人。'令以为贤,举为孝廉。"后以此典形容士人清操自守,生活贫寒。

月 下 送 子 实

步送未觉远,及兹秋月暾。露衣出山郭,烟径入蛮村。约略后来日,沉吟前夕言。却回州舍寂,也似叩柴门。

九日游太极洞读《楚辞》,
因同其体作歌命门弟子和之①

吾生兮云浮,蹇犹滞兮边州②。时卦转兮为剥③,硕果系兮众幽心。天地兮来复,爱重阳之佳名④。菊亦可寿世兮,岂唯以制吾颓龄。缘古洞兮太极,羌谁判兮一画。致阴阳兮纷糅,感古今兮多历。庶类兮满前,孰知予心兮听吾言。汩混混兮无别,何用赋幽通而演太元⑤。幽元兮匪遥,祲氛尽兮日昭昭⑥。奚如彼兮宋玉,送将归兮悲沉寥⑦。从吾游兮二三子,高踥嵲兮尚志⑧。聊长谣兮相属,期永矢兮勿替。

【校注】

① 太极洞:在靖西市区西,孤山清幽,山小而秀,有洞形如太极图,故名。

② 蹇犹:困顿,不顺通。

③ 剥:通"驳"。

④ 重阳:农历九月九日为重阳节。

⑤ 太元:太古时期,亦称太处。

⑥ 祲氛:古代迷信的人所说的不祥之气。

⑦ 沉寥:空虚寥廓的样子。

⑧ 踥嵲:高耸险峻的样子。

九月十七夜与童正一登怀远楼①

楼头立双影,楼下欲三更。列岫星相接,千家梦尽清。不知荒服远,自觉羽衣轻。子亦非凡客,还能趁鹤行。

【校注】

① 怀远楼:坐落于今靖西市区旧衙门南侧。据载,怀远楼兴建于嘉庆九年(1804),李宪乔作《花王庙碑记》(嘉庆元年,1796):"近世边郡又有所崇花王者,如元君有能虔祀之,则宜子嗣、除疾疠、免夭折,并为祀典所无,而揆其义则与昔年御菑而捍患有可相通。即此祀神为民祈福,亦岂非不易其俗、不易其宜之诣耶?且此州自改流以来,承王化已久,其士多秀而民多淳,由是蒸蒸日上,生齿加繁,敦诗说礼,更求所谓禋祀之典、祈报之义,安见不如古所云耶?"

二十三夜过半，步自南城递西城复至怀远楼

行为将去客，未惜此频经。尚及欲残月，来看临曙星。楼中前夜迹，宇下几人醒。后至还应念，交夷即在坰①。

【校注】

① 坰：遥远的郊野。

将去归顺和乐天杭州二诗①

除官去未间

除官去未间②，且复三月留。喜与吏役疏，日共诸生游。城西有古洞，廨东有新楼。晴昼及月夕，觞咏无时休。奈当岁试期③，诸生趋邕州。纷去如落叶，始觉孤树秋。独有童氏子，经通行且修。能来同我居，对床置衾裯。夜半读楚骚，灯闇风飕飕。因与论古今，掩卷涕泗流。颇忆韩子语，君其张生俦。共言无倦听，晨坐尽更筹④。边隅得此士，宁复嗟夷犹⑤。诗成寄诸生，底用商声讴⑥。

三年为刺史

三年为刺史，白公当内移。三年为刺史，李子去复来。前后三年中，问我何施为。催科不敢拙，那得抚字慈。弭盗苦无事，遑问道拾遗。惟民不我恶，我不民鄙

夷。以此两相得，未免情依依。愧无西湖水⑦，为汝溉
田陂。亦无天竺石⑧，为我压舟资。因为好吟咏，多投
送行诗。山野黄发叟，里巷垂髫儿。佝偻各拜献，婉娈
相扳追。肫意良可念，奈多虚泛词。恩德竟何有，吾犹
自知之。若系倩人作，尤不应我欺。老者勤餐饭，幼者
得携持。不言已可乐，待我再来时。

【校注】

① 乐天杭州二诗：白居易写于杭州的两首诗。其中《除官去未间》原文为：
"除官去未间，半月恣游讨。朝寻霞外寺，暮宿波上岛。新树少于松，平湖半连
草。跻攀有次第，赏玩无昏早。有时骑马醉，兀兀冥天造。穷通与生死，其奈吾
怀抱。江山信为美，齿发行将老。在郡诚未厌，归乡去亦好。"《三年为刺史(二
首)》原文为："三年为刺史，无政在人口。唯向郡城中，题诗十余首。惭非甘棠
咏，岂有思人不？""三年为刺史，饮冰复食蘖。唯向天竺山，取得两片石。此抵
有千金，无乃伤清白。"

② 除官，授官。

③ 岁试：清代学政对所属的府、州、县学生员每三年一次的考试。

④ 更筹：古时夜间报更用的计时竹签。

⑤ 夷犹：指彷徨不定。

⑥ 底用：何用。 商声：凄凉的声音。五音之中的商，按照阴阳五行之说
属于秋。商音凄凉，与秋天肃杀之气相对应。

⑦ 西湖水：白居易出知杭州后，主持修筑钱塘湖拦湖大堤，起到天旱时蓄
水灌溉，汛期时蓄水防洪的作用。

⑧ 天竺石：中国著名园石，因产于浙江杭州天竺山而得名。白居易出知杭
州三年，任满离去时别无他求，仅取两片天竺石留念。

食 竹 虫

蠕蠕一寸虫，生长竹节中。托质既贞坚，寄迹缘虚

空。自谓可遂性,不与外患逢。岂知好弄儿,搜索及深
丛。破竹以相捉,收取满筥笼。釜爝沃盐汁①,殽核借
以充②。因想古食品,菹醢逮蚁蜂③。蜂殃以蜜脾,蚁
祸以土封。此虫岂此类,自全乃不容。偶感蛮夷俗,转
伤物类穷。韩子嗟南食,此意又不同。

【校注】

① 爝(chǎo):同"炒"。《广韵》:"爝,熬也。"
② 殽核:菜肴果品。《诗经·小雅·宾之初筵》:"笾豆有楚,殽核维旅。"
③ 菹(zū)醢(hǎi):肉酱。《仪礼·士昏礼》:"醯酱二豆,菹醢四豆。"

叙 吟 示 正 一

此境与夷邻,重来已七春。不将吟度日,那免瘴缠
身。世味苦不入,古情反觉新。以兹得相喻,岂是眼
前人。

镇安寓舍赠农生大年(日丰)
并示童正一,即以留别①

世人日日接,心若阻蛮羌。农子岁岁隔,心若近附
床。我愉子必乐,我忧子亦伤。有憎同所莸②,有好同
所芳。能令子謦欬③,时如在我傍。乃知等同气,古今
一肺肠。忆昔未相识,刘君(正孚)传子名④。既见得益
多,倾心负我墙⑤。其时与童友,相引共激昂。行卓志
礌礌,岂止能文章。吾门有二子,气欲吞南荒。犹记岁

辛亥，我当赴柳城。罢州集兹郡，僦舍街民房。童子徒步来，足茧丛山冈。诸生亦随至，棘篱列雁行。浃月共吾子⑥，尽欢累咏觞。激俗每愤惋，尚论欲发狂。高诵屈贾文⑦，漂漂感凤皇。鳣困纷蝼蚁⑧，骥继侪犬羊⑨。醉来更倚和，不觉涕纵横。诸生惜我去，夜会烛屡更。窗外雨霙霙，败叶飘秋凉。展转不能发，相对但茫茫。别诗子所写，题句取欧阳⑩。（前别镇安，拈欧公《别滁州》句与诸子分韵。诗成，大年书之）徘徊怅中路，怀之曷能忘。路中更回飙，奉檄趋宁明。三岁乃至柳，艰屯多已经。此邑僻且小，山城滨柳江。颇得任萧散，读书鹤风堂。（柳城堂名）童也幸一至，对之转忆农。天心使会合，除书复此疆。方忻与诸子，往来仍一方。讵知官柳日，故山丧吾兄。执手感今昔，为我还凄怆。子留我如州，数月始一逢。共语恨不多，考诗未及终。但有两相喻，遥遥契中诚。行且再远去，奉命朝上京。仍来前所舍，童子共寝兴。诸生送者返，子尤不胜情。重与酌尊酒，我言试共听。人生迹之寄，聚散势之常。难得结以心，心结道乃光。方为千载期，何限万里程。率书付二子，谁谓学韩张⑪。

【校注】

①农大年：名曰丰，字大年。与"二童"兄弟和黄鹤立、曾传敬等，均为李宪乔在归顺的门生。

②莸（yóu）：水草名。别名蔓于。其味恶臭。《左传僖公四年》："一熏一莸，十年尚犹有臭。"《注》："莸。臭草。"

③謦（qǐng）欬（kài）：咳嗽声，引申为言笑。

④刘正孚：即刘大观，字正孚。时任镇安府治天保县知县。

⑤负墙：背墙而立。古代与尊者言谈毕，退至于墙，以示避让尊敬之意。

⑥ 浃月：两月。

⑦ 屈贾：即屈原、贾谊。

⑧ "鳝困"句：化用贾谊《吊屈原赋》"横江湖之鳣鳝兮，固将制于蝼蚁"句意。

⑨ 骥绁：骥，千里马；绁，缰绳。

⑩ 欧阳：指欧阳修。

⑪ 韩张：指韩愈、张籍。

同正一成功将

决胜在神变，握奇多暗符。旧营无定处，新阵不留图。部曲皆骁骑，勋劳入圣谟。转嗟数奇者①，此遇一生无。

【校注】

① 数奇：指运气不好。《史记·李将军列传》记汉武帝"以为李广老，数奇，毋令当单于"。

续《赤 霄 行》①

孤鹤不合栖蓬蒿，日逐野雀杂鸥枭。有时忽被牛角触，乃始昂首悲赤霄。赤霄元圃路复远，眼前扰扰安可逃。虫中蜉蝣不计暮②，草中木槿惟知朝③。此类何堪与解脱，亦何足以当讥嘲。淘河乳燕正无限④，讵识寥寥非尔曹。

【校注】

① 赤霄行：指杜甫《赤霄行》诗："孔雀未知牛有角，渴饮寒泉逢觗触。赤

霄玄圃须往来,翠尾金花不辞辱。江中淘河吓飞燕,衔泥却落羞华屋。皇孙犹曾莲勺困,卫庄见贬伤其足。老翁慎莫怪少年,葛亮《贵和》书有篇。丈夫垂名动万年,记忆细故非高贤。"赤霄,有红色云的天空。《淮南子·人间》:"背负青天,膺摩赤霄。"《注》:"赤霄,飞云也。"

② 蜉蝣:虫名。三国吴陆玑《毛诗草木鸟兽虫鱼疏》下《蜉蝣之羽》:"蜉蝣,方土语也,通谓之渠略。似甲虫,有角,大如指,长三四寸。甲下有翅,能飞。夏月阴雨时地中出。……随雨而出,朝生而夕死。"

③ 木槿:木名,落叶灌木,夏秋开红、白或紫色花,朝开暮敛。白居易《放言五首》其五:"松树千年终是朽,槿花一日自为荣。"

④ 淘河:鸟名,即鹈鹕。以好入水食鱼,故又称"淘河"。杜甫《赤霄行》:"江中淘河吓飞燕,衔泥却落羞华屋。"

客馆早醒,感怀劳山宿杨西溟家^①

胡为众尘里,悲悔此时心。却忆大劳下,梦醒闻碉禽。山光得曙早,云气护眠深。渺不知人世,茫茫感陆沉。

【校注】

① 劳山:在山东即墨市东南海滨。有大劳山、小劳山。又作崂山。

十一月十四日夜与正一步至独秀峰下^①

时予将北征^②,正一先辞归下雷^③。不无耿耿,情见乎诗。

临别还来此,霜天月色殊。不因去云尽,真识此峰孤。转惜明宵兴,仍同一到无。惟应壁上字,常在洞西隅。

【校注】

① 独秀峰：镇安府治天保县(今德保县)城北的山峰名。

② 北征：指作者即将从归顺知州调任柳城知县。

③ 下雷：即镇安府辖下雷土州,在今崇左市大新县下雷镇。

镇安与童正一别后却寄

久住方兀兀,别意都若忘。及至当判圻,始觉黯然伤。歧路各扰扰,吾生真茫茫。有言子可喻,有怀子可明。何啻形与影①,亲切无分张。我行当北步,可恨不得从。且复相依恋,浃月同郡城。言已无弗尽,怀已无弗倾。胡为转怅触②,悲苦不可胜。世人亦泣别,泣别多私情。此泣不为私,浩然今古中。别时欲有赠,感多吟不成。吟此在中路,聊寄慰相望。

【校注】

① 形与影：化用陶潜《形影诗》的意境。

② 怅(chéng)触：感触。怅,触动。

逢越中冯秀才,方知潘兰公近住壑庵①

净服兰台客②,心期殊杳然。懒随立仗马,只坐在家禅。远迹仍湖上,寄书空日边。不因同郡子,消息若为传。

【校注】

① 潘兰公：著名诗人、书画家。曾任监察御史。与李宪乔、袁枚、龚自珍等

有交往。

　　② 净服：和尚所穿的衣服，此指出家人。　　兰台客：指潘兰公曾任监察御史。兰台，亦称御史台。《通典·职官·御史台》有云："后汉以来，谓之御史台，亦谓之兰台寺。"

携黄生鹤立登西城带山亭子坐竟日①，鹤立有诗予和之。访此亭为前令刘正孚所结②，因并寄刘

　　孤亭遥对处，谷瀑激泷泷。却念隔城听，惟当半夜中。无言经久坐，有得岂顽空。为问前吟客，此怀应许同。

【校注】

　　① 西城：指镇安府治天保县（今德保县）城的内城，又称为莲城。
　　② 刘正孚：即天保县令刘大观，字正孚。

与鹤立步访上甲村二黄生①

　　值兹终日暄，步出西城闉。怅然欲何适，近村有儒巾。经行瀑布间，涤尽瘴与氛。到门不用敲，延客殊殷勤。环舍多好峰，入室无一尘。几上书可读，炉内香自焚。感此远人境，渐予未归身。在昔东坡老，但与诸生亲。觅路牛栏西，可有此清芬。顾语从游子，复来共卜邻②。

【校注】

　　① 上甲村：在天保县城的西郊，依山傍水，为镇安府治通往归顺州的必经之地。

　　② 卜邻：用占卜的方法选择邻居。

将去镇安前一夕留赠黄生鹤立

　　已拟作行脚①，暂留还此中。烛残知夜久，书去觉庐空。淡味谁能好，无言子可同。朝来南陌别，未免怅怱怱。

【校注】

　　① 行脚：行走，行路。宋杨万里《和文远叔行春》："行脚宜晴翠，看云恐夕黄。"

附　录

一、《归顺直隶州志》中所收佚诗二首

游 滨 山 寺

蹑云根,抉石髓;采灵药,清空里。玉虬牙,丹鹜嘴;天瓠瓜,琪花葩。服一片,寿千□;余落者,救荒岁。

州 试 大 雷 雨

边城校士霭春容,文战方酣淬笔锋。破壁忽惊雷雨至,不知若个是蛟龙。

二、单鉊撰《李少鹤集序》

士有束发励行,较然不欺其心,而俯仰动息与人无愧怍之色。及发而为文章,其光明磊落、刚正之气又足以震荡凌轹乎百代。此韩欧数君子之所以不朽者。求诸近世,若李子少鹤,可谓有其志矣。少鹤生有异才,年十九,以选贡高第当除令。天子见其幼,罢之。将归桂林,陈相国慰曰:"君名臣子,终当以科第起家。一令不足辱君也。"后少鹤卒为令,殁粤西。少鹤受诗于其兄石桐先生。规模较阔,出入唐宋诸大家,能运以己意,虽巉削不伤其真气。他文亦简劲有法度。宰岑溪时,袁子才太史游粤西,见其诗文,叹曰:"今之苏子瞻也。"然性狷介,上官以其儒者多假借之,终亦不能行其意。有所感触,一寓之诗文,不苟为炳炳烺烺者。夫以少鹤之学,使得居清列,为天子侍从之臣,陪辇骖乘以备顾问。其所表见应不徒文词赋颂,如枚皋、司马相如之所为也。何遽烦以吏事,又不能行其意,而卒困踬死也。要其卓卓者,亦自不可磨灭矣。尝试礼部文,已中式,以策语被黜。某公爱其才,欲延致之,辞不赴。翌日,出都门,独善李公漱芳。李公为御史,敢言事。及来岑溪,与赵刺史松川、李君松圃友。松圃从受诗法,以风节相砥砺。殁而妻子不能归葬,松圃以千金送其丧。世有悻悻自好而行违其言者,视少鹤何如哉?少鹤死,余为校其遗文,得诗如干卷,赋颂杂文如干卷,《龙川杂纪》一卷,《昙呵集》一卷,缮写成帙。又著《诗经直说》,未就。余既类次并列其生平行事,以见致此之非偶然也。同里单绍序。

三、李秉礼撰《李子乔诗序》

子乔知岑溪之三年,始与相知。其气象屼嵂,应对多若率尔,而胸臆磊落可观。既与之习,见其所为诗,益叹为不可及。间以诗质之,凡吾心有所得,或意有所未安者,子乔辄能指之,以是益相契合。其归而再来岭外也,相见无几,即补官去,中间书邮日月至而会晤甚难。逮其由归顺将入都,重见于桂林,方冀得从容。而子乔与人诚悫,每为黠者所愚。又以才高为忌者所中,于是复有西隆之役,卒以瘴死。天果欲厄吾子乔而使昌其诗耶?抑其诗镵削刻栗、穷形尽相,适足以召造物之忌而至于此耶?呜呼可哀也已。方其子之以丧归也,尝嘱其编定先集以待剞劂。逾二稔,王熙甫以书来谋醵金刊其诗。予应之曰:"是予志也,是予志也。亟怂恿之,且走书子乔之子,搜辑全稿。并其仲兄石桐先生集,刻于都门。襄其事者,邱县刘君大观也。夫子乔之诗,固必传于世无疑,而余身乃得见其流播,为可快矣。子乔壮岁之作,已臻于古,而末年造诣尤深,幽忧惕历有骚雅遗音。余非能序子乔诗者,然自以与子乔知最深,乃追叙情契之始末,以弁其端。呜呼,后之读子乔诗者,亦可以知余也夫。

四、王宁焯识《刻桐鹤两先生诗抄跋》

桐诗原自定十六卷,编年不分体。今仍其旧。鹤诗旧有《秋岳初集》、《石溪集》、《焦尾集》、《萧寺集》、《过江集》、《过岭集》、《县居集》、《澄江返棹集》、《凝寒阁续吟》之名,或编年,或分体,体例不一。后复合订为《少鹤内集》、《少鹤外集》,则分体编焉。其后有《鹤再南飞集》,编年;《龙城集》,分体;《宾山续集》,又编年。今则统以编年为定。少鹤后在军营,又有诗若干首,原稿未得见也。桐诗廉夫有选本,今从之所与异同者,不能十首也。鹤诗廉夫选《内集》未竣事,今所抄廉夫选及者,亦多从之。余则以鄙意为去耶。云《外集》不录。此诗之刻,意起于崧岚,谋定于松圃。黎枣剞劂之费,二君分出之,而宁焯任其校订之役。

五、李宪乔撰《改建怀远楼记》(嘉庆九年)

“怀远以德”,管子之言也。夫管子之治齐也,通货积财、富国强兵。观所为《山高》《乘马》《轻重》《九府》之书,大概以术驭民,非道德齐礼之实也,故孔小之。予生齐鲁,岂能舍孔而师之哉? 独其与俗同好恶,俗之所欲,因而与之,俗之所否,因而去之。亦诚能以顺民心、服远人,成一时之治,则其言亦不无可取。归顺州治之左,旧有怀远楼者,刺史骆君为香所筑。此州原为顺安峒,后为土州隶。土府事多荒陋,至土州岑佐祚以罪废,绝袭改流。雍正十年,骆君肇立为均田赋、黜陋例、禁加派、定章程,其功甚巨。但赋役本有,经因革必令可久。骆君于此或不无笼络边氓之意,或驭之以术亦不免焉。州人至今思之,以其与俗同好恶也。乾隆庚戌余权承此州牧,见楼已倾圮,州人欲重建,以旧为官建,不敢举。予曰："官民一也。民托官荫，官赞民力，何间焉？"于是翕然议修。逾年，予亦宁明去，遂止，不果成。乙卯复权此州，蒙奏举，即夏六月莅任，乃更集前时之耆旧以商相度，众情亦欣勉。爰于十月经始，逾年八月落成。其神祀文昌帝君。其台用石，高一丈三尺二寸，广三丈六尺二寸，袤二丈六尺。楼高二丈一尺，广二丈一尺，袤二丈六尺。楼既成，请为记。按此楼为一州之镇，前临交夷，旁抚四岗，八甲州民之气运关焉。自楼之废，交夷内讧，沿边州郡劳于军师者数年，盗狱繁兴，官民皆苦。幸逢圣化格被，外藩定服。当今天子龙飞之际，雨旸时若，年岁丰登。边民豫乐，盗窃敛戢，讼狱希闻，而楼于是乎成，远之时义大矣哉。要非众心之协，众力之助，皆不及此。故尝论古人之治，以民为重。民之所好，好之；民之所恶，恶之。治平之道，尽乎此矣。然驭民不免参以法术。管子所谓"参伍"、"六柄"，未始不与周礼相权衡，而其意则起于利之也，必以利致。之所谓知与之实也，是即狥民之欲，袪民之恶，皆与钳制之法而不本乎中心之诚，一时便欢然信从，非实为民。若入其时则代为谋也，其事多虚浮而不见其效，亦可暂而不久，是以圣门弗尚也。余赋性疏拙，其于为治，远愧骆君。而稍有一得之长，则不欲自昧其心，凡所以示民者，即与民相约，惟日存实心，说实话，行实事，为良民。反是，为敝民。故于时虽为所裨益，民皆以实心应之。即此楼之成，凡首事督工诸人，惟以实心故也。假若摄虚取巧，岂能望其久乎？孔子曰："言忠信，行笃敬，虽蛮貊之邦，行矣。"交南之人，亦以诚为贵也。愿吾州之父老子弟，即前定之章程而更要以诚焉。当骆君所为，默取耳。前协镇德公谓："楼既新建，何不并易其名？"余曰："怀远以德，其言无病。惟所谓知为忠信笃敬，不以法术参之，则与孔子无间矣。又何易焉？"夫文昌公为天六府，北斗魁前，三星曰贵，象理文绪；四星曰司禄，象赏功进德，近此以帝君主之。虽不征于祀典，而光明则文运昌，其理亦至之实。此州士子好学者多来问业，常数十辈，惟是培植深厚，尚需将来，应运而起，当不乏人。即一时予以奉檄北上陛见，代者为陈君，西蜀名彦，治事文翁，所谓如其礼乐，以俟君子。则在陈公也夫。

（按，宪乔临行，又遗《怀远楼联》云："临别怅然，未及登此楼也；重来游处，尚能为公赋之。"）

六、李宪乔撰《花王庙碑记》（嘉庆元年）

按祭法，凡祭祀皆有功烈于民及民所瞻仰、民所取财用者，非此族也，不在祀典。近世神祀为祀典不载者颇多，如泰山之天齐碧霞元君、吴之五通、百粤之三界，皆甚荒诞而其礼不废，以民之威信之也。近世边郡又有所崇花王者如元君，有能虔祀之，则宜子嗣、除疾疠、免夭折，并为祀典所无，而揆其义则与昔年御菑而捍患有可相通。且如文昌六星在紫微垣傍，为天六府，非有其神也，而后世设祠祀之，号曰帝君。又北斗七星，其三即为杓，即书所谓玉衡，其四方为魁，即书所谓璇玑。亦非有其神也，而后世绘像祀之，作鬼形，右握笔、左持斗，以像魁字之体，皆属附会不经。独以其意取文明之义，故天下奉之，朝廷功令从之，莫或非也。又世祀张仙，本无其人，或传是花蕊夫人之夫孟昶，为宋太宗所灭，花蕊夫人入宋宫，思之，私写其容。太祖诘问，乃诡云此蜀中张仙，祀之宜子。太祖信之，由是张仙之庙遍宇内矣。此花王者，其本末事迹亦不甚可考，而其有益于嗣续、为功于生灵，远暨系望遐荒之境，视张仙不尤溥哉。抑张仙为亡国之孱主所托名，其社已墟，其神不灵，己之子孙且不能保，而谓能福天下后世之子孙，谁其信之？若夫花者，葩也，得诗之正；王者，往也，为天下之所归。诗有采苢，传有征兰，其取义颇为近理，而边州之人祷之辄应，祠而祀之，以比古者郊谋元鸟之遗意，亦其宜耳。何必拘厉山共工以下数神圣乃为祀典哉。抑王制称北方曰狄，衣毛穴居，有不粒食者矣；南方曰蛮，雕题凿齿，有不火食者。五方之民，言语不通，嗜欲不同，达其志，通其欲，修其教不易其俗，齐其政不易其宜，此为治之道也。故余之牧此州也，去王畿万有余里，辒轹交南，抚循四处，惟以达志通欲为尚，而无取矫戾更张。即此祀神为民祈福，亦岂非不易其俗、不易其宜之诣耶？且此州自改流以来，承王化已久，其士多秀而民多淳，由是蒸蒸日上，生齿加繁，敦诗说礼，更求所谓禋祀之典、祈报之义，安见不如古所云耶？祠既成，其首事等请为记之，既以嘉其鸠工之勤,□材之善,众心之协,成功之速,复为叙述如备。如此,学者勉之,余有厚望焉。

七、李宪乔撰《韦庐诗内集》评跋

少鹤云,问松甫古诗佳处,曰太华夜碧,人闻清钟;近体佳处,曰露余山青,红杏在林;合以言之,曰如月之曙,如气之秋。吾家太白云,吾五言不如七言,七言又其靡也。可见古人重五言如此。每读韦庐诗,如行严陵濑,七里滩间,其水石清泠之气浸淫肌髓,非寻常烟岚彩翠所可方比也。家石桐先生辄称为江右一峰,想见庐霍真不虚矣。选录韦庐近什既毕,其中七律绝少,而五律乃至七八十首,不禁欣然喜甚。或问故,曰不必能知诗者,即此多少之数,已是唐例,非今派矣。唐以七律擅长者王摩诘、李东川,今试取二家五七律较之,何以相悬耶? 韦庐惟知唐人精诣在此,故不肯为外间之东涂西抹也。

所谓律格者,固在首尾绾结、通首一气也。然又不在挨次顺叙,若解大绅辈以说话便是做诗也,此中顺逆离合、宛转顿挫,有许多屈折变化,而终归于一气呵成。唯深于学古者知之,不学者熟视而无睹也。一字亦有格,唐诗中如"琴处寂无人",此"处"字便是格。韦庐集"共是闲边客","边"字便是格。其中情至处,随园能赏之;格高处,随园不能赏也。已录一册持寄石桐先生、潘兰公、单廉夫矣。

近来作诗人不肯自己致功,却疑李子乔苦爱韦庐诗似为过当者,正如魏道辅、王濬南诸人于山谷每有长短,后来自有定论在。

门人吕錞问曰:"每见先生读《曝书亭集》,不数页辄屏去,叹曰'没个安身立命处'。及得韦庐寄到篇什,则读之忘倦,且于拟陶之作云:'此是敬之安身立命处。'然则韦庐之诗岂胜于竹垞耶?"答曰:"竹垞学富而才雄,骛辞华而调铿锵,攀谢援沈,规橅盛唐,为一代作手,夫岂韦庐所能逮? 虽然,古所谓诗言志者,非仅铸为伟词,扬诩盛气已也? 必将有生平心力之所注,至真至确不肯以庸靡自待者,宣写流露于吟咏之间,乃所谓志也。试问竹垞之志,何志乎? 自《村居》《感遇》而下八九卷,类皆疾贫伤困之作,及甫一通籍,但有颂谢,中情快足,略无表见之处、报称之志。官既去,则又疾贫伤困如故。夫晚以荐征入翰林,事非希奇,而竹垞之志量已尔尔。若韦庐之所处,弱冠为郎,年未五十儿子已如竹垞之遇,乃观其诗超遥萧散,举世俗所为惊。喜夸张者渺然不芥于其胸中,且以学未闻道、迹未离俗自视,欿然重有不自得者,此吾所以爱之重之,许其诗可进于古也。”又问:“诗中何以为安身立命处?”曰:“难言也,姑即子所易明者,世有恒言曰,李杜苏韩,夫杜之嗟叹卑老似与竹垞无异,乃官为拾遗,贵矣。而曲江诸作郁郁不得志,以不能行其道也。许身稷契救天下之饥溺,虽不能至,志则有然。此少陵安身立命处。李之激昂不遇亦似与竹垞无异,乃受明皇厚知隆礼为朝士,倾抑而密疏奸邪如杨李之辈,睨视嬖幸如贵妃力士之类,以致终身坎軻,不得一官卒。以流离佯狂傲然而不悔,风云屠钓大人桄杌。此太白之安身立命处。若韩《悲二鸟赋》、《三上时相书》,啼饥号寒,大声疾呼,竹垞似犹未至于此。乃甫为近侍即激切谏争,患难死生不为移变;及后还朝而峨冠玉佩,反引为愧然。后知昔之皇皇无君之凿枘不入,皆与孟子同揆,即能志孟子之志者也。此昌黎之安身立命处。若苏则进身最早,得遇甚隆,是与三子不同,故初无抑郁忧幽之感。然当召入为翰林学士,时两宫述先帝之旨,呜咽缠绵,叹为奇才,许以宰相。使他人当之,不知若何庆慰,以薪保全。而至大至刚之气,不以少屈;嬉笑怒骂之态,不以少敛。万死投荒,甘之若饴。乃与韩子同揆,即能志韩子之志者也。此东坡之安身立命处。”又问:“唐宋迄今诗人多矣,必如四子,然后为有安身立命处乎?”曰:“亦不必然。人之所处有不同,若元道州之志在存恤,耻于躁进;韦苏州之志在恬淡,不为物牵。姚武功之轻心尘爵,为文致功;司空表圣之亮执高节,深究诗味;林和靖之追琢小诗,傲睨葛谢;陈后山之矢音酸苦,鄙夷权贵,是皆不渝其志者,余可以此推之。即我朝如施愚山之恺悌,高念东之真率,陈恭尹之贞毅,赵秋谷之清刻,查初白之坦易,厉樊榭之冲静,吴野人之幽冷,冯大木之孤峭,其志亦皆有足尚者,余亦可以此推之。”又问:“韦庐集中何所见?”曰:“在性情,不可以章寻句摘。然如书怀诗、杂诗,及云‘雪中有高士,萧然自怡悦’、‘爱此众喧歇，脉脉怀古哲'、'披襟足怡畅，接物无新故'、'祇娱凡目毕今生，千古才人同一泪'、'只解承迎工折腰，宁惜疲劳逼暮齿'、'独夜不成寐，经时同此心'、'从教岁月闲吟过，不逐纷华睡味清'、'定知冷味无人领，移向斋头独自看'、'勘破是非堪一笑，相亲只有读书灯'，亦可以见其志矣。"又问："前如阮亭尚书，近若归愚侍郎，其安身立命处安在？"先生笑而不答。

仆尝泛潇湘之水，涵冰濡玉，千有余里，腑隔莹澈，神魂超越，自谓平生所得此其冠也。洎夫扬舲五湖，击汰三江，浩浩乎，汩汩乎，浸天沃日，掣泄往来，不见涯际，其规模可谓宏壮，而意思转不忘在潇湘之间。岂非性好澄洁有莫能夺者耶？吾家敬之比部所为诗，宗主不越数家，而清冽渊永，绝去尘滓。每一读之，泠沁心脾。外间非无雄鸷博辩，负盛气求大名于时者，而揆诸比部，未肯以彼易此，此亦潇湘与江湖之判乎？且潇湘之源也，虽一□及其盛也，江湖都与交汇，吾安能量所止哉？而宏壮乃即真矣。彼世之诩为三江五湖者，殆犹非与？鹤道人李宪乔题。

诗自朱王狎盟以来，呋毫之子争以雕缋为工，旖旎相尚，风格寝以颓靡。较之云间、历下、竟陵、公安，余习又不知齐楚孰得失也。吾家松甫比部所为诗，闲淡澄莹，空洞幽窅，顿使江左清绮，洒然改观。故仆于近日诗人中推松甫为南宗之慧能，诸上座皆当俯首。而松甫重自谦抑，叀叀不已。其旧集有随园翁定本，又为吾兄石桐先生选录一编，复命仆力为攻磋。昌黎诗云："欹眠听新诗，屋角月艳艳。杂作承闲骋，交惊舌牙醋。缤纷指瑕疵，拒捍阻城堑。"用知古人文字之乐，不惟相许，尤在相攻；许之深，故攻之切耳。惟言多谬误，仍嘱松甫还以教之，亦相长之义也。丙午孟夏鹤道人李宪乔书于金莲庵僧窗。